案例解说控制应用精品丛书

案例解说组态软件
典型控制应用

李江全　王玉巍　张鸿琼　等编著

电子工业出版社·

Publishing House of Electronics Industry

北京·BEIJING

内 容 简 介

本书从工程应用的角度出发，通过 6 种典型的计算机控制系统（包括基于单片机、PLC、PCI 数据采集卡、USB 数据采集板、远程 I/O 模块、智能仪器），使用目前流行的工控组态软件 KingView，对工业控制系统中的 4 类典型应用，即模拟量输入（AI）、模拟量输出（AO）、数字量输入（DI）和数字量输出（DO）的程序设计方法进行了详细的讲解。

本书内容丰富，每个案例提供具体的设计任务、详细的操作步骤，注重解决工程实际问题。可供各类自动化、计算机应用、机电一体化等专业的大学生学习计算机控制技术，也可供计算机控制系统研发的工程技术人员参考。

为方便读者学习，本书提供超值配套光盘，内容包括所有案例的源程序、软硬件资源、程序运行录屏、系统测试录像等。

图书在版编目（CIP）数据

案例解说组态软件典型控制应用/李江全等编著. —北京：电子工业出版社，2011.3
（案例解说控制应用精品丛书）

ISBN 978-7-121-13098-4

Ⅰ．①案… Ⅱ．①李… Ⅲ．①过程控制软件 Ⅳ.①TP317

中国版本图书馆 CIP 数据核字（2011）第 041911 号

责任编辑：陈韦凯
特约编辑：钟永刚
印　　刷：北京市顺义兴华印刷厂
装　　订：三河市双峰印刷装订有限公司
出版发行：电子工业出版社
　　　　　北京市海淀区万寿路 173 信箱　邮编　100036
开　　本：787×1 092　1/16　印张：19.75　字数：506 千字
印　　次：2011 年 3 月第 1 次印刷
册　　数：4 000 册　　定价：49.00 元（含光盘 1 张）

凡所购买电子工业出版社图书有缺损问题，请向购买书店调换。若书店售缺，请与本社发行部联系，联系及邮购电话：（010）88254888。

质量投诉请发邮件至 zlts@phei.com.cn，盗版侵权举报请发邮件至 dbqq@phei.com.cn。

服务热线：（010）88258888。

前　言

计算机控制技术在通信、遥感、无损检测、智能仪器、工业自动控制等工程领域有着广泛的应用。在开发计算机控制系统时，程序设计是很多技术人员要面临的问题。在高校和科研院所，有众多的研究人员在使用各种计算机控制系统，他们都迫切需要相关的书籍来学习相关的编程技术。

组态软件是标准化、规模化、商品化的通用工控开发软件，只需进行标准功能模块的软件组态和简单的编程，就可设计出标准化、专业化、通用性强、可靠性高的上位机人机界面工控程序，且工作量较小，开发调试周期短，对程序设计员要求也较低，因此，组态软件是性能优良的软件产品，成为开发上位机工控程序的主流开发工具。

近几年来，随着计算机软件技术的发展，组态软件技术的发展也非常迅速，可以说是到了令人目不暇接的地步，特别是图形界面技术、面向对象编程技术、组件技术的出现，使原来单调、呆板、操作麻烦的人机界面变得面目一新，因此，除了一些小型的工控系统需要开发者自己编写应用程序，凡属大中型的工控系统，最明智的办法应该是选择一个合适的组态软件。

本书从工程应用的角度出发，通过 6 种典型的计算机控制系统（包括基于单片机、PLC、PCI 数据采集卡、USB 数据采集板、远程 I/O 模块、智能仪器），使用目前流行的工控组态软件 KingView，对工业控制系统中的 4 类典型应用，包括模拟量输入（AI）、模拟量输出（AO）、数字量输入（DI）和数字量输出（DO）的程序设计方法进行了详细的讲解。

淡化理论，建立控制系统整体概念，以工程实践为主，硬件系统设计采用"搭积木"方式，突出程序设计，重在功能实现，有较强的实用性和可操作性，这些都是本书的特色。

为方便读者学习，本书提供超值配套光盘，内容包括所有案例的源程序、软硬件资源、程序运行录屏、系统测试录像等。

本书由东北农业大学张鸿琼编写第 1、2 章，石河子大学王洪坤编写第 3 章，李霞编写第 4 章，王玉巍编写第 5、6 章，龚立娇编写第 7 章，李江全编写第 8 章及附录；全书由李江全教授担任主编并统稿，王玉巍、张鸿琼担任副主编。参与编写、程序设计等工作的人员还有田敏、李宏伟、郑瑶、郑重、朱东芹、任玲、汤智辉、胡蓉、王平等老师。电子开发网、北京研华科技、西安达泰电子、石河子大学电气工程实验中心等单位或公司为本书的编写提供了宝贵的技术支持和帮助，编者借此机会对他们致以深深的谢意。

由于编者水平有限，书中难免存在不妥或错误之处，恳请广大读者批评指正。

作者

2010 年 10 月

目　录

第1章 监控组态软件概述

　　监控组态软件在计算机测控系统中起着举足轻重的作用。现代计算机测控系统的功能越来越强，除了完成基本的数据采集和控制功能外，还要完成故障诊断、数据分析、报表的形成和打印、与管理层交换数据、为操作人员提供灵活方便的人机界面等功能。此外，随着生产规模的变化，也要求计算机测控系统的规模跟着变化，也就是说，计算机接口的部件和控制部件可能要随着系统规模的变化进行增减。因此，就要求计算机测控系统的应用软件有很强的开放性和灵活性，基于此，组态软件应运而生。

　　近几年来，随着计算机软件技术的发展，计算机测控系统的组态软件技术的发展也非常迅速，可以说是到了令人目不暇接的地步，特别是图形界面技术、面向对象编程技术、组件技术的出现，使原来单调、呆板、操作麻烦的人机界面变得面目一新。目前，除了一些小型的测控系统需要开发者自己编写应用程序外，凡属大中型的测控系统，最明智的办法应该是选择一种合适的组态软件。

1.1　组态与组态软件

1.1.1　组态软件的含义

　　在使用工控软件时，人们经常提到组态一词。与硬件生产相对照，组态与组装类似。如要组装一台计算机，事先提供了各种型号的主板、机箱、电源、CPU、显示器、硬盘及光驱等，我们的工作就是用这些部件拼凑成自己需要的计算机。当然软件中的组态要比硬件的组装有更大的发挥空间，因为它一般要比硬件中的"部件"更多，而且每个"部件"都很灵活，因为软件都有内部属性，通过改变属性可以改变其规格（如大小、形状、颜色等）。

　　组态（configuration）有设置、配置等含义，就是模块的任意组合。在软件领域内，是指操作人员根据应用对象及控制任务的要求，配置用户应用软件的过程（包括对象的定义、制作和编辑，对象状态特征属性参数的设定等），即使用软件工具对计算机及软件的各种资源进行配置，达到让计算机或软件按照预先设置自动执行特定任务、满足使用者要求的目的，也就是把组态软件视为"应用程序生成器"。

组态软件更确切的称呼应该是人机界面 HMI（Human Machine Interface）/控制与数据采集 SCADA（Supervisory Control And Data Acquisition）软件。组态软件最早出现时，实现 HMI 和控制功能是其主要内涵，即主要解决人机图形界面和计算机数字控制问题。

组态软件是指一些数据采集与过程控制的专用软件，它们是在自动控制系统控制层一级的软件平台和开发环境，使用灵活的组态方式（而不是编程方式）为用户提供良好的用户开发界面和简捷的使用方法，它解决了控制系统通用性问题。其预设置的各种软件模块可以非常容易地实现和完成控制层的各项功能，并能同时支持各种硬件厂家的计算机和 I/O 产品，与工控计算机和网络系统结合，可向控制层和管理层提供软、硬件的全部接口，进行系统集成。组态软件应该能支持各种工控设备和常见的通信协议，并且通常应提供分布式数据管理和网络功能。对应于原有的 HMI 的概念，组态软件应该是一个使用户能快速建立自己的 HMI 的软件工具或开发环境。

在工业控制中，组态一般是指通过对软件采用非编程的操作方式，主要有参数填写、图形连接和文件生成等，使得软件乃至整个系统具有某种指定的功能。由于用户对计算机控制系统的要求千差万别（包括流程画面、系统结构、报表格式、报警要求等），而开发商又不可能专门为每个用户去进行开发。所以，只能是事先开发好一套具有一定通用性的软件开发平台，生产（或者选择）若干种规格的硬件模块（如 I/O 模块、通信模块、现场控制模块），然后，再根据用户的要求在软件开发平台上进行二次开发，以及进行硬件模块的连接。这种软件的二次开发工作就称为组态。相应的软件开发平台就称为控制组态软件，简称组态软件。"组态"一词既可以用做名词也可以用做动词。计算机控制系统在完成组态之前只是一些硬件和软件的集合体，只有通过组态，才能使其成为一个具体的满足生产过程需要的应用系统。

从应用角度讲，组态软件是完成系统硬件与软件沟通、建立现场与控制层沟通的人机界面的软件平台，它主要应用于工业自动化领域，但又不仅局限于此。在工业过程控制系统中存在着两大类可变因素：一是操作人员需求的变化；二是被控对象状态的变化及被控对象所用硬件的变化。而组态软件正是在保持软件平台执行代码不变的基础上，通过改变软件配置信息（包括图形文件、硬件配置文件、实时数据库等）适应两大不同系统对两大因素的要求，构建新的控制系统的平台软件。以这种方式构建系统既提高了系统的成套速度，又保证了系统软件的成熟性和可靠性，使用起来方便灵活，而且便于修改和维护。

现在的组态软件都采用面向对象编程技术，它提供了各种应用程序模板和对象。二次开发人员根据具体系统的需求，建立模块（创建对象）然后定义参数（定义对象的属性），最后生成可供运行的应用程序。具体地说，组态实际上是生成一系列可以直接运行的程序代码。生成的程序代码可以直接运行在用于组态的计算机上，也可以下装（下载）到其他的计算机（站）上。组态可以分为离线组态和在线组态两种。所谓离线组态，是指在计算机控制系统运行之前完成组态工作，然后将生成的应用程序安装在相应的计算机中。而在线组态则是指在计算机控制系统运行过程中组态。

随着计算机软件技术的快速发展以及用户对计算机控制系统功能要求的增加，实时数据库、实时控制、SCADA、通信及联网、开放数据接口、对 I/O 设备的广泛支持已经成为它的主要内容，随着计算机控制技术的发展，组态软件将会不断被赋予新的内涵。

1.1.2　采用组态软件的意义

在实时工业控制应用系统中，为了实现特定的应用目标，需要进行应用程序的设计和开发。过去，由于技术发展水平的限制，没有相应的软件可供利用。应用程序一般都需要应用单位自行开发或委托专业单位开发，这就影响了整个工程的进度，系统的可靠性和其他性能指标也难以得到保证。为了解决这个问题，不少厂商在发展系统的同时，也致力于控制软件产品的开发。工业控制系统的复杂性，对软件产品提出了很高的要求。要想成功开发一个较好的通用的控制系统软件产品，需要投入大量的人力物力，并需经实际系统检验，代价是很昂贵的，特别是功能较全、应用领域较广的软件系统，投入的费用更是惊人。从应用程序开发到应用软件产品正式上市，其过程有很多环节。因此，一个成熟的控制软件产品的推出，一般具有如下特点：

（1）在研制单位丰富系统经验的基础上，花费多年努力和代价才得以完成。

（2）产品性能不断完善和提高，以版本更新为实现途径。

（3）产品售价不可能很低，一些国外的著名软件产品更是如此，因此软件费用在整个系统中所占的比例逐年提高。

对于应用系统的使用者而言，虽然购买一套适合自己系统应用的控制软件产品要付出一定的费用，但相对于自己开发所花费的各项费用总和还是比较合算的。况且，一个成熟的控制软件产品一般都已在多个项目中得到了成功的应用，各方面的性能指标都在实际运行中得到了检验，能保证较好地实现应用单位控制系统的目标，同时，整个系统的工程周期也可相应缩短，便于更早地为生产现场服务，并创造出相应的经济效益。因此，近年来有不少应用单位也开始购买现成的控制软件产品来为自己的应用系统服务。

在组态软件出现之前，工控领域的用户通过手工或委托第三方编写 HMI 应用，开发时间长、效率低、可靠性差；或者购买专用的工控系统，通常是封闭的系统，选择余地小，往往不能满足需求，很难与外界进行数据交互，升级和增加功能都受到严重的限制。组态软件的出现，把用户从这些困境中解脱出来，用户可以利用组态软件的功能，构建一套最适合自己的应用系统。

采用组态技术构成的计算机控制系统在硬件设计上，除采用工业 PC 外，系统大量采用各种成熟通用的 I/O 接口设备和现场设备，基本不再需要单独进行具体电路设计。这不仅节约了硬件开发时间，更提高了工控系统的可靠性。组态软件实际上是一个专为工控开发的工具软件。它为用户提供了多种通用工具模块，用户不需要掌握太多的编程语言技术（甚至不需要编程技术），就能很好地完成一个复杂工程所要求的所有功能。系统设计人员可以把更多的注意力集中在如何选择最优的控制方法，设计合理的控制系统结构，选择合适的控制算法等这些提高控制品质的关键问题上。另外，从管理的角度来看，用组态软件开发的系统具有与 Windows 一致的图形化操作界面，非常便于生产的组织与管理。

由于组态软件都是由专门的软件开发人员按照软件工程的规范来开发的，使用前又经过了比较长时间的工程运行考验，其质量是有充分保证的。因此，只要开发成本允许，采用组态软件是一种比较稳妥、快速和可靠的办法。

组态软件是标准化、规模化、商品化的通用工业控制开发软件，只需进行标准功能模块的软件组态和简单的编程，就可设计出标准化、专业化、通用性强、可靠性高的上位机人机界面控制程序，且工作量较小，开发调试周期短，对程序设计员要求也较低，因此，控制组态软件是性能优良的软件产品，已成为开发上位机控制程序的主流开发工具。

由 IPC、通用接口部件和组态软件构成的组态控制系统是计算机控制技术综合发展的结果，是技术成熟化的标志。由于组态技术的介入，计算机控制系统的应用速度大大加快了。

1.1.3 常用的组态软件

随着社会对计算机控制系统需求的日益增大，组态软件也已经形成了一个不小的产业。现在市面上已经出现了各种不同类型的组态软件。按照使用对象来分类，可以将组态软件分为两类：一类是专用的组态软件，另一类是通用的组态软件。

专用的组态软件主要是由一些集散控制系统厂商和 PLC 厂商专门为自己的系统开发的，例如，Honeywell 的组态软件、Foxboro 的组态软件、Rockwell 公司的 RSView、Simens 公司的 WinCC、GE 公司的 Cimplicity。

通用组态软件并不特别针对某一类特定的系统，开发者可以根据需要选择合适的软件和硬件来构成自己的计算机控制系统。如果开发者在选择了通用组态软件后，发现其无法驱动自己选择的硬件，可以提供该硬件的通信协议，请组态软件的开发商来开发相应的驱动程序。

通用组态软件目前发展很快，也是市场潜力很大的产业。国外开发的组态软件有：Fix/iFix、InTouch、Citech、Lookout、TraceMode 及 Wizcon 等。国产的组态软件有：组态王（KingView）、MCGS、Synall2000、ControX 2000、Force Control 和 FameView 等。

下面简要介绍几种常用的组态软件。

（1）InTouch。美国 Wonderware 公司的 InTouch 堪称组态软件的"鼻祖"，该公司率先推出的 16 位 Windows 环境下的组态软件，在国际上获得较高的市场占有率。InTouch 软件的图形功能比较丰富，使用较方便，其 I/O 硬件驱动丰富，工作稳定，在中国市场也普遍受到好评。

（2）IFIX。美国 Intellution 公司的 FIX 产品系列较全，包括 DOS 版、16 位 Windows 版、32 位 Windows 版、OS/2 版和其他一些版本，功能较强，是全新模式的组态软件，思想和体系结构都比现有的其他组态软件要先进，但实时性仍欠缺，最新推出的 iFIX 是全新模式的组态软件，思想和体系结构都比较新，提供的功能也较为完整。但由于过于"庞大"和"臃肿"，对系统资源耗费巨大，而且经常受微软操作系统的影响。

（3）Citech。澳大利亚 CIT 公司的 Citech 是组态软件中的后起之秀，在世界范围内扩展得很快。Citech 产品控制算法比较好，具有简洁的操作方式，但其操作方式更多的是面向程序员，而不是工控用户。I/O 硬件驱动相对比较少，但大部分驱动程序可随软件包提供给用户。

（4）WinCC。德国西门子公司的 WinCC 也属于比较先进的产品之一，功能强大，使用较复杂。新版软件有了很大进步，但在网络结构和数据管理方面要比 InTouch 和 iFIX 差。WinCC 主要针对西门子硬件设备。因此，对使用西门子硬件设备的用户，WinCC 是不错的选择。若用户选择其他公司的硬件，则需开发相应的 I/O 驱动程序。

（5）ForceControl。大庆三维公司的 ForceControl（力控）是国内较早出现的组态软件之一，该产品在体系结构上具备了较为明显的先进性，最大的特征之一就是其基于真正意义的分布式实时数据库的三层结构，而且实时数据库结构为可组态的活结构，是一个面向方案的 HMI/SCADA 平台软件。在很多环节的设计上，能从国内用户的角度出发，既注重实用性，又不失大软件的规范。

（6）MCGS。北京昆仑通态公司的 MCGS 设计思想比较独特，有很多特殊的概念和使用方式，为用户提供了解决实际工程问题的完整方案和开发平台。使用 MCGS，用户无须具备计算机编程的知识，就可以在短时间内轻而易举地完成一个运行稳定、功能成熟、维护量小并且具备专业水准的计算机监控系统的开发工作。

（7）组态王（KingView）。组态王是北京亚控科技发展有限公司开发的一个较有影响的组态软件。组态王提供了资源管理器式的操作主界面，并且提供了以汉字作为关键字的脚本语言支持。界面操作灵活方便，易学易用，有较强的通信功能，支持的硬件也非常丰富。

（8）WebAccess。该软件是研华（中国）公司近几年开发的一种面向网络监控的组态软件，是未来组态软件的发展趋势。

1.2 组态软件的功能与特点

1.2.1 组态软件的功能

组态软件通常有以下几方面的功能。

1. 强大的界面显示组态功能

目前，工控组态软件大都运行于 Windows 环境下，充分利用 Windows 的图形功能完善界面美观的特点，可视化的 IE 风格界面、丰富的工具栏，操作人员可以直接进入开发状态，节省时间。丰富的图形控件和工况图库，提供了大量的工业设备图符、仪表图符，还提供趋势图、历史曲线、组数据分析图等，既提供所需的组件，又是界面制作向导。提供给用户丰富的作图工具，可随心所欲地绘制出各种工业界面，并可任意编辑，从而将开发人员从繁重的界面设计中解放出来。丰富的动画连接方式，如隐含、闪烁、移动等，使界面生动、直观。画面丰富多彩，为设备的正常运行、操作人员的集中控制提供了极大的方便。

2. 良好的开放性

社会化的大生产，使得系统构成的全部软硬件不可能出自一家公司的产品，"异构"是当今控制系统的主要特点之一。开放性是指组态软件能与多种通信协议互联，支持多种硬件设备。开放性是衡量一个组态软件好坏的重要指标。

组态软件向下应能与低层的数据采集设备通信，向上通过 TCP/IP 可与高层管理网互联，实现上位机与下位机的双向通信。

3. 丰富的功能模块

组态软件提供丰富的控制功能库，满足用户的测控要求和现场要求。利用各种功能模块，完成实时监控、产生功能报表、显示历史曲线、实时曲线、提供报警等功能，使系统具有良好的人机界面，易于操作。系统既可适用于单机集中式控制、DCS 分布式控制，也可以是带远程通信能力的远程测控系统。

4. 强大的数据库

配有实时数据库，可存储各种数据，如模拟量、离散量、字符型等，实现与外部设备的数据交换。

5. 可编程的命令语言

有可编程的命令语言，使用户可根据自己的需要编写程序，增强图形界面。

6. 周密的系统安全防范

对不同的操作者，赋予不同的操作权限，保证整个系统的安全可靠运行。

7. 仿真功能

提供强大的仿真功能使系统并行设计，从而缩短开发周期。

1.2.2 组态软件的特点

通用组态软件的主要特点分别介绍如下。

1. 封装性

通用组态软件所能完成的功能都用一种方便用户使用的方法包装起来，对于用户，不需掌握太多的编程语言技术（甚至不需要编程技术），就能很好地完成一个复杂工程所要求的所有功能，因此易学易用。

2. 开放性

组态软件大量采用"标准化技术"，如 OPC、DDE、ActiveX 控件等，在实际应用中，用户可以根据自己的需要进行二次开发，例如，可以很方便地使用 VB 或 C++等编程工具自行编制所需的设备构件，装入设备工具箱，不断充实设备工具箱。很多组态软件提供了一个高级开发向导，自动生成设备驱动程序的框架，为用户开发设备驱动程序提供帮助，用户甚至可以采用 I/O 自行编写动态链接库（DLL）的方法在策略编辑器中挂接自己的应用程序模块。

3. 通用性

每个用户根据工程实际情况，利用通用组态软件提供的底层设备（PLC、智能仪表、智能模块、板卡、变频器等）的 I/O Driver、开放式的数据库和界面制作工具，就能完成一个具有动画效果、实时数据处理、历史数据和曲线并存、具有多媒体功能和网络功能的工程，不受行业限制。

4. 方便性

由于组态软件的使用者是自动化工程设计人员，组态软件的主要目的是，确保使用者在生成适合自己需要的应用系统时不需要或者尽可能少地编制软件程序的源代码。因此，在设计组态软件时，应充分了解自动化工程设计人员的基本需求，并加以总结提炼，重点、集中解决共性问题。

下面是组态软件主要解决的共性问题：

（1）如何与采集、控制设备间进行数据交换。

（2）使来自设备的数据与计算机图形画面上的各元素关联起来。

（3）处理数据报警及系统报警。

（4）存储历史数据并支持历史数据的查询。

（5）各类报表的生成和打印输出。

（6）为使用者提供灵活、多变的组态工具，可以适应不同应用领域的需求。

（7）最终生成的应用系统运行稳定可靠。

（8）具有与第三方程序的接口，方便数据共享。

在很好地解决了上述问题后，自动化工程设计人员在组态软件中只需填写一些事先设计的表格，再利用图形功能就把被控对象（如反应罐、温度计、锅炉、趋势曲线、报表等）形象地画出来，通过内部数据变量连接把被控对象的属性与 I/O 设备的实时数据进行逻辑连接。当由组态软件生成的应用系统投入运行后，与被控对象相连的 I/O 设备数据发生变化会直接带动被控对象的属性变化，同时在界面上显示。若要对应用系统进行修改，也十分方便，这就是组态软件的方便性。

5．组态性

组态控制技术是计算机控制技术发展的结果，采用组态控制技术的计算机控制系统最大的特点是从硬件到软件开发都具有组态性，设计者的主要任务是分析控制对象，在平台基础上按照使用说明进行系统级第二次开发即可构成针对不同控制对象的控制系统，免去了程序代码、图形图表、通信协议、数字统计等诸多具体内容细节的设计和调试，因此系统的可靠性和开发速率提高了，开发难度却下降了。

1.3 组态软件的构成与组态方式

1.3.1 组态软件的系统构成

组态软件的结构划分有多种标准，下面以使用软件的工作阶段和软件体系的成员构成两种标准讨论其体系结构。

1．以使用软件的工作阶段划分

从总体结构上看，组态软件一般都是由系统开发环境（或称组态环境）与系统运行环境两大部分组成。系统开发环境和系统运行环境之间的联系纽带是实时数据库，三者之间的关系如图 1-1 所示。

图 1-1 系统组态环境、系统运行环境和实时数据库三者之间的关系

1）系统开发环境

系统开发环境是自动化工程设计工程师为实施其控制方案，在组态软件的支持下进行应用程序的系统生成工作所必须依赖的工作环境。通过建立一系列用户数据文件，生成最

终的图形目标应用系统，供系统运行环境运行时使用。

系统开发环境由若干个组态程序组成，如图形界面组态程序、实时数据库组态程序等。

2）系统运行环境

在系统运行环境下，目标应用程序被装入计算机内存并投入实时运行。系统运行环境由若干个运行程序组成，如图形界面运行程序、实时数据库运行程序等。

组态软件支持在线组态技术，即在不退出系统运行环境的情况下可以直接进入组态环境并修改组态，使修改后的组态直接生效。

自动化工程设计工程师最先接触的一定是系统开发环境，通过一定工作量的系统组态和调试，最终将目标应用程序在系统运行环境投入实时运行，完成一个工程项目。

一般工程应用必须有一套开发环境，也可以有多套运行环境。在本书的例子中，为了方便，我们将开发环境和运行环境放在一起，通过菜单限制编辑修改功能而实现运行环境。

一套好的组态软件应该能够为用户提供快速构建自己的计算机控制系统的手段。例如，对输入信号进行处理的各种模块、各种常见的控制算法模块、构造人机界面的各种图形要素、使用户能够方便地进行二次开发的平台或环境等。如果是通用的组态软件，还应当提供各类工控设备的驱动程序和常见的通信协议。

2. 按照成员构成划分

组态软件因为功能强大，而每个功能相对来说又具有一定的独立性，因此其组成形式是一个集成软件平台，由若干程序组件构成。

组态软件必备的功能组件包括如下 6 个部分。

1）应用程序管理器

应用程序管理器是提供应用程序的搜索、备份、解压缩、建立应用等功能的专用管理工具。在自动化工程设计工程师应用组态软件进行工程设计时，经常会遇到下面一些烦恼：要进行组态数据的备份；需要引用以往成功项目中的部分组态成果（如画面）；需要迅速了解计算机中保存了哪些应用项目。虽然这些工作可以用手动方式实现，但效率低下，极易出错。有了应用程序管理器的支持，这些工作将变得非常简单。

2）图形界面开发程序

图形界面开发程序是自动化工程设计人员为实施其控制方案，在图形编辑工具的支持下进行图形系统生成工作所依赖的开发环境。通过建立一系列用户数据文件，生成最终的图形目标应用系统，供图形运行环境运行时使用。

3）图形界面运行程序

在系统运行环境下，图形目标应用系统被图形界面运行程序装入计算机内并投入实时运行。

4）实时数据库系统组态程序

有的组态软件只在图形开发环境中增加了简单的数据管理功能，因而不具备完整的实时数据库系统。目前比较先进的组态软件都有独立的实时数据库组件，以提高系统的实时性、增强处理能力，实时数据库系统组态程序是建立实时数据库的组态工具，可以定义实时数据库的结构、数据来源、数据连接、数据类型及相关的各种参数。

5）实时数据库系统运行程序

在系统运行环境下，目标实时数据库及其应用系统被实时数据库运行程序装入计算机内存，并执行预定的各种数据计算、数据处理任务。历史数据的查询、检索、报警的管理都是在实时数据库系统运行程序中完成的。

6）I/O 驱动程序

I/O 驱动程序是组态软件中必不可少的组成部分，用于 I/O 设备通信，互相交换数据。DDE 和 OPC 客户端是两个通用的标准 I/O 驱动程序，用来支持 DDE 和 OPC 标准的 I/O 设备通信，多数组态软件的 DDE 驱动程序被整合在实时数据库系统或图形系统中，而 OPC 客户端则多数单独存在。

1.3.2 常见的组态方式

下面介绍几种常见的组态方式。由于目前有关组态方式的术语还未能统一，因此，本书中所用的术语可能会与一些组态软件所用的有所不同。

1. 系统组态

系统组态又称系统管理组态（或系统生成），这是整个组态工作中的第一步，也是最重要的一步。系统组态的主要工作是对系统的结构及构成系统的基本要素进行定义。以 DCS 的系统组态为例，硬件配置的定义包括：选择什么样的网络层次和类型（如宽带、载波带）；选择什么样的工程师站、操作员站和现场控制站（I/O 控制站）（如类型、编号、地址、是否为冗余等）及其具体的配置；选择什么样的 I/O 模块（如类型、编号、地址、是否为冗余等）及其具体的配置。有的 DCS 的系统组态可以做得非常详细。例如，机柜、机柜中的电源、电缆与其他部件，各类部件在机柜中的槽位，打印机及各站使用的软件等，都可以在系统组态中进行定义。系统组态的过程一般都是用图形加填表的方式。

2. 控制组态

控制组态又称控制回路组态，这同样是一种非常重要的组态。为了确保生产工艺的实现，一个计算机控制系统要完成各种复杂的控制任务。例如，各种操作的顺序动作控制，各个变量之间的逻辑控制及对各个关键参量采用各种控制（如 PID、前馈、串级、解耦，甚至是更为复杂的多变量预控制、自适应控制）。因此，有必要生成相应的应用程序来实现这些控制。组态软件往往会提供各种不同类型的控制模块，组态的过程就是将控制模块与各个被控变量相联系，并定义控制模块的参数（例如，比例系数、积分时间）。另外，对于一些被监视的变量，也要在信号采集之后对其进行一定的处理，这种处理也是通过软件模块来实现的。因此，也需要将这些被监视的变量与相应的模块相联系，并定义有关的参数。这些工作都是在控制组态中来完成。

由于控制问题往往比较复杂，组态软件提供的各种模块不一定能够满足现场的需要，这就需要用户作进一步的开发，即自己建立符合需要的控制模块。因此，组态软件应该能够给用户提供相应的开发手段。通常可以有两种方法：一是用户自己用高级语言来实现，然后再嵌入系统中；二是由组态软件提供脚本语言。

3. 画面组态

画面组态的任务是为计算机控制系统提供一个方便操作员使用的人机界面。显示组态的工作主要包括两个方面：一是画出一幅（或多幅）能够反映被控制的过程概貌的图形，二是将图形中的某些要素（例如，数字、高度、颜色）与现场的变量相联系（又称数据连接或动画连接），当现场的参数发生变化时，就可以及时地在显示器上显示出来，或者是通过在屏幕上改变参数来控制现场的执行机构。

现在的组态软件都会为用户提供丰富的图形库。图形库中包含大量的图形元件，只需在图库中将相应的子图调出，再做少量修改即可。因此，即使是完全不会编程序的人也可以"绘制"出漂亮的图形来。图形又可以分为两种：一种是平面图形，另一种是三维图形。平面图形虽然不是十分美观，但占用内存少，运行速度快。

数据连接分为两种：一种是被动连接，另一种是主动连接。对于被动连接，当现场的参数改变时，屏幕上相应数字量的显示值或图形的某个属性（如高度、颜色等）也会相应改变。对于主动连接方式，当操作人员改变屏幕上显示的某个数字值或某个图形的属性（例如高度、位置等）时，现场的某个参量就会发生相应的改变。显然，利用被动连接就可以实现现场数据的采集与显示，而利用主动连接就可以实现操作人员对现场设备的控制。

4．数据库组态

数据库组态包括实时数据库组态和历史数据库组态。实时数据库组态的内容包括数据库各点（变量）的名称、类型、工位号、工程量转换系数上下限、线性化处理、报警限和报警特性等。历史数据库组态的内容包括定义各个进入历史库数据点的保存周期，有的组态软件将这部分工作放在了历史组态之中，还有的组态软件将数据点与 I/O 设备的连接放在数据库组态之中。

5．报表组态

一般的计算机控制系统都会带有数据库。因此，可以很轻易地将生产过程形成的实时数据形成对管理工作十分重要的日报、周报或月报。报表组态包括定义报表的数据项、统计项、报表的格式及打印报表的时间等。

6．报警组态

报警功能是计算机控制系统很重要的一项功能，它的作用就是当被控或被监视的某个参数达到一定数值的时候，以声音、光线、闪烁或打印机打印等方式发出报警信号，提醒操作人员注意并采取相应的措施。报警组态的内容包括报警的级别、报警限、报警方式和报警处理方式的定义。有的组态软件没有专门的报警组态，而是将其放在控制组态或显示组态中顺便完成报警组态的任务。

7．历史组态

由于计算机控制系统对实时数据采集的采样周期很短，形成的实时数据很多，这些实时数据不可能也没有必要全部保留，可以通过历史模块将浓缩实时数据形成有用的历史记录。历史组态的作用就是定义历史模块的参数，形成各种浓缩算法。

8．环境组态

由于组态工作十分重要，如果处理不好，就会使计算机控制系统无法正常工作，甚至会造成系统瘫痪。因此，应当严格限制组态的人员。一般的做法是：设置不同的环境，例如，过程工程师环境、软件工程师环境及操作员环境等。只有在过程工程师环境和软件工程师环境中才可以进行组态，而操作员环境就只能进行简单的操作。为此，还引出了环境组态的概念。所谓环境组态，是指通过定义软件参数，建立相应的环境。不同的环境拥有不同的资源，且环境是有密码保护的。还有一个办法就是：不在运行平台上组态，组态完成后再将运行的程序代码安装到运行平台中。

1.4 组态软件的使用

1.4.1 组态软件的使用步骤

组态软件通过 I/O 驱动程序从现场 I/O 设备获得实时数据，对数据进行必要的加工后，一方面以图形方式直观地显示在计算机屏幕上；另一方面按照组态要求和操作人员的指令将控制数据送给 I/O 设备，对执行机构实施控制或调整控制参数。具体的工程应用必须经过完整、详细的组态设计，组态软件才能够正常工作。

组态软件的使用步骤如下：

（1）将所有 I/O 点的参数收集齐全，并填写表格，以备在控制组态软件和控制、检测设备上组态时使用。

（2）搞清楚所使用的 I/O 设备的生产商、种类、型号，使用的通信接口类型，采用的通信协议，以便在定义 I/O 设备时做出准确选择。

（3）将所有 I/O 点的 I/O 标识收集齐全，并填写表格，I/O 标识是唯一地确定一个 I/O 点的关键字，组态软件通过向 I/O 设备发出 I/O 标识来请求对应的数据。在大多数情况下，I/O 标识是 I/O 点的地址或位号名称。

（4）根据工艺过程绘制、设计画面结构和画面草图。

（5）按照第（1）步统计出的表格，建立实时数据库，正确组态各种变量参数。

（6）根据第（1）步和第（3）步的统计结果，在实时数据库中建立实时数据库变量与 I/O 点的一一对应关系，即定义数据连接。

（7）根据第（4）步的画面结构和画面草图，组态每一幅静态的操作画面。

（8）将操作画面中的图形对象与实时数据库变量建立动画连接关系，规定动画属性和幅度。

（9）对组态内容进行分段和总体调试。

（10）系统投入运行。

在一个自动控制系统中，投入运行的控制组态软件是系统的数据收集处理中心、远程监视中心和数据转发中心，处于运行状态的控制组态软件与各种控制、检测设备（如 PLC、智能仪表、DCS 等）共同构成快速响应的控制中心。控制方案和算法一般在设备上组态并执行，也可以在 PC 上组态，然后下载到设备中执行，根据设备的具体要求而定。

监控组态软件投入运行后，操作人员可以在它的支持下完成以下 6 项任务：

（1）查看生产现场的实时数据及流程画面。

（2）自动打印各种实时/历史生产报表。

（3）自由浏览各个实时/历史趋势画面。

（4）及时得到并处理各种过程报警和系报警。

（5）在需要时，人为干预生产过程，修改生产过程参数和状态。

（6）与管理部门的计算机联网，为管理部门提供生产实时数据。

1.4.2 组态工控系统的组建过程

1. 工程项目系统分析

首先要了解控制系统的构成和工艺流程，弄清被控对象的特征，明确技术要求。然后在此基础上进行工程的整体规划，包括系统应实现哪些功能，控制流程如何，需要什么样的用户窗口界面，实现何种动画效果及如何在实时数据库中定义数据变量。

2. 设计用户操作菜单

在系统运行的过程中，为了便于画面的切换和变量的提取，通常应由用户根据实际需要建立自己的菜单方便用户操作。例如，制定按钮来执行某些命令或通过其输入数据给某些变量等。

3. 画面设计与编辑

画面设计分为画面建立、画面编辑和动画编辑与连接几个步骤。画面由用户根据实际需要编辑制作，然后将画面与已定义的变量关联起来，以便运行时使画面上的内容随变量变化。用户可以利用组态软件提供的绘图工具进行画面的编辑制作，也可以通过程序命令即脚本程序来实现。

4. 编写程序进行调试

用户程序编写好后，要进行在线调试。在实际调试前，先借助于一些模拟手段进行初调，通过对现场数据进行模拟，检查动画效果和控制流程是否正确。

5. 连接设备驱动程序

利用组态软件编写好的程序最后要实现和外围设备的连接，在进行连接前，要装入正确的设备驱动程序和定义彼此间的通信协议。

6. 综合测试

对系统进行整体调试，经验收后方可投入试运行，在运行过程中发现问题并及时完善系统设计。

1.5　组态软件的发展方向

1. 组态软件作为单独行业出现是历史的必然

市场竞争的加剧使行业分工越来越细，"大而全"的企业将越来越少（企业集团除外），每个 DCS 厂商必须把主要精力用于他们本身所擅长的技术领域，巩固已有优势。如果还是软、硬件一起做，就很难在竞争中取胜。今后，社会分工会更加细化。表面上看来功能较单一的组态软件，其市场才初步形成，今后的成长空间却相当广阔。

组态软件的发展与成长和网络技术的发展与普及密不可分。曾有一段时期，各 DCS 厂商的底层网络都是专用的，现在则使用国际标准协议，这在很大程度上促进了组态软件的应用，有不少用户的监控点分布在上百甚至上千平方千米的范围内，要想把这些装置的实时数据进行联网共享，在几年前是不可想象的，而目前通过公众电话网，用 MODEM、ISDN、光纤或 ATM 将各 DCS 装置连起来，通过 TCP/IP 协议完成实时数据采集和远程监控就是一种可行方案。

2．现场总线技术的成熟促进了组态软件的应用

现场总线是一种特殊的网络技术，其核心内容，一是工业应用，二是完成从模拟方式到数字方式的转变，使信息和供电同在一根双线电缆上传输，还要满足许多技术指标。同其他网络一样，现场总线的网络系统也具备 OSI 的若干层协议。从这个意义上讲，现场总线与普通的网络系统具有相同的属性，但现场总线设备的种类多，同类总线的产品也分现场设备、耦合器等多种类型。

未来几年，现场总线设备将大量替代现有现场设备，给组态软件带来更多机遇。

3．能够同时兼容多种操作系统平台是组态软件的发展方向之一

可以预言，微软公司在操作系统市场上的垄断迟早要被打破，未来的组态软件也要求跨操作系统平台，至少要同时兼容 Windows 和 Linux/UNIX。UNIX 是唯一可以在微、超微、小、超小型工作站和大型机、中型机、小型机上"全谱系通用"的系统。由于 UNIX 的特殊背景和它强有力的功能，特别是它的可移植性以及目前硬件突飞猛进的发展形势，吸引了越来越多的厂家和用户。

UNIX 在多任务、实时性、联网方面的处理能力优于 Windows NT/2000，但它在图形界面、即插即用、I/O 设备驱动程序数量方面赶不上 Windows NT/2000。20 世纪 90 年代以来，UNIX 的这些缺点已得到改进，现在的 UNIX 已经具备了较好的图形环境。

4．组态软件在嵌入式整体方案中将发挥更大作用

微处理器技术的发展会带动控制技术及监控组态软件的发展。目前，嵌入式系统的发展速度极为迅猛，但相应的软件尤其是组态软件滞后较严重，制约着嵌入式系统的发展。

从使用方式上，嵌入式系统分为如下两种：

（1）带显示器/键盘的嵌入式系统。这种系统又可分为带机械式硬盘和带电子盘的嵌入式系统两种。带机械式硬盘的嵌入式系统，可装 Windows 98/NT 等大型操作系统，对组态软件没有更多的要求。带电子盘的嵌入式系统，由于电子盘的容量受限，因此只能安装 Windows CE、DOS 或 Linux 操作系统。目前，支持 Windows CE 或 Linux 的组态软件很少，用户一般或自己编程，或使用以前的 DOS 环境软件。此类应用规模都不大，但数量却有很大潜力。另外，价格是一个重要因素，如果嵌入式系统的软、硬件价格进一步降低，其市场规模将是空前的。

（2）不带显示器/键盘的嵌入式系统。这种嵌入式系统一般都使用电子盘，只能安装 Windows CE、DOS 或 Linux 操作系统。此类应用有的会带外部数据接口（以太网、RS-232/485

等）。目前，面向此类应用的组态软件市场潜力巨大。

5. 组态软件在 CIMS 应用中将起到重要作用

自动化技术是 CIMS 的基础。目前多数企业对生产自动化都比较重视，他们或采用 DCS 或采用以 PC 总线为基础的工控机构成简易的分散型测控系统。但现实当中的自动化系统都是分散在各装置上的，企业内部的各自动化装置之间缺乏互联手段，不能实现信息的实时共享，这从根本上阻碍了 CIMS 的实施。

组态软件在企业 CIMS 发展过程中能够发挥以下作用：

（1）充当 DCS 的操作站软件，尤其是 PC-based 监控系统。

（2）以往各企业只注重在关键装置上投资，引进自动化控制设备，而在诸如公用工程（如能源监测、原材料管理、产成品管理、产品质量监控、自动化验分析、生产设备状态监视等）生产环节方面则重视程度不够。这种一个企业内部各部门间自动化程度的不协调也会影响 CIMS 的进程，受到损失的将是企业本身。组态软件在这方面（即技术改造方面）会发挥更大的作用，促进企业以低成本、高效率实现企业的信息化建设。

（3）组态软件具有丰富的 I/O 设备接口，能与绝大多数控制装置相连，具有分布式实时数据库，可以解决分散的"自动化孤岛"互联问题，大幅度节省 CIMS 建设所需的投资。伴随着 CIMS 技术的推广与应用，组态软件将逐渐发展成为大型平台软件，以原有的图形用户接口、I/O 驱动、分布式实时数据库、软逻辑等为基础，将派生出大量的实用软件组件，如先进控制软件包、数据分析工具等。

6. 信息化社会的到来为组态软件拓展了更多的应用领域

组态软件的应用不仅局限在工业企业，在农业、环保、邮政、电信、实验室、医院、金融、交通、航空等各行各业均能找到使用组态软件的实例。随着社会进步和信息化速度的加快，组态软件将赢得巨大的市场空间。

第2章 KingView 软件的基本使用

组态王（KingView）是目前国内具有自主知识产权、市场占有率相对较高的组态软件，它运行于 Microsoft Windows 9X/NT/XP 平台。KingView 的应用领域几乎囊括了大多数行业的工业控制。

本章通过一个简单实例详细讲解了组态王开发应用程序的完整过程：建立工程、设计画面、定义变量、动画连接，以及命令语言编程等。另外还将对组态王的 I/O 设备通信进行介绍。

2.1 建 立 工 程

在组态王中，设计者开发的每一个应用系统称为一个工程，每个工程必须在一个独立的目录中，不同的工程不能共用一个目录。工程目录也称为工程路径。在每个工程路径下，组态王为此项目生成了一些重要的数据文件，这些数据文件一般是不允许修改的。我们每建立一个新的应用程序时，都必须先为这个应用程序指定工程路径，以便于组态王根据工程路径对不同的应用程序分别进行不同的自动管理。

2.1.1 新建工程

运行组态王程序，出现组态王工程管理器界面，如图 2-1 所示。

组态王工程管理器的主要作用就是为用户集中管理本机上的所有组态王工程。主要功能包括新建、删除工程，搜索指定路径下的所有组态王工程，对工程重命名，修改工程属性，工程的备份、恢复，数据词典的导入/导出，切换到组态王开发或运行环境等。

为建立一个新工程，请执行以下操作：

（1）在工程管理器中选择菜单命令"文件\新建工程"或单击快捷工具栏"新建"按钮，出现"新建工程向导之一——欢迎使用本向导"对话框，如图 2-2 所示。

（2）单击"下一步"按钮，出现"新建工程向导之二——选择工程所在路径"对话框。

选择或指定工程所在路径，如图 2-3 所示。如果需要更改工程路径，请单击"浏览"按钮。如果路径或文件夹不存在，请创建。

图 2-1　组态王工程管理器界面

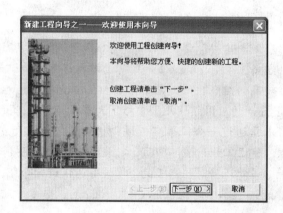

图 2-2　"新建工程向导之一——欢迎使用本向导"对话框

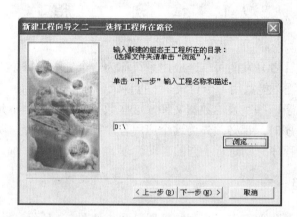

图 2-3　"新建工程向导之二——选择工程所在路径"对话框

（3）单击"下一步"按钮，出现"新建工程向导之三——工程名称和描述"对话框。在对话框中输入工程名称"整数累加"（必须，可以任意指定）；在工程描述中输入"一个整数从零开始每隔 1 秒加 1"（可选），如图 2-4 所示。

注：在组态王中，工程名称是唯一的，不能重名，工程名称和工程路径是一一对应的。

（4）单击"完成"按钮，新工程建立，单击"是"按钮，确认将新建的工程设为组态王当前工程，此时组态王工程管理器中出现新建的工程，如图 2-5 所示。

完成以上操作就可以新建一个组态王工程的工程信息了。此处新建的工程，在实际上并未真正创建工程，只是在用户给定的工程路径下设置了工程信息，当用户将此工程作为当前工程，并且切换到组态王开发环境时才真正创建工程。

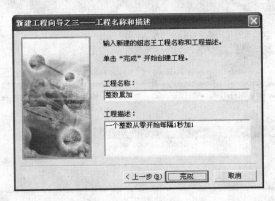

图 2-4　"新建工程向导之三——工程名称和描述"对话框

图 2-5　新工程建立

2.1.2　添加工程

1. 找到一个已有的组态王工程

在工程管理器中使用"添加工程"命令来找到一个已有的组态王工程，并将工程的信息显示在工程管理器的信息显示区中。选择菜单栏"文件\添加工程"命令后，弹出"浏览文件夹"对话框，如图 2-6 所示。

选择想要添加的工程所在的路径。单击"确定"按钮，将选定的工程路径下的组态王工程添加到工程管理器显示区中，如图 2-7 所示。如果选择的路径不是组态王的工程路径，则添加不了。

图 2-6　"浏览文件夹"对话框

如果添加的工程名称与当前工程信息显示区中存在的工程名称相同，则被添加的工程将动态生成一个工程名称，在工程名称后添加序号。当存在多个具有相同名称的工程时，将按照顺序生成名称，直到没有重复的名称为止。

2. 找到多个已有的组态王工程

添加工程只能单独添加一个已有的组态王工程，要想找到更多的组态王工程，只能使用"搜索工程"命令。执行菜单栏"文件\搜索工程"命令或快捷菜单"搜索工程"命令或单击工具条"搜索"按钮后，弹出"浏览文件夹"对话框，如图 2-8 所示。

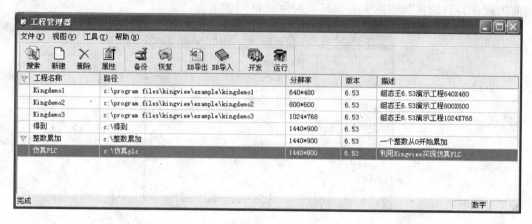

图 2-7　"工程管理器"对话框

图 2-8　"浏览文件夹"对话框

路径的选择方法与 Windows 的资源管理器相同，选定有效路径之后，单击"确定"按钮，工程管理器开始搜索工程。将搜索指定路径及其子目录下的所有工程。搜索完成后，搜索结果自动显示在管理器的信息显示区内，路径选择对话框自动关闭。单击"取消"按钮，取消搜索工程操作。

如果搜索到的工程名称与当前工程信息表格中存在的工程名称相同，或搜索到的工程中有相同名称的，在工程信息被添加到工程管理器时，将动态地生成工程名称，在工程名称后添加序号。当存在多个具有相同名称的工程时，将按照顺序生成名称，直到没有重复的名称为止。

2.1.3　工程操作

1. 设置一个工程为当前工程

在工程管理器工程信息显示区中选中加亮想要设置的工程，执行菜单栏"文件\设为当前工程"命令即可设置该工程为当前工程。以后进入组态王开发系统或运行系统时，系统将默认打开该工程。被设置为当前工程的工程在工程管理器信息显示区的第一列中用一个图标（小红旗）来标识，如图 2-7 所示。

2. 修改当前工程的属性

修改工程属性主要包括工程名称和工程描述两个部分。选中要修改属性的工程，使之加亮显示，单击菜单栏"文件\工程属性"命令或工具条"属性"按钮又或快捷菜单"工程属性"命令后，弹出修改"工程属性"的对话框，如图 2-9 所示。

"工程名称"文本框中显示的为原工程名称，用户可直接修改。

"版本"、"分辨率"文本框中分别显示开发该工程的组态王软件版本和工程的分辨率。"工程路径"显示该工程所在的路径。

"描述"显示该工程的描述文本，允许用户直接修改。

3．清除当前不需要显示的工程

选中要清除信息的工程，使之加亮显示，单击菜单栏"文件\清除工程信息"命令后，将显示的工程信息条从工程管理器中清除，不再显示，执行该命令不会删除工程或改变工程。用户可以通过"搜索工程"或"添加工程"重新使该工程信息显示到工程管理器中。

4．工程备份

选中要备份的工程，使之加亮显示。单击菜单栏"工具\工程备份"命令或工具条"备份"按钮或快捷菜单"工程备份"命令后，弹出"备份工程"对话框，如图 2-10 所示。

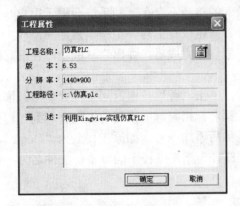

图 2-9　"工程属性"对话框

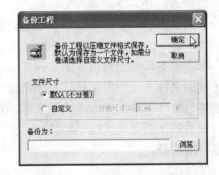

图 2-10　"备份工程"对话框

工程备份文件分为两种形式：不分卷、分卷。不分卷是指将工程压缩为一个备份文件，无论该文件有多大。分卷是指将工程备份为若干指定大小的压缩文件。系统的默认方式为不分卷。

默认（不分卷）：选择该选项，系统将把整个工程压缩为一个备份文件。单击"浏览"按钮，选择备份文件存储的路径和文件名称。工程被存储成扩展名为.cmp 的文件，如 filename.cmp。工程备份完后，生成一个 filename.cmp 文件。

自定义（分卷）：选择该选项，系统将把整个工程按照给定的分卷尺寸压缩为给定大小的多个文件。"分卷尺寸"文本框变为有效，在该文本中输入分卷的尺寸，即规定每个备份文件的大小，单位为兆。分卷尺寸不能为空，否则系统会提示用户输入分卷尺寸大小。单击"浏览"按钮，选择备份文件存储的路径和文件名称。分卷文件存储时会自动生成一系列文件，生成的第一个文件的文件名为所定义的文件名.cmp，其他依次为：文件名.c01、文件名.c02…。如定义的文件名为 filename，则备份产生的文件为：filename.cmp、filename.c01、filename.c02…。

备份过程中在工程管理器的状态栏的左边有文字提示，右边有备份进度条标识当前进度。

5．工程恢复

选择中要恢复的工程，使之加亮显示。单击菜单栏"工具\工程恢复"命令或工具条"恢复"按钮或快捷菜单"工程恢复"命令后，弹出"选择要恢复的工程"对话框。

选择组态王备份文件——扩展名为.cmp 的文件，如上例中的 filename.cmp。单击"打开"按钮，弹出"恢复工程"对话框。

单击"是"按钮则以前备份的工程覆盖当前的工程。如果恢复失败，系统会自动将工程还原为恢复前的状态。恢复过程中，工程管理器的状态栏上会有文字提示信息和进度条显示恢复进度。单击"取消"按钮取消恢复工程操作。

单击"否"按钮，弹出"路径选择"对话框，则另行选择工程目录，将工程恢复到别的目录下。

在"恢复到此路径"文本框里输入恢复工程的新的路径。或单击"浏览…"按钮，在弹出的"路径选择"对话框中进行选择。如果输入的路径不存在，则系统会提示用户是否自动创建该路径。路径输入完成后，单击"确定"按钮恢复工程。工程恢复期间，在工程管理器的状态栏上会有恢复信息和进度显示。工程恢复完成后，弹出恢复成功与否信息框示。

单击"是"按钮将恢复的工程作为当前工程，单击"否"按钮返回工程管理器。恢复的工程的名称若与当前工程信息表格中存在的工程名称相同，则恢复的工程添加到工程信息表格时将动态地生成一个工程名称，在工程名称后添加序号，如原工程名为"Demo"，则恢复后的工程名为"Demo（2）"；恢复的工程路径为指定路径下的以备份文件名为子目录名称的路径。

注意：

（1）恢复工程将丢失自备份后的新的工程信息，需要慎重操作。

（2）如果用户选择的备份工程不是原工程的备份时，系统在进行覆盖恢复时，会提示工程错误。

6．删除工程

选中要删除的工程，该工程为非当前工程，使之加亮显示，单击菜单栏"文件\删除工程"命令或工具条"删除"按钮或快捷菜单"删除工程"命令后，为防止用户误操作，弹出"删除工程"确认对话框，提示用户是否确定删除，如图 2-11 所示。单击"是"按钮删除工程，单击"否"取消删除工程操作。删除工程将从工程管理器中删除该工程的信息，工程所在目录将被全部删除，包括子目录。

图 2-11　删除工程确认

注意：删除工程将删除工程的所有内容全部，不可恢复，用户应谨慎操作。

2.1.4 工程浏览器

1. 工程浏览器概述

双击工程管理器中的工程名，出现演示方式提示对话框，单击"确定"按钮，进入"工程浏览器"对话框，如图 2-12 所示。

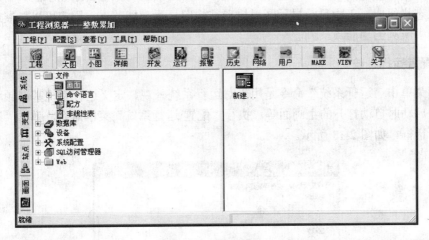

图 2-12 工程浏览器

注意：每套正版组态王软件均配置了"加密狗"，在实际工业控制中，将"加密狗"安装在计算机并口上，则组态王运行时，没有时间限制。

工程浏览器是组态王软件的核心部分和管理开发系统，它将画面制作系统中已设计的图形画面、命令语言、设备驱动程序管理、配方管理、数据报告等工程资源进行集中管理，并在一个窗口中进行树形结构排列。在工程浏览器中可以查看工程的各个组成部分，完成数据库的构造、定义外部设备等。

工程浏览器左侧是"工程目录显示区"，主要展示工程的各个组成部分。主要包括"系统"、"变量"、"站点"和"画面"四部分，这四部分的切换是通过工程浏览器最左侧的 Tab 标签实现的。

"系统"部分共有"Web"、"文件"、"数据库"、"设备"、"系统配置"和"SQL 访问管理器"六大项。

"Web"为组态王 For Internet 功能画面发布工具。

"文件"主要包括"画面"、"命令语言"、"配方"和"非线性表"。其中"命令语言"又包括"应用程序命令语言"、"数据改变命令语言"、"事件命令语言"、"热键命令语言"和"自定义函数命令语言"。

"数据库"主要包括"结构变量"、"数据词典"和"报警组"。

"设备"主要包括"串口 1（COM1）"、"串口 2（COM2）"、"DDE 设备"、"板卡"、"OPC 服务器"和"网络站点"。

"系统配置"主要包括"设置开发系统"、"设置运行系统"、"报警配置"、"历史数据记录"、"网络配置"、"用户配置"和"打印配置"。

"SQL 访问管理器"主要包括"表格模板"和"记录体"。

"变量"部分主要为变量管理,包括变量组。

"站点"部分显示定义的远程站点的详细信息。

"画面"部分用于对画面进行分组管理,创建和管理画面组。

右侧是"目录内容显示区",将显示每个工程组成部分的详细内容,同时对工程提供必要的编辑修改功能。

组态王的工程浏览器由 Tab 标签条、菜单栏、工具栏、工程目录显示区、目录内容显示区、状态栏组成。工程目录显示区以树形结构图显示功能节点,用户可以扩展或收缩工程浏览器中所列的功能项。

2. 配置运行系统

配置菜单中"运行系统"命令是用于对运行系统外观、定义运行系统基准频率、设定运行系统启动时自动打开的主画面等。执行"配置\运行系统"菜单命令,弹出"运行系统设置"对话框,如图 2-13 所示。

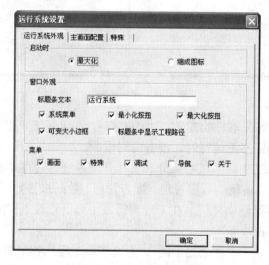

图 2-13　运行系统设置—运行系统外观

"运行系统设置"对话框由 3 个配置属性页组成。

1)"运行系统外观"属性页

此属性页中各项的含义和使用介绍如下:

- 启动时最大化:TouchView 启动时占据整个屏幕。
- 启动时缩成图标:TouchView 启动时自动缩成图标。
- 标题条文本:此文本框用于输入 TouchView 运行时出现在标题栏中的标题。若此内容为空,则 TouchView 运行时将隐去标题条,全屏显示。
- 系统菜单:选择此选项使 TouchView 运行时标题栏中带有系统菜单框。
- 最小化按钮:选择此选项使 TouchView 运行时标题栏中带有最小化按钮。
- 最大化按钮:选择此选项使 TouchView 运行时标题栏中带有最大化按钮。
- 可变大小边框:选择此选项使 TouchView 运行时,可以改变窗口大小。
- 标题条中显示工程路径:选择此选项使当前应用程序目录显示在标题栏中。
- 菜单:选择 TouchView 运行时要显示的菜单。

2）"主画面配置"属性页

单击"主画面配置"标签，显示该属性页，同时属性页画面列表对话框中列出了当前工程中所有有效的画面，选中的画面加亮显示。如图 2-14 所示。此属性页规定 TouchView 运行系统启动时自动加载的画面。如果几个画面互相重叠，最后调入的画面在前面显示。

3）"特殊"属性页

此属性页对话框用于设置运行系统的基准频率等一些特殊属性，单击"特殊"属性页，则此属性页弹出，如图 2-15 所示。

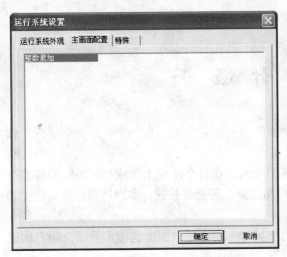

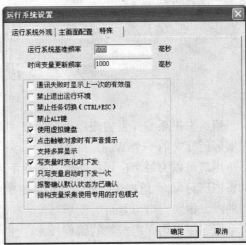

图 2-14　运行系统设置—主画面配置　　　　图 2-15　运行系统设置—特殊

运行系统基准频率：是一个时间值。所有其他与时间有关的操作选项（如：有"闪烁"动画连接的图形对象的闪烁频率、趋势曲线的更新频率、后台命令语言的执行）都以它为单位，是它的整数倍。组态王最高基准频率为 55ms。

时间变量更新频率：用于控制 TouchView 在运行时更新系统时间变量（如$秒、$分、$时等）的频率。

通信失败时显示上一次的有效值：用于控制组态王中的 I/O 变量在通信失败后在画面上的显示方式。选中此项后，对于组态王画面上 I/O 变量的"值输出"连接，在设备通信失败时画面上将显示组态王最后采集的数据值，否则将显示"？？？？"。

禁止退出运行环境：选择此选项后，其左边复选框内出现"b"号。选择此选项使 TouchView 启动后，用户不能使用系统的"关闭"按钮或菜单来关闭程序，使程序退出运行。 但用户可以在组态王中使用 exit( )函数控制程序退出。

禁止任务切换<Ctrl+Esc>：选择此选项后，其左边小方框内出现""号。选择此选项将禁止使用"<Ctrl>+<Esc>"键，用户不能作任务切换。

禁止<Alt>键：选择此选项后，其左边小方框内出现"b"号。选择此选项将禁止"<Alt>"键，用户不能用<Alt>键调用菜单命令。

注意：若将上述所有选项选中时，只有使用组态王提供的内部函数 exit(Option)退出。

使用虚拟键盘：选择此选项后，其左边小方框内出现"b"号。画面程序运行时，当需要操作者使用键盘时，如输入模拟值，则弹出模拟键盘窗口，操作者用鼠标在模拟键盘上选择字符即可输入。

单击触敏对象时有声音提示：选择此选项后，其左边小方框内出现"b"号。则系统运行时，鼠标单击按钮等可操作的图素时，蜂鸣器发出声音。

支持多屏显示：选择此选项后，其左边小方框内出现"b"号。选择此选项支持多显卡显示，可以一台主机接多个显示器，组态王画面在多个显示器上显示。

写变量时变化触发：选择此选项后，如果变量的采集频率为 0，组态王写变量时，只有变量值发生变化才写，否则不写。

只写变量启动时下发一次：对于只写变量，选择此选项后，运行组态王，将初始值向下写一次，否则不写。

2.2 设 计 画 面

用组态王系统开发的应用程序是以"画面"为程序单位的，每一个"画面"对应于程序实际运行时的一个 Windows 窗口。

用户可以为每个应用程序建立数目不限的画面，在每个画面上生成互相关联的静态或动态图形对象。"组态王"提供类型丰富的绘图工具，还提供按钮、实时趋势曲线、历史趋势曲线、报警窗口等复杂的图形对象。

组态王采用面向对象的编程技术，使用户可以方便地建立画面的图形界面。用户构图时可以像搭积木那样利用系统提供的图形对象完成画面的生成。

画面开发系统是应用程序的集成开发环境，工程人员在这个环境里进行系统开发。

2.2.1 新建画面

在工程浏览器左侧树形菜单中选择"文件/画面"，在右侧视图中双击"新建"，出现"画面属性"对话框，在这里可以设置画面属性。输入画面名称"整数累加"，设置画面位置、大小等，如图 2-16 所示。

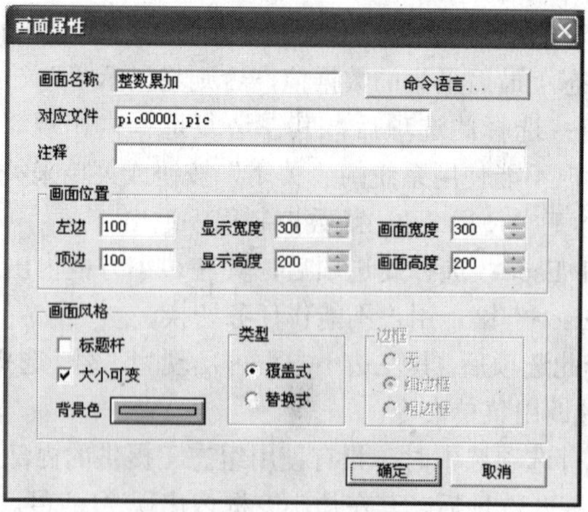

图 2-16 "画面属性"对话框

1．画面名称

在此编辑框内输入新画面的名称，画面名称最长为 20 个字符。如果在画面风格里选中"标题杆"选择框，此名称将出现在新画面的标题栏中。

2．对应文件

此编辑框输入本画面在磁盘上对应的文件名，也可由"组态王"自动生成默认文件名。工程人员也可根据自己需要输入。对应文件名称最长为 8 个字符。画面文件的扩展名必须为".pic"。

3．注释

此编辑框用于输入与本画面有关的注释信息。注释最长为 49 个字符。

4．画面位置

输入 6 个数值决定画面显示窗口位置、大小和画面大小。

左边、顶边。左边和顶边位置形成画面左上角坐标。显示宽度、显示高度，指显示窗口的宽度和高度。以像素为单位计算。画面宽度、画面高度，指画面的大小，是画面总的宽度和高度，总是大于或等于显示窗口的宽度和高度。

可以通过对画面属性中显示窗口大小和画面大小的设置来实现组态王的大画面漫游功能。大画面漫游功能也就是组态王制作的画面不再局限于屏幕大小，可以绘制任意大小的画面，通过拖动滚动条来查看，并且在开发和运行状态都提供画面移动和导航功能。

画面的最大宽度和高度为 8000×8000，最小宽度和高度为 50×50。如指定的画面宽度或高度小于显示窗口的大小，则自动设置画面大小为显示窗口大小。画面的显示高度和显示宽度设置分别不能大于画面的高度和宽度设置。

当定义画面的大小小于或者等于显示窗口大小时，不显示窗口滚动条；当画面宽度大于显示窗口宽度时显示水平滚动条；当画面高度大于显示窗口高度时，显示垂直滚动条。可用鼠标拖动滚动条，拖动滚动条时画面也随之滚动。当画面滚动时，如选择"工具\显示导航图"命令，则在画面的右上方有一个小窗口出现，此窗口为导航图，在导航图中标志当前显示窗口在整个画面中相对位置的矩形也随之移动。

组态王开发系统会自动记录滚动条的位置，也就是说当下次再切换到此画面时，仍然是上次编辑的状态。当工程关闭后，再打开时仍然保持关闭前的状态。

通过鼠标拖动画面右下角可设置画面显示窗口大小，拖动画面左上角可设置显示窗口的位置。当显示窗口大小拖动后大于画面大小时，画面大小自动设置为显示窗口大小。

通过鼠标拖拉画面右下角，并同时按下<Ctrl>键可设置画面显示窗口和画面实际大小相等，以显示窗口的大小为准。

5．画面风格之标题杆

此选择用于决定画面是否有标题杆。若有标题杆，选中此选项在其前面的小方框中有"?"号显示，开发系统画面标题杆上将显示画面名称。

6．画面风格之大小可变

此选择用于决定画面在开发系统（TouchExplorer）中是否能由工程人员改变大小。改变画面大小的操作与改变 Windows 窗口相同。鼠标挪动到画面边界时，鼠标箭头变为双向箭头，拖动鼠标，可以修改画面的大小。

7．画面风格之类型

在运行系统中，有 3 种画面类型可供选择：

- "覆盖式"：新画面出现时，它重叠在当前画面之上。关闭新画面后被覆盖的画面又可见。
- "替换式"：新画面出现时，所有与之相交的画面自动从屏幕上和内存中删除，即所有画面被关闭。建议使用"替换式"画面以节约内存。
- "弹出式"："弹出式"画面被打开后，始终显示为当前画面，只有关闭该画面后才能对其他组态王画面进行操作。

8．画面风格之边框

画面边框的 3 种样式，可从中选择一种。只有当"大小可变"选项没被选中时该选项才有效，否则灰色显示无效。

9．画面风格之背景色

此按钮用于改变窗口的背景色，按钮中间是当前默认的背景色。用鼠标按下此按钮后出现一个浮动的调色板窗口，可从中选择一种颜色。

10．命令语言（画面命令语言）

根据程序设计者的要求，画面命令语言可以在画面显示时执行、隐含时执行或者在画面存在期间定时执行。如果希望定时执行，还需要指定时间间隔。执行画面命令语言的方式有 3 种：显示时、存在时、隐含时。这 3 种执行方式的含义如下：

- 显示时：每当画面由隐含变为显示时，则"显示时"编辑框中的命令语言就被执行一次。
- 存在时：只要该画面存在，即画面处于打开状态，则"存在时"编辑框中的命令语言按照设置的频率被反复执行。
- 隐含时：每当画面由显示变为隐含时，则"隐含时"编辑框中的命令语言就被执行一次。

单击"确定"按钮，进入组态王画面开发系统，此时工具箱自动加载，如图 2-17 所示。

图 2-17　开发系统—空白画面

组态王画面开发系统是应用程序的集成开发环境。工程人员在这个环境中完成界面的设计、动画连接等工作。画面开发系统具有先进完善的图形生成功能；数据库中有多种数据类型，能合理地抽象控制对象的特性，对数据变量的报警、趋势曲线、过程记录、安全防范等重要功能有简单的操作办法。利用组态王丰富的图库，用户可以大大减少设计界面的时间，从整体上提高工控软件的质量。

如果工具箱没有出现，可选择菜单"工具/显示工具箱"或按<F10>键打开。

绘制图素的主要工具放在图形编辑工具箱中，各基本工具的使用方法与"画笔"类似。

用鼠标单击工具箱中的文本工具按钮"T"，然后将鼠标移动到画面上适当位置单击，用户便可以在画面中输入文字"000"。输入完毕后，单击鼠标，文字输入完成。

若需要对输入的文字进行修改，则可以首先选中该文本，单击鼠标右键，在弹出的菜单中单击"字符串替换"菜单项，弹出"字符串替换"对话框，输入要修改的文字。

在工具箱中选择"按钮"控件添加到画面中，然后选中该按钮，单击鼠标右键，选择"字符串替换"，将按钮"文本"改为"关闭"。

注意：建立仪表、文本、按钮等对象和变量的动画连接后，才可对这些对象进行各种属性设置。

2.2.2　图库管理器

在开发系统中执行菜单"图库/打开图库"命令，进入"图库管理器"对话框，如图 2-18 所示。

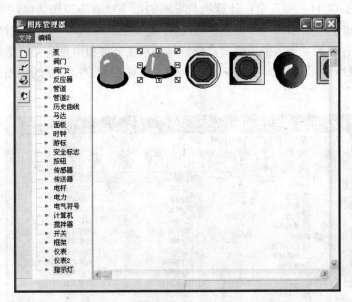

图 2-18　图库管理器

图库管理器内存放的是组态软件的各种图素（称为图库精灵），用户选择需要的图库精灵就可以设计自己需要的界面。使用图库管理器有 3 方面好处：降低人工设计界面的难度，缩短开发周期；用图库开发的软件将具有统一的外观；利用图库的开放性，工程人员可以生成自己的图库精灵。

图库精灵中大部分都有连接向导或是精灵外观设置，可将精灵和数据词典中的变量联系起来，但是也有一些精灵没有动画连接，只能作为普通图片使用。将图库精灵加载到画面上之后，双击精灵可弹出连接向导，每种精灵有各自的连接向导，一般是将组态王的变量连接到精灵中，还有对精灵外观的设置。

为图形画面添加 1 个指示灯对象：选择指示灯库中的一个图形对象，双击选择的指示灯图形，此时图库管理器消失，显示开发系统画面窗口，在开发系统画面空白处单击并拖动鼠标，则画面中出现选择的指示灯图形，可以通过鼠标拖动图形边上的箭头来放大或缩小图形。

图 2-19　图形画面

设计的图形画面如图 2-19 所示。

画面存储：画面设计完成后，在开发系统"文件"菜单中执行"全部存"命令将设计的画面和程序全部存储。

在开发系统中，对画面所做的任何改变，必须存储，所做的改变才有效，即在画面运行系统中才能运行我们所做的工作。

2.3　定义变量

数据库是组态王最核心的部分。在组态王运行时，工业现场的生产状况要以动画的形式反映在屏幕上，同时工程人员在计算机前发布的指令也要迅速送达生产现场，所有这一切都是以实时数据库为中介环节，所以说数据库是联系上位机和下位机的桥梁。

在数据库中存放的是变量的当前值，变量包括系统变量和用户定义的变量。变量的集合形象地称为"数据词典"，数据词典记录了所有用户可使用的数据变量的详细信息，如图 2-20 所示。

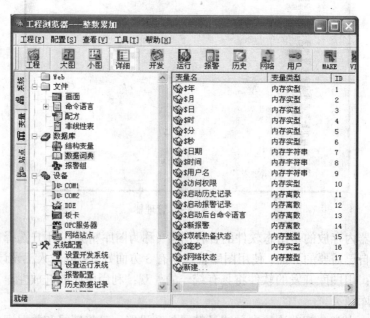

图 2-20　数据词典

"组态王"系统中定义的变量与一般程序设计语言（如 BASIC、PASCAL、C 语言）定义的变量有很大的不同，既能满足程序设计的一般需要，又能考虑到工控软件的特殊需要。

2.3.1　变量的类型

变量可以分为基本类型和特殊类型两大类。

1．基本变量类型

基本类型的变量又分为"内存变量"和"I/O"变量两类，如图 2-21 所示。

"内存变量"是指那些不需要和其他应用程序交换数据、也不需要从下位机得到数据、只在组态王内需要使用的变量，如计算过程的中间变量，就可以设置成内存变量。

"I/O 变量"是指组态王与外部数据采集程序直接进行数据交换的变量，如下位机数据采集设备（如 PLC、仪表等）或其他应用程序（如 DDE、OPC 服务器等）。这种数据交换是双向的、动态的，就是说，在组态王系统运行过程中，每当 I/O 变量的值改变时，该值就会自动写入下位机或其他应用程序；每当下位机或应用程序中的值改变时，组态王系统中的变量值也会自动更新。所以，那些从下位机采集来的数据、发送给下位机的指令，比如"反应罐液位"、"电源开关"等变量，都需要设置成"I/O 变量"。

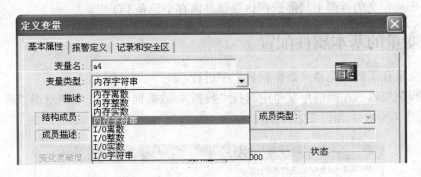

图 2-21　基本变量类型

基本类型的变量也可以按照数据类型分为离散型、整数型、实数型、字符串型。

内存实数变量、I/O 实数变量：类似一般程序设计语言中的浮点型变量，用于表示浮点数据，取值范围 10E–38～10E+38，有效值 7 位。

内存离散变量、I/O 离散变量：类似一般程序设计语言中的布尔（BOOL）变量，只有 0，1 两种取值，用于表示一些开关量。

内存整数变量、I/O 整数变量：类似一般程序设计语言中的有符号长整数型变量，用于表示带符号的整型数据，取值范围–2 147 483 648～2 147 483 647。

内存字符串型变量、I/O 字符串型变量：类似一般程序设计语言中的字符串变量，可用于记录一些有特定含义的字符串，如名称，密码等，该类型变量可以进行比较运算和赋值运算。字符串长度最大值为 128 个字符。

2．特殊变量类型

特殊变量类型有报警窗口变量、报警组变量、历史趋势曲线变量及系统预设变量 4 种。这几种特殊类型变量体现了组态王系统面向工控软件、自动生成人机接口的特点。

（1）"报警窗口变量"：是设计者在制作画面时通过定义报警窗口生成的，用户可用命令语言编制程序来设置或改变报警窗口的一些特性，如改变报警组名或优先级，在窗口内上下翻页等。

（2）"历史趋势曲线变量"：是设计者在制作画面时通过定义历史趋势曲线生成的，用户可用命令语言编制程序来设置或改变历史趋势曲线的一些特性，如改变历史趋势曲线的起始时间或显示的时间长度等。

（3）"系统预设变量"：有 8 个时间变量是系统已经在数据库中定义的，用户可以直接使用：\$年、\$月、\$日、\$时、\$分、\$秒、\$日期、\$时间，表示系统当前的时间和日期，由系统自动更新，设计者只能读取时间变量，而不能改变它们的值。预设变量还有：\$用户名、\$访问权限、\$启动历史记录、\$启动报警记录、\$新报警、\$启动后台命令、\$双机热备状态、\$毫秒、\$网络状态。

（4）"结构变量"：一个结构变量作为一种变量类型，结构变量下可包含多个成员，每一个成员就是一个基本变量。成员类型可以为：内存离散、内存整数、内存实数、内存字符串、I/O 离散、I/O 整数、I/O 实数、I/O 字符串。当组态王工程中定义了结构变量时，在变量类型的下拉列表框中会自动列出已定义的结构变量。结构变量成员的变量类型必须在定义结构变量的成员时先定义，包括离散型、整数型、实数型、字符串型或已定义的结构变量。在变量定义的界面上只能选择该变量是内存型还是 I/O 型。

2.3.2　变量的基本属性配置

定义变量在工程浏览器"数据词典"中进行。

在工程浏览器的左侧树形菜单中选择"数据库/数据词典"，在右侧双击"新建"，弹出"定义变量"对话框，如图 2-22 所示。

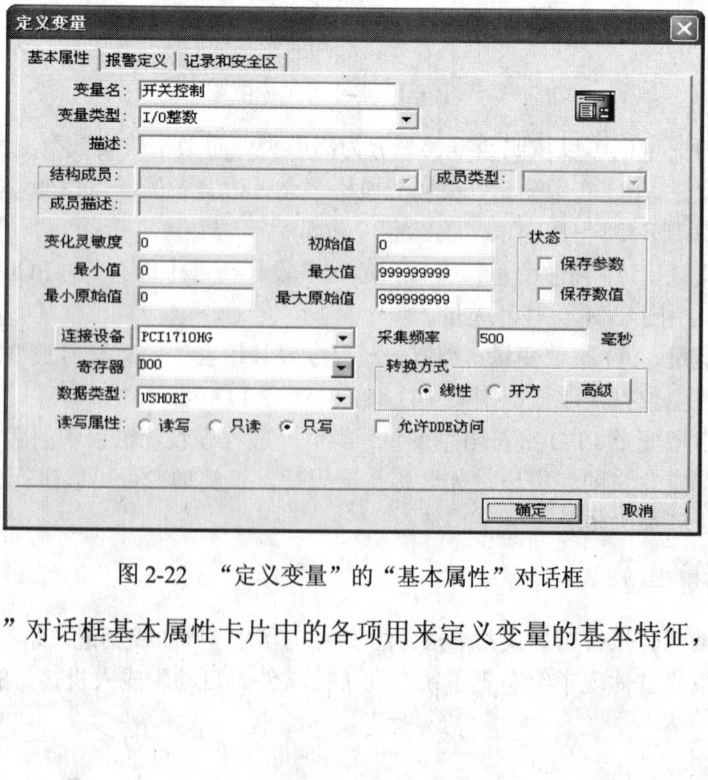

图 2-22　"定义变量"的"基本属性"对话框

"定义变量"对话框基本属性卡片中的各项用来定义变量的基本特征，各项意义解释如下：

（1）变量名：唯一标识一个应用程序中数据变量的名字，同一应用程序中的数据变量不能重名，不能与组态王中现有的变量名、函数名、关键字、构件名称等相重复，数据变量名区分大小写，第一个字符不能是数字，只能为字符，名称中间不允许有空格、算术符号等非法字符存在，最长不能超过 31 个字符。

（2）变量类型：在对话框中只能定义 8 种基本类型中的一种，用鼠标单击变量类型下拉列表框列出可供选择的数据类型，当定义有结构模板时，一个结构就是一种变量类型。

（3）描述：用于编辑和显示数据变量的注释信息。

（4）结构成员、成员类型和成员描述在变量类型为结构变量时有效。

（5）变化灵敏度：数据类型为模拟量或长整型时此项有效。只有当该数据变量的值变化幅度超过"变化灵敏度"时，"组态王"才更新与之相连接的图素（默认为 0）。

（6）初始值：这项内容与所定义的变量类型有关，定义模拟量时出现编辑框可输入一个数值，定义离散量时出现开或关两种选择，定义字符串变量时出现编辑框可输入字符串，它们规定软件开始运行时变量的初始值。

（7）最小值：指该变量值在数据库中的下限。

（8）最大值：指该变量值在数据库中的上限。

（9）最小原始值：变量为 I/O 模拟型时，与最小值所对应的输入寄存器的值的下限。

（10）最大原始值：变量为 I/O 模拟型时，与最大值所对应的输入寄存器的值的上限。

以上 4 项是对 I/O 模拟量进行工程值自动转换所需要的。组态王将采集到的数据按照这 4 项的对应关系自动转为工程值。

（11）保存参数：在系统运行时，修改变量的域的值（可读可写型），系统自动保存这些参数值，系统退出后，其参数值不会发生变化。当系统再启动时，变量的域的参数值为上次系统运行时最后一次的设置值，无须用户再去重新定义。

（12）保存数值：系统运行时，当变量的值发生变化后，系统自动保存该值。当系统退出后再次运行时，变量的初始值为上次系统运行过程中变量值最后一次变化的值。

（13）连接设备：只对 I/O 类型的变量起作用，工程人员只需从下拉式"连接设备"列表框中选择相应的设备即可。所列的连接设备名是已安装的逻辑设备名。

注意：如果连接设备选为 Windows 的 DDE 服务程序，则"连接设备"选项下的选项名为"项目名"；当连接设备选为 PLC 等，则"连接设备"选项下的选项名为"寄存器"；如果连接设备选为板卡等，则"连接设备"选项下的选项名为"通道"。

项目名：连接设备为 DDE 设备时，DDE 会话中的项目名，可参考 Windows 的 DDE 交换协议资料。

（14）寄存器：指定要与组态王定义的变量进行连接通信的寄存器变量名，该寄存器与工程人员指定的连接设备有关。

（15）数据类型：只对 I/O 类型的变量起作用，定义变量对应的寄存器的数据类型，共有 9 种数据类型供用户使用。

（16）读写属性：定义数据变量的读写属性，工程人员可根据需要定义变量为"只读"属性、"只写"属性、"读写"属性。

● 只读：对于进行采集的变量一般定义属性为只读，其采集频率不能为 0。

● 只写：对于只需要进行输出而不需要读回的变量一般定义属性为只写。

● 读写：对于需要进行输出控制又需要读回的变量一般定义属性为读写。

（17）允许 DDE 访问：组态王用 COM 组件编写的驱动程序与外围设备进行数据交换，为了使工程人员用其他程序对该变量进行访问，可通过选中"允许 DDE 访问"，即可与 DDE 服务程序进行数据交换。

（18）采集频率：用于定义数据变量的采样频率。

（19）转换方式：规定 I/O 模拟量输入原始值到数据库使用值的转换方式。

对于 I/O 变量中的模拟变量，在现场实际中，可能要根据输入要求的不同要将其按照不同的方式进行转换。比如一般的信号与工程值都是与线性对应的，可以选择线性转换；有些需要进行累计计算，则选择累计转换。组态王为用户提供了线性、开方、非线性表、直接累计、差值累计等多种转换方式。

① 线性转换方式。用原始值和数据库使用值的线性插值进行转换。线性转换是将设备中的值与工程值按照固定的比例系数进行转换。在变量基本属性定义对话框的"最大值"、"最小值"编辑框中输入变量工程值的范围，在"最大原始值"、"最小原始值"编辑框中输入设备中转换后的数字量值的范围（可以参考组态王驱动帮助中的介绍），则系统运行时，按照指定的量程范围进行转换，得到当前实际的工程值。线性转换方式是最直接也是最简单的一种转换方式。

② 开方转换方式。用原始值的平方根进行转换，即转换时将采集到的原始值进行开方运算，得到的值为实际工程值，该值在变量基本属性定义的"最大值"、"最小值"范围内。

③ 非线性表转换与累计转换。非线性表转换：采用非线性表的方式实现非线性物理量的转换；累计转换：累计是在工程中经常用到的一种工作方式，经常用在流量、电量等计算方面。组态王的变量可以定义为自动进行数据的累计。另外，组态王提供两种累计算法：直接累计算法和差值累计算法，详见《组态王用户手册》。

2.3.3　变量的报警属性配置

"定义变量"对话框的"报警定义"页规定了数据变量的报警特性，包括报警条件、报警组名、报警优先级等信息，如图 2-23 所示。

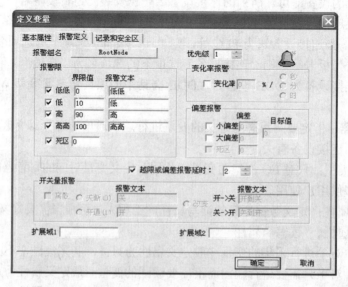

图 2-23　"定义变量"的"报警定义"对话框

1．模拟量报警类型

模拟量报警分如下 3 种类型：

（1）越限报警：模拟量的值在跨越报警限时产生的报警。越限报警的报警限（类型）有 4 个：低低限、低限、高限、高高限。

（2）变化率报警：模拟量的值在固定时间内的变化超过一定量时产生的报警，即变量变化太快时产生的报警。当模拟量的值发生变化时，就计算变化率以决定是否报警。

（3）偏差报警：模拟量的值相对目标值上下波动的量与变量范围的百分比超过一定量时产生的报警。

2．开关量报警类型

开关量报警分如下 3 种类型，用户只能定义其中的 1 种。

（1）关断报警：选中此项表示当离散型变量由开状态变为关（由 1 变为 0）状态时，对此变量进行报警。

（2）开通报警：选中此项表示当离散型变量由关状态变为开状态（由 0 变为 1）时，对此变量进行报警。

（3）改变报警：选中此项表示当离散型变量发生变化时，即由关状态变为开状态或由开状态变为关状态，对此变量进行报警。它多用于电力系统，又称变位报警。

报警文本：报警产生时显示的文本，用户可以根据自己的需要，在"报警文本"文本框中输入。

2.3.4　变量的记录和安全属性配置

"定义变量"对话框的"记录和安全区"页用于配置变量的历史数据记录信息，可选择不记录、数据变化记录、定时记录或备份记录，如图 2-24 所示。

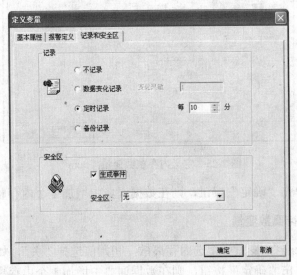

图 2-24　"定义变量"的"记录和安全区"对话框

（1）不记录：此选项有效时，则该变量值不存到硬盘上作历史记录。

（2）数据变化记录：当变量值发生变化时，将此时的变量值存到硬盘上（历史记录）。实型、长整型、离散量可记录，适用于数据变化快的场合。

当选择数据变化记录时，应对"变化灵敏度"进行设置。只有变量值的变化幅度大于"变化灵敏度"设定的值时才被记录到磁盘上。当"数据变化记录"选项有效时，"变化灵敏度"选项才有效，其默认值为1，用户可根据需要修改。

（3）定时记录：按时间间隔记录历史数据，最小时间间隔为1分钟，适用于数据变化慢的场合。

安全区的配置：

生成事件：当该变量的值、域被改变或被操作时，产生事件。

安全区：选择变量的操作安全区权限，只能选择一项。

2.3.5　定义变量举例

在工程浏览器的左侧树形菜单中选择"数据库/数据词典"，在右侧双击"新建"，弹出"定义变量"对话框。

1. 定义1个内存整数变量

变量名设为"num"，变量类型选"内存整数"，初始值设为"0"，最小值设为"0"，最大值设为"1000"，如图2-25所示。

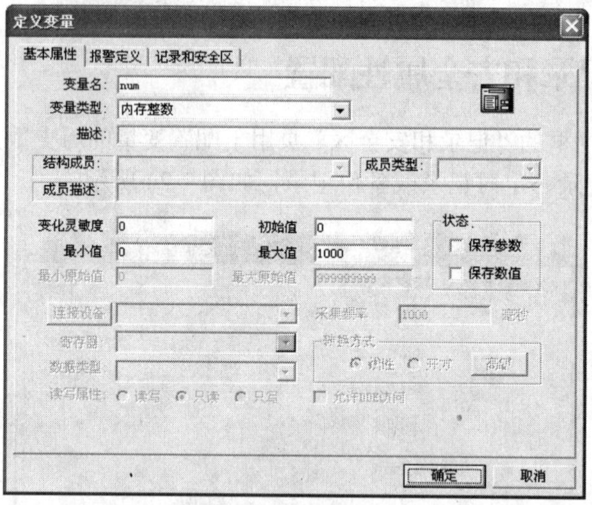

图2-25　定义内存整数变量"num"

定义完成后，单击"确定"按钮，则在数据词典中增加1个内存整数变量"num"。

2. 定义1个内存离散变量

变量名设为"deng"，变量类型选内存离散，初始值选择"关"，如图2-26所示。

定义完成后，单击"确定"按钮，则在数据词典中增加1个内存离散变量"deng"。

每一个变量都要采取如上方法进行定义，只有经过定义后的变量，才能被系统中动画连接、命令语言编程等引用。

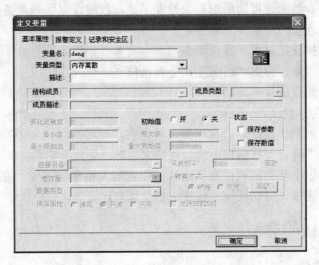

图 2-26 定义内存离散变量 "deng"

2.4 动 画 连 接

2.4.1 动画连接的含义与特点

工程人员在组态王开发系统中制作的画面都是静态的，要逼真地显示系统的运行状况，必须将图素和数据库中已设定的相应变量联系起来，即让画面 "动" 起来。将画面中的图形对象与数据库中的对应变量建立对应关系的过程称为 "动画连接"。当数据库中的变量值改变时，图形对象就可以按照设定的动画连接随之做同步的变化，或者由软件使用者通过图形对象改变数据变量的值。这样，工业现场的数据，比如温度、液面高度等发生变化时，通过 I/O 接口，将引起实时数据库中变量的变化，如果设计者曾经定义了一个画面图素，比如指针与这个变量相关，我们将会看到指针在同步偏转。

动画连接的引入是设计人机界面的一次突破，它把程序员从重复的图形编程中解放出来，为程序员提供了标准的工业控制图形界面，并且有可编程的命令语言连接来增强图形界面的功能。

一个图形对象可以同时定义多个连接，组合成复杂的效果，以便满足实际中任意的动画显示需要。

当应用程序窗口中的图形对象设计完成后，应建立与窗口对象相关联的动画连接，在应用程序运行过程中，根据数据变量或表达式的变化及操作员对触控对象的操作，图形对象应按照动画连接的要求而改变，从而形象生动地体现实际系统的动态过程。

组态王的动画连接具有以下特点：

（1）一个图形对象可以同时定义多个动画连接，从而可以实现复杂的动画功能。

（2）建立动画连接的过程非常简单，不需要编写任何程序即可完成。

（3）动画过程的引发不限于变量，也可以是由变量组成的连接表达式。

（4）为每一个有动画连接的图形对象设置了访问权限，以增强系统安全性。

创建动画制作连接的基本步骤如下：

（1）创建或选择连接对象（线、填充图形、文本、按钮或符号）。

（2）双击图形对象，弹出"动画连接"对话框。

（3）选择对象想要进行的连接。

（4）为连接定义输入详细资料。

当用户创建动画制作连接时，在连接生效之前，使用的标记名必须在数据库中定义。如果未被定义，当"确定"按钮按下时，将要求用户立即定义它。

动画连接包括以下几类：属性变化连接、位置与大小变化连接、值输出连接、用户输入连接、特殊动画连接、滑动杆输入连接、命令语言连接等。

2.4.2　动画连接的类型

1．属性变化连接

属性变化共有 3 种连接，它们规定了图形对象的颜色、线型、填充类型等属性如何随变量或连接表达式的值变化而变化。

在连接表达式中不允许出现函数、赋值语句，表达式的值在组态王运行时计算。

（1）线属性连接：线属性连接使被连接对象的边框或线的颜色和线型随连接表达式的值改变。定义这类连接需要同时定义分段点（阈值）和对应的线属性。

（2）填充属性连接：填充属性连接使图形对象的填充颜色和填充类型随连接表达式的值改变，通过定义一些分段点（包括阈值和对应填充属性），使图形对象的填充属性在一段数值内为指定值。

（3）文本色连接：文本色连接使文本对象的颜色随连接表达式的值改变，通过定义一些分段点（包括颜色和对应数值），使文本颜色在特定数值段内为指定颜色。如定义某分段点，阈值是 0，文本色为红色，则当连接表达式的值在 0 到下一个阈值之间时，对象的文本色为红色。

2．位置与大小变化连接

位置与大小变化连接包括 5 种连接，规定了图形对象如何随变量值的变化而改变位置或大小。

（1）水平移动连接：水平移动连接是使被连接对象在画面中随连接表达式值的改变而水平移动。移动距离以像素为单位，以被连接对象在画面制作系统中的原始位置为参考基准的。水平移动连接常用来表示图形对象实际的水平运动。

（2）垂直移动连接：垂直移动连接使被连接对象在画面中的位置随连接表达式的值而垂直移动。移动距离以像素为单位，以被连接对象在画面制作系统中的原始位置为参考基准。垂直移动连接常用来表示对象实际的垂直运动。

（3）缩放连接：缩放连接使被连接对象的大小随连接表达式的值变化。

（4）旋转连接：旋转连接使对象在画面中的位置随连接表达式的值旋转。

（5）填充连接：填充连接使被连接对象的填充物（颜色和填充类型）占整体的的百分比随连接表达式的值变化。

3．值输出连接

值输出连接用来在画面上输出文本图形对象的连接表达式的值。运行时文本字符串将被连接表达式的值所替换，输出的字符串的大小、字体和文本对象相同。

（1）模拟值输出连接：模拟值输出连接使文本对象的内容在程序运行时被连接表达式的值所取代。

（2）离散值输出连接：离散值输出连接使文本对象的内容在运行时被连接表达式的指定字符串所取代。

（3）字符串输出连接：字符串输出连接使画面中文本对象的内容在程序运行时被某个字符串的值所取代。

4．用户输入连接

用户输入连接中，所有的图形对象都可以定义为模拟值输入连接、离散值输入连接、字符串输入连接 3 种用户输入连接中的 1 种，输入连接使被连接对象在运行时为触敏对象。

TouchView 运行时，当鼠标滑过该对象时，触敏对象周围出现反显的矩形框。按<Space>键、<Enter>键或单击鼠标左键，会弹出"输入"对话框，可以用鼠标或键盘输入数据以改变数据库中变量的值。

（1）模拟值输入连接：模拟值输入连接用以改变数据库中某个模拟型变量的值。

（2）离散值输入连接：离散值输入连接用以改变数据库中某个离散类型变量的值。

（3）字符串输入连接：字符串输入连接用以改变某个字符串类型变量的值。

5．特殊动画连接

所有的图形对象都可以定义两种特殊动画连接，这是规定图形对象可见性的连接。

（1）闪烁连接：闪烁连接使被连接对象在条件表达式的值为真时闪烁。闪烁效果易于引起注意，故常用于出现非正常状态时的报警。

（2）隐含连接：隐含连接使被连接对象根据条件表达式的值而显示或隐含。

6．滑动杆输入连接

滑动杆输入连接有水平和垂直滑动杆输入连接两种。滑动杆输入连接使被连接对象在运行时为触敏对象。当 TouchView 运行时，触敏对象周围出现反显的矩形框。鼠标左键拖动有滑动杆输入连接的图形对象可以改变数据库中变量的值。滑动杆输入连接和用户输入连接是运行中改变变量值的两种不同方法。

（1）垂直滑动杆输入连接：运行中沿垂直方向拖动，有垂直滑动杆输入连接的图形对象其连接的变量的值将会被改变。当变量的值改变时，图形对象的位置也会发生变化。

（2）水平滑动杆输入连接：运行中沿水平方向拖动，有水平滑动杆输入连接的图形对象其连接的变量的值将会被改变。当变量的值改变时，图形对象的位置也会发生变化。

7．命令语言连接

命令语言连接会使被连接对象在运行时成为触敏对象。TouchView 运行时，当鼠标滑过对象时，触敏对象周围出现反显的矩形框。命令语言有 3 种："按下时"、"弹起时"和"按住时"，分别表示鼠标左键在触敏对象上按下、弹起、按住时执行连接的命令语言程序。

2.4.3 动画连接举例

进入开发系统，双击图2-19画面中图形对象，将定义好的变量与相应对象连接起来。

1. 建立显示文本对象"000"的动画连接

双击画面中文本对象"000"，出现"动画连接"对话框，单击"模拟值输出"按钮，则弹出"模拟值输出连接"对话框，将其中的表达式设置为"\\本站点\num"（可以直接输入，也可以单击表达式文本框右边的"？"号，选择已定义好的变量名"num"，单击"确定"按钮，文本框中出现"\\本站点\num"表达式），整数位数设为"3"，小数位数为"0"，单击"确定"按钮返回到"动画连接"对话框，再次单击"确定"按钮，动画连接设置完成，如图2-27所示。

2. 建立"指示灯"对象的动画连接

双击画面中指示灯对象，出现"指示灯向导"对话框，将变量名设定为"\\本站点\deng"（可以直接输入，也可以单击变量名文本框右边的"？"号，选择已定义好的变量名"deng"），如图2-28所示。将正常色设置为绿色，报警色设置为红色。设置完毕，单击"确定"按钮，则"指示灯"对象动画连接完成。

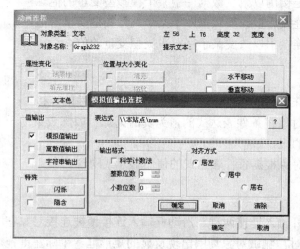

图2-27 文本对象"000"的动画连接设置　　图2-28 "指示灯"对象的动画连接设置

3. 建立按钮对象的动画连接

双击"关闭"按钮对象，出现"动画连接"对话框，如图2-29所示。单击命令语言连接中的"弹起时"按钮，出现"命令语言"窗口，在编辑栏中输入命令"exit(0);"。

单击"确定"按钮，返回到"动画连接"对话框，再单击"确定"按钮，则"关闭"按钮的动画连接完成。程序运行时，单击"关闭"按钮，程序停止运行并退出。

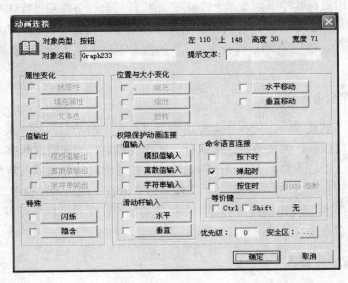

图 2-29　"关闭"按钮的动画连接设置

2.5　命　令　语　言

组态王除了在建立动画连接时支持连接表达式外，还允许用户定义命令语言来驱动应用程序，极大地增强了应用程序的灵活性。

命令语言的语法和 C 语言非常类似，是 C 语言的一个子集，具有完备的语法查错功能和丰富的运算符、数学函数、字符串函数、控件函数、SQL 函数和系统函数。

命令语言都是靠事件触发执行的，如定时、数据的变化、键盘键的按下、鼠标的单击等。命令语言具有完备的词法语法查错功能和丰富的运算符、数学函数、字符串函数、控件函数 SQL 函数和系统函数。各种命令语言通过"命令语言编辑器"编辑输入，在组态王运行系统中被编译执行。

2.5.1　命令语言的形式

根据事件和功能的不同，命令语言有 6 种形式，包括应用程序命令语言、热键命令语言、事件命令语言、数据改变命令语言、自定义函数命令语言和画面命令语言。如图 2-30 所示，其区别在于命令语言执行的时机或条件不同。

应用程序命令语言、热键命令语言、事件命令语言、数据改变命令语言可以称为"后台命令语言"，它们的执行不受画面打开与否的限制，只要符合条件就可以执

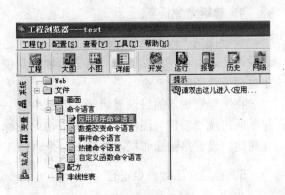

图 2-30　命令语言菜单

行。另外可以使用运行系统中的菜单"特殊/开始执行后台任务"和"特殊/停止执行后台任务"来控制所有这些命令语言是否执行。而画面和动画连接命令语言的执行不受影响。也可以通过修改系统变量"$启动后台命令语言"的值来实现上述控制，该值置 0 时停止执行，置 1 时开始执行。

1．应用程序命令语言

根据工程人员的要求，应用程序命令语言可以在程序启动时执行、关闭时执行或者在程序运行期间定时执行。如果希望定时执行，还需要指定时间间隔或频率。

应用程序命令语言主要用于系统的初始化，系统退出时的处理以及常规程序处理。

在组态王工程管理器中，选择菜单"文件→命令语言→应用程序命令语言"，在目录内容显示区单击"新建"，将出现应用程序命令语言对话框。在对话框中可以选择命令语言执行的时机、完成命令语言的编写工作。

2．数据改变命令语言

只链接到变量或变量的域。在变量或变量的域的值变化到超出数据词典中所定义的变化灵敏度时，它们就被执行一次。

在组态王工程管理器中选择"文件→命令语言→数据改变命令语言"，在目录内容显示区单击"新建"，弹出"数据改变命令语言"对话框。在"变量[.域]"输入栏中输入一个变量或变量的域。命令语言编辑区中输入命令语言程序。当变量或变量的域的值变化到超出数据字典中所定义的变量灵敏度时，将执行这段命令语言程序。

3．事件命令语言

可以规定在事件发生、存在和消失时分别执行的程序。离散变量名或表达式都可以作为事件。

在组态王工程管理器中，选择"文件→命令语言→事件命令语言"，在目录内容显示区单击"新建"图标，弹出事件命令语言对话框。在对话框中输入事件名（离散变量名或条件表达式）、备注，选择"事件条件"，然后在命令语言编辑区中输入命令语言程序。

注意：在使用"事件命令语言"或"数据改变命令语言"过程中要注意防止死循环。例如，变量 A 变化引发数据改变命令语言程序中含有命令 B=B+1，若用 B 变化再引发事件命令语言或数据改变命令语言的程序中不能再有类似 A=A+1 的命令。

4．热键命令语言

被链接到工程人员指定的热键上，软件运行期间，操作人员随时按下热键都可以启动这段命令语言程序。热键命令语言可以指定使用权限和操作安全区。热键命令语言主要用于处理用户的键盘命令。

在工程管理器的目录显示区，选择"文件→命令语言→热键命令语言"，在右边的内容显示区出现"新建"图标，用左键双击此图标，则弹出热键命令语言对话框，用户可以定义热键、设置热键操作权限并输入命令语言。

5．自定义函数命令语言

如果组态王提供的各种函数不能满足工程的特殊需要，组态王还提供用户自定义函数功能。用户可以自己定义各种类型的函数，通过这些函数能够实现工程特殊的需要。自定义函数是利用类似 C 语言来编写的一段程序，通过其他命令语言来调用执行编写好的自定义函数，从而实现工程的特殊需要，如累加、线性化、阶乘计算等。

编辑自定义函数时，在工程浏览器的目录显示区，选择"文件→命令语言→自定义函数命令语言"，在右边的内容显示区出现"新建"图标，用左键双击此图标，将出现"自定义函数命令语言"对话框。

6．画面命令语言

根据工程人员的要求，画面命令语言可以在画面显示时执行、隐含时执行或者在画面存在期间定时执行。如果希望定时执行，还需要指定时间间隔。

在画面中单击鼠标右键，在弹出的快捷菜单上选择"画面属性"命令，弹出"画面属性"对话框。单击"命令语言"按钮，弹出"画面命令语言"对话框。

2.5.2 命令语言对话框

各种命令语言通过"命令语言"对话框编辑输入，在组态王运行系统中被编译执行。在工程浏览器左侧树形菜单中双击命令语言"应用程序命令语言"项，出现"应用程序命令语言"编辑对话框，如图 2-31 所示。

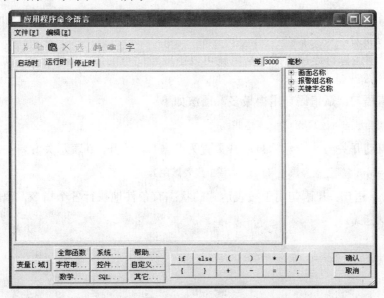

图 2-31 "应用程序命令语言"对话框

命令语言编辑区：输入命令语言程序的区域。命令语言对话框的左侧区域为命令语言编辑区，用户在此编辑区输入和编辑程序。编辑区支持块操作。块操作之前需要定义块。

关键字选择列表：可以在这里直接选择现有的画面名称、报警组名称、其他关键字（运算连接符等）到命令语言编辑器里。如选中一个画面名称，然后双击它，则该画面名称就被自动添加到了编辑器中。

函数选择：组态王支持使用内建的复杂函数，其中包括字符串函数、数学函数、系统函数、控件函数、配方函数、报告函数及其他函数。

单击某一按钮，弹出相关的函数选择列表，直接选择某一函数到命令语言编辑器中。函数选择按钮有：

- "全部函数"——显示组态王提供的所有函数列表。
- "系统"——只显示系统函数列表。
- "字符串"——只显示与字符串操作相关的函数列表。
- "数学"——只显示数学函数列表。
- "SQL"——只显示 SQL 函数列表。
- "控件"——选择 ActiveX 控件的属性和方法。
- "自定义"——显示自定义函数列表。

当用户不知道函数的用法时，可以单击"帮助"进入在线帮助，查看使用方法。

运算符输入：单击某一个按钮，按钮上标签表示的运算符或语句自动被输入到编辑器中。

变量选择：单击"变量[.域]"按钮时，弹出"选择变量名"对话框。所有变量名均可通过左下角"变量[.域]"按钮来选择。

以上 4 种工具都是为减少手工输入而设计的。

2.5.3 命令语言的句法

命令语言可以进行赋值、比较、数学运算，还提供了可执行 if-else 及 while 型表达式的逻辑操作的能力。

运算符：用运算符连接变量或常量就可以组成较简单的命令语言语句，如赋值、比较、数学运算等。

（1）赋值语句：赋值语句用得最多，语法如下：

变量（变量的可读写域）= 表达式；

例如：自动开关=1，表示将自动开关置为开（1 表示开，0 表示关）；

颜色=2，将颜色置为黑色（如果数字 2 代表黑色）。

（2）if-else 语句：if 语句用于按表达式的状态有条件地执行各个指令，语法为：

```
if（表达式）
  {
    一条或多条语句（以；结尾）
  }
else
  {
    一条或多条语句（以；结尾）
  }
```

需注意的是 if 里的语句即使是单条语句，也必须在一对花括弧"{}"中，这与 C 语言不同，else 分支可以省略。

命令语言程序添加注释，有利于程序的可读性，也方便程序的维护和修改。组态王的所有命令语言中都支持注释。注释的方法分为单行注释和多行注释两种。注释可以在程序的任何地方进行。

单行注释在注释语句的开头加注释符"//"。

例 1：

```
//设置装桶速度
if (游标刻度>=10)     //判断液位的高低
{装桶速度=80;}
```

多行注释是在注释语句前加"/*"，在注释语句后加"*/"。多行注释也可以用在单行注释上。

例 2：

```
/*判断液位的高低
改变装桶的速度*/
if (游标刻度>=10)
    {装桶速度=80;}
else
    {装桶速度=60;}
```

2.5.4　命令语言应用举例

在工程浏览器左侧树形菜单中双击命令语言"应用程序命令语言"项，出现"应用程序命令语言"编辑对话框，单击"运行时"，将循环执行时间设定为"1000"ms，然后在命令语言编辑框中输入控制程序，如图 2-32 所示。然后单击"确定"按钮，完成命令语言的输入。

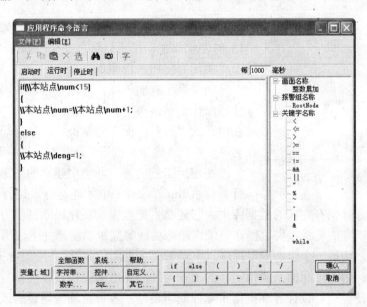

图 2-32　编写命令语言

注意：命令输入要求在语句的尾部加分号。输入程序时，各种符号如括号、分号等应在英文输入法状态下输入。

2.5.5　观看运行画面

一般而言，在组态设计上只进行一次是很难开发出令人满意的界面的，所以在使用组态软件开发后，必须经过反复的调试修改之后才能达到理想的效果。在完成设计后，就可以与实际的设备通信，实现需要的控制要求。

1. 配置主画面

在工程浏览器中，单击快捷工具栏上"运行"按钮，出现"运行系统设置"对话框，如图 2-14 所示。单击"主画面配置"选项卡，选中制作的图形画面名称"整数累加"，单击"确定"按钮即将其配置成主画面。将图形画面"整数累加"设为有效，目的是启动组态王画面运行程序 TouchView 后，直接进入"整数累加"画面，无须再进行画面选择。

2. 画面存储

画面设计完成后，在开发系统"文件"菜单中执行"全部存"命令将设计的画面和程序全部存储。

在开发系统中，对画面所做的任何改变，必须存储，所做的改变才有效，即在画面运行系统中才能运行我们所做的工作。

3. 画面运行

在工程浏览器中，单击快捷工具栏上"VIEW"按钮或在开发系统中执行"文件/切换到 view"命令，启动画面运行系统。

如果有异常，应将系统退回到工程浏览器或组态王开发系统，作相应的修改，直到系统工作完全正常。

图 2-33　程序运行画面

示例中画面中文本对象中的数字开始累加，累加到 15 时停止累加，指示灯颜色变化，如图 2-33 所示。单击"关闭"按钮，程序退出。

如果系统有多画面，在运行过程中，若要切换到其他画面，则单击菜单条中"画面"中的"打开"命令，在出现的"打开画面"对话框中，选择想要显示的画面名称，单击"确定"按钮，则画面就切换到选择的画面。

在应用工程的开发环境中建立的图形画面只有在运行系统（TouchView）中才能运行。运行系统从控制设备中采集数据，并保存在实时数据库中。它还负责把数据的变化以动画的方式形象地表示出来，同时可以完成变量报警、操作记录、趋势曲线等监视功能，并生成历史数据文件。

归纳起来，构造一个组态应用程序，主要考虑 3 方面的问题：

（1）图形：用图形画面来模拟实际的工业现场和相应的工控设备可以使操作者的操作简单灵活、方便直观。设计者要根据实际控制需要绘制各种反映现场设备或工艺流程的画面。用组态王系统开发的应用程序是以"画面"为程序单位的，每一个"画面"对应于程序实际运行时的一个 Windows 窗口，所有的控制都是在画面中完成的。

（2）数据：组态王描述工控对象的各种属性是用数据进行描述的，也就是需要创建一个实时数据库，用此数据库中的变量来反映工控对象的各种属性，如变量温度、压力等。此外，还有代表操作者指令的变量，如电源开关、阀门开度等。变量可以是内存型的，也可以是 I/O 型的，可以是模拟的，也可以是离散的，这些都需要在设计中加以规划，进行正确的定义，可能还要为一些临时变量预留空间。

（3）动画：当把数据和图形画面中的图素进行正确的连接以后，画面才有可能运动起来。设计者需要设计画面上的图素以怎样的动画方式来模拟现场设备的运行，以及怎样让操作者实时输入控制设备的指令，使控制设备立即响应。

2.6　I/O 设备通信

2.6.1　KingView 中的逻辑设备

作为上位机，KingView 把那些需要与之交换数据的设备或程序都作为外部设备（I/O 设备）。组态王支持的 I/O 设备包括可编程控制器（PLC）、智能模块、板卡、智能仪表、变频器等。

组态王设备管理中的逻辑设备分为 DDE 设备、板卡类设备（即总线型设备）、串口类设备、人机接口卡、网络模块，工程人员根据自己的实际情况通过组态王的设备管理功能来配置定义这些逻辑设备。

1. DDE 设备

DDE 设备是指与组态王进行 DDE 数据交换的 Windows 独立应用程序，因此，DDE 设备通常就代表了一个 Windows 独立应用程序，该独立应用程序的扩展名通常为.exe 文件，组态王与 DDE 设备之间通过 DDE 协议交换数据，例如，Excel 是 Windows 的独立应用程序，当 Excel 与组态王交换数据时，就是采用 DDE 的通信方式进行的。

2. 板卡类设备

板卡类逻辑设备实际上是组态王内嵌的板卡驱动程序的逻辑名称，内嵌的板卡驱动程序不是一个独立的 Windows 应用程序，而是以 DLL 形式供组态王调用，这种内嵌的板卡驱动程序对应着实际插入计算机总线扩展槽中的 I/O 设备，因此，一个板卡逻辑设备也就代表了一个实际插入计算机总线扩展槽中的 I/O 板卡。

组态王根据工程人员指定的板卡逻辑设备自动调用相应内嵌的板卡驱动程序，因此对工程人员来说，只需要在逻辑设备中定义板卡逻辑设备，其他的事情就由组态王自动完成。

3. 串口类设备

串口类逻辑设备实际上是组态王内嵌的串口驱动程序的逻辑名称，内嵌的串口驱动程序不是一个独立的 Windows 应用程序，而是以 DLL 形式供组态王调用，这种内嵌的串口驱动程序对应着实际与计算机串口相连的 I/O 设备，因此，一个串口逻辑设备也就代表了一个实际与计算机串口相连的 I/O 设备。

4. 人机接口卡

某些厂家的可编程控制器（PLC）在与计算机进行数据交换时，要求在计算机中安装一个特殊的人机接口的板卡，板卡与可编程控制器（PLC）之间采用专门的通信协议进行通信。通过人机接口卡可以使设备与计算机进行高速通信，这样不占用计算机本身所带的RS-232串口，因为这种人机接口卡一般插在计算机的总线（ISA或PCI）插槽上。

人机界面卡又可称为高速通信卡，它既不同于板卡，也不同于串口通信。一般来讲，人机接口卡和连接电缆由PLC生产厂家提供，如西门子公司的S7-300用的MPI卡。使用人机接口卡可以与一个PLC连接，也可以与一个PLC的网络连接。

5. 网络模块

组态王利用以太网和TCP/IP协议可以与专用的网络通信模块进行连接。例如，选用松下ET-LAN通信单元通过以太网与上位机相连，该单元和其他计算机上的组态王运行程序使用TCP/IP。

2.6.2 KingView与I/O设备通信

在系统运行的过程中，组态王通过内嵌的设备管理程序负责与I/O设备的实时数据交换，如图2-34所示。每一个驱动程序都是一个COM对象，这种方式使通信程序和组态王构成一个完整的系统，既保证了运行系统的高效率，也使系统能够达到很大的规模。

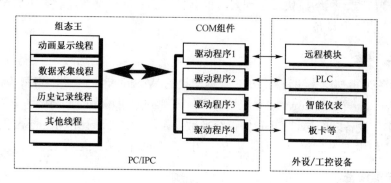

图 2-34　组态王与下位机的通信结构

组态王中的I/O变量与具体I/O设备的数据交换就是通过逻辑设备名来实现的，当工程人员在组态王中定义I/O变量属性时，就要指定与该I/O变量进行数据交换的逻辑设备名，一个逻辑设备，可与多个I/O变量对应。

I/O设备的输入提供现场的信息，例如产品的位置、机器的转速、炉温等。I/O设备的输出通常用于对现场的控制，例如，启动电动机、改变转速、控制阀门和指示灯等。有些I/O设备（如PLC），其本身的程序完成对现场的控制，程序根据输入决定各输出的值。

输入/输出的数值存放在I/O设备的寄存器中，寄存器通过其地址进行引用。大多数I/O设备提供与其他设备或计算机进行通信的通信端口或数据通道，组态王通过这些通信通道读写I/O设备的寄存器，采集到的数据可用于进一步的控制。用户不需要读写I/O设备的寄存器，组态王提供了一种数据定义方法，用户定义了I/O变量后，可直接使用变量名用于系统控制、操作显示、趋势分析、数据记录和报警显示。

组态王软件系统与工程人员最终使用的具体控制设备或现场部件无关，对于不同的硬件设施，只需为组态王配置相应的通信驱动程序即可。因此要使组态王与外部设备通信，在组态王安装过程中需安装外部I/O设备的驱动程序，如图2-35所示。

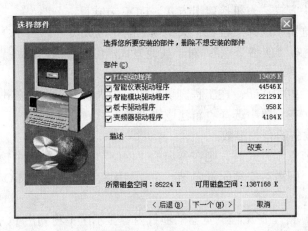

图 2-35　安装 I/O 设备驱动程序

2.6.3　KingView 对 I/O 设备的管理

组态王与 I/O 设备之间的数据交换采用以下 5 种方式：串行通信方式、板卡方式、网络节点方式、人机接口卡方式、DDE 方式。其他 Windows 应用程序一般通过 DDE 交换数据；若组态软件在网络上运行，则外部设备还包括网络上的其他计算机。组态王通过对 I/O 设备的操作可以实现组态王与其他许多软件的数据交换。

组态王对设备的管理是通过对逻辑设备名的管理实现的，具体讲就是每一个实际 I/O 设备都必须在组态王中指定一个唯一的逻辑名称，此逻辑设备名就对应着该 I/O 设备的生产厂家、实际设备名称、设备通信方式，设备地址、与上位 PC 的通信方式等信息内容（逻辑设备名的管理方式就如同对城市长途区号的管理，每个城市都有一个唯一的区号相对应，这个区号就可以认为是该城市的逻辑城市名，如北京市的区号为 010，则查看长途区号时就可以知道 010 代表北京）。在组态王中，具体 I/O 设备与逻辑设备名是一一对应的，有一个 I/O 设备就必须指定一个唯一的逻辑设备名，特别是设备型号完全相同的多台 I/O 设备，也要指定不同的逻辑设备名。

组态王的设备管理结构列出已配置的与组态王通信的各种 I/O 设备名，每个设备名实际上是具体设备的逻辑名称（简称逻辑设备名，以此区别 I/O 设备生产厂家提供的实际设备名），每一个逻辑设备名对应一个相应的驱动程序，以此与实际设备相对应。用户可以随时查询和修改。

为方便定义外部设备，组态王设计了"设备配置向导"指导完成设备的连接。在开发过程中，用户只需要按照安装向导的提示就可以进行相应的参数设置，选择 I/O 设备的生产厂家、设备名称、通信方式，指定设备的逻辑名称和通信地址，完成 I/O 设备的配置工作，则组态王自动完成驱动程序的启动和通信，不再需要工程人员人工进行。组态王采用工程浏览器界面来管理硬件设备，已配置好的设备统一列在工程浏览器界面下的设备分支。

I/O 设备的管理包括下面几个方面。

1．添加一个新的 I/O 设备

添加新的 I/O 设备在工程浏览器中进行。步骤如下：

（1）确定 I/O 设备与组态王的通信方式。组态王支持 5 种通信方式：串行通信方式、板卡方式、网络模块方式、人机接口卡方式、DDE 方式。

（2）在工程浏览器中选择"设备"大纲项下的相应成员名。当 I/O 设备采用"网络节点"方式时，必须选择"网络节点"；对于其他方式，可选择除"网络节点"方式外的任何方式。

（3）单击工具栏中的按钮；在工程浏览器的目录内容显示区中单击"新建"图标或者单击图标鼠标右键，在菜单中选择"新建逻辑设备"。

（4）设置 I/O 设备的有关参数。

若采用"网络节点"方式时，则在弹出的"网络节点"对话框中输入网络节点的机器名。对于其他方式，则激活安装配置向导。在安装配置向导中设置 I/O 设备的设备名及相应参数。

I/O 设备配置成功后，在工程浏览器的项目内容显示区中将列出 I/O 设备的设备名称和图标。

2. 修改 I/O 设备的配置

修改 I/O 设备的配置在工程浏览器中进行。步骤如下：

（1）将工程浏览器的"设备"大纲项展开。

（2）根据 I/O 设备的方式，单击相应的成员名。

（3）选中该设备的图标后，单击工具栏中的按钮，或者双击该设备的图标或者选中该设备的图标后，单击鼠标右键，在下拉的菜单中选择编辑。

（4）重新设置 I/O 设备的有关参数。

若采用"网络节点"方式时，则在弹出的网络节点对话框中输入网络节点的机器名。对于其他方式，则激活安装配置向导。在安装配置向导中设置 I/O 设备的设备名及相应参数。

I/O 设备配置修改成功后，在工程浏览器的目录内容显示区将列出 I/O 设备的设备名称和图标。

3. 删除 I/O 设备

删除 I/O 设备在工程浏览器中进行。步骤如下：

（1）将工程浏览器的"设备"大纲项展开。

（2）根据 I/O 设备的方式，单击相应的成员名。

（3）选中该设备的图标后，单击鼠标右键，在弹出的菜单中选择删除。

I/O 设备配置删除成功后，在工程浏览器的目录内容显示区将不再出现该设备的设备名称和图标。

4. 引用 I/O 设备

I/O 设备变量定义是通过 I/O 设备名进行引用。每个 I/O 设备中的一个寄存器对应于数据库中的一个 I/O 变量。在变量属性对话框的基本属性标签中确定 I/O 变量与设备名、寄存器的对应关系。如果 I/O 设备未定义，可以按"连接设备"按钮，此时弹出"设备配置向导"，用户可以定义一个新的 I/O 设备。

I/O 设备名是用户为实际 I/O 设备赋予的逻辑名称。

组态王通过 I/O 设备名确定 I/O 设备及其相应的参数。每一个 I/O 设备名对应一个实际的 I/O 设备，所以，对于每一个实际的 I/O 设备都应该赋予一个独立的 I/O 设备名。

例如，对于两台三菱公司的 FX$_2$ 型的 PLC，设备配置时应给出不同的 I/O 设备名。I/O 设备名和相应的参数在 I/O 设备配置时由用户给出，I/O 设备名由字母和数字组成，可以是汉字，设备名的长度不能超过 32 字节。

2.6.4 KingView 对 I/O 设备的配置

1. 串行通信方式 I/O 设备配置

串行通信方式是组态王与 I/O 设备之间最常用的一种数据交换方式。串行通信方式使用计算机的串口，I/O 设备通过 RS-232 串行通信电缆连接到计算机的串口。

任何具有串行通信接口的 I/O 设备都可以采用此方式。大多数的可编程控制器（PLC）、智能模块、智能仪表采用此方式。

最简单的情况下，组态王计算机只与一个 I/O 设备相连。I/O 设备使用标准的 RS-232 电缆与计算机主机后面的串口连接。

当组态王计算机与多个 I/O 设备相连时，由于 RS-232 是一个点对点的标准，可以将 RS-232 转化为 RS-485，再经过一次 RS-485 到 RS-232 的转化，实现一个计算机串口连接多个 I/O 设备。

当组态王计算机有多个串口时，可以直接连接多个串行通信方式的 I/O 设备。组态王系统最多可与 32 个串口设备相连。

利用设备配置向导就可以完成串行通信方式的 I/O 设备安装，安装过程简单、方便。在配置过程中，用户需选择 I/O 设备的生产厂家、设备型号、连接方式，为设备指定一个设备名、设备地址和串口。

操作步骤如下：

（1）激活设备配置向导。在组态王工程浏览器的"设备"大纲项下，选择用户要设置的 I/O 设备类型，在右侧目录内容显示区双击"新建"图标。

（2）在"设备选择"向导页中选择要安装串口设备的生产厂家、设备名称、通信方式。

（3）在"设备名称"向导页中为将要安装的串口设备指定一个逻辑名称。

（4）在"选择串口号"向导页为安装的串行设备指定与计算机相连的串口号。

（5）在"设备地址"向导页为串口设备指定设备地址。

（6）在"通信参数"向导页中设置通信故障时的参数

（7）确认"设备信息总结"向导页中的设备信息。

2. 板卡方式 I/O 设备的配置

板卡类设备直接插在组态王计算机的扩展槽内，组态王计算机通过访问板卡的 I/O 地址直接与其进行数据交换。

用户根据设备配置向导就可以完成板卡设备的安装，操作步骤如下：

（1）激活设备配置向导。

（2）在"设备选择"向导页中选择要安装板卡设备的生产厂家、设备名称。

（3）在"设备名称"向导页中为将要安装的板卡设备指定一个逻辑名称。

（4）在"板卡参数"向导页中为板卡设备指定板卡地址、初始化字、A/D 转换器的输入方式（单端或双端）。

（5）在"通信参数"向导页中设置通信故障时的参数。

（6）确认"设备信息总结"向导页中的设备信息。

2.6.5　开发环境下的设备通信测试

为保证用户对硬件的方便使用，在完成设备配置与连接后，用户在组态王开发环境中即可以对硬件进行测试。

当用户选择某设备后，单击鼠标右键弹出浮动式菜单，除 DDE 外的设备均有菜单项"测试设备名"。如定义亚控仿真 PLC 设备，在设备名称上单击右键，弹出快捷菜单。

使用设备测试时，单击"测试…"按钮，对于不同的硬件设备将弹出不同的对话框，如对于串口通信设备（如串口设备——亚控仿真 PLC）将弹出测试对话框。

通信参数属性页（见图 2-36）：定义设备的通信参数、设备地址等。用户可根据硬件设置或组态王的帮助完成此项。

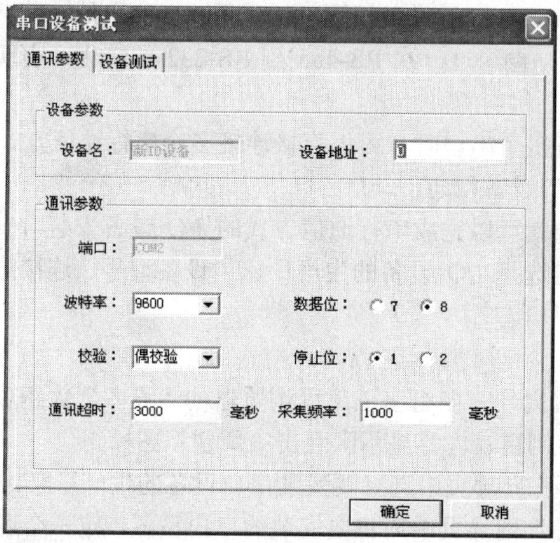

图 2-36　通信参数属性页

注意：如果通信参数错误，将造成通信失败。

设备测试页（见图 2-37）：选择要进行通信测试的设备的寄存器。

寄存器：从积存器列表中选择寄存器名称，并填写寄存器的序号（可参见组态王帮助——组态王支持的硬件设备），如本例中的"INCREA"寄存器的"INCREA100"。然后从"数据类型"列表框中选择寄存器的数据类型。

添加：将定义的寄存器添加到采集列表中，等待采集。

删除：在采集列表中选择一个要删除的寄存器，单击该按钮，将选择的寄存器从采集列表中删除。

读取/停止：当没有进行通信测试时，"读取"按钮可见，单击该按钮，对采集列表中定义的寄存器进行数据采集，同时，"停止"按钮变为可见。当需要停止通信测试时，单击

"停止"按钮，停止数据采集，同时"读取"按钮变为可见。

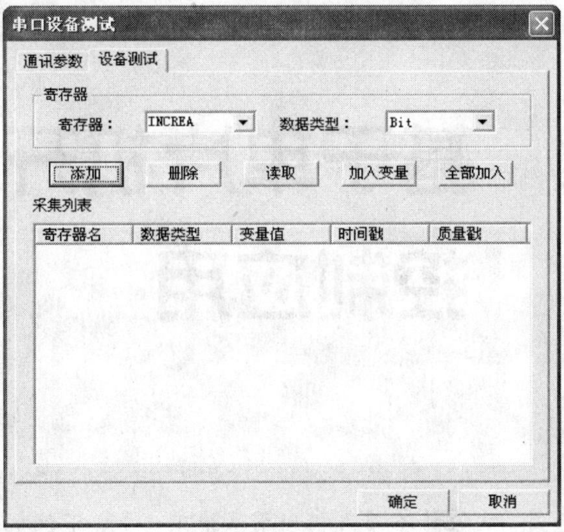

图 2-37　设备测试页

加入变量：将当前在采集列表中选择的寄存器定义一个变量添加到组态王的数据词典中。单击该按钮，弹出"变量名称"对话框：在文本框中输入该寄存器所对应的变量名称，单击"确定"，该变量便加入到了组态王的变量列表中，连接设备和寄存器为当前的设备和寄存器。

全部加入：将当前采集列表中的所有寄存器按照给定的第一个变量名称。全部增加到组态王的变量列表中，各个变量的变量名称为定义的第一个变量名称后增加序号。如定义的第一个变量名称为"变量"，则以后的变量依次为"变量 1"、"变量 2"……

采集列表：采集列表主要为显示定义的通信测试的寄存器，以及进行通信时显示采集的数据、数据的时间戳、质量戳。

开发环境下的设备通信测试，使用户很方便的就可以了解设备的通信能力，而不必先定义很多的变量和做一大堆的动画连接，省去了很多工作，而且也方便了变量的定义。

第3章 基于单片机开发板的控制应用

目前，在许多单片机应用系统中，上、下位机分工明确，作为下位机核心器件的单片机往往只负责数据的采集和通信，而上位机通常以基于图形界面的 Windows 系统为操作平台；为便于查询和保存数据，还需要数据库的支持，这种应用的核心是数据通信，它包括单片机和上位机之间、客户端和服务器之间及客户端和客户端之间的通信，而单片机和上位机之间数据通信则是整个系统的基础。

单片机和 PC 的通信是通过单片机的串口和 PC 串口之间的硬件连接实现的。

3.1 单片机概述

目前单片机以其独特的优点，在智能仪表、家用电器、工业控制、数据采集、网络通信等领域得到广泛的应用。各行各业的工程技术人员正在根据自己的任务进行单片机应用系统的开发设计工作，从而改变了传统控制系统的设计思想和设计方法。以前必须由模拟电路或数字电路实现的大部分控制功能，现在已能由单片机通过软件方法来实现了，因此使控制系统的性能大大提高，应用领域更加广泛。

单片机主要用于嵌入式应用，故又称嵌入式微控制器，国际上常把单片机称为微控制器（MCU），而国内则比较习惯称为"单片机"。

3.1.1 单片机的组成

单片机又称单片微控制器，它把一个计算机系统集成到一块芯片上，其主要包括微处理器（CPU）、存储器（随机存取数据存储器 RAM、只读存储器 ROM）和各种输入/输出接口包括定时器/计数器、并行 I/O 接口、串行口、A/D 转换器及脉冲宽度调制（PWM）等，如图 3-1 所示。

1．程序存储器（ROM）

ROM 用来存放用户程序，可分类为 EPROM、Mask ROM、OTP ROM 和 Flash ROM 等。

EPROM 型存储器编程（把程序代码通过一种算法写入程序存储器的操作）后，其内容可用紫外线擦除，用户可反复使用，故特别适用于开发过程，但 EPROM 型单片机价格很高。

Mask ROM 型存储器的单片机价格最低，适用于大批量生产。由于 Mask ROM 型单片机的代码只能由生产厂商在制造芯片时写入，故用户更改程序代码十分不便，在产品未成熟时选用此型单片机风险较高。

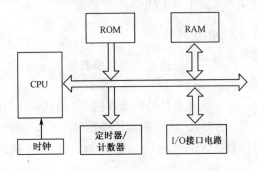

图 3-1　单片机组成框图

OTP ROM 型（一次可编程）单片机价格介于 EPROM 和 Mask ROM 型单片机之间，它允许用户自己对其编程，但只能写入一次。

Flash ROM 型单片机可采用电擦除的方法修改其内容，允许用户使用编程工具或在系统中快速修改程序代码，且可反复使用。

2．中央处理器（CPU）

CPU 是单片机的核心单元，通常由算术逻辑运算部件 ALU 和控制部件构成。CPU 就像人的大脑一样，决定了单片机的运算能力和处理速度。

3．随机存储器（RAM）

RAM 用来存放程序运行时的工作变量和数据，由于 RAM 的制作工艺复杂，价格比 ROM 高得多，所以单片机的内部 RAM 非常宝贵，通常仅有几十到几百字节。RAM 的内容是易失性（也有称易挥发性）的，掉电后会丢失。最近出现了 EEPROM 或 Flash ROM 型的数据存储器，方便用户存放不经常改变的数据及其他重要信息。单片机通常还有特殊寄存器和通用寄存器，也属于 RAM 空间，但它们在单片机中存取数据速度很快，特殊寄存器还用于充分发挥单片机各种资源的功效，但这部分存储器占用存储空间更小。

4．并行输入/输出（I/O）接口

通常为独立的双向 I/O 接口，任何接口既可以用作输入方式，又可以用作输出方式，通过软件编程设定。现代的单片机的 I/O 接口也有不同的功能，有的内部具有上拉或下拉电阻，有的是漏极开路输出，有的能提供足够的电流可以直接驱动外部设备。I/O 是单片机的重要资源，也是衡量单片机功能的重要指标之一。

5．串口输入/输出口

用于单片机和串行设备或其他单片机的通信。串行通信有同步和异步之分，这可以用硬件或通用串行收发器件实现。不同的单片机可能提供不同标准的串行通信接口，如 UART、SPI、I^2C、MicroWire 等。

6. 定时器/针数器（T/C）

用于单片机内部精确定时或对外部事件（输入信号如脉冲）进行计数，通常单片机内部有两个或两个以上的定时/计数器。

7. 系统时钟

通常需要外接石英晶体或其他振荡源提供时钟信号输入，也有的使用内部 RC 振荡器。系统时钟相当于 PC 中的主频。

以上只是单片机的基本构成，现代的单片机又加入了许多新的功能部件，如模拟/数字转换器（A/D）、数字/模拟转换器（D/A）、温度传感器、液晶（LCD）驱动电路、电压监控、看门狗（WDT）电路、低压检测（LVD）电路等。

3.1.2 常用的单片机系列

自 20 世纪 80 年代以来，单片机产品如雨后春笋般大量涌现。GI 公司、Rochwell 公司、Intel 公司、Zilog 公司、Motorola 公司、NEC 公司等世界上几大计算机公司都纷纷推出自己的单片机系列。据统计，现在市场上的单片机产品有 50 多个系列，数百个品种。

虽然单片机的品种很多，但在我国使用最多的还是 Intel 公司的 MCS-51 系列单片机。MCS-51 系列单片机是在 MCS-48 系列的基础上于 20 世纪 80 年代初发展起来的，虽然它仍然是 8 位的单片机，但品种齐全、兼容性强、性能价格比高。且软硬件应用设计资料丰富，已为广大工程技术人员所熟悉，因此在我国得到了广泛的应用。

MCS 是 Intel 公司的注册商标。凡 Intel 公司生产的以 8051 为核心单元的其他派生单片机都可以称为 MCS-51 系列，简称 51 系列。MCS-51 系列单片机包括 3 个基本型 8031、8051、8751 和对应的低功耗型 801231、80C51、87C51。

MCS-51 系列及 80C51 单片机有多种品种。它们的引脚及指令系统相互兼容，主要在内部结构上有些区别。最常用的 51 系列单片机是 8051 和 AT89C51（见图 3-2）等。

AT89C51 具有片内 EEPROM，是真正的单片机，由于不需要外接 EPROM，所以应用非常普遍。8031、8051 片内没有 EPROM，但它在市场上价格很低，软硬件系统开发成熟，所以应用也非常广泛，目前开发的 51 系列的产品大多是 8031、8051 和 AT89C51 等。

图 3-2 AT89C51 系列单片机产品示意图

宏晶公司生产的 STC89C5lRC 单片机为低电压、高性能的 CMOS 8 位单片机，片内含

2KB 的可反复擦写的只读程序存储器（PEROM）和 128B 的随机存取数据存储器（RAM），工作电压为 2.7～6V，还含有两个 16 位的定时器，6 个内部中断源，可编程的串口 UART，兼容标准 MCS-51 指令系统。片内置有通用 8 位中央处理器和 Flash 存储单元，封装只有 40 针，体积比较小，工作温度为–40℃～85℃。

STC89C5lRC 单片机可以利用 STC-ISP 软件方便地实现在线烧写程序。

3.1.3　单片机的开发工具

1．仿真器

单片机的仿真器本身就是一个单片机系统，具有与所要开发的单片机应用系统相同的单片机芯片。

当一个单片机应用系统电路连接完毕，由于自身无调试能力，无法检验好坏，这时可以将系统中的单片机拔掉，插上在线仿真器提供的仿真头。

仿真头是一个 40 脚插头，它是仿真器的单片机信号的延伸，即单片机应用系统与仿真器共用一块单片机芯片，当在开发工具上通过在线仿真器调试单片机应用系统时，就像使用应用系统中真实的单片机一样，这种替代称为仿真。

在线仿真器是由一系列硬件构成的设备。开发工具中的在线仿真器应能仿真应用系统中的单片机，并能模拟应用系统中的 ROM、RAM 和 I/O 端口的功能。使在线仿真的应用系统的运行环境和脱机运行的环境完全一致，以实现单片机应用系统的一次性开发。

2．编程语言

开发单片机的编程语言主要是汇编语言和 C 语言。

采用汇编语言编程必须对单片机的内部资源和外围电路非常熟悉，尤其是对指令系统的使用必须非常熟练，故对程序开发者的要求是比较高的。用汇编语言开发软件比较辛苦，这是因为程序量通常比较大，方方面面均需要考虑，一切问题都需要由程序设计者安排，其实时性和可靠性完全取决于程序设计人员的水平。采用汇编语言编程主要适用于功能比较简单的中小型应用系统。

采用 C 语言编程时，只需对单片机的内部结构基本了解，对外围电路比较熟悉，而对指令系统则不必非常熟悉。用 C 语言开发软件相对比较轻松，很多细节问题无须考虑，编译软件会替设计者安排好。因此 C 语言在单片机软件开发中的应用越来越广，使用者越来越多。当开发环境为基于操作系统编程时，编程语言通常采用 C 语言。

单纯采用 C 语言编程也有不足之处，在一些对时序要求非常苛刻或对运行效率要求非常高的场合，只有汇编语言能够很好地胜任。因此在很多情况下，采用 C 语言和汇编语言混合编程是最佳选择。

从编程难度来看，汇编语言比 C 语言要难得多，但作为一个立志从事单片机系统开发的科技人员，必须熟练掌握汇编语言程序设计方法。在熟练掌握汇编语言编程之后，学习 C 语言编程将是一件比较轻松的事情，并且能够将 C 语言和汇编语言非常恰当地融合在一起，以最短的时间和最低的代价，开发出高质量的软件。

当系统调试结束，确认软件无故障时，应把用户应用程序固化到 EPROM 中。EPROM 写入器就是完成这种任务的专用设备，也是单片机开发工具中的重要组成部分。

3.1.4 单片机的特点及应用

1. 单片机的特点

单片机主要有如下特点：

（1）集成度高。单片机把 CPU、RAM、ROM、I/O 接口以及定时器/计数器都集成在一个芯片上，和常规的计算机系统相比，它具有体积小、集成度高的特点，如 MCS-51 系列单片机，具有 16 位的定时器/计数器和 4 个并行 I/O 接口，此外还提供有串行接口。

（2）存储量大。采用 16 位地址总线的 8 位单片机可寻址外部 64KB 数据存储器和 64KB 程序存储器。此外，大部分单片机还有片上 RAM 和内部 ROM，在大多数情况下，内部存储器就已经足够了，从而减少了器件的使用数量，降低了成本。

（3）性能高、速度快。为了提高速度和执行效率，单片机使用 RISC 体系结构、并行流水线操作和 DSP 等设计技术，指令运行速度大幅提高。一般单片机的时钟频率可以达到 12MHz。

（4）抗干扰性高。单片机的各种功能部件都集成在一块芯片上，特别是存储器也集成在芯片内部，因此单片机布线短，大都在芯片内部传送数据，因此不易受到外部的干扰，增强了抗干扰能力，系统运行更加可靠。

（5）指令丰富。单片机一般都有传送指令、逻辑运算指令、转移指令和加、减运算指令、位操作指令。

（6）实时控制能力强。实时控制又称过程控制，是指及时的检测设备、采集数据信息，并按最佳方案对设备进行自动调节和控制。单片机具有很强的逻辑操作、位处理和判断转移功能，运行速度快，特别适合于工业系统实时控制。

（7）应用开发周期短。单片机结构简单，硬件组合、软件编程都很方便，又容易进行模拟试验，因此付诸实际应用快。

2. 单片机的应用

单片机由于具有高可靠性、集成度高、价格低廉和容易产品化等特点，因此在智能仪器仪表、工业实时控制、智能终端、通信设备、医疗器械、汽车电器和家用电器等领域得到了广泛的应用。以下简单介绍一些典型的应用。

1）家用电器领域

如洗衣机、空调器、汽车电子与保安系统、电视机、录像机、DVD 机、音响设备、电子秤、IC 卡、手机等。在这些设备中使用单片机机芯之后，其控制功能和性能大大提高，并实现了智能化、最优化控制。

2）终端及外部设备控制

计算机网络终端设备，如银行终端、商业 POS（自动收款机）、复印机等，以及计算机外部设备，如打印机、绘图机、传真机、键盘和通信终端等。在这些设备中使用单片机，使其具有计算、存储、显示、输入等功能，具有和计算机连接的接口，使计算机的能力及应用范围大大提高，更好地发挥了计算机的性能。

3）工业自动化领域

在工业自动化领域，单片机系统主要用来实现信号的检测、数据的采集及应用对象的控制。这些系统除一些小型工控机外，许多都是以单片机为核心的单机或多机网络系统。

单片机广泛地应用于各种实时控制系统中。例如，在工业测控、航空航天、尖端武器等各种实时控制系统中，都可以用单片机作为控制器。单片机的实时数据处理能力和控制功能，能使系统保持在最佳工作状态，提高系统的工作效率和产品质量。

4）智能仪表

单片机具有体积小、功耗低、控制功能强、扩展灵活、微型化和使用方便等优点，广泛应用于仪器仪表中，结合不同类型的传感器，可实现诸如电压、功率、频率、湿度、温度、流量、压力等物理量的测量。采用单片机控制使得仪器仪表数字化、智能化、微型化，且功能比起采用电子或数字电路更加强大，提高了其性能价格比，例如精密的测量设备（功率计、示波器、各种分析仪）。

通过采用单片机软件编程技术，使长期以来测量仪表中的误差修正、线性化处理、存储、数据处理等难题迎刃而解，提高了仪器的精度和可靠性，扩大了仪器的功能。

5）机电一体化产品

机电一体化是机械工业发展的方向。机电一体化产品是指集机械技术、微电子技术、计算机技术、传感器技术于一体，具有智能化特征的机电产品，例如，微机控制的车床、钻床等。单片机作为产品中的控制器，能充分发挥它体积小、可靠性高、功能强等优点，大大提高了机器的自动化、智能化程度。

3.2　系统设计说明

3.2.1　设计任务

分别利用 Keil C51、汇编语言编写程序实现单片机数据采集与控制；利用组态软件 KingView 编写程序实现 PC 与单片机自动化控制。任务要求如下。

1. 模拟电压输入

单片机开发板接收变化的模拟电压（范围：0～5V）并在数码管上显示（保留 1 位小数）；PC 接收单片机发送的电压值（十六进制，1 字节），转换成十进制形式，以数字、曲线的方式显示。

2. 模拟电压输出

在 PC 程序界面中输入一个变化的数值（范围：0～10），发送到单片机开发板，在数码管上显示（保留 1 位小数），并通过模拟电压输出端口输出。

3. 数字量输入

数字信号 0 或 1 送到单片机开发板数字量输入端口，并在数码管上显示；单片机将数字信号发送到 PC 上显示。

4．数字量输出

PC 发出开关指令（0 或 1）传送给单片机开发板，驱动相应的继电器动作。

单片机与 PC 通信，在程序设计上涉及两个部分的内容：一是单片机的 C51 数据采集和控制程序；二是 PC 的串口通信程序和各种功能程序。

3.2.2　硬件系统

1．线路连接

基于单片机开发板的数据采集与控制系统结构如图 3-3 所示。

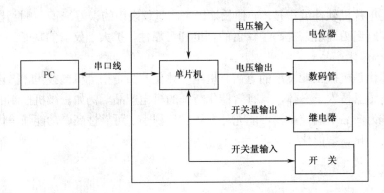

图 3-3　PC 与单片机组成的数据采集与控制系统框图

工作过程为：作为下位机的单片机实时采集测量到的电压值，并将采集的电压数据显示在数码管上，同时采集的电压值通过串口传送到上位 PC。上位机收到下位机传送来的电压数据，在显示屏上显示。上位 PC 设置电压值，通过串口发送到单片机系统，单片机数码管显示该电压，并通过模拟电压输出端口输出。上位 PC 发出开关指令传送给单片机系统，驱动继电器动作。电气开关产生开关信号，发送到 PC 显示。

如图 3-4 所示，单片机开发板与 PC 数据通信采用 3 线制，将单片机开发板 B 的串口与 PC 串口的 3 个引脚（RXD、TXD、GND）分别连在一起，即将 PC 和单片机的发送数据线 TXD 与接收数据 RXD 交叉连接，两者的地线 GND 直接相连。

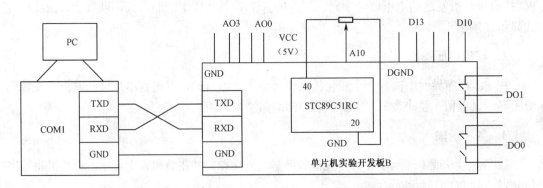

图 3-4　PC 与单片机开发板 B 组成数据采集与控制系统

由于单片机的 TTL 逻辑电平和 RS-232C 的电气特性完全不同，RS-232C 的逻辑 0 电平规定为 3～15V 之间，逻辑 1 电平为 −3～−15V 之间，因此在将 PC 与单片机的 RXD 和 TXD 交叉连接时必须进行电平转换，单片机开发板 B 使用的是 MAX232 电平转换芯片。

模拟电压输入：直接采用单片机的 5V 电压输入（40 和 20 引脚）。将电位器两端与 STC89C51RC 单片机的 40 和 20 引脚相连，电位器的中间端点（输出电压 0～5V）与单片机开发板 B 的模拟量输入口 AI0 相连。

模拟电压输出：不需连线。使用万用表直接测量单片机开发板 B 的 AO0、AO1、AO2、AO3 端口与 GND 端口之间的输出电压。

数字量输入：使用杜邦线将单片机开发板 B 的 DI0、DI1、DI2、DI3 端口与 DGND 端口连接或断开即可。

数字量输出：不需连线，直接使用单片机开发板 B 的继电器和指示灯。

2. 单片机开发板 B 简介

单片机开发板 B 是电子开发网专为单片机初学者设计并开发的一种实验板兼开发板，开发这个产品的目的就是为了帮助单片机初学者快速学会单片机技术。在自学单片机的过程中，通过做一系列的实验，从而比较容易地领会单片机那些枯燥、难懂的专业术语，而且这款实验开发板弥补了市场上常见的单片机开发板的一些不足，有针对性地面向最终的实用控制功能，包括模拟量输入与输出接口、数字量输入与输出接口，增加了实用的继电器接口，可以使实验板能够直接用于控制各种负载，成为一个实用化的嵌入式控制系统。

图 3-5 是单片机开发板 B 的实物图。

图 3-5　单片机开发板 B 的实物图

单片机开发板 B 可以做很多实验，如模拟电压输入与输出、开关量输入与输出、红外线遥控器编码分析仪、通用频率计、温度测控等。

有关单片机开发板 B 的详细信息请查询电子开发网 http://www.dzkfw.com/。

3.2.3　组态王设置

通用单片机 ASCII 协议支持单片机与组态王通信，用户只要按照规定的协议编写单片机通信程序就可实现与组态王的通信。

1．定义组态王设备

定义组态王定义设备时请选择：智能模块\单片机\通用单片机 ASCII\串口。

组态王的设备地址定义格式：##. #。

前面的两个字符是设备地址，范围为 0～255，此地址为单片机的地址，由单片机中的程序决定；后面的一个字符是用户设定是否打包，"0"为不打包、"1"为打包，用户一旦在定义设备时确定了打包，组态王将处理读下位机变量时数据的打包工作，与单片机的程序无关。

2．组态王通信设置

通信方式：RS-232，RS-485，RS-422 均可。

波特率：由单片机决定（2 400bps，4 800bps，9 600bps 和 19 200bps）。

注意：在组态王中设置的通信参数如波特率、数据位、停止位、奇偶校验必须与单片机编程中的通信参数一致。

3．变量定义

在组态王中定义的寄存器数据格式（类型）由单片机决定，见表 3-1。

表 3-1　组态王中单片机寄存器列表

寄存器名称	dd 上限	dd 下限	读写属性	变量类型	数据类型
Xdd	65535	0	读写	I/O 实数，I/O 整数	BYTE/USHORT/FLOAT

斜体字 dd 代表数据地址，此地址与单片机的数据地址相对应。

注意：在组态王中定义变量时，一个 X 寄存器根据所选数据类型（BYTE，USHORT，FLOAT）的不同，分别占用 1、2、4 字节，定义不同的数据类型要注意寄存器后面的地址，同一数据区内不可交叉定义不同数据类型的变量。为提高通信速度建议用户使用连续的数据区。

例如：

（1）在单片机中定义从地址 0 开始的数据类型为 BYTE 型的变量：则在组态王中定义相应的变量的寄存器为 X0、X1、X2、X3、X4……数据类型为 BYTE，每个变量占 1 字节。

（2）在单片机中定义从地址 100 开始的数据类型为 USHORT 型的变量：则在组态王中定义相应的变量的寄存器为 X100、X102、X104、X106、X108……数据类型为 USHORT，每个变量占 2 字节。

（3）在单片机中定义从地址 200 开始的数据类型为 FLOAT 型的变量：则在组态王中定义相应的变量的寄存器为 X200、X204、X208、X212……数据类型为 FLOAT，每个变量占 4 字节。

3.3　数据采集与控制程序设计

3.3.1　模拟量输入

1. 利用 Keil C51 实现单片机模拟电压输入

Keil C51 软件是众多单片机应用开发的优秀软件之一，它集编辑、编译、仿真于一体，支持汇编、PLM 语言和 C 语言的程序设计，界面友好，易学易用。

启动 Keil C51，几秒钟后出现编辑界面。

1）建立一个新工程

单击"Project"菜单，在弹出的下拉菜单中选择"New Project"选项，出现"Create New Project"对话框。然后选择要保存的路径、文件夹，输入工程文件的名字，如 pc_com（后缀名默认），单击"保存"按钮。

这时会弹出一个"Select Device for Target 'Target 1'"对话框，要求选择单片机的型号，此时可根据使用的单片机来选择，Keil C51 几乎支持所有的 51 核的单片机。这里选择 Atmel 的 89C51。选择 89C51 之后，右边一栏是对这个单片机的基本的说明，然后单击"确定"按钮。

2）编写程序

单击"File"菜单，再在下拉菜单中选择"New"选项。此时光标在编辑窗口里闪烁，这时可以输入用户的应用程序了，但笔者建议首先保存该空白的文件。

单击菜单上的"File"，在下拉菜单中选中"Save As"选项单击，在"文件名"栏右侧的编辑框中，输入欲使用的文件名，同时，必须输入正确的扩展名，如 pc_com.c，然后，单击"保存"按钮。

注意：如果用 C 语言编写程序，则扩展名为（.c）；如果用汇编语言编写程序，则扩展名必须为（.asm）。

回到编辑界面后，单击"Target 1"前面的"+"号，然后在"Source Group 1"上单击右键，弹出菜单，然后单击"Add File to Group 'Source Group 1'"。

选中"pc_com.c"，然后单击"Add"按钮，再单击"Close"按钮。此时注意到"Source Group 1"文件夹中多了一个子项"pc_com.c"。子项的多少与所增加的源程序的多少相同。

现在，请输入 C 语言源程序。

在输入程序时，读者已经看到了事先保存待编辑的文件的好处了吧，即 Keil C51 会自动识别关键字，并以不同的颜色提示用户加以注意，这样会使用户少犯错误，有利于提高编程效率。

3）编译程序

单击"Project"菜单，在下拉菜单中单击"Options for Target 'Target 1'"选项，出现对话框，选择"Output"选项卡，选中"Create HEX Files"项，单击"确定"按钮。

再单击"Project"菜单，在下拉菜单中单击"Built Target"选项（或者使用快捷键<F7>），进行编译。若有错误会在 output 窗口提示，可根据此提示，找出错误并修改，直至编译通过，如图 3-6 所示。

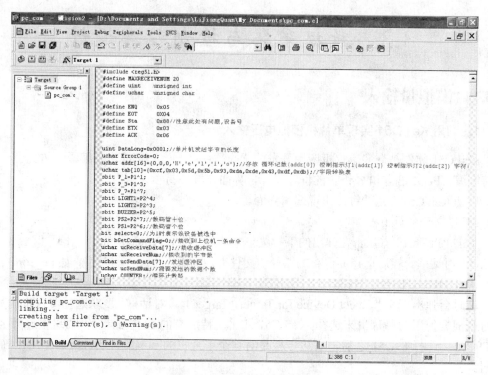

图 3-6 Keil C51 编译界面

至此，用 Keil C51 做了一个完整工程，其中，生成一个编程器烧写文件：pc_com.hex。以下是完成单片机模拟电压输入的 C51 参考程序：

```
/*******************************************************************
** 模拟电压输入,显示屏显示（保留 1 位小数）
** 晶振频率:11.0592MHz
** 线路->单片机开发板 B
与组态王联机,实验板地址为:15,电压存储地址为 15
测试代码(通过串口助手以十六进制发送):40 30 46 43 30 30 30 30 46 30 31 37 32 0d
*******************************************************************/
#include <REG51.H>
#include <intrins.h>
/********************TLC0832 端口定义*******************/
sbit ADC_CLK=P1^2;
sbit ADC_DO=P1^3;
sbit ADC_DI=P1^4;
sbit ADC_CS=P1^7;
/******************数码显示 键盘接口定义****************/
sbit PS0=P2^4;//数码管小数点后第一位
sbit PS1=P2^5;//数码管个位
sbit PS2=P2^6;//数码管十位
```

```
sbit PS3=P2^7;                      //数码管百位
sfr  P_data=0x80;                   //P0 口为显示数据输出口
sbit P_K_L=P2^2;                    //键盘列
sbit JDQ1=P2^0;                     //继电器 1 控制
sbit JDQ2=P2^1;                     //继电器 2 控制
unsigned char code tab[]={0xfc,0x60,0xda,0xf2,0x66,0xb6,0xbe,0xe0,0xfe,
                  0xf6,0xee,0x3e,0x9c,0x7a,0x9e,0x8e};//字段转换表
unsigned char rec[50];//用于接收组态王发送来的数据，发送过来的数据不能超过此数组长度
unsigned char code error[]={0x40,0x30,0x46,0x2a,0x2a,0x37,0x36,0x0d};
                  //数据不正确
unsigned char send[]={0x40,0x30,0x46,0x30,0x31,0x00,0x00,0x00,0x00,
                  0x0d}; //正确的数据
unsigned char i;
unsigned char temp;                 //电压
unsigned char adc_change(unsigned char);        //操作 TLC0832
unsigned int htd(unsigned int); //进制转换函数
void display(unsigned int);         //显示函数
void delay(unsigned int);           //延时函数
unsigned char ath(unsigned char,unsigned char);//ASCII 码转换为十六进制数
unsigned int hta(unsigned char);//十六进制数转换为 ASCII 码
void uart(void);//串口中断程序
void main(void)
{
    unsigned int a,b;
  unsigned char i=0;
    TMOD=0x20;                      //定时器 1--方式 2
    TL1=0xfd;
    TH1=0xfd;                       //11.0592MHz 晶振,波特率为 9600bps
    SCON=0x50;                      //方式 1
    TR1=1;                          //启动定时
  IE = 0x90;                        //EA=1,ES=1:打开串口中断
    while(1)
  {
    temp=adc_change('0')*10*5/255;
    a=hta(temp);
    send[5]=a>>8;
    send[6]=(unsigned char)a;
    b=0;
    for(a=1;a<7;a++)                //产生异或值
        b^=send[a];
    b=hta(b);
```

```
            send[7]=b>>8;
            send[8]=(unsigned char)b;
            for(a=0;a<100;a++)                  //显示,兼有延时的作用
                display(htd(temp));
            if(temp>45)
                JDQ1=0;                         //继电器1动作
            else
                JDQ1=1;                         //继电器1复位
            if(temp<5)
                JDQ2=0;                         //继电器2动作
            else
                JDQ2=1;                         //继电器1复位
    }
}
/*************************数码管显示函数*************************/
/*函数原型:void display(void)
/*函数功能:数码管显示
/*调用模块:delay()
/***************************************************************/
void display(unsigned int a)
{
    bit b=P_K_L;
  P_K_L=1;//防止按键干扰显示
    P_data=tab[a&0x0f];                  //显示小数点后第1位
    PS0=0;
  PS1=1;
  PS2=1;
  PS3=1;
  delay(200);
    P_data=tab[(a>>4)&0x0f]|0x01;    //显示个位
    PS0=1;
  PS1=0;
  delay(200);
    //P_data=tab[(a>>8)&0x0f];        //显示十位
    PS1=1;
    //PS2=0;
//delay(200);
    //P_data=tab[(a>>12)&0x0f];       //显示百位
    //PS2=1;
    //PS3=0;
//delay(200);
```

```
    //PS3=1;
    P_K_L=b;          //恢复按键
 P_data=0xff;         //恢复数据口
}
/************************************************************************
; 函数名称:  adc_change
; 功能描述:  TI 公司 8 位 2 通 ADC 芯片 TLC0832 的控制时序
; 形式参数:  config(无符号整型变量)
; 返回参数:  a_data
; 局部变量:  m、n
*************************************************************************/
unsigned char adc_change(unsigned char config)//操作 TLC0832
{
    unsigned char i,a_data=0;
ADC_CLK=0;
_nop_();
ADC_DI=0;
_nop_();
ADC_CS=0;
_nop_();
ADC_DI=1;
_nop_();
ADC_CLK=1;
_nop_();
ADC_CLK=0;
    if(config=='0')
    {
        ADC_DI=1;
        _nop_();
        ADC_CLK=1;
        _nop_();
        ADC_DI=0;
        _nop_();
        ADC_CLK=0;
    }
    else if(config=='1')
    {
        ADC_DI=1;
        _nop_();
        ADC_CLK=1;
        _nop_();
```

```
        ADC_DI=1;
        _nop_();
        ADC_CLK=0;
    }
    ADC_CLK=1;
    _nop_();
    ADC_CLK=0;
    _nop_();
    ADC_CLK=1;
    _nop_();
    ADC_CLK=0;
    for(i=0;i<8;i++)
    {
        a_data<<=1;
        ADC_CLK=0;
        a_data+=(unsigned char)ADC_DO;
        ADC_CLK=1;
    }
    ADC_CS=1;
    ADC_DI=1;
        return a_data;
    }


/************************十六进制转十进制函数************************/
/*函数原型:uint htd(uint a)
/*函数功能:十六进制转十进制
/*输入参数:要转换的数据
/*输出参数:转换后的数据
/*******************************************************************/
unsigned int htd(unsigned int a)
{
    unsigned int b,c;
    b=a%10;
    c=b;
    a=a/10;
    b=a%10;
    c=c+(b<<4);
    a=a/10;
    b=a%10;
    c=c+(b<<8);
    a=a/10;
```

```
  b=a%10;
  c=c+(b<<12);
  return c;
}
/**************************延时函数***************************/
/*函数原型:delay(unsigned int delay_time)
/*函数功能:延时函数
/*输入参数:delay_time  (输入要延时的时间)
/************************************************************/
void delay(unsigned int delay_time)    //延时子程序
{for(;delay_time>0;delay_time--)
{}
  }
/******************ASCII 码转换为十六进制程序*****************/
/*函数原型:unsigned char ath(unsigned char a,unsigned char b)
/*函数功能: ASCII 码转换为十六进制
/*输入参数:要转换的数据
/*输出参数:转换后的数据
/*调用模块:无
/************************************************************/
unsigned char ath(unsigned char a,unsigned char b)
{
    if(a<0x40)
     a-=0x30;
  else if(a<0x47)
      a-=0x37;
  else if(a<67)
      a-=0x57;
  if(b<0x40)
      b-=0x30;
  else if(b<0x47)
      b-=0x37;
  else if(a<67)
      b-=0x57;
  return((a<<4)+b);
}


/******************十六进制转换为 ASCII 码程序****************/
/*函数原型:unsigned int hta(unsigned char a)
/*函数功能:十六进制转换为 ASCII 码
/*输入参数:要转换的数据
```

```
/*输出参数:转换后的数据
/*调用模块:无
/*********************************************************************/
unsigned int hta(unsigned char a)
{
    unsigned int b;
  b=a>>4;
  a&=0x0f;
    if(a<0x0a
      a+=0x30;
    else
      a+=0x37;
  if(b<0x0a)
      b+=0x30;
    else
      b+=0x37;
  b=((b<<8)+a);
  return b;
}


/************************串口中断程序*************************/
/*函数原型:void uart(void)
/*函数功能:串口中断处理
/*********************************************************************/
void uart(void) interrupt 4
{
    unsigned char a,b;
    if(RI)
{
    a=SBUF;
    RI=0;
    if(a==0x40)//接收到字头
        i=0;
    rec[i]=a;
    i++;
    if(a==0x0d)//接收到字尾,开始出路数据
    {
        if(ath(rec[1],rec[2])==15)//判断是否为本机地址
        {
            b=0;
            for(a=1;a<i-3;a++)//产生异或值
```

```
            b^=rec[a];
        if(b==ath(rec[i-3],rec[i-2]))//接收到正确数据
        {
            if((ath(rec[3],rec[4])&0x01)==0)//读操作
            {
                for(a=0;a<10;a++)
                {
                    SBUF=send[a];
                     while(TI!=1);
                    TI=0;
                }
            }
        }
        else//接收到错误数据
        {
            for(a=0;a<8;a++)
            {
                SBUF=error[a];
                 while(TI!=1);
                TI=0;
            }
        }
    }
}
    else
    {
        TI=0;
    }
}
```

4）烧写程序

程序经过调试运行之后就可以将其烧写进单片机了。STC 系列单片机在线下载程序只需要用串口连接到单片机上就可以。用串口线连接 PC 与单片机开发板，将编写好的汇编程序用 Keil μ Vision3 编译生成 HEX 文件就可以实现程序的简便烧写。

到网站 http://www.mcu-memory.com/ 下载 STC 单片机 ISP 下载编程软件。按照提示在计算机上运行该程序，其界面如图 3-7 所示。

烧写程序的步骤如下。

连接单片机开发板与 PC 后，实验板电源先不要接通。

然后按下面步骤完成单片机程序的在线下载。

第一步：选择要下载程序的单片机型号。

第二步：打开编译完成要下载到单片机中扩展名为 HEX 的文件。

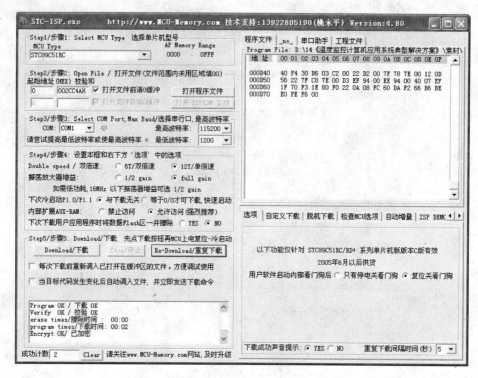

图 3-7　单片机烧写程序

第三步：选择与实验板连接的串口。

第四步：选择合适的通信波特率（这步可以省略）。

第五步：单击"Download/下载"按钮。

第六步：接通实验板电源。

几秒钟后就可以将程序下载到单片机中，并运行。程序烧写进单片机之后，就可以给单片机开发板通电了，这时数码管上将会显示检测的电压值。

5）串口通信调试

在进行串口开发之前，一般要进行串口调试，经常使用的工具是"串口调试助手"程序。它是一个适用于 Windows 平台的串口监视、串口调试程序。它可以在线设置各种通信速率、通信端口等参数，既可以发送字符串命令，也可以发送文件，可以设置自动发送/手动发送方式，可以十六进制显示接收到的数据等，从而提高串口开发效率。

打开"串口调试助手"程序（SComAssistant.exe），首先设置串口号"COM1"、波特率"9600"、校验位"NONE"、数据位"8"、停止位"1"等参数（注意：设置的参数必须与单片机设置的一致），选择"十六进制显示"和"十六进制发送"，打开串口。

在发送文本框中输入指令"40 30 46 43 30 30 30 30 46 30 31 37 32 0d"，单击"手动发送"按钮，如果 PC 与单片机开发板串口连接正确，则单片机向 PC 返回数据串，如"40 30 46 30 31 31 42 30 34 0D"，如图 3-8 所示。

图 3-8　模拟电压输入调试

在返回的数据串中，第 6 字节"31"和第 7 字节"42"即为采集电压值的 ASCII 码形式。每个值减去 30，再转成十六进制值，即 1C，将 1C 转成十进制"28"再乘以 0.1 即可知当前电压测量值为 2.8V。

2. 利用 KingView 实现 PC 与单片机模拟电压输入

1）建立新工程项目

运行组态王程序，出现组态王工程管理器画面。为建立一个新工程，请执行以下操作：

（1）在工程管理器中选择菜单"文件\新建工程"或单击快捷工具栏"新建"命令，出现"新建工程向导之一 ——欢迎使用本向导"对话框。

（2）单击"下一步"，出现"新建工程向导之二——选择工程所在路径"对话框。选择或指定工程所在路径。如果用户需要更改工程路径，请单击"浏览"按钮。如果路径或文件夹不存在，请创建。

（3）单击"下一步"，出现"新建工程向导之三——工程名称和描述"对话框。在对话框中输入工程名称"AI"（必须，可以任意指定）；在工程描述中输入"单片机模拟电压输入"。

（4）单击"完成"，新工程建立，单击"是"按钮，确认将新建的工程设为组态王当前工程，此时组态王工程管理器中出现新建的工程。

（5）双击新建的工程名，出现加密狗未找到"提示"对话框，选择"忽略"，出现演示方式"提示"对话框，单击"确定"按钮，进入工程浏览器对话框。

2）制作图形画面

在工程浏览器左侧树形菜单中选择"文件/画面"命令，在右侧视图中双击"新建"，出现画面属性对话框，输入画面名称"模拟量输入"，设置画面位置、大小等，然后单击"确定"按钮，进入组态王开发系统，此时工具箱自动加载。

（1）执行菜单"图库/打开图库"命令，为图形画面添加 1 个仪表对象。

（2）通过开发系统工具箱中为图形画面添加 1 个"实时趋势曲线"控件。

（3）通过开发系统工具箱中为图形画面添加 2 个文本对象：标签"当前电压值"、当前电压值显示文本"000"，添加 1 个按钮对象。

设计的画面如图 3-9 所示。

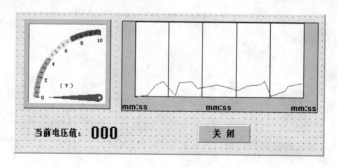

图 3-9　图形画面

3）定义设备

（1）添加串口设备。在组态王工程浏览器的左侧选择"设备"中的"COM1"，在右侧双击"新建..."，运行"设备配置向导"。

① 选择：设备驱动→智能模块→单片机→ 通用单片机 ASCII→串口，如图 3-10 所示。

图 3-10　选择设备

② 单击"下一步"按钮，给要安装的设备指定唯一的逻辑名称，如"MCU"。

③ 单击"下一步"按钮，选择串口号，如"COM1"。

④ 单击"下一步"按钮，给要安装的设备指定地址：15.0（15 表示单片机的地址，0 表示数据不打包）。

⑤ 单击"下一步"按钮，不改变通信参数。

⑥ 单击"下一步"按钮，显示所安装设备的所有信息。

⑦ 请检查各项设置是否正确，确认无误后，单击"完成"按钮。

设备定义完成后，用户可以在工程浏览器的右侧看到新建的外部设备"MCU"。

在定义数据库变量时，用户只要把 I/O 变量连接到这台设备上，它就可以和组态王交换数据了。

（2）设置串口通信参数。双击"设备/COM1"，弹出设置串口对话框，设置串口 COM1 的通信参数：波特率选"9600"，奇偶校验选"无校验"，数据位选"8"，停止位选"1"，通信方式选"RS-232"，如图 3-11 所示。设置完毕，单击"确定"按钮，这就完成了对 COM1 的通信参数配置，保证组态王与单片机通信能够正常进行。

（3）单片机通信测试。选择新建的串口设备"MCU"，单击右键，出现一弹出式下拉菜单，选择"测试 MCU"项，出现"串口设备测试"画面，观察设备参数与通信参数是否正确，若正确，选择"设备测试"选项卡。

寄存器选择"X"，再添加数字"0"，即选择"X0"（采集的电压值存在该寄存器中），数据类型选择"BYTE"，单击"添加"按钮，X0 进入采集列表。

单击串口设备测试画面中"读取"命令，寄存器"X0"的变量值变化，如"19"，该值乘以 0.1 即单片机采集的电压值 1.9V，如图 3-12 所示。

图 3-11 设置串口参数

图 3-12 串口设备测试

4）定义变量

在工程浏览器的左侧树形菜单中选择"数据库/数据词典"，在右侧双击"新建"，弹出"定义变量"对话框。

（1）定义变量"模拟电压输入"。变量类型选"I/O 实数"，变量的最小值设为"0"、最大值设为"100"，最小原始值设为"0"、最大原始值设为"100"。连接设备选"MCU"（前面已定义），寄存器选"X"，输入"0"，即寄存器设为"X0"，数据类型选"BYTE"，读写属性选"读写"，如图 3-13 所示。

（2）定义变量"AI"：变量类型选"内存实数"。最小值设为"0"，最大值设为"5"。

5）建立动画连接

（1）建立仪表对象的动画连接。双击画面中仪表对象，弹出"仪表向导"对话框，单击变量名文本框右边的"？"号，出现"选择变量名"对话框。选择已定义好的变量名"AI"，单击"确定"按钮，仪表向导对话框变量名文本框中出现"\\本站点\AI"表达式，仪表表盘标签改为"（V）"，填充颜色设为白色，最大刻度设为"5"，如图 3-14 所示。

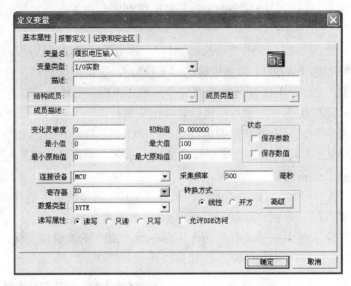

图 3-13　定义模拟量输入 I/O 实数变量

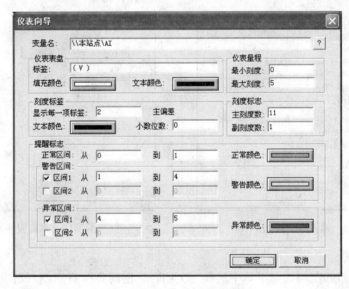

图 3-14　仪表对象动画连接

（2）建立实时趋势曲线对象的动画连接。双击画面中实时趋势曲线对象。在曲线定义选项中，单击曲线 1 表达式文本框右边的"？"号，选择已定义好的变量"AI"，并设置其他参数值，如图 3-15 所示。在标识定义选项中，设置数值轴最大值为"5"，数据格式选"实际值"，时间轴长度设为"2"分钟。

（3）建立当前电压值显示文本对象动画连接。双击画面中当前电压值显示文本对象"000"，出现动画连接对话框，将"模拟值输出"属性与变量"AI"连接，输出格式：整数"1"位，小数"1"位。

（4）建立按钮对象的动画连接。双击按钮对象"关闭"，出现动画连接对话框，选择命令语言连接功能，单击"弹起时"按钮，在"命令语言"编辑栏中输入以下命令："exit(0)；"

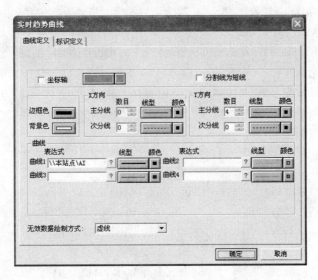

图 3-15 实时趋势曲线对象动画连接之曲线定义

6）编写命令语言。

在组态王工程浏览器的左侧双击"命令语言/应用程序命令语言"，弹出"应用程序命令语言"对话框，在"运行时"文本框中输入程序：

```
\\本站点\AI=\\本站点\电压输入*0.1;
```

7）调试与运行

将设计的画面全部存储并配置成主画面，启动画面运行程序。

单片机开发板接收变化的模拟电压（0～5V）并在数码管上显示（保留 1 位小数）；PC 接收单片机发送的电压值，以数字、曲线的方式显示。

程序运行画面如图 3-16 所示。

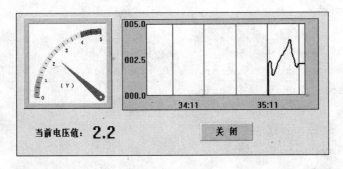

图 3-16 运行画面

3.3.2 模拟量输出

1. 利用 Keil C51 实现单片机模拟电压输出

以下是完成单片机模拟电压输出的 C51 参考程序：

```
/*****************************************************************
** TLC5620 DAC 转换实验程序
```

```
**  组态王向单片机发送数值（0～5），如发送2.5，单片机显示2.5，并从模拟量输出通道0输出
**  晶振频率:11.0592MHz
**  线路->单片机实验开发板B,实验板地址为15,电压存储地址为15
发送十六进制写指令:  40 30 46 43 31 30 30 30 46 30 31 31 39 37 42 0d
输出电压计算公式:  VOUT(DACA|B|C|D)=REF*CODE/256*(1+RNG bit value)
****************************************************************/
#include  <REG51.H>
sbit  SCLA=P1^2;
sbit  SDAA=P1^4;
sbit  LOAD=P1^6;
sbit  LDAC=P1^5;
sbit PS0=P2^4;                          //数码管个位
sbit PS1=P2^5;                          //数码管十位
sbit PS2=P2^6;                          //数码管百位
sbit PS3=P2^7;                          //数码管千位
sfr  P_data=0x80;                       //P0口为显示数据输出口
sbit P_K_L=P2^2;                        //键盘列
unsigned char code tab[10]={0xfc,0x60,0xda,0xf2,0x66,0xb6, 0xbe,0xe0,
0xfe,0xf6};//字段转换表,用于接收组态王发送来的数据,发送过来的数据不能超过此数组
            长度
unsigned char rec[50];
                                    //数据不正确
unsigned char code error[]={0x40,0x30,0x46,0x2a,0x2a,0x37,0x36,0x0d};
                                    //正确的数据
unsigned char code send[]={0x40,0x30,0x46,0x23,0x23,0x37,0x36,0x0d};
unsigned char i;
unsigned char vol;                  //电压值
void  ini_cpuio(void);              //CPU的IO口初始化
void  dachang(unsigned char,unsigned char);
void  dac5620(unsigned int);
unsigned int htd(unsigned int);     //进制转换函数
void display(unsigned int);         //显示函数
void delay(unsigned int);           //延时函数
unsigned char ath(unsigned char,unsigned char);//ASCII码转换为十六进制数
void uart(void);                    //串口中断程序
void  main(void)
{
 float b;
    ini_cpuio();                    //初始化
    TMOD=0x20;                      //定时器1--方式2
    TL1=0xfd;
```

```
    TH1=0xfd;                    //11.0592MHz 晶振,波特率为 9600bps
  SCON=0x50;                     //方式 1
    TR1=1;                       //启动定时
  IE = 0x90;                     //EA=1,ES=1:打开串口中断
  while(1)
  {
    display(vol);
    b=(float)vol/10/2*256/2.7; //CODE=VOUT(DACA|B|C|D)/10/(1+RNG bit
                                  value)*256/Vref
    dachang('a',b);             //控制 A 通道输出电压
    dachang('b',b);             //控制 B 通道输出电压
    dachang('c',b);             //控制 C 通道输出电压
    dachang('d',b);             //控制 D 通道输出电压
  }
}
/******************CPU 的 I/O 口初始化函数*********************************
/*函数名称:ini_cpuio
/*功能描述:CPU 的 I/O 口初始化
***********************************************************************/
void  ini_cpuio(void)
{
    SCLA=0;
    SDAA=0;
    LOAD=1;
    LDAC=1;
}
/***************D/A 转换器的配置参数程序****************************************
/*函数名称:dachang
/*功能描述:转换器的配置
/*输入参数:配置参数
***********************************************************************/
void  dachang(unsigned char a,unsigned char vout)
{
    unsigned int config=(unsigned int)vout;  //D/A 转换器的配置参数
    config<<=5;
    config=config&0x1fff;
  switch (a)
  {
    case 'a':
        config=config|0x2000;
      break;
```

```
            case 'b':
                config=config|0x6000;
              break;
            case 'c':
                config=config|0xa000;
              break;
            case 'd':
                config=config|0xe000;
              break;
            default :
              break;
      }
        dac5620(config);
}
```

/***************TLC5620 的控制***

/*函数名称:dac5620

/*功能描述:TI 公司 8 位 4 通 DAC 芯片 TLC5620 的控制时序

; 备   注:使用 11 位连续传输控制模式,使用 LDAC 下降沿锁存数据输入

***/

```
void  dac5620(unsigned int config)
{
    unsigned char m=0;
    unsigned int n;
    for(;m<0x0b;m++)
    {
        SCLA=1;
        n=config;
        n=n&0x8000;
        SDAA=(bit)n;
        SCLA=0;
        config<<=1;
    }
    LOAD=0;
    LOAD=1;
    LDAC=0;
    LDAC=1;
}
```

/*************************延时函数************************/

/*函数原型:delay(unsigned int delay_time)

/*函数功能:延时函数

/*输入参数:delay_time (输入要延时的时间)

```
/*输出参数:无
/*调用模块:无
/**********************************************************/
void delay(unsigned int delay_time)  //延时子程序
{for(;delay_time>0;delay_time--)
{}
 }
/********************十六进制转十进制函数********************/
/*函数原型:uchar htd(unsigned int a)
/*函数功能:十六进制转十进制
/*输入参数:要转换的数据
/*输出参数:转换后的数据
/*调用模块:无
/**********************************************************/
  unsigned int htd(unsigned int a)
  {
  unsigned int b,c;
  b=a%10;
  c=b;
  a=a/10;
  b=a%10;
  c=c+(b<<4);
  a=a/10;
  b=a%10;
  c=c+(b<<8);
  a=a/10;
  b=a%10;
  c=c+(b<<12);
  return c;
  }
/********************数码管显示函数********************/
/*函数原型:void display(void)
/*函数功能:数码管显示
/*输入参数:无
/*输出参数:无
/*调用模块:delay()
/**********************************************************/
  void display(unsigned int a)
  {
  bit b=P_K_L;
  P_K_L=1;                    //防止按键干扰显示
```

```
        a=htd(a);                     //转换成十进制输出
          P_data=tab[a&0x0f];      //转换成十进制输出
          PS0=0;
      PS1=1;
       PS2=1;
       PS3=1;
      delay(200);
          P_data=tab[(a>>4)&0x0f]|0x01;
          PS0=1;
      PS1=0;
      delay(200);
          //P_data=tab[(a>>8)&0x0f];
          PS1=1;
       //PS2=0;
      //delay(200);
          //P_data=tab[(a>>12)&0x0f];
          //PS2=1;
        //PS3=0;
      //delay(200);
        //PS3=1;
       P_K_L=b;             //恢复按键
       P_data=0xff;         //恢复数据口
    }
/*******************ASCII 码转换为十六进制程序*************************/
/*函数原型:unsigned char ath(unsigned char a,unsigned char b)
/*函数功能:ASCII 码转换为十六进制
/*输入参数:要转换的数据
/*输出参数:转换后的数据
/*****************************************************************/
unsigned char ath(unsigned char a,unsigned char b)
{
    if(a<0x40)
     a-=0x30;
  else if(a<0x47)
     a-=0x37;
  else if(a<67)
     a-=0x57;
  if(b<0x40)
     b-=0x30;
  else if(b<0x47)
     b-=0x37;
```

```
    else if(a<67)
        b-=0x57;
    return((a<<4)+b);
}
/***************************串口中断程序***************************/
/*函数原型:void uart(void)
/*函数功能:串口中断处理
/***************************************************************/
void uart(void) interrupt 4
{
    unsigned char a,b;
    if(RI)
{
    a=SBUF;
    RI=0;
    if(a==0x40)//接收到字头
        i=0;
    rec[i]=a;
    i++;
    if(a==0x0d)//接收到字尾, 开始出路数据
    {
        if(ath(rec[1],rec[2])==15)              //判断是否为本机地址
        {
            b=0;
            for(a=1;a<i-3;a++)                  //产生异或值
                b^=rec[a];
            if(b==ath(rec[i-3],rec[i-2]))       //接收到正确数据
            {
                if((ath(rec[3],rec[4])&0x01)==1)//写操作
                {
                    vol=ath(rec[11],rec[12]);
                    for(a=0;a<8;a++)
                    {
                        SBUF=send[a];
                        while(TI!=1);
                        TI=0;
                    }
                }
            }
            else//接收到错误数据
            {
                for(a=0;a<8;a++)
```

```
                        {
                            SBUF=error[a];
                              while(TI!=1);
                            TI=0;
                        }
                    }
                }
            }
        }
    else
    {
        TI=0;
    }
}
```

程序经过调试运行之后就可以将其烧写进单片了。STC 系列单片机在线下载程序只需要用串口连接到单片机上就可以。用串口线连接 PC 与单片机开发板，将编写好的汇编程序用 Keil μ Vision3 编译生成 HEX 文件就可以实现程序的简便烧写。

到网站 http://www.dzkfw.com/ 下载 STC 单片机 ISP 下载编程软件。按照提示在计算机上运行该程序。

打开"串口调试助手"程序（SComAssistant.exe），首先设置串口号 COM1、波特率 9600、校验位 NONE、数据位 8、停止位 1 等参数（注意：设置的参数必须与单片机设置的一致），选择"十六进制显示"和"十六进制发送"，打开串口，如图 3-17 所示。

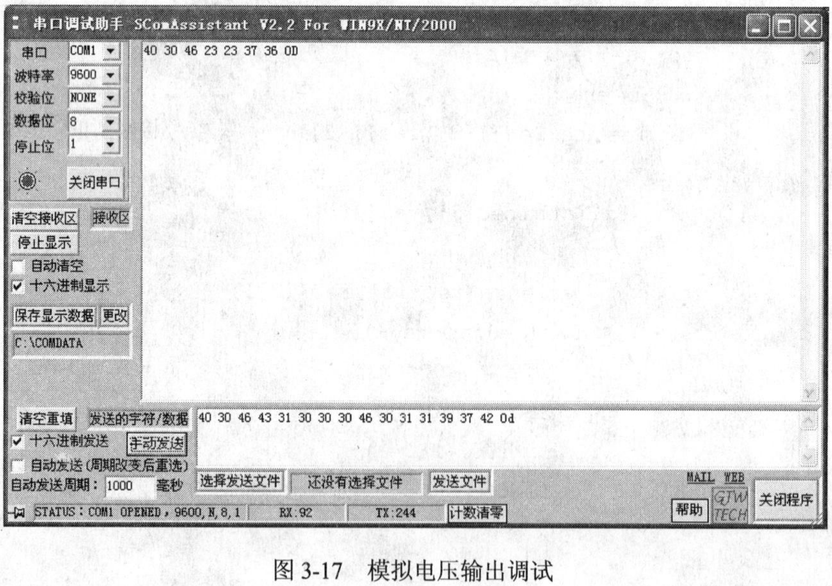

图 3-17　模拟电压输出调试

在发送文本框中输入指令"40 30 46 43 31 30 30 30 46 30 31 31 39 37 42 0d"，其中"31 39"为要发送电压值的 ASCII 码形式，转成十六进制为"19"，再转成十进制为 25，再乘以 0.1 即电压值 2.5V。

单击"手动发送"按钮，如果 PC 与单片机开发板串口连接正确，则单片机向 PC 返回数据串，如"40 30 46 23 23 37 36 0D"。此时，单片机开发板数码管显示 2.5V。

2．利用 KingView 实现 PC 与单片机模拟电压输出

1）建立新工程项目

运行组态王程序，出现组态王工程管理器画面。

为建立一个新工程，执行以下操作：

（1）在工程管理器中选择菜单"文件\新建工程"或选择快捷工具栏"新建"命令，出现"新建工程向导之一——欢迎使用本向导"对话框。

（2）单击"下一步"按钮，出现"新建工程向导之二——选择工程所在路径"对话框。选择或指定工程所在路径。如果需要更改工程路径，请单击"浏览"按钮。

（3）单击"下一步"按钮，出现"新建工程向导之三——工程名称和描述"对话框。在对话框中输入工程名称"AO"（必须，可以任意指定）；在工程描述中输入"单片机模拟量输出"。

（4）单击"完成"按钮，新工程建立，单击"是"按钮，确认将新建的工程设为组态王当前工程，此时组态王工程管理器中出现新建的工程。

2）制作图形画面

在工程浏览器左侧树形菜单中选择"文件/画面"，在右侧视图中双击"新建"，出现画面属性对话框，输入画面名称"模拟量输出"，设置画面位置、大小等，然后单击"确定"按钮，进入组态王开发系统，此时工具箱自动加载。

在开发系统工具箱中为图形画面添加两个文本对象（"0 通道输出电压值:"、"000"）；两个按钮控件"输出"、"关闭"。

设计的图形画面如图 3-18 所示。

3）定义板卡设备

（1）添加串口设备。在组态王工程浏览器的左侧选择"设备"中的"COM1"，在右侧双击"新建…"，运行"设备配置向导"。

① 选择：设备驱动→智能模块→单片机→通用单片机 ASCII→串口，如图 3-19 所示。

图 3-18　设计的图形画面

图 3-19　选择设备

② 单击"下一步"按钮，给要安装的设备指定唯一的逻辑名称，如"MCU"。

③ 单击"下一步"按钮，选择串口号，如 COM1。

④ 单击"下一步"按钮，给要安装的设备指定地址：15.0（15 表示单片机的地址，0 表示数据不打包）。

⑤ 单击"下一步"按钮，不改变通信参数。

⑥ 单击"下一步"按钮，显示所安装设备的所有信息。

⑦ 请检查各项设置是否正确，确认无误后，单击"完成"按钮。

设备定义完成后，用户可以在工程浏览器的右侧看到新建的外部设备 "MCU"。

在定义数据库变量时，用户只要把 I/O 变量连接到这台设备上，它就可以和组态王交换数据了。

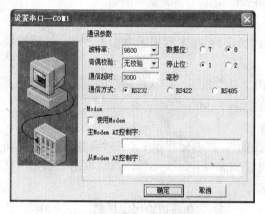

图 3-20　设置串口参数

（2）设置串口通信参数。双击"设备/COM1"，弹出设置串口对话框，设置串口COM1 的通信参数：波特率选"9600"，奇偶校验选"无校验"，数据位选"8"，停止位选"1"，通信方式选"RS-232"，如图 3-20 所示。设置完毕，单击"确定"按钮，这就完成了对 COM1 的通信参数配置，保证组态王与单片机通信能够正常进行。

（3）单片机通信测试。右键单击新建的串口设备"MCU"，出现一弹出式下拉菜单，选择"测试 MCU"项，出现"串口设备测试"画面，如图 3-21 所示，观察设备参数与

通信参数是否正确，若正确，选择"设备测试"选项卡。

寄存器选择"X"，再添加数字"0"，即选择"X0"，数据类型选择"BYTE"，单击"添加"按钮，X0 进入采集列表，如图 3-22 所示。

图 3-21　串口设备测试

图 3-22　寄存器添加

对寄存器"X0"设置数据。双击采集列表中的寄存器"X0",弹出数据输入画面,如图 3-23 所示,输入数据 30,单击"确定"按钮,"串口设备测试"画面中"X0"的变量值为"30"。此时单片机开发板数码管显示 3.0,模拟量输出 0 通道输出 3.0V。

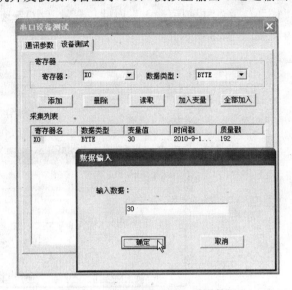

图 3-23　对寄存器"X0"设置数据

4)定义 I/O 变量

在工程浏览器的左侧树形菜单中选择"数据库/数据词典",在右侧双击"新建",弹出"定义变量"对话框。

(1)定义变量"电压输出"。变量类型选"I/O 实数"。最小值设为"0",最大值设为"50";最小原始值设为"0",最大原始值设为"50";连接设备选"MCU",寄存器设为"X0",数据类型选"BYTE",读写属性选"只写",如图 3-24 所示。

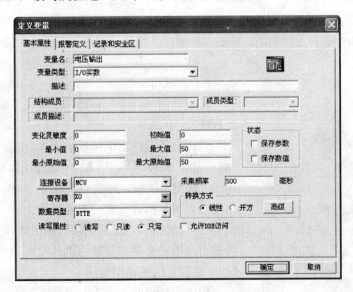

图 3-24　定义模拟量输出 I/O 变量

(2)定义变量"AO":变量类型选"内存实数"。最小值设为"0",最大值设为"5"。

5）建立动画连接

（1）建立输出电压值显示文本对象动画连接。双击画面中 0 通道输出电压值显示文本对象 "000"，出现动画连接对话框，将 "模拟值输出" 属性与变量 "AO" 连接，输出格式：整数 "1" 位，小数 "1" 位；将 "模拟值输入" 属性与变量 "AO" 连接，值范围：最大设为 "5"，最小设为 "0"，如图 3-25 所示。

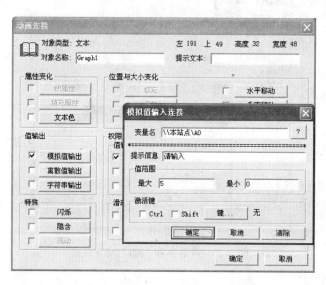

图 3-25　建立文本对象 000 的动画连接

（2）建立 "输出" 按钮对象的动画连接。双击画面中按钮对象 "输出"，出现动画连接对话框，选择命令语言连接功能，单击 "弹起时" 按钮，在 "命令语言" 编辑栏中输入以下命令：

```
\\本站点\电压输出=\\本站点\AO*10;
```

（3）建立 "关闭" 按钮对象的动画连接。双击画面中按钮对象 "关闭"，出现动画连接对话框，选择命令语言连接功能，单击 "弹起时" 按钮，在 "命令语言" 编辑栏中输入命令 "exit(0);"。

6）调试与运行

将设计的画面全部存储并配置成主画面，启动画面运行程序。

单击 0 通道输出电压显示文本，出现一个输入数值对话框，如图 3-26 所示，输入 1 个数值，如 2.5（范围 0～5），单击 "确定" 按钮。再单击 "输出" 按钮，设置的电压数值发送到单片机开发板，在数码管上显示（保留 1 位小数），并通过模拟电压输出端口输出同样大小的电压值。可使用万用表直接测量单片机开发板 B 的 AO0 端口与 GND 端口之间的输出电压。

程序运行画面如图 3-27 所示。

图 3-26　输入数值对话框

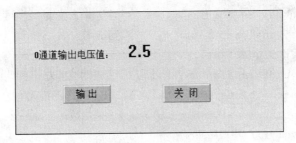

图 3-27　程序运行画面

3.3.3　数字量输入

1. 利用 Keil C51 实现单片机数字量输入

以下是完成单片机数字量输入的 C51 参考程序：

```c
/******************************************************
** 晶振频率:11.0592MHz
** 线路->单片机实验开发板 B
与组态王联机 实验板地址为:15 开关量存储地址为 15
测试代码(通过串口助手以十六进制发送):40 30 46 43 30 30 30 30 46 30 32 37 31 0d
*******************************************************/
#include <REG51.H>
/*******************开关端口定义*********************/
sbit sw_0=P3^3;
sbit sw_1=P3^4;
sbit sw_2=P3^5;
sbit sw_3=P3^6;
/*******************数码显示 键盘接口定义*********************/
sbit PS0=P2^4;                //数码管个位
sbit PS1=P2^5;        //数码管十位
sbit PS2=P2^6;        //数码管百位
sbit PS3=P2^7;        //数码管千位
sfr  P_data=0x80;     //P0 口为显示数据输出口
sbit P_K_L=P2^2;      //键盘列
unsigned char code tab[]={0xfc,0x60,0xda,0xf2,0x66,0xb6,0xbe,0xe0,0xfe,
            0xf6,0xee,0x3e,0x9c,0x7a,0x9e,0x8e};//字段转换表
unsigned char rec[50];//用于接收组态王发送来的数据,发送过来的数据不能超过此数组长度
unsigned char code error[]={0x40,0x30,0x46,0x2a,0x2a,0x37,0x36,0x0d};
                //数据不正确
unsigned char send[]={0x40,0x30,0x46,0x30,0x32,0x00,0x00,0x00,0x00,0x00,
            0x00,0x0d};  //正确的数据
unsigned char i;
unsigned char temp;  //温度
```

```c
unsigned int sw_in(void);              //开关量输入采集
void display(unsigned int);            //显示函数
void delay(unsigned int);              //延时函数
unsigned int dth(unsigned int);        //十六进制转换为十进制
unsigned char ath(unsigned char,unsigned char);//ASCII 码转换为十六进制数
unsigned int hta(unsigned char);       //十六进制数转换为 ASCII 码
void uart(void);//串口中断程序
void main(void)
{
    unsigned int a,b,c,temp;
    TMOD=0x20;                         //定时器 1--方式 2
    TL1=0xfd;
    TH1=0xfd;                          //11.0592MHz 晶振,波特率为 9600
    SCON=0x50;                         //方式 1
    TR1=1;                             //启动定时
    IE = 0x90;                         //EA=1，ES=1:打开串口中断
    while(1)
    {
        c=sw_in();
        temp=dth(c);
        a=hta(temp>>8);
        send[5]=a>>8;
        send[6]=(unsigned char)a;
        a=hta(temp);
        send[7]=a>>8;
        send[8]=(unsigned char)a;
        b=0;
        for(a=1;a<9;a++)               //产生异或值
            b^=send[a];
        b=hta(b);
        send[9]=b>>8;
        send[10]=(unsigned char)b;
        for(a=0;a<100;a++)            //显示,兼有延时的作用
            display(c);
    }
}
/************************数码管显示函数*************************/
/*函数原型:void display(void)
/*函数功能:数码管显示
/*调用模块:delay()
```

```
/****************************************************************/
unsigned int sw_in(void)
{
    unsigned int a=0;
  if(sw_0)
     a=a+1;
  if(sw_1)
     a=a+0x10;
  if(sw_2)
     a=a+0x100;
  if(sw_3)
     a=a+0x1000;
    return a;
}
/************************数码管显示函数**************************/
/*函数原型:void display(void)
/*函数功能:数码管显示
/*调用模块:delay()
/****************************************************************/
void display(unsigned int a)
{
    bit b=P_K_L;
  P_K_L=1;//防止按键干扰显示
    P_data=tab[a&0x0f];            //显示个位
    PS0=0;
  PS1=1;
  PS2=1;
  PS3=1;
  delay(200);
    P_data=tab[(a>>4)&0x0f];       //显示十位
    PS0=1;
  PS1=0;
  delay(200);
    P_data=tab[(a>>8)&0x0f];       //显示百位
    PS1=1;
    PS2=0;
  delay(200);
    P_data=tab[(a>>12)&0x0f];      //显示千位
    PS2=1;
    PS3=0;
  delay(200);
```

```
        PS3=1;
        P_K_L=b;        //恢复按键
    P_data=0xff;        //恢复数据口
}
/***********************十进制转换为十六进制函数***********************/
/*函数原型:uint dth(uint a)
/*函数功能:十进制转换为十六进制
/*输入参数:要转换的数据
/*输出参数:转换后的数据
/***************************************************************/
unsigned int dth(unsigned int a)
{
    unsigned int b,c;
    b=a%16;
    if(b>9)
        c=b+6;
    else
        c=b;
    a=a/16;
    b=a%16;
    if(b>9)
        c+=(b+6)*10;
    else
        c=c+b*10;
    a=a/16;
    b=a%16;
    if(b>9)
        c+=(b+6)*100;
    else
        c=c+b*100;
    a=a/16;
    b=a%16;
    if(b>9)
        c+=(b+6)*1000;
    else
        c=c+b*1000;
    return c;
}
/***************************延时函数***************************/
/*函数原型:delay(unsigned int delay_time)
/*函数功能:延时函数
```

```
/*输入参数:delay_time (输入要延时的时间)
/**************************************************************/
void delay(unsigned int delay_time) //延时子程序
{for(;delay_time>0;delay_time--)
{}
 }
/*******************ASCII 码转换为十六进制程序*******************/
/*函数原型:unsigned char ath(unsigned char a,unsigned char b)
/*函数功能:ASCII 码转换为十六进制
/*输入参数:要转换的数据
/*输出参数:转换后的数据
/**************************************************************/
unsigned char ath(unsigned char a,unsigned char b)
{
    if(a<0x40)
     a-=0x30;
  else if(a<0x47)
     a-=0x37;
  else if(a<67)
     a-=0x57;
  if(b<0x40)
     b-=0x30;
  else if(b<0x47)
     b-=0x37;
  else if(a<67)
     b-=0x57;
  return((a<<4)+b);
}
/********************十六进制转换为 ASCII 码程序*******************/
/*函数原型:unsigned int hta(unsigned char a)
/*函数功能:十六进转换为 ASCII 码
/*输入参数:要转换的数据
/*输出参数:转换后的数据
/**************************************************************/
unsigned int hta(unsigned char a)
{
    unsigned int b;
  b=a>>4;
  a&=0x0f;
    if(a<0x0a)
     a+=0x30;
```

```c
    else
        a+=0x37;
    if(b<0x0a)
        b+=0x30;
    else
        b+=0x37;
    b=((b<<8)+a);
    return b;
}
/*************************串口中断程序*******************************/
/*函数原型:void uart(void)
/*函数功能:串口中断处理
/*******************************************************************/
void uart(void) interrupt 4
{
    unsigned char a,b;
    if(RI)
    {
        a=SBUF;
        RI=0;
        if(a==0x40)                        //接收到字头
            i=0;
        rec[i]=a;
        i++;
        if(a==0x0d)                        //接收到字尾,开始出路数据
        {
            if(ath(rec[1],rec[2])==15)     //判断是否为本机地址
            {
                b=0;
                for(a=1;a<i-3;a++)         //产生异或值
                    b^=rec[a];
                if(b==ath(rec[i-3],rec[i-2]))         //接收到正确数据
                {
                    if((ath(rec[3],rec[4])&0x01)==0)//读操作
                    {
                        for(a=0;a<12;a++)
                        {
                            SBUF=send[a];
                            while(TI!=1);
                            TI=0;
                        }
```

```
                }
            }
        else//接收到错误数据
        {
            for(a=0;a<8;a++)
            {
                SBUF=error[a];
                 while(TI!=1);
                TI=0;
            }
        }
    }
}
else
{
    TI=0;
}
```

　　程序经过调试运行之后就可以将其烧写进单片机了。STC 系列单片机在线下载程序只需要用串口连接到单片机上就可以。用串口线连接 PC 与单片机开发板，将编写好的汇编程序用 Keil μ Vision3 编译生成 HEX 文件就可以实现程序的简便烧写。

　　打开"串口调试助手"程序（ScomAssistant.exe），首先设置串口号"COM1"、波特率"9600"、校验位"NONE"、数据位"8"、停止位"1"等参数（注意：设置的参数必须与单片机设置的一致），选择"十六进制显示"和"十六进制发送"，打开串口。

　　在发送文本框中输入指令"40 30 46 43 30 30 30 30 46 30 32 37 31 0d"，单击"手动发送"按钮，如果 PC 与单片机开发板串口连接正确，则单片机向 PC 返回数据串，如"40 30 46 30 32 30 34 34 44 30 30 0D"，如图 3-28 所示。

　　返回的数据串中，"30 34 34 44"转成十六进制为"044D"，再转成十进制为"1101"即表示单片机数字量各输入端口的状态。

2. 利用 KingView 实现 PC 与单片机数字量输入

1）建立新工程项目

运行组态王程序，出现组态王工程管理器画面。为建立一个新工程，执行以下操作：

（1）在工程管理器中选择菜单"文件\新建工程"或选择快捷工具栏"新建"命令，出现"新建工程向导之一——欢迎使用本向导"对话框。

（2）单击"下一步"按钮，出现"新建工程向导之二——选择工程所在路径"对话框。选择或指定工程所在路径。如果需要更改工程路径，请单击"浏览"按钮。

（3）单击"下一步"按钮，出现"新建工程向导之三——工程名称和描述"对话框。在对话框中输入工程名称"DI"（必须，可以任意指定）；在工程描述中输入"单片机数字量输入项目"。

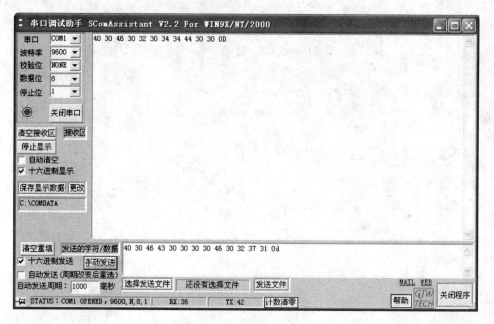

图 3-28　数字量输入调试

（4）单击"完成"按钮，新工程建立，单击"是"按钮，确认将新建的工程设为组态王当前工程，此时组态王工程管理器中出现新建的工程。

2）制作图形画面

在工程浏览器左侧树形菜单中选择"文件/画面"，在右侧视图中双击"新建"，出现画面属性对话框，输入画面名称"数字量输入"，设置画面位置、大小等，然后单击"确定"按钮，进入组态王开发系统，此时工具箱自动加载。

（1）执行菜单命令"图库/打开图库"，为图形画面添加 4 个指示灯对象。

（2）在开发系统工具箱中为图形画面添加 6 个文本对象（"DI0"、"DI1"、"DI2"、"DI3"、"各通道状态:"、"0000"）；1 个按钮对象"关闭"等。

设计的图形画面如图 3-29 所示。

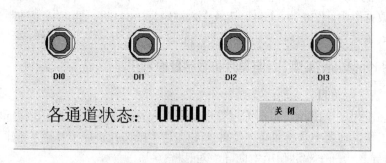

图 3-29　设计的图形画面

3）定义设备

（1）添加串口设备。在组态王工程浏览器的左侧选择"设备"中的"COM1"，在右侧双击"新建…"，运行"设备配置向导"。

① 选择：设备驱动→智能模块→单片机→通用单片机 ASCII→串口，如图 3-30 所示。

② 单击"下一步"按钮，给要安装的设备指定唯一的逻辑名称，如"MCU"。

③ 单击"下一步"按钮，选择串口号，如"COM1"。

④ 单击"下一步"按钮，给要安装的设备指定地址：15.0（15 表示单片机的地址，0 表示数据不打包）。

⑤ 单击"下一步"按钮，不改变通信参数。

⑥ 单击"下一步"按钮，显示所安装设备的所有信息。

⑦ 请检查各项设置是否正确，确认无误后，单击"完成"按钮。

设备定义完成后，用户可以在工程浏览器的右侧看到新建的外部设备"MCU"。

在定义数据库变量时，用户只要把 I/O 变量连接到这台设备上，它就可以和组态王交换数据了。

（2）设置串口通信参数。双击"设备/COM1"，弹出设置串口对话框，设置串口 COM1 的通信参数：波特率选"9600"，奇偶校验选"无校验"，数据位选"8"，停止位选"1"，通信方式选"RS-232"，如图 3-31 所示。设置完毕，单击"确定"按钮，这就完成了对"COM1"的通信参数配置，保证组态王与单片机通信能够正常进行。

图 3-30　选择设备

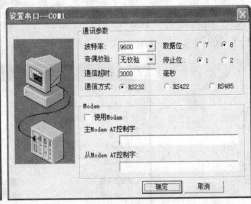

图 3-31　设置串口参数

（3）单片机通信测试。选择新建的串口设备"MCU"，单击右键，出现一弹出式下拉菜单，选择"测试 MCU"项，出现"串口设备测试"画面，观察设备参数与通信参数是否正确，若正确，选择"设备测试"选项卡。

寄存器选择"X"，再添加数字"100"，即选择"X100"（数字量状态存在该寄存器中），数据类型选择"USHORT"，单击"添加"按钮，"X100"进入采集列表。

单击串口设备测试画面中"读取"命令，寄存器"X100"的变量值变化，如"1101"，该值就是单片机开发板各数字量输入通道的状态，如图 3-32 所示。

图 3-32 串口设备测试

4）定义变量

在工程浏览器的左侧树形菜单中选择"数据库/数据词典"，在右侧双击"新建"，弹出"定义变量"对话框。

（1）定义变量"数字量输入"。数据类型选"I/O 整数"，连接设备选"MCU"，寄存器选"X"，输入数值"100"，即寄存器设为"X100"，数据类型选"USHORT"，读写属性选"读写"，如图 3-33 所示。

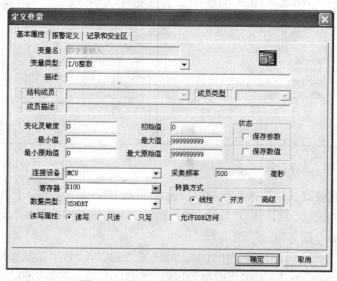

图 3-33 定义"数字量输入"变量

（2）定义变量"指示灯 0"、"指示灯 1"、"指示灯 2"、"指示灯 3"：变量类型为选"内存离散"，初始值选"关"。

5）建立动画连接

（1）建立信号指示灯对象动画连接。将指示灯对象 DI0、DI1、DI2、DI3 分别与变量"指示灯 0"、"指示灯 1"、"指示灯 2"、"指示灯 3"连接起来。

（2）建立状态值显示文本对象动画连接。双击画面中显示文本对象"0000"，出现动画连接对话框，将"模拟值输出"属性与变量"数字量输入"连接，输出格式：整数"4"位，小数"0"位。

（3）建立按钮对象"关闭"动画连接。

按钮"弹起时"执行命令："exit(0);"。

6）编写命令语言

在组态王工程浏览器的左侧双击"命令语言/应用程序命令语言"，弹出"应用程序命令语言"对话框，在"运行时"编辑栏中输入相应语句，如图 3-34 所示。

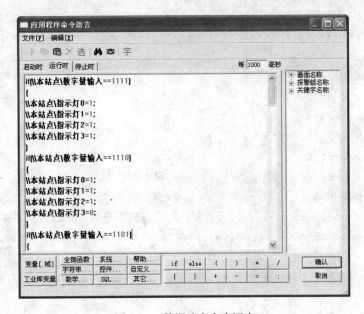

图 3-34　数据改变命令语言

7）调试与运行

将设计的画面全部存储并配置成主画面，启动画面运行程序。

使用杜邦线将单片机开发板 B 的 DI0、DI1、DI2、DI3 端口与 DGND 端口连接或断开产生数字信号。数字信号 0 或 1 送到单片机开发板数字量输入端口，并在数码管上显示；数字信号同时发送到 PC，画面中指示灯颜色变化显示各输入通道状态。

程序运行画面如图 3-35 所示。

图 3-35　程序运行画面

3.3.4 数字量输出

1. 利用 Keil C51 实现单片机数字量输出

以下是完成单片机数字量输出的 C51 参考程序：

```c
/*******************************************************************
** 开关量输出
** 晶振频率:11.0592MHz
** 线路->单片机实验开发板B
与组态王联机 实验板地址为:15 存储地址为15
测试代码(通过串口助手以十六进制发送):40 30 46 43 35 30 30 30 46 30 31 30 41 30 36 0d
*******************************************************************/
#include  <REG51.H>
/*开关端口定义*/
sbit sw_0=P3^3;
sbit sw_1=P3^4;
sbit sw_2=P3^5;
sbit sw_3=P3^6;
sbit jdq1=P2^0;                       //继电器1
sbit jdq2=P2^1;                       //继电器2
unsigned char rec[50];//用于接收组态王发送来的数据,发送过来的数据不能超过此数组长度
unsigned char code error[]={0x40,0x30,0x46,0x2a,0x2a,0x37,0x36,0x0d};
                                //数据不正确
unsigned char code send[]={0x40,0x30,0x46,0x23,0x23,0x37,0x36,0x0d};
                                //正确的数据
unsigned char i;
unsigned char sw;                     //开关值
void sw_out(unsigned char);           //开关量输出
unsigned int htd(unsigned int);  //进制转换函数
unsigned char ath(unsigned char,unsigned char);//ASCII 码转换为十六进制数
void uart(void);                      //串口中断程序
/*******************************************************************/
void  main(void)
{
    unsigned char a=0;
    TMOD=0x20;                        //定时器1--方式2
    TL1=0xfd;
    TH1=0xfd;                         //11.0592MHz 晶振,波特率为9600
    SCON=0x50;                        //方式1
    TR1=1;                            //启动定时
    IE = 0x90;                        //EA=1,ES=1:打开串口中断
    while(1)
```

```
    {
        sw_out(sw);        //输出开关量
    }
}
void sw_out(unsigned char a)
{
    if(a==0x00)
    {
        jdq1=1;                //接收到PC发来的数据00,关闭继电器1和2
        jdq2=1;
    }
    else if(a==0x01)
    {
        jdq1=1;                //接收到PC发来的数据01,继电器1关闭,继电器2打开
        jdq2=0;
    }
    else if(a==0x10)
    {
        jdq1=0;                //接收到PC发来的数据10,继电器1打开,继电器2关闭
        jdq2=1;
    }
    else if(a==0x11)
    {
        jdq1=0;                //接收到PC发来的数据11,打开继电器1和2
        jdq2=0;
    }
}
/***********************十六进制转换为十进制函数***********************/
/*函数原型:uint htd(uint a)
/*函数功能:十六进制转换为十进制
/*输入参数:要转换的数据
/*输出参数:转换后的数据
/*******************************************************************/
unsigned int htd(unsigned int a)
{
    unsigned int b,c;
    b=a%10;
    c=b;        //*16^0
    a=a/10;
    b=a%10;
    c=c+(b<<4);//*16^1
```

```
    a=a/10;
    b=a%10;
    c=c+(b<<8);              //*16^2
    a=a/10;
    b=a%10;
    c=c+(b<<12);             //*16^3
    return c;
}
```

```
/*********************ASCII码转换为十六进制程序**************************/
/*函数原型:unsigned char ath(unsigned char a,unsigned char b)
/*函数功能:ASCII码转换为十六进制
/*输入参数:要转换的数据
/*输出参数:转换后的数据
/***********************************************************************/
unsigned char ath(unsigned char a,unsigned char b)
{
    if(a<0x40)
     a-=0x30;
  else if(a<0x47)
      a-=0x37;
  else if(a<67)
      a-=0x57;
  if(b<0x40)
      b-=0x30;
  else if(b<0x47)
      b-=0x37;
  else if(a<67)
      b-=0x57;
  return((a<<4)+b);
}
```

```
/************************串口中断程序****************************/
/*函数原型:void uart(void)
/*函数功能:串口中断处理
/*输入参数:无
/*输出参数:无
/*调用模块:无
/***********************************************************************/
void uart(void) interrupt 4
{
    unsigned char a,b;
    if(RI)
```

```
{
    a=SBUF;
    RI=0;
    if(a==0x40)                      //接收到字头
        i=0;
    rec[i]=a;
    i++;
    if(a==0x0d)                      //接收到字尾,开始出路数据
    {
        if(ath(rec[1],rec[2])==15)   //判断是否为本机地址
        {
            b=0;
            for(a=1;a<i-3;a++)           //产生异或值
                b^=rec[a];
            if(b==ath(rec[i-3],rec[i-2]))//接收到正确数据
            {
                if((ath(rec[3],rec[4])&0x01)==1)//写操作
                {
                    sw=ath(rec[11],rec[12]);
                    sw=htd(sw);
                    for(a=0;a<8;a++)
                    {
                        SBUF=send[a];
                        while(TI!=1);
                        TI=0;
                    }
                }
            }
            Else                    //接收到错误数据
            {
                for(a=0;a<8;a++)
                {
                    SBUF=error[a];
                    while(TI!=1);
                    TI=0;
                }
            }
        }
    }
else
```

```
    {
        TI=0;
    }
}
```

程序经过调试运行之后就可以将其烧写进单片机了。STC系列单片机在线下载程序只需要用串口连接到单片机上就可以。用串口线连接PC与单片机开发板，将编写好的汇编程序用Keil μ Vision3编译生成HEX文件就可以实现程序的简便烧写。

到网站 http://www.dzkfw.com/ 下载 STC 单片机 ISP 下载编程软件。按照提示在计算机上运行该程序。

打开"串口调试助手"程序（ScomAssistant.exe），首先设置串口号"COM1"、波特率"9600"、校验位"NONE"、数据位"8"、停止位"1"等参数（注意：设置的参数必须与单片机设置的一致），选择"十六进制显示"和"十六进制发送"，打开串口，如图3-36所示。

在发送文本框中输入指令"40 30 46 43 35 30 30 30 46 30 31 30 41 30 36 0d"，其中"30 41"为要发送数字量输出值的 ASCII 码形式，转成十六进制为"0A"，再转成十进制为"10"即置数字量输出1通道为高电平，0通道为低电平。

单击"手动发送"按钮，如果PC与单片机开发板串口连接正确，则单片机向PC返回数据串，如"40 30 46 23 23 37 36 0D"。此时，单片机开发板继电器1动作。

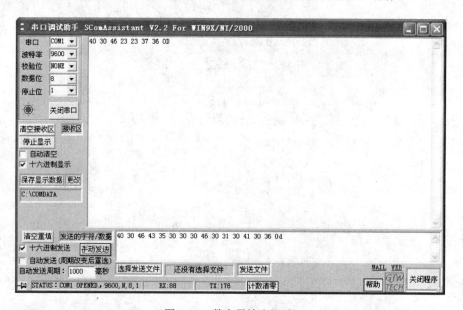

图3-36 数字量输出调试

2. 利用 KingView 实现 PC 与单片机数字量输出

1）立新工程项目

运行组态王程序，出现组态王工程管理器画面。为建立一个新工程，执行以下操作：

（1）在工程管理器中选择菜单命令"文件\新建工程"或选择快捷工具栏"新建"命令，出现"新建工程向导之一——欢迎使用本向导"对话框。

（2）单击"下一步"按钮，出现"新建工程向导之二——选择工程所在路径"对话框。

选择或指定工程所在路径。如果需要更改工程路径，单击"浏览"按钮。

（3）单击"下一步"按钮，出现"新建工程向导之三——工程名称和描述"对话框。在对话框中输入工程名称"DO"（必须，可以任意指定）；在工程描述中输入"单片机数字量输出"。

（4）单击"完成"按钮，新工程建立，单击"是"按钮，确认将新建的工程设为组态王当前工程，此时组态王工程管理器中出现新建的工程。

2）制作图形画面

在工程浏览器左侧树形菜单中选择"文件/画面"，在右侧视图中双击"新建"按钮，出现画面属性对话框，输入画面名称"数字量输出"，设置画面位置、大小等，然后单击"确定"按钮，进入组态王开发系统，此时工具箱自动加载。

（1）执行菜单"图库/打开图库"命令，为图形画面添加两个开关对象。

（2）在开发系统工具箱中为图形画面添加两个文本对象（标签分别为"DO1"、"DO2"）和 1个按钮控件"关闭"。

设计的图形画面如图 3-37 所示。

3）定义板卡设备

（1）添加串口设备。在组态王工程浏览器的左侧选择"设备"中的"COM1"，在右侧双击"新建…"，运行"设备配置向导"。

① 选择：设备驱动→智能模块→单片机→通用单片机 ASCII→串口，如图 3-38 所示。

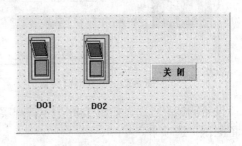

图 3-37　设计的图形画面

图 3-38　选择设备

② 单击"下一步"按钮，给要安装的设备指定唯一的逻辑名称，如"MCU"。

③ 单击"下一步"按钮，选择串口号，如"COM1"。

④ 单击"下一步"按钮，给要安装的设备指定地址：15.0（15 表示单片机的地址，0 表示数据不打包）。

⑤ 单击"下一步"按钮，不改变通信参数。

⑥ 单击"下一步"按钮，显示所安装设备的所有信息；

⑦ 请检查各项设置是否正确，确认无误后，单击"完成"按钮。

设备定义完成后，用户可以在工程浏览器的右侧看到新建的外部设备 "MCU"。

在定义数据库变量时，用户只要把 I/O 变量连接到这台设备上，它就可以和组态王交换数据了。

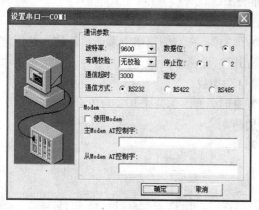

图 3-39　设置串口参数

（2）设置串口通信参数。双击"设备/COM1"，弹出设置串口对话框，设置串口 COM1 的通信参数：

波特率选"9600"，奇偶校验选"无校验"，数据位选"8"，停止位选"1"，通信方式选"RS-232"，如图 3-39 所示。设置完毕，单击"确定"按钮，这就完成了对 COM1 的通信参数配置，保证组态王与单片机通信能够正常进行。

（3）单片机通信测试。右键单击新建的串口设备"MCU"，出现一弹出式下拉菜单，选择"测试 MCU"项，出现"串口设备测试"画面，如图 3-40 所示，观察设备参数与通信参数是否正确，若正确，选择"设备测试"选项卡。

寄存器选择"X"，再添加数字"0"，即选择"X0"，数据类型选择"BYTE"，单击"添加"按钮，"X0"进入采集列表，如图 3-41 所示。

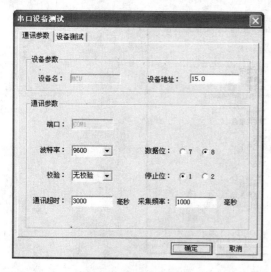

图 3-40　设备测试

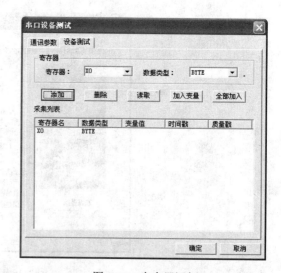

图 3-41　寄存器添加

对寄存器"X0"设置数据。双击采集列表中的寄存器"X0"，弹出数据输入画面，如图 3-42 所示，输入数值"11"，单击"确定"按钮，"串口设备测试"画面中"X0"的变量值为"11"。

此时单片机开发板继电器 1 和 2 打开，如果输入 00 则全部关闭。

图 3-42　对寄存器 X0 设置数据

4）定义变量

在工程浏览器的左侧树形菜单中选择"数据库/数据词典"，在右侧双击"新建"，弹出"定义变量"对话框。

（1）定义变量"开关量输出"：数据类型选"I/O 整数"，连接设备选"MCU"，寄存器为"X0"，数据类型选"BYTE"，读写属性选"只写"，如图 3-43 所示。

（2）定义变量"开关 1"、"开关 2"：变量类型选"内存离散"，初始值选"关"。

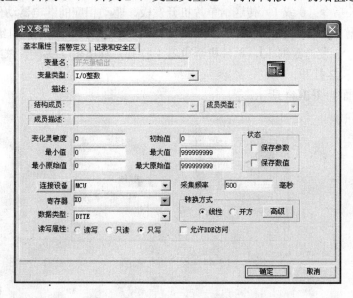

图 3-43　定义"开关量输出"变量

5）建立动画连接

（1）建立开关对象动画连接：将各开关对象分别与变量"开关 1"、"开关 2"连接起来。

（2）建立按钮对象"关闭"动画连接：按钮"弹起时"执行命令"exit(0);"。

6）编写命令语言

在组态王工程浏览器的左侧双击"命令语言/应用程序命令语言"，弹出"应用程序命令语言"对话框，在"运行时"编辑栏中输入相应语句：

```
if(\\本站点\开关1==1 && \\本站点\开关2==1)
{
\\本站点\开关量输出=11;
}
if(\\本站点\开关1==1 && \\本站点\开关2==0)
{
\\本站点\开关量输出=10;
}
if(\\本站点\开关1==0 && \\本站点\开关2==1)
{
\\本站点\开关量输出=01;
}
if(\\本站点\开关1==0 && \\本站点\开关2==0)
{
\\本站点\开关量输出=00;
}
```

7）调试与运行

将设计的画面全部存储并配置成主画面，启动画面运行程序。

PC 发出开关指令（0 或 1）传送给单片机开发板，驱动相应的继电器动作。

PC 发送数据 00，单片机继电器 1 和 2 关闭；PC 发送数据 01，单片机继电器 1 关闭，继电器 2 打开；PC 发送数据 10，单片机继电器 1 打开，继电器 2 关闭；PC 发送数据 11，单片机继电器 1 和 2 打开。

程序运行画面如图 3-44 所示。

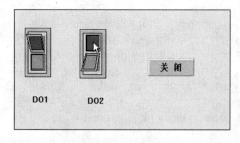

图 3-44　程序运行画面

第4章 基于 PLC 的控制应用

可编程序逻辑控制器（简称PLC）主要是为现场控制而设计的，其人机界面主要是开关、按钮、指示灯等。其良好的适应性和可扩展能力而得到越来越广泛的应用。采用 PLC 的控制系统或装置具有可靠性高、易于控制、系统设计灵活、能模拟现场调试、编程使用简单、性价比高、有良好的抗干扰能力等特点。但是，PLC 也有不易显示各种实时图表/曲线（趋势线）和汉字、无良好的用户界面、不便于监控等缺陷。

20 世纪 90 年代后，许多的 PLC 都配备有计算机通信接口，通过总线将一台或多台 PLC 相连接。计算机作为上位机可以提供良好的人机界面，进行系统的监控和管理，进行程序编制、参数设定和修改、数据采集等，既能保证系统性能，又能使系统操作简便，便于生产过程的有效监督。而 PLC 作为下位机，执行可靠有效的分散控制。用一台计算机（上位机）去监控下位机（PLC），这就要求 PC 与 PLC 之间稳定、可靠的数据通信。

4.1 PLC 概述

可编程序逻辑控制器有时也简称为可编程序控制器，产品如图 4-1 所示。最初只是设计用于机械制造行业的顺序控制器，可以说是与集散控制系统完全不同的两种技术，但其高可靠性是公认的。经过几十年的发展，PLC 增加了许多功能。例如，通信功能、模拟控制功能、远程数据采集功能。人们很快发现，用 PLC 构成一个网络是一个不错的选择。现在，在许多场合利用 PLC 网络构成一个计算机监控系统，或是将其作为集散控制系统的一个下位机子系统，此种方案基本上成为了首选。

4.1.1 PLC 的构成

可编程序控制器是基于微处理器技术的通用工业自动化控制设备。它采用了计算机的设计思想，实际上就是一种特殊的工业控制专用计算机，只不过它最主要的功能是数字逻辑控制。因此，PLC 具有与通用的微型个人计算机相类似的硬件结构。PLC 由中央处理器

（CPU）、存储器、输入/输出接口、智能接口模块和编程器构成，其结构如图 4-2 所示。

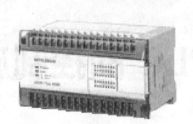

图 4-1　PLC 产品

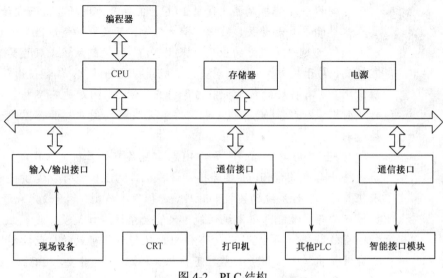

图 4-2　PLC 结构

1. 中央处理器（CPU）

中央处理器是整个 PLC 的核心组成部分，是系统的控制中枢。它的主要功能是实现逻辑运算、数学运算，协调控制可编程序控制器内部的各部分工作。PLC 的 CPU 内部结构与微型计算机的 CPU 结构基本相同，PLC 的整体性能取决于 CPU 的性能，因此，常用的 CPU 主要是通用的微处理器、单片机或工作速度较快的双极型位片式微处理器。

2. 存储器

存储器主要用于存放系统程序、用户程序及工作时产生的数据。系统程序是指控制 PLC 完成各种功能的系统管理程序、监控程序、用户逻辑解释程序、标准子程序模块和各种系统参数，由 PLC 生产厂家编写并固化在只读存储器（ROM）中。用户程序指由用户根据工业现场的要求所编写的控制程序，允许用户修改，最终固化并存储于 PLC 中。

PLC 的存储空间根据存储的内容可分为：系统程序存储区、系统 RAM 存储区和用户程序存储区。

3. 输入/输出接口

输入/输出接口是可编程序控制器与现场各种信号相连接的部件，要求它能够处理这些信号并具有抗干扰能力。因此，输入输出接口通常配有电子变换、光电隔离和滤波电路。输入输出接口可分为：数字量输入、数字量输出、模拟量输入和模拟量输出。

数字量（包括开关量）输入信号类型有直流和交流两种，均采用光电隔离器件将现场电信号与 PLC 内部实现电气上的隔离，同时转换成系统内统一的信号范围。输出接口除了具有光电隔离外，还具有各种输出方式：有的采用直流输出方式，有的采用交流输出方式，有的采用继电器输出方式，还有的提供功率放大等。

模拟量有各种类型，包括 0~10V，–10~10V，4~20mA。它们首先要进行信号处理。将输入模拟量转换成统一的电压信号，然后再进行模拟量到数字量的转换，即 A/D 变换。通过采样、保持和多路开关的切换，多个模拟量的 A/D 变换就可以共用一个 A/D 转换器来完成。转换为数字量的模拟量就可以通过光电隔离、数据驱动输入到 PLC 内部。

模拟量的输出是把可编程序控制器内的数字量转换成相应的模拟量输出，因此，它是与输入相反的过程。整个过程可分为光电隔离、数/模转换和模拟信号驱动输出等环节。PLC 内的数字量经过光电隔离实现两部分电路上电气隔离，数字量到模拟量的转换由数/模转换器（即 D/A 转换器）完成。转换后的模拟量再经过运算放大器等模拟器件进行相应的驱动，形成现场所需的控制信号。

4．智能接口模块

为了进一步提高 PLC 的性能，各大 PLC 厂商除了提供以上输入/输出接口外，还提供各种专用的智能接口模块，用以满足各种控制场合的要求。智能接口模块是 PLC 系统中的一个较为独立的模块，它们具有自己的处理器和存储器，通过 PLC 内部总线在 CPU 的协调管理下独立地进行工作。智能接口模块既扩展了 PLC 可处理的信号范围，又可使 CPU 能处理更多的控制任务。

智能接口模块包括：高速脉冲计数器、定位控制智能单元、PID 调节智能单元、PLC 网络接口、PLC 与计算机通信接口和传感器输入智能单元等。

5．编程器

编程器是 PLC 重要的外部设备，可以利用编程器输入程序、调试程序和监控程序运行，它是人机交互的接口。编程器分为 3 种：简易编程器、图形编程器和与基于个人计算机的编程器。

PLC 软件系统由系统程序和用户程序两部分组成。系统程序包括监控程序、编译程序和诊断程序等，主要用于管理全机，将程序语言翻译成机器语言，诊断机器故障。系统软件由 PLC 厂家提供并已固化在 EPROM 中，不能直接存取和干预。

PLC 的用户程序是设计人员根据控制系统的工艺控制要求，通过 PLC 编程语言的编制设计的。PLC 使用的编程语言有梯形图语言、指令表语言、功能模块图语言、顺序功能流程图语言、结构化文本语言及一些高级语言。

4.1.2 PLC 的技术特点

PLC 是一种专为工业环境下设计的计算机控制器，归纳起来，它具有以下优点。

1．可靠性特别高、抗干扰能力强，能适应各种恶劣的工业环境

PLC 采用了大规模集成电路，元器件和接线的数量大大地减少；采用了光电耦合隔离

及各种滤波方法，有效地防止了干扰信号的进入；内部采用电磁屏蔽，防止辐射干扰；电源使用开关电源，防止了从电源引入干扰。具有良好的自诊断功能。对使用的元器件进行了严格的筛选且设计时就留有充分的余地，充分地保证了元器件的可靠性；PLC 采用了可靠性设计，如冗余设计、掉电保护、故障诊断和其他针对工业生产中恶劣的环境而使用的硬件等措施。正因为如此，目前市场上主流的 PLC 其平均无故障时间都达到数万小时以上。

2．编程简单，易学、易懂

PLC 可采用的编程语言包括梯形图和助记符等。PLC 的梯形图与继电器电路的梯形图相似，直观易用。而且，PLC 采用软件编制程序来完成控制任务，通过修改程序就能适应生产上的改变。因此，工程人员很容易接受和掌握。

3．采用模块化结构，系统组成灵活方便

由于 PLC 采用的是模块式结构，一般由主模块（包含 CPU 的模块）、电源、各种输入/输出模块构成，并可根据需要配备通信模块或远程 I/O 模块。模块间的连接可通过机架底座或电缆来连接，因而十分方便。PLC 既具有可与工业现场的各种电信号相接的输入/输出接口，同时还具有可与上位机相接的通信接口。它可以根据需要进行规模上的或者控制功能上的扩展。

4．安装调试简单方便

当用 PLC 构成控制系统时，只需将现场的各种设备与执行机构和 PLC 的 I/O 接口端子正确连接，用简单的编程方法将程序存入存储器内，即可正常工作。如果是在现场，可以使用手持编程器直接对 PLC 进行编程调试；如果是在实验室也可以使用个人计算机与 PLC 相连接后进行编程调试。而且，PLC 的输入输出的接线端均有发光二极管指示，调试起来十分方便。

由于 PLC 不需要继电器、转换开关等，它的输出可直接驱动执行机构，中间一般不需要设置转换单元，因此大大简化了接线，减少设计及施工工作量。同时 PLC 又能事先进行模拟调试，减少了现场的调试工作量，并且 PLC 的监视功能很强，模块化结构大大减小了维修量。

4.1.3　计算机与 PLC 的连接

1．个人计算机与 PLC

通常可以通过 4 种设备实现 PLC 的人机交互功能。这 4 种设备是编程终端、显示终端、工作站和个人计算机。编程终端主要用于编程和调试程序，其监控功能较弱。显示终端主要用于现场显示。工作站的功能比较全，但是价格也高，主要用于配置组态软件。

个人计算机是一种性价比较高的选择，它可以发挥以下作用：

（1）通过开发相应功能的个人计算机软件，与 PLC 进行通信。实现多个 PLC 信息的集中显示、报警等监控功能。

（2）以个人计算机作为上位机，多台 PLC 作为下位机，构成小型控制系统：由个人计算机完成 PLC 之间控制任务的协同工作。

（3）把个人计算机开发为协议转换器实现 PLC 网络与其他网络的互联。例如，可把下层的控制网络接入上层的管理网络。

2．连接的基础

（1）计算机和 PLC 均应具有异步通信接口，都是 RS-232、RS-422 或 RS-485，否则，要通过转换器转接以后才可以互连。

（2）异步通信接口相连的双方要进行相应的初始化工作，设置相同的波特率、数据位数、停止位数、奇偶校验等参数。

（3）用户参考 PLC 的通信协议编写计算机的通信部分程序，大多数情况下不需要为 PLC 编写通信程序。

如果计算机无法使用异步通信接口与 PLC 通信，则应使用与 PLC 相配置的专用通信部件及专用的通信软件实现互连。

3．连接方式

个人计算机与 PLC 的联网一般有两种形式：一种是点对点方式，即一台计算机的 COM 接口与 PLC 的异步通信端口之间直接用电缆相连，连接方式如图 4-3 所示；另一种是多点结构，即一台计算机与多台 PLC 通过一条通信总线相连接。以计算机为主站，PLC 为从站，进行主从式通信，连接方式如图 4-4 所示。通信网络可以有多种，如 RS-422、RS-485、各个公司的专利网络或者是工业以太网等。

图 4-3　PLC 与 PC 连接的点对点方式

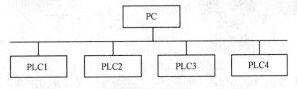

图 4-4　计算机与 PLC 的多点连接方式

4.2　串口总线概述

RS-232 总线是一种久远但目前仍常用的通信方式，早期的仪器、单片机、PLC 等均使用串口与计算机进行通信，最初多用于数据通信上，但随着工业测控行业的发展，许多测量仪器都带有 RS-232 串口总线接口。

4.2.1　RS-232C 串口通信标准

RS-232C 是美国电子工业协会 EIA（Electronic Industry Association）于 1962 年公布，并于 1969 年修订的串行接口标准，它已经成为国际上通用的标准。

RS-232C 标准（协议）的全称是 EIA-RS-232C 标准，其中 RS（Recommended Standard）代表推荐标准，232 是标识号，C 代表 RS-232 的最新一次修改（1969），它适合于数据传输速率在 0～20 000bit/s 范围内的通信。这个标准对串行通信接口的有关问题，如信号电平、信号线功能、电气特性、机械特性等都做了明确规定。

目前 RS-232C 已成为数据终端设备（Data Terminal Equipment，简称 DTE，如计算机）和数据通信设备（Data Communication Equipment，简称 DCE，如 Modem）的接口标准。

利用 RS-232C 串行通信接口可实现两台个人计算机的点对点的通信；通过 RS-232C 口可与其他外设（如打印机、逻辑分析仪、智能调节仪、PLC 等）近距离串行连接；通过 RS-232C 口连接调制解调器可远距离地与其他计算机通信；将 RS-232C 接口转换为 RS-422 或 RS-485 接口，可实现一台个人计算机与多台现场设备之间的通信。

1．接口连接器

由于 RS-232C 并未定义连接器的物理特性，因此，出现了 DB-25 和 DB-9 各种类型的连接器，其引脚的定义也各不相同。现在计算机上一般只提供 DB-9 连接器，都为公头。相应的连接线上的串口连接器也有公头和母头之分，如图 4-5 所示。

作为多功能 I/O 卡或主板上提供的 COM1 和 COM2 两个串行接口的 DB-9 连接器，它只提供异步通信的 9 个信号针脚，如图 4-6 所示，各针脚的信号功能描述见表 4-1。

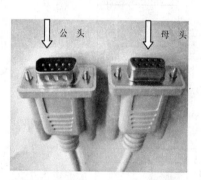

图 4-5　公头与母头串口连接器

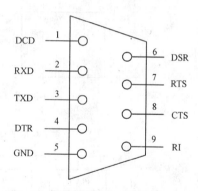

图 4-6　DB-9 串口连接器

表 4-1　9 针串行口的针脚功能

针 脚	符 号	通 信 方 向	功 能
1	DCD	计算机 → 调制解调器	载波信号检测。用来表示 DCE 已经接收到满足要求的载波信号，已经接通通信链路，告知 DTE 准备接收数据
2	RXD	计算机 ← 调制解调器	接收数据。接收 DCE 发送的串行数据
3	TXD	计算机 → 调制解调器	发送数据。将串行数据发送到 DCE。在不发送数据时，TXD 保持逻辑"1"
4	DTR	计算机 → 调制解调器	数据终端准备好。当该信号有效时，表示 DTE 准备发送数据至 DCE，可以使用
5	GND	计算机 ＝ 调制解调器	信号地线。为其他信号线提供参考电位
6	DSR	计算机 ← 调制解调器	数据装置准备好。当该信号有效时，表示 DCE 已经与通信的信道接通，可以使用

续表

针 脚	符 号	通 信 方 向	功 能
7	RTS	计算机 → 调制解调器	请求发送。该信号用来表示 DTE 请求向 DCE 发送信号。当 DTE 欲发送数据时，将该信号置为有效，向 DCE 提出发送请求
8	CTS	计算机 ← 调制解调器	清除发送。该信号是 DCE 对 RTS 的响应信号。当 DCE 已经准备好接收 DTE 发送的数据时，将该信号置为有效，通知 DTE 可以通过 TXD 发送数据
9	RI	计算机 ← 调制解调器	振铃信号指示。当 Modem（DCE）收到交换台送来的振铃呼叫信号时，该信号被置为有效，通知 DTE 对方已经被呼叫

RS-232C 的每一支脚都有它的作用，也有它信号流动的方向。原来的 RS-232C 是设计用来连接调制解调器作传输之用的，因此它的脚位意义通常也和调制解调器传输有关。

从功能来看，全部信号线分为三类，即数据线（TXD、RXD）、地线（GND）和联络控制线（DSR、DTR、RI、DCD、RTS、CTS）。

可以从表 4-1 了解到硬件线路上的方向。另外值得一提的是，如果从计算机的角度来看这些脚位的通信状况的话，流进计算机端的，可以视为数字输入；而流出计算机端的，则可以视为数字输出。

数字输入与数字输出的关系是什么呢？从工业应用的角度来看，所谓的输入就是用来"监测"，而输出就是用来"控制"的。

2．串口电气特性

EIA-RS-232C 对电气特性、逻辑电平和各种信号线功能都作了规定。

在 TXD 和 RXD 上：逻辑 1 为–3～–15V；逻辑 0 为 3～15V。

在 RTS、CTS、DSR、DTR 和 DCD 等控制线上：信号有效（接通，ON 状态，正电压）为 3～15V；信号无效（断开，OFF 状态，负电压）为–3～–15V。

以上规定说明了 RS-232C 标准对逻辑电平的定义。

对于数据（信息码）：逻辑"1"的电平低于–3V，逻辑"0"的电平高于+3V。

对于控制信号：接通状态（ON）即信号有效的电平高于+3V，断开状态（OFF）即信号无效的电平低于–3V，也就是当传输电平的绝对值大于 3V 时，电路可以有效地检查出来，介于–3～+3V 之间的电压无意义，低于–15V 或高于+15V 的电压也认为无意义，因此，实际工作时，应保证电平在±(3～15)V 之间。

RS-232C 是用正负电压来表示逻辑状态，与 TTL 以高低电平表示逻辑状态的规定不同，因此，为了能够同计算机接口或终端的 TTL 器件连接，必须在 RS-232C 与 TTL 电路之间进行电平和逻辑关系的变换，实现这种变换的方法可用分立元件，也可用集成电路芯片。目前较为广泛地使用集成电路转换器件，如 MAX232 芯片可完成 TTL 电平到 EIA 电平的转换。

4.2.2 串口通信线路连接

1．近距离通信线路连接

当两台 RS-232 串口设备通信距离较近时（<15m），可以用电缆线直接将两台设备的

RS-232 端口连接，若通信距离较远（>15m）时，需附加调制解调器（Modem）。

在 RS-232 的应用中，很少严格按照 RS-232 标准。其主要原因是许多定义的信号在大多数的应用中并没有用上。在许多应用中，例如 Modem，只用了 9 个信号（两条数据线、6 条控制线、一条地线）；在其他一些应用中，可能只需要 5 个信号（两条数据线、两条握手线、一条地线）；还有一些应用，可能只需要数据线，而不需要握手线，即只需要 3 个信号线。因为在控制领域，在近距离通信时常采用 RS-232，所以这里只对近距离通信的线路连接进行讨论。

当通信距离较近时，通信双方不需要 Modem，可以直接连接，这种情况下，只需使用少数几根信号线。最简单的情况，在通信中根本不需要 RS-232C 的控制联络信号，只需 3 根线（发送线、接收线、信号地线）便可实现全双工异步串行通信。

图 4-7（a）是两台串口通信设备之间的最简单连接（即三线连接），图中的 2 号接收脚与 3 号发送脚交叉连接是因为在直连方式时，把通信双方都当做数据终端设备看待，双方都可发也可收。在这种方式下，通信双方的任何一方，只要请求发送 RTS 有效和数据终端准备好 DTR 有效就能开始发送和接收。

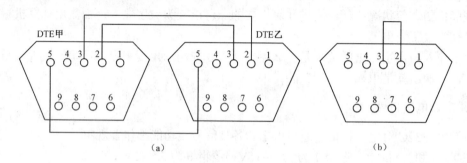

图 4-7 串口设备最简单连接

如果只有一台计算机，而且也没有两个串行通信端口可以使用，那么将第 2 脚与第 3 引脚短路，如图 4-7（b）所示，那么由第 3 脚的输出信号就会被传送到第 2 脚而送到同一串行端口的输入缓冲区，程序只要再由相同的串行端口上做读取的操作，即可将数据读入，一样可以形成一个测试环境。

2. 远距离通信线路连接

一般 PC 采用 RS-232 通信接口，当 PC 与串口设备通信距离较远时，二者不能用电缆直接连接，可采用 RS-485 总线。

当 PC 与多台具有 RS-232 接口的设备远距离通信时，可使用 RS-232/RS-485 型通信接口转换器，将计算机上的 RS-232 通信口转为 RS-485 通信口，在信号进入设备前再使用 RS-485/RS-232 转换器将 RS-485 通信口转为 RS-232 通信口，再与设备相连，如图 4-8 所示。

当 PC 与多台具有 RS-485 接口的设备通信时，由于两端设备接口电气特性不一，不能直接相连，因此，也采用 RS-232 接口到 RS-485 接口转换器将 RS-232 接口转换为 RS-485 信号电平，再与串口设备相连。

如果 PC 直接提供 RS-485 接口，与多台具有 RS-485 接口的设备通信时不用转换器可直接相连。

RS-485 接口只有两根线要连接，有+、-端（或称 A、B 端）区分，用双绞线将所有串口设备的接口并联在一起即可。

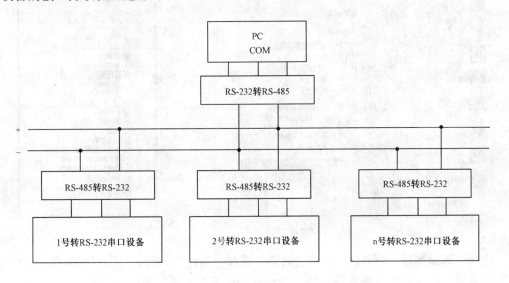

图 4-8　PC 与多个 RS-232 串口设备远距离连接

4.2.3　个人计算机中的串行端口

1. 观察计算机上串口位置和几何特征

在 PC 主机箱后面板上，有各种各样的接口，其中有两个 9 针的接头区，如图 4-9 所示，这就是 RS-232C 串行通信端口。PC 上的串行接口有多个名称：232 口、串口、通信口、COM口、异步口等。

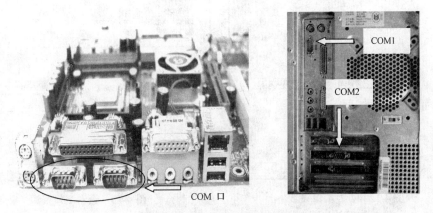

图 4-9　PC 上的串行通信端口

2. 查看串口设备信息

进入 Windows 操作系统，右键单击"我的电脑"图标，如图 4-10 所示。在"系统属性"对话框中选择"硬件"项，单击"设备管理器"按钮，出现"设备管理器"对话框。在列表中有端口 COM 和 LPT 设备信息，如图 4-11 所示。

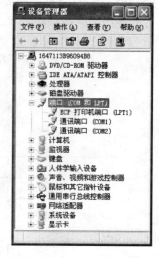

图4-10 "我的电脑"属性　　　　　　　　图4-11 查看串口设备

选择"通信端口（COM1）"，单击右键，选择"属性"，进入"通讯端口（COM1）属性"对话框，在这里可以查看端口的低级设置，也可查看其资源。

在"端口设置"选项卡中，可以看到默认的波特率和其他设置，如图4-12所示，这些设置可以在这里改变，也可以在应用程序中很方便地修改。

在"资源"选项卡中，可以看到，COM1口的输入/输出范围（03F8-03FF）和中断请求号（04），如图4-13所示。

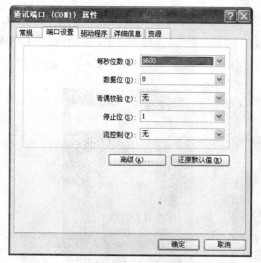

图4-12 查看端口设置　　　　　　　　图4-13 查看端口资源

4.2.4 串口通信调试

1."串口调试助手"程序的使用

在进行串口开发之前，一般要进行串口调试，经常使用的工具是"串口调试助手"程序。它是一个适用于Windows平台的串口监视、串口调试程序，可以在线设置各种通信速率、通信端口等参数，既可以发送字符串命令，也可以发送文件，可以设置自动发送/手动发送方式，可以十六进制显示接收到的数据等，从而提高串口开发效率。

"串口调试助手"程序是串口开发设计人员必备的调试工具。

在计算机通电前，按图 4-14 所示将两台 PC 通过串口线连接起来：PCA 串口 COM1 端口的 TXD 与 PCB 串口 COM1 端口的 RXD 相连；PCA 串口 COM1 端口的 RXD 与 PCB 串口 COM1 端口的 TXD 相连；PCA 串口 COM1 端口的 GND 与 PCB 串口 COM1 端口的 GND 相连。

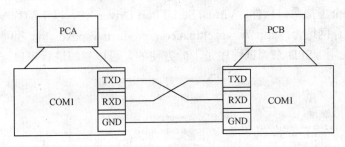

图 4-14　PC 与 PC 串口通信线路

运行"串口调试助手"程序，首先设置串口号"COM1"、波特率"4800"、校验位"NONE"、数据位"8"、停止位"1"等参数（注意：两台计算机设置的参数必须一致），单击"打开串口"按钮，如图 4-15 所示。

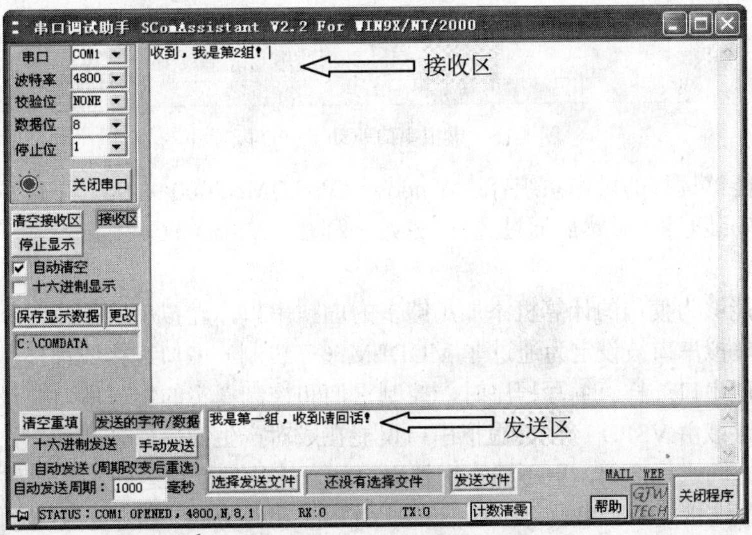

图 4-15　"串口调试助手"程序

在发送数据区输入字符，如"我是第一组，收到请回话！"，单击"手动发送"按钮，发送区的字符串通过 COM1 口发送出去；如果联网通信的另一台计算机收到字符，则返回字符串，如"收到，我是第 2 组！"，如果通信正常该字符串将显示在接收区中。

若选择了"手动发送"，每单击一次可以发送一次；若选中了"自动发送"，则每隔设定的发送周期内发送一次，直到去掉"自动发送"为止。还有一些特殊的字符，如回车换行，则直接敲回车键即可。

2. 虚拟串口程序的使用

有时，也会有这种情况，使用的计算机上一个串口也没有，或者串口被其他设备占用。由于串口具有独占性，如果被其他设备占用，那么就不能由编写的程序来控制。但这时身边没有或不方便使用其他计算机，那该怎么办呢？

使用第三方软件提供的虚拟串口，来解决这个问题应该是一种很好的选择。虚拟串口本身是不存在的，而是由软件模拟出来的，不能像真实的物理串口一样实现与其他计算机或设备上的串口直接通信。

这里介绍一个虚拟串口软件：Virtual Serial Port Driver XP，以下简称 VSPD，是 Eltima 软件公司的产品，网址为：http://www.eltima.com/products/vspdxp/，读者可以自行下载，如图 4-16 所示。应用 VSPD 来调试程序是十分方便的，可以省掉进行串口连接的麻烦。

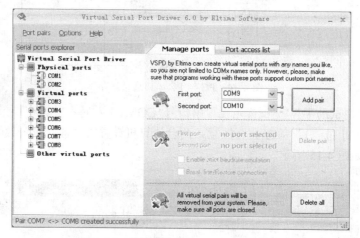

图 4-16　虚拟串口驱动 VSPD 配置程序

VSPD 能够运行的操作系统有：WindowsXP/NT/Me/2000/98/95。下载试用程序后，可以很轻松地安装好程序。然后通过选择"开始→程序→VSPD→Configure"就可以打开 VSPD 的配置程序。

VSPD 能够为使用的计算机添加足够多的虚拟串口，虚拟串口是成对添加的，同时添加的这一对虚拟串口被设定为通过非 MODEM（三线制）串口连接线连接在一起，就像两个真实的物理串口一样。编写程序时，控制它们和控制真实的物理串口并没有什么区别。但要记住一点：由 VSPD 产生的虚拟串口仅能在成对产生的串口之间通信，不能在非配对的虚拟串口之间进行通信，更不能在虚拟串口和真实物理串口之间进行通信。图 4-16 中，用"电话筒"连接的两个串口可以通信，如 COM3 和 COM4，COM5 和 COM6，COM7 和 COM8 可以虚拟串口通信。

假如计算机现在有两个串口 COM1 和 COM2，即有两个物理串口，单击"Add"按钮后，就可以为计算机添加两个虚拟串口：COM3 和 COM4，软件能够自动检测计算机已有的串口资源，然后自动为虚拟串口排号，也可以自己更改虚拟串口号（通过单击 Port 组合下拉框选择）。

虚拟串口软件可以在两个场合使用：一是在没有串口资源的计算机上调试程序时；二是在同一台计算机上多个串口之间进行通信时。这两种情况都不需要使用串口连接线就能在程序之间进行串口数据交换，所以，有时候还可以使用这种方法来降低成本，提高连接的可靠性（连线多了，难免松动，特别是在有振动的场合）。

下面利用串口调试助手来测试一下虚拟串口的通信效果。

打开一个串口调试助手窗口，把串口号更改为"COM3"，再打开另一个串口调试助手窗口（可打开多个），把串口号改为"COM4"，同时清空发送输入框，然后在其中填上1234567890ABCDEFGHILJKMNOPQ（再加入回车），单击"手动发送"按钮，就可以在各自的接收框中看到发送的数据，如图 4-17 和图 4-18 所示。

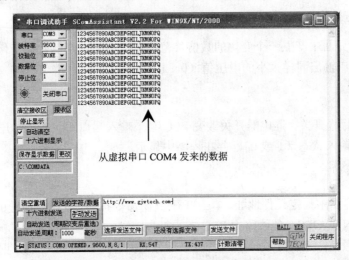

图 4-17　用串口调试助手测试虚拟串口 1

图 4-18　用串口调试助手测试虚拟串口 2

4.3　系统设计说明

4.3.1　设计任务

分别利用 STEP 7 Micro/WIN 编程软件、SWOPC-FXGP/WIN-C 编程软件编写程序实现三菱 FX$_{2N}$-32MR PLC、西门子 S7-200 PLC 数据采集与控制；利用 KingView 编写程序实现 PC 与 PLC 自动化控制。任务要求如下。

1．模拟电压输入

PLC 检测变化的模拟电压（范围：0～5V）；PC 接收 PLC 发送的电压值，以数字、曲线的方式显示。

2．模拟电压输出

在 PC 程序界面中产生一个变化的数值（范围：0～10），绘制数据变化曲线，线路中 PLC 模拟量输出口输出同样大小的电压值（0～10V）。

3．数字量输入

利用按钮、行程开关、继电器开关改变 PLC 某个输入端口的状态（打开/关闭），PC 程序读取该端口的输入状态（1 或 0），并在程序中显示。

4．数字量输出

在 PC 程序界面中指定元件地址，单击打开/关闭命令按钮，置指定地址的元件端口（继电器）状态为 ON 或 OFF，使线路中 PLC 指示灯亮/灭。

PLC 与 PC 通信，在程序设计上涉及两个部分的内容：一是 PLC 端数据采集、控制和通信程序；二是 PC 通信和功能程序。

4.3.2　硬件系统

1．线路连接

1）三菱 FX$_{2N}$ 型 PLC 数据采集与控制线路连接

三菱 FX$_{2N}$-32MR 可以通过自身的编程口和 PC 通信，也可以通过通信口和 PC 通信。通过编程口，PC 只能和一台 PLC 通信，实现对 PLC 中软元件的间接访问（每个软元件具有唯一的地址映射）；通过通信口，一台 PC 可以和多台 PLC 通信，并实现对 PLC 中软元件的直接访问，两者使用不同的通信协议。PC 通过 FX$_{2N}$ 的编程口构成的数据采集与控制系统如图 4-19 所示。图 4-19 中 FX$_{2N}$-4AD 模块的 ID 号为 0。

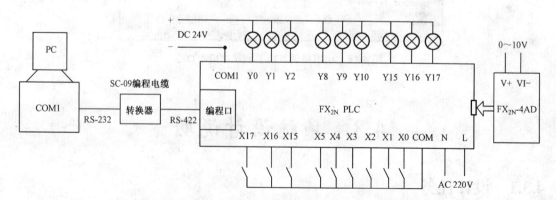

图 4-19　PC 通过 FX$_{2N}$ 的编程口构成的数据采集与控制系统

模拟电压输入：将模拟量输入模块 FX$_{2N}$-4AD 与 PLC 主机相连。在模拟量输入 1 通道 V+与 VI-之间接输入电压 0～10V。

　　模拟电压输出：将模拟量输出模块 FX$_{2N}$-4DA 与 PLC 主机相连（同 FX$_{2N}$-4AD 模拟量输入模块与主机的连接方法一样，图 4-19 中未画出）。

　　开关（数字）量输入：按钮、行程开关等的常开触点接 PLC 开关量输入端点（X0、X1、…、X17 与 COM 端点之间接开关）。

　　开关（数字）量输出：不需连线，直接使用 PLC 提供的输出信号指示灯，也可外接指示灯或继电器等装置来显示开关输出状态。

　　2）西门子 S7-200 PLC 数据采集与控制线路连接

　　西门子 S7-200PLC 系统为用户提供了灵活的通信功能。集成在 S7-200 中的点对点接口（PPI）可用普通的双绞线作波特率高达 9600bit/s 的数据通信，用 RS-485 接口实现的高速用户可编程接口，可使用专用位通信协议（如 ASCII）做波特率高达 38.4kbit/s 的高速通信并可按步调整。而 PC 的接口为 RS-232，两者之间需要进行电平转换。

　　利用西门子公司的 PC/PPI 电缆，可将 S7-200 PLC 与计算机连接起来组成 PC/PPI 网络，实现点对点通信，如图 4-20 所示。

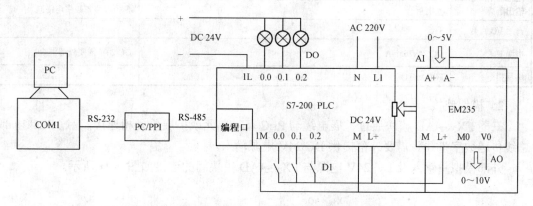

图 4-20　PC 与 S7-200PLC 组成的数据采集与控制系统

　　模拟电压输入：将模拟量扩展模块 EM235 与 PLC 主机相连。模拟电压从 CH1（A+和 A-）输入。为避免共模电压，需将主机 M 端、扩展模块 M 端和所有信号负端连接，未接输入信号的通道要短接。在 DIP 开关设置中，将开关 SW1 和 SW6 设为 ON，其他设为 OFF，表示电压单极性输入，范围为 0～5V。

　　模拟电压输出：将模拟量扩展模块 EM235 与 PLC 主机相连。模拟电压从 M0 和 V0 输出（0～10V）。不需连线，直接用万用表测量输出电压。

　　开关（数字）量输入：将 1M、2M、3M 端点连接起来；在 L+端点与各个输入端点 I0.0、I0.1、…、I1.3 之间接开关，打开或闭合开关输入 0 或 1 信号。

开关（数字）量输出：不需连线，直接使用 PLC 提供的输出信号指示灯，也可外接指示灯或继电器等装置来显示开关输出状态。

2．三菱 FX$_{2N}$-4AD 四通道 A/D 转换模块简介

　　三菱 FX$_{2N}$-4AD 可将外部输入的 4 点（通道）模拟量（模拟电压或电流）转换为 PLC 内部处理需要的数字量。FX$_{2N}$-4AD 的模拟量输入可以是双极性的，转换结果为 12 位带符

号的数字量。

1）性能规格

三菱 FX$_{2N}$-4AD 四通道 A/D 转换模块的主要性能参数如表 4-2 所示。

表 4-2　三菱 FX$_{2N}$-4AD 主要性能参数表

项　目	参　数		备　注
	电 压 输 入	电 流 输 入	
输入点数	4 点（通道）		4 通道输入方式可以不同
输入要求	DC −10～10V	DC 4～20mA 或−20～20mA	
输入极限	DC −15～15V	DC −32～32V	输入超过极限可能损坏模块
输入阻抗	≤200kΩ	≤250kΩ	
数字输出	带符号 12 位		−2048～2047
分辨率	5mV（DC −10～10V 输入）	20µA（DC −20～20mA 输入）	
转换精度	±1%（全范围）		
处理时间	15ms/1 通道；高速时 6ms/通道		
调整	偏移调节/增益调节		数字调节（需要编程）
输出隔离	光电耦合		模拟电路与数字电路同
占用 I/O 点数	8 点		
电源要求	DC 24V/55mA		DC 24V 需要外部供给
编程指令	FROM/TO		

2）模块连接

三菱 FX$_{2N}$-4AD 模块通过扩展电缆与 PLC 基本单元或扩展单元相连接，通过 PLC 内部总线传送数字量并且需要外部提供 DC 24V 电源输入。

外部模拟量输入及 DC 24V 电源与 FX$_{2N}$-4AD 模块间的连接如图 4-21 所示。

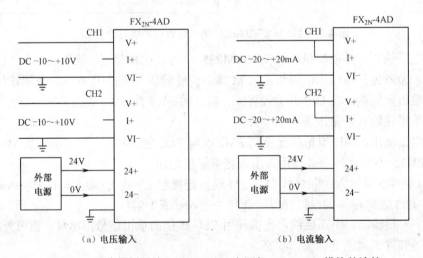

（a）电压输入　　　　（b）电流输入

图 4-21　外部模拟量输入及 DC 24V 电源与 FX$_{2N}$-4AD 模块的连接

3）输出特性

三菱 FX$_{2N}$-4AD 模块的输出特性如图 4-22 所示，4 通道的输出特性可以不同。

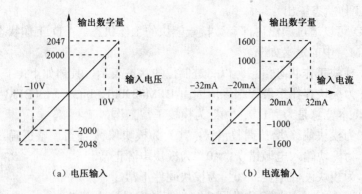

（a）电压输入　　　　　　　　　（b）电流输入

图 4-22　三菱 FX$_{2N}$-4AD 模块的输出特性

模块的最大转换位数为 12 位，首位为符号位，对应的数字量输出范围为–2048～+2047。同样，为了计算方便，通常情况下将最大模拟量输入（DC 10V 或 20mA）所对应的数字量输出设定为 2000（DC 10V）或 1000（20mA）。

4）编程与控制

三菱 FX$_{2N}$-4AD 模块只需要通过 PLC 的 TO 指令（FNC79）写入转换控制指令，利用 FROM 指令（FNC78）读入转换结果即可。

FX$_{2N}$-4AD 常用的参数如下。

（1）转换结果

转换结果数据在模块缓冲存储器（BFM）中的存储地址如下：

BFM#5：通道 1 的转换结果数据（采样平均值）。

BFM#6：通道 2 的转换结果数据（采样平均值）。

BFM#7：通道 3 的转换结果数据（采样平均值）。

BFM#8：通道 4 的转换结果数据（采样平均值）。

BFM#9～#12：依次为通道 1～4 转换结果数据（当前采样值）。

（2）控制信号

A/D 转换的控制信号在模块缓冲存储器（BFM）中的定义如下：

BFM#0：通道选择与控制字。

"0"：通道模拟量输入为–10～10V 直流电压。

"1"：通道模拟量输入为 4～20mA 直流电流。

"2"：通道模拟量输入为–20～20mA 直流电流。

"3"：通道关闭。

BFM#1～#4：分别为通道 1～4 的采样次数设定。

BFM#15：通道采样速度设定。

"0"：15ms/通道；　　　　　"1"：6ms/通道。

BFM#20：通道控制数据初始化。

"0"：正常设定；　　　　　"1"：恢复出厂默认数据。

BFM#21：通道调整允许设定。

"01"：允许改变参数调整增益、偏移量的设定；"10"：禁止调整增益、偏移量。

（3）模块工作状态输出

FX2N-4AD 可以通过读出内部参数检查模块的工作状态。A/D 工作状态信号在模块缓冲存储器（BFM）中的定义如下。

BFM#29：模块工作状态信息。以二进制位的状态表示，具体如下：

bit0：“1”为模块存在报警，报警原因由 BFM#29bitl～bit39 示（BFM#29bitl～bit3 任何一位为“1”，本位总是为“1”）；“0”为模块正常工作。

bit1：“1”为模块偏移/增益调整错误；“0”为模块偏移/增益调整正确。

bit2：“1”为模块输入电源错误；“0”为模块电源正常。

bit3：“1”为模块硬件不良；“0”为模块硬件正常。

bitl0：“1”为数字量超过允许范围；“0”为数字量输出正常。

bitll：“1”为采样次数超过允许范围；“0”为采样次数设定正常。

bitl2：“1”为增益、偏移量的调整被参数禁止；“0”为增益、偏移量的调整允许。

BFM#30：模块 ID 号。FX2N-4AD 模块的 ID 号为 2010。

BFM#23：偏移调整。

BFM#24：增益调整。

5）注意事项

（1）三菱 FX2N-4AD 通过双绞线屏蔽电缆来连接。电缆应远离电源线或其他可能产生电气干扰的电线。

（2）如果输入有电压波动，或在外部接线中有电气干扰，可以在 Vin 和 COM 之间接一个平滑电容器（0.1～0.47μF/25V）。

（3）如果使用电流输入，则必须连接 V+和 I–端子。

（4）如果存在过多的电气干扰，需将电缆屏蔽层与 FG 端连接，并连接到 FX2N-4AD 的接地端。

（5）连接 FX2N-4AD 的接地端与主单元的接地端。可行的话，在主单元使用 3 级接地。

3. 三菱 FX2N-4DA 四通道 D/A 转换模块简介

FX2N-4DA 的作用是将 PLC 内部的数字量转换为外部控制作用的模拟量（模拟电压或电流）输出，可以进行转换的通道数为 4 通道。

1）性能规格

FX2N-4DA 模块的主要性能参数如表 4-3 所示。

表 4-3   FX2N-4DA 模块的主要性能参数

项　　目	参　　数		备　　注
	电压输出	电流输出	
输出点数	4 点（通道）		
输出范围	DC –10～10V	DC 0～20mA	4 通道输出可以不一致
负载阻抗	≥2kΩ	≤500Ω	
数字输入	16 位带符号		–2048～2047
分辨率	5mV	20μA	
转换精度	±1%（全范围）		
处理时间	2.1ms/4 通道		

续表

项　目	参　数		备　注
	电 压 输 出	电 流 输 出	
调整	偏移调节/增益调节		参数调节
输出隔离	光电耦合		模拟电路与数字电路间
占用 I/O 点数	8 点		
消耗电流	24V/200mA（外部电源供给）；5V/30mA		5V 需要 PLC 供给
编程指令	FROM/TO		

2）模块连接

FX$_{2N}$-4DA 模块通过扩展电缆与 PLC 基本单元或扩展单元相连接，通过 PLC 内部总线传送数字量，模块需要外加 DC 24V 电源。

模块模拟量输出、DC 24V 电源与外部的连接要求及内部接口原理如图 4-23 所示。

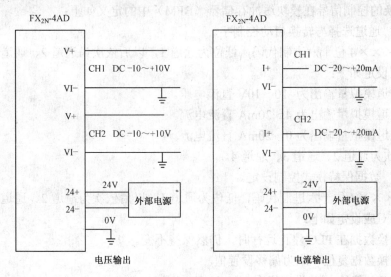

图 4-23　模拟量输出与外部的连接

3）输出特性

FX$_{2N}$-4DA 模块的输出特性如图 4-24 所示。

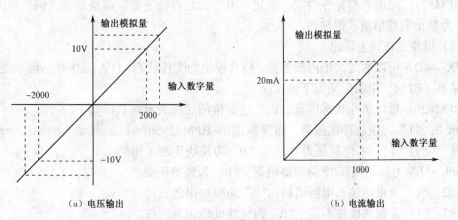

（a）电压输出　　　　　　　　　　（b）电流输出

图 4-24　FX$_{2N}$-4AD 模块的输出特性

模块的最大 D/A 转换位为 16 位，但实际有效的位数为 12 位，且首位（第 12 位）为符号位，因此，对应的最大数字量仍然为 2047。同样，为了计算方便，在电压输出时，通常将最大模拟量输出 DC 10V 时所对应的数字量设定为 2000；电流输出时，通常将最大模拟量输出 20mA 时所对应的数字量设定为 1000。

4）编程与控制

FX$_{2N}$-4DA 模块只需要通过 PLC 的 TO 指令（FNC79）进行转换的控制，FROM 指令（FNC78）进行结果数字量的读入即可。

FX$_{2N}$-4DA 通常使用的参数如下。

（1）转换数据输入

D/A 转换的数字量值在模块缓冲存储器（BFM）中的存储地址如下：

BFM#1～#3：通道 1～4 的转换数据。

（2）控制信号

D/A 转换的控制信号在模块缓冲存储器（BFM）中的定义如下：

BFM#0：通道选择与转换启动控制字。

设定 H×××4 位十六进制代码，低位为通道 1，以后依次为通道 2、通道 3、通道 4。"×"中对应设定如下：

"0"：通道模拟量输出为–10～10V 直流电压。

"1"：通道模拟量输出为 4～20mA 直流电流。

"2"：通道模拟量输出为 0～20mA 直流电流。

以后依次为通道 2、通道 3、通道 4。

BFM#5：数据保持模式控制设定。

设定 H×××4 位十六进制代码，低位为通道 1，以后依次为通道 2、通道 3、通道 4。"×"中对应设定如下：

"0"：转换数据在 PLC 停止运行时，仍然保持不变。

"1"：转换数据复位，成为偏移设置值。

BFM#8/#9：偏移/增益设定指令。

BFM#10～#17：通道偏移/增益设定值。

BFM#20：偏移/增益初始化设定。设定 "0" 为正常设定，"1" 为恢复出厂默认数据。

BFM#21：通道调整允许设定。设定 "01" 为允许改变参数调整增益、偏移量的设定，"10" 为禁止调整增益、偏移量。

（3）模块工作状态输出

FX$_{2N}$-4DA 可以通过读出内部参数，检查模块的工作状态。D/A 工作状态信号在模块缓冲存储器（BFM）中的定义如下。

BFM#29：模块工作状态信息。以二进制位的状态表示，具体如下。

bit 0："1" 为模块存在报警，报警原因由 BFM#29bit1～bit3 显示（BFM#29bit1～bit3 的任何一位为 "1"，本位总是为 "1"）；"0" 为模块正常工作。

bit1："1" 为模块偏移/增益调整错误；"0" 为调整正确。

bit2."1" 为模块输入电源错误；"0" 为模块电源正常。

bit3："1" 为模块硬件不良；"0" 为模块硬件正常工作。

bit10："1" 为数字量超过允许范围；"0" 为数字量输入正常。

bitll："1"为采样次数超过允许范围；"0"为采样次数设定正常。

bitl2："1"为增益、偏移量的调整被参数禁止；"0"为增益、偏移量的调整允许。

BFM#30：模块 ID 号。FX$_{2N}$-4DA 模块的 ID 号为 3020。

4．西门子 S7-200 系列 PLC 的模拟量扩展模块

在工业控制中，某些输入量（如压力、温度、流量、转速等）是模拟量，某些执行机构（如电动调节阀和变频器等）要求 PLC 输出模拟量信号，而 PLC 的 CPU 只能处理数字量。模拟量首先被传感器和变送器转换为标准量程的电流或电压，例如 4～20mA，1～5V，0～10V，PLC 用 A/D 转换器将它们转换成数字量。带正负号的电流或电压在 A/D 转换后用二进制补码表示。

D/A 转换器将 PLC 中的数字量转换为模拟量电压或电流，再去控制执行机构。模拟量 I/O 模块的主要任务就是实现 A/D 转换（模拟量输入）和 D/A 转换（模拟量输出）。

A/D 转换器和 D/A 转换器的二进制位数反映了它们的分辨率，位数越多，分辨率越高。模拟量输入/输出模块的另一个重要指标是转换时间。

模拟量输入模块有多种量程，可以用模块上的 DIP 开关来设置。开关的设置应用于整个模块，一个模块只能设置为一种测量范围；开关设置只有在重新上电后才能生效。

EM231 模拟量输入模块有 5 挡量程（DC 0～10V、0～5V、0～20mA、±2.5V 和±5V）。模拟量输出模块 EM232 的量程有±10V 和 0～20mA 两种，对应的数字量分别为−32 000～32 000 和 0～32 000。满量程时电压输出和电流输出的分辨率分别为 12 位和 11 位。EM 235 模块的输入信号有 16 挡量程。

模拟量输入模块的分辨率为 12 位，单极性全量程输入范围对应的数字量输出为 0～32 000。双极性全量程输入范围对应的数字量输出为−32 000～32 000。电压输入时输入阻抗≥10MΩ，电流输入时输入电阻为 250Ω。A/D 转换时间<250μs，模拟量输入的阶跃响应时间为 1.5ms（达到稳态值的 95%时）。

模拟量转换为数字量的 12 位读数是左对齐的。最高有效位是符号位，0 表示正值，1 表示负值。在单极性格式中，最低位是 3 个连续的 0，相当于 A/D 转换值被乘以 8；在双极性格式中，最低位是 4 个连续的 0，相当于 A/D 转换值被乘以 16。

模拟量输出数据字是左对齐的，最高有效位是符号位，0 表示正值。最低位是 4 个连续的 0。在将数据字装载到 DAC 寄存器之前，低位的 4 个 0 被截断，不会影响输出信号值。

每个模拟量扩展模块的寻址按扩展模块的先后顺序进行排序，其中，模拟量根据输入、输出不同分别排序。模拟量的数据格式为一个字长，所以地址必须从偶数字节开始，精度为 12 位；模拟量值为 0～32 000 的数值。

输入格式：AIW[起始字节地址]；

输出格式：AQW[起始字节地址]。

每个模拟量输入模块，按模块的先后顺序地址为固定的，顺序向后排，如 AIW0，AIW2，AIW4……

每个模拟量输出模块占两个通道，即使第一个模块只有一个输出 AQW0（EM235 只有一个模拟量输出），第二个模块模拟量输出地址也应从 AQW4 开始寻址，以此类推。

EM235 是最常用的模拟量扩展模块，它实现了 4 路模拟量输入和 1 路模拟量输出功能。EM235 模拟量扩展模块的接线方法，对于电压信号，按正、负极直接接入 X+和 X−；对于

电流信号，将 RX 和 X+ 短接后接入电流输入信号的"+"端；未连接输入信号的通道要将 X+ 和 X– 短接。

4.3.3 组态王设置

1. 三菱 FX2 系列 PLC 组态王设置

1）连接与配置

三菱协议支持与三菱 FX2 系列及与其兼容的 FX 系列，FX$_{0N}$-FX$_{2N}$ 系列 PLC 之间的通信，本协议可以采用串行通信，使用计算机中的串行口。

如使用组态王与三菱 FX 系列 PLC 的编程口或 232BD 通信模块通信均采用此种协议。

可以将组态王与一个或多个 PLC 相连。利用串行口进行连接时，可直接与 PLC 的编程端口相连，采用此种方式一个串口只能接一台 PLC。

如果将 FX PLC 与计算机的串口相连，需要一个编程电缆。

当 PLC 使用 RS-232 与上位机相连时，其通信参数设置如下：波特率：9600，数据位长度：7，停止位长度：1，奇偶校验位：偶校验。组态王通信参数与 PLC 的设置保持一致。

组态王定义设备时选择：PLC\三菱\FX2\编程口。

组态王的设备地址与 PLC 的设置保持一致（0～15）。

2）变量定义

三菱 FX2 系列 PLC 寄存器在组态王中的变量定义见表 4-4。

表 4-4　三菱 FX$_2$ 系列 PLC 寄存器在组态王中的变量定义

寄存器名称	寄存器名格式	数 据 类 型	变 量 类 型	取 值 范 围
输入寄存器	Xddo（位格式）	BIT	I/O 离散	0～207
输出寄存器	Yddo（位格式）	BIT	I/O 离散	0～207
辅助寄存器	M$dddd$（位格式）	BIT	I/O 离散	0～8255
状态寄存器	Sddd（位格式）	BIT	I/O 离散	0～999
定时器接点	Tddd	BIT	I/O 离散	0～1023
计数器接点	Cddd	BIT	I/O 离散	0～1023
数据寄存器	D$dddd$	BCD,SHORT,USHORT,LONG,FLOAT（当偏移大于 8000 时，不支持 LONG 和 FLOAT 类型数据）	I/O 整型 I/O 实型	0～8255
定时器经过值	T*ddd	SHORT,USHORT	I/O 整型	0～1023
计数器经过值	C*ddd	SHORT,USHORT ,LONG	I/O 整型	0～1023
详见下面说明	RDdd，dd	STRING	字符串	————
详见下面说明	WDdd，dd	STRING	I/O 整型	————

斜体字 ddo、$dddd$、ddd 等表示格式中可变部分，d 表示十进制数，o 表示八进制数，变化范围列于取值范围中。组态王按照寄存器名称来读取下位机相应的数据。组态王中定义的寄存器与下位机所有的寄存器相对应。如定义非法寄存器，将不被承认。如定义的寄存器在所用的下位机具体型号中不存在，将读不了数据。

由于各型号的 PLC 的自制机制不同，所以如定义的寄存器在所用的下位机具体型号中不存在，将读不了数据，或由于寄存器的型号不同，读/写数据时的情况也可能不同，所以在使用时要根据 PLC 的具体型号来使用。

例如，型号为 FX（2N），内存为 64M 的 PLC，对于 D 寄存器，定义数据类为整型时，有的数据不能写入，如 D200、D1000 等，没有规律。

各寄存器说明如下：

（1）X、Y 寄存器。X、Y 寄存器属于八进制寄存器，所以在组态王开发系统下定义这两个寄存器时，对于带 8 或 9 的数据不能定义。例如：定义寄存器名为 X8、X9 或 X18、X19、X28、X29、Y80、Y96 等时，系统提示寄存器通道号越界，所以凡是在寄存器地址范围中带 8 或 9 的数字都不可以定义。

（2）D 寄存器。对于 D 寄存器，当寄存器的偏移地址大于 8000 时，不能定义为 LONG 或 FLOAT 型。例如，定义寄存器名为 D8000、数据类型为 LONG 或 FLOAT 型时，系统提示当 D 寄存器的地址大于 8000 时，数据类型不能为 LONG 或 FLOAT 型。

（3）C*寄存器。对于 C*寄存器，当寄存器的偏移地址大于 200 时，只能定义为 LONG 型。例如，定义寄存器名为 C*200、数据类型为 USHORT 或 SHORT 时，系统提示当 C* 寄存器的地址大于 200 时，数据类型只能为 LONG 型。

（4）RD、WD 寄存器说明。RD 寄存器格式："RD 起始寄存器，结束寄存器读出二进制串"（低位在前，高位在后）；"WD 起始寄存器，结束寄存器写入十六进制串"（一个字中低字节在前，高字节在后）最多可以定义 8 个连续的寄存器（组态王字符串最大 128 字符），每个寄存器是 16 位。

寄存器名称举例见表 4-5。

表 4-5　寄存器名称举例

寄存器名称	数据类型	变量类型	变量举例	说　明
X1	BIT	I/O 离散	ON	0 通道的 1 点
X7	BIT	I/O 离散	ON	0 通道的 7 点
X8	BIT	I/O 离散	无	无
X11	BIT	I/O 离散	ON	1 通道的 1 点
X17	BIT	I/O 离散	ON	1 通道的 7 点
X19	BIT	I/O 离散	无	无
Y8	BIT	I/O 离散	无	无
Y19	BIT	I/O 离散	无	无
T25	BIT	I/O 离散	ON	第 25 点
D45	SHORT	I/O 整型	1234	45 通道
D45	USHORT	I/O 整型	35537	45 通道

2. 西门子 S7-200PLC 组态王设置

1）连接与配置

PPI 协议支持与德国西门子公司 SIMATIC S7-200 系列 PLC 之间的通信。协议采用串行通信，使用计算机中的串口和 PLC 的编程口（PORT 口）。S7-200PPI 协议不支持通过远程 MODEM 拨号与 S7-200PLC 进行通信，可使用 S7-200 的自由口协议进行 MODEM 通信。

在 PC/PPI 电缆上有一排拨码，1～3 位设置波特率，第 4 位设置调制解调器的数据位

（10 位或 11 位），第 5 位设置通信方式。开关第 5 位拨在 1（ON），表示 PPI Master；拨在 0（OFF），表示 PPI/Freeport。在使用 PPI 协议和组态王通信时，必须拨在 0（OFF），即设置 PLC 为 PPI slave 模式。若使用的 PPI 电缆上不带拨码开关，此时的 PLC 就默认为 PPI Slave 协议模式了。

其中，波特率设置要与 SET PG/PC SHORTerface 中的设置一致。

组态王定义设备时请选择：PLC\西门子\S7-200 系列\PPI。

设备地址格式为：由于 S7-200 系列 PLC 的型号不同，设备地址的范围不同，所以对于某一型号设备的地址范围，请见相关硬件手册。组态王的设备地址要与 PLC 的 PORT 口设置一致。PLC 默认地址为 2。

建议的通信参数：波特率为"9600"，数据位长度为"8"，停止位长度为"1"，奇偶校验位为偶校验。

2）变量定义

西门子 S7-200 系列 PLC 寄存器在组态王中的变量定义及使用举例见表 4-6 和表 4-7。

表 4-6　组态王中西门子 S7-200 系列 PLC 寄存器的变量定义

寄存器格式	寄存器范围	数 据 类 型	变 量 类 型	读 写 属 性	寄存器含义
Vdd	0～9999	BYTE,SHORT,USHORT, LONG,FLOAT	I/O 整型、I/O 实型	读写	V 数据区
Idd	0.0～9999.7	BIT	I/O 离散	只读	数字量输入区，按位读取
	0～9999	BYTE	I/O 整型		数字量输入区，按字节（8 位）读取
Qdd	0.0～9999.7	BIT	I/O 离散	读写	数字量输出区，按位操作
	0～9999	BYTE	I/O 整型		数字量输出区，按字节（8 位）操作
Mdd	0.0～9999.7	BIT	I/O 离散	读写	中间寄存器区，按位操作
	0～9999	BYTE	I/O 整型		中间寄存器区，按字节（8 位）操作

表 4-7　寄存器使用举例

寄存器名称	读 写 属 性	数 据 类 型	变 量 类 型	寄存器说明
V400	读写	BYTE	I/O 整数	V 区地址为 400 的寄存器（1 字节）
V416	读写	LONG	I/O 整数	V 区地址为 416 的寄存器（4 字节 416、417、418 和 419）
Q0	读写	BYTE	I/O 整数	对应 Q 区的 Q0.0～Q0.7，1 字节（8 位）
I0.0	只读	BIT	I/O 离散	对应 I 区的 I0.0 位

4.3.4　仿真 PLC

程序在实际运行中是通过 I/O 设备和下位机交换数据的。当程序在调试时，可以使用仿真 I/O 设备模拟下位机向画面程序提供数据，为画面程序调试提供方便。组态王提供一个仿真 PLC 设备，用来模拟实际设备向程序提供数据，供用户调试。

在使用仿真 PLC 设备前，首先要定义它。实际 PLC 设备都是通过计算机的串口向组态王提供数据，所以仿真 PLC 设备也是模拟安装到串口 COM 上，定义过程和步骤详见 4.4.1 中第 5 条：利用仿真 PLC 实现模拟量输入。

仿真 PLC 提供 6 种类型的内部寄存器变量见表 4-8。

表 4-8　组态王中内部寄存器变量

寄存器格式	寄存器范围	读写属性	数 据 类 型	变量类型	寄存器含义
INCREA*dddd*	0～1000	读写	SHORT	I/O 整型	自动加 1 寄存器
DECREA*dddd*	0～1000	读写	SHORT	I/O 整型	自动减 1 寄存器
RADOM*dddd*	0～1000	只读	SHORT	I/O 整型	随机寄存器
STATIC*dddd*	0～1000	读写	SHORT\BYTE\LONG\FLOAT	I/O 整型，I/O 实数	常量寄存器
STRING*dddd*	0～1000	读写	STRING	I/O 字符串	常量字符串寄存器
CommErr	—	读写	BIT	I/O 离散	通信状态寄存器

下面分别对这 6 个寄存器进行介绍。

（1）自动加 1 寄存器 INCREA。该寄存器变量的最大变化范围是 0～1000，寄存器变量的编号原则是在寄存器名后加上整数值，此整数值同时表示该寄存器变量的递增变化范围，例如，INCREA100 表示该寄存器变量从 0 开始自动加 1，其变化范围是 0～100。

（2）自动减 1 寄存器 DECREA。该寄存器变量的最大变化范围是 0～1000，寄存器变量的编号原则是在寄存器名后加上整数值，此整数值同时表示该寄存器变量的递减变化范围，例如，DECREA100 表示该寄存器变量从 100 开始自动减 1，其变化范围是 0～100。

（3）随机寄存器 RADOM。该寄存器变量的值是一个随机值，可供用户读出，此变量是一个只读型，用户写入的数据无效，此寄存器变量的编号原则是在寄存器名后加上整数值，此整数值同时表示该寄存器变量产生数据的最大范围，例如，RADOM100 表示随机值的范围是 0～100。

（4）常量寄存器 STATIC。该寄存器变量是一个静态变量，可保存用户下发的数据，当用户写入数据后就保存下来，并可供用户读出，直到用户再一次写入新的数据，此寄存器变量的编号原则是在寄存器名后加上整数值，STATIC 寄存器接收的数据范围是根据所定义的数据类型确定的。如果数据类型为 BYTE 时，输入的数值不得超过 255，否则会发生溢出。

（5）常量字符串寄存器 STRING。该寄存器变量是一个静态变量，可保存用户下发的字符，当用户写入字符后就保存下来，并可供用户读出，直到用户再一次写入新的字符，字符串长度最大值为 128 个字符。

（6）CommErr 寄存器。该寄存器变量为可读写的离散变量，用户通过控制 CommErr 寄存器状态来控制运行系统与仿真 PLC 通信，将 CommErr 寄存器置为打开状态时中断通信，置为关闭状态后恢复运行系统与仿真 PLC 之间的通信。

4.4　数据采集与控制程序设计

4.4.1　模拟量输入

1．三菱 FX$_{2N}$ PLC 模拟电压输入程序

三菱 FX$_{2N}$-32MR 型 PLC 使用 FX$_{2N}$-4AD 模拟量输入模块实现模拟电压采集，采集的

电压值以数字量形式存入寄存器 D100。梯形图如图 4-25 所示。

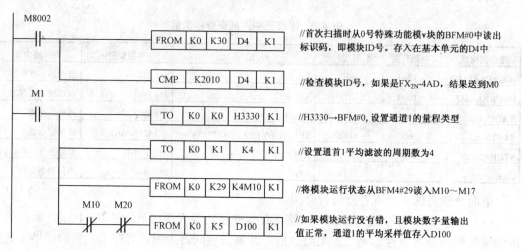

图 4-25 模拟量输入梯形图

在进行串口开发之前，一般要进行串口调试，经常使用的工具是"串口调试助手"程序。

打开"串口调试助手"程序，首先设置串口号"COM1"、波特率"9600"、校验位"EVEN"（偶校验）、数据位"7"、停止位"1"等参数（注意：设置的参数必须与 PLC 设置的一致），选择"十六进制显示"和"十六进制发送"，打开串口，如图 4-26 所示。

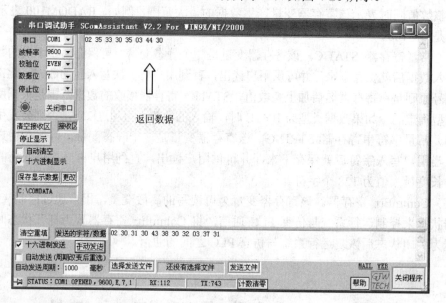

图 4-26 三菱 PLC 模拟量输入串口调试

输入指令"02 30 31 30 43 38 30 32 03 37 31"，其中"31 30 43 38"表示 PLC 寄存器 D100 的地址，单击"手动发送"按钮，如果 PC 与 PLC 串口通信正常，接收区显示返回的数据串，如"02 35 33 30 35 03 44 30"，其中"35 33 30 35"反映电压大小，为 ASCII 码形式，低字节在前，高字节在后，实际为"30 35 35 33"，转成十六进制为"05 53"，再转成十进制值为"1363"，此值除以 200 即为采集的电压值 6.815V。

2. 利用 KingView 实现 PC 与三菱 FX$_{2N}$ PLC 模拟电压输入

1）建立新工程项目

运行组态王程序，出现组态王工程管理器画面。为建立一个新工程，请执行以下操作：

（1）在工程管理器中选择菜单"文件\新建工程"或选择快捷工具栏"新建"命令，出现"新建工程向导之一———欢迎使用本向导"对话框。

（2）单击"下一步"按钮，出现"新建工程向导之二———选择工程所在路径"对话框。选择或指定工程所在路径。如果用户需要更改工程路径，单击"浏览"按钮。如果路径或文件夹不存在，请创建。

（3）单击"下一步"按钮，出现"新建工程向导之三———工程名称和描述"对话框。在对话框中输入工程名称"AI"（必须，可以任意指定）；在工程描述中输入"模拟电压输入"（可选），如图 4-27 所示。

（4）单击"完成"按钮，新工程建立，单击"是"按钮，确认将新建的工程设为组态王当前工程，此时组态王工程管理器中出现新建的工程。

（5）双击新建的工程名，出现加密狗未找到"提示"对话框，选择"忽略"，出现演示方式"提示"对话框，单击"确定"按钮，进入工程浏览器对话框。

2）制作图形画面

画面名称：模拟量输入。

（1）通过开发系统工具箱中为图形画面添加 1 个"实时趋势曲线"控件。

（2）通过开发系统工具箱中为图形画面添加两个文本对象：标签"电压值"、当前电压值显示文本"000"。设计的图形画面如图 4-28 所示。

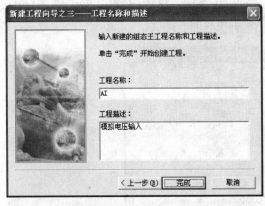

图 4-27 创建工程　　　　　　图 4-28 设计的图形画面

3）定义串口设备

（1）添加设备。在组态王工程浏览器的左侧选择"设备/COM1"，在右侧双击"新建"，运行"设备配置向导"。

① 选择：设备驱动→PLC→三菱→FX2→编程口，如图 4-29 所示。

② 单击"下一步"按钮，给要安装的设备指定唯一的逻辑名称，如"PLC"（任意取）。

③ 单击"下一步"按钮，选择串口号，如"COM1"（须 PLC 在 PC 上使用的串口号一致）。

图 4-29　选择串口设备

④ 单击"下一步"按钮，为要安装的 PLC 指定地址，如"1"（注意，这个地址应该与 PLC 通信参数设置程序中设定的地址相同）。

⑤ 单击"下一步"按钮，出现"通信故障恢复策略"设定窗口，使用默认设置即可。

⑥ 单击"下一步"按钮，显示所要安装的设备信息，请检查各项设置是否正确，确认无误后，单击"完成"按钮，完成设备的配置。

（2）串口通信参数设置。双击"设备/COM1"，弹出设置串口对话框，设置串口 COM1 的通信参数：波特率选"9600"，奇偶校验选"偶校验"，数据位选"7"，停止位选"1"，通信方式选"RS-232"，如图 4-30 所示。设置完毕，单击"确定"按钮，这就完成了对"COM1"的通信参数配置，保证组态王与 PLC 的通信能够正常进行。

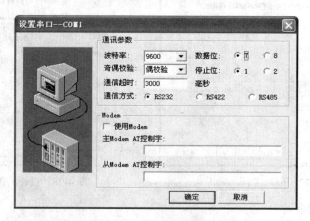

图 4-30　设置串口 COM1

（3）PLC 通信测试。选择新建的串口设备"PLC"，单击右键，出现一弹出式下拉菜单，选择"测试 PLC"项，出现"串口设备测试"画面，观察设备参数与通信参数是否正确，若正确，选择"设备测试"选项卡。

寄存器选择"D"，再添加数字"100"，即选择"D100"，数据类型选择"SHORT"，单击"添加"按钮，"D100"进入采集列表。

给线路中模拟量输入 1 通道变化电压，单击串口设备测试画面中"读取"命令，寄存器"D100"的变量值为一整型数字量，如"299"，如图 4-31 所示。

4）定义变量

在工程浏览器的左侧树形菜单中选择"数据库/数据词典"，在右侧双击"新建"，弹出"定义变量"对话框。

（1）定义变量"数字量"。变量类型选"I/O 整数"。初始值、最小值，最小原始值设为"0"，最大值、最大原始值设为"2000"；连接设备选"plc"，寄存器设置为"D100"，数据类型选"SHORT"，读写属性选"只读"，如图 4-32 所示。

图 4-31　PLC 寄存器测试

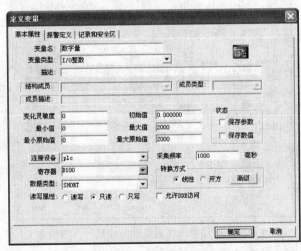

图 4-32　定义 I/O 整数变量

（2）定义变量"电压"。变量类型选"内存实数"。初始值、最小值设为"0"，最大值设为"10"，如图 4-33 所示。

5）建立动画连接

（1）建立实时趋势曲线对象的动画连接。双击画面中实时趋势曲线对象。在曲线定义选项中，单击曲线 1 表达式文本框右边的"？"号，选择已定义好的变量"电压"，并设置其他参数值，如图 4-34 所示。在标识定义选项中，数值轴最大值设为"10"，数值格式选"实际值"，时间轴长度设为"2"分钟。

（2）建立当前电压值显示文本对象动画连接。双击画面中当前电压值显示文本对象"000"，出现动画连接对话框，将"模拟值输出"属性与变量"电压"连接，输出格式：整数"1"位，小数"2"位，如图 4-35 所示。

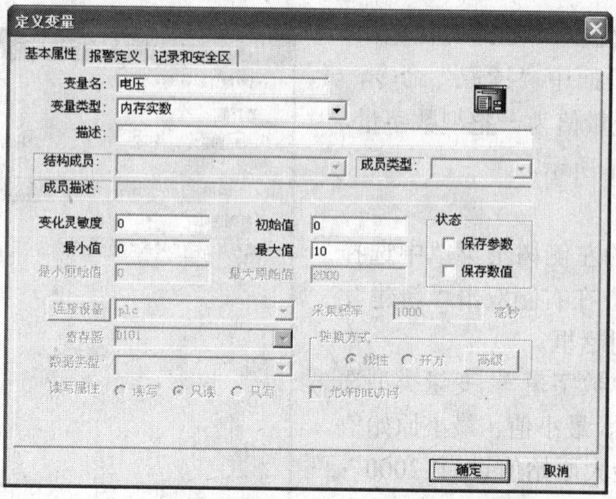

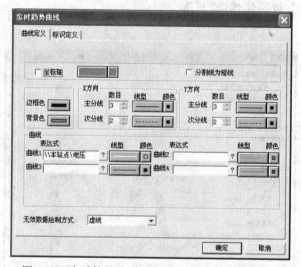

图 4-33　定义内存实数变量

图 4-34　实时趋势曲线对象动画连接——曲线定义

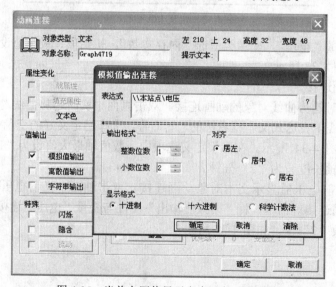

图 4-35　当前电压值显示文本对象动画连接

6）编写命令语言

在工程浏览器左侧树形菜单中双击命令语言"应用程序命令语言"项，出现"应用程序命令语言"编辑对话框，在"运行"时选项编辑框中输入数值转换程序，时间设为 200ms：

\\本站点\电压=\\本站点\数字量/200;

7）调试与运行

（1）存储：设计完成后，在开发系统"文件"菜单中执行"全部存"命令将设计的画面和程序全部存储。

（2）配置主画面：在工程浏览器中，单击快捷工具栏上"运行"按钮，出现"运行系统设置"对话框。单击"主画面配置"选项卡，选中制作的图形画面名称"模拟量输入"，单击"确定"按钮即将其配置成主画面。

（3）运行：在工程浏览器中，单击快捷工具栏上"VIEW"按钮启动运行系统。

启动 PLC，往 FX$_{2N}$-4AD 模拟量输入模块 1 通道输入电压值（范围是 0～5V），程序画面文本对象中的数字、实时趋势曲线控件中的曲线都将随输入电压变化而变化。

程序运行画面如图 4-36 所示。

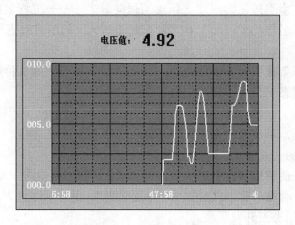

图 4-36　程序运行画面

3. 西门子 S7-200PLC 模拟电压输入程序

为了保证 S7-200PLC 能够正常与 PC 进行模拟量输入通信，需要在 PLC 中运行一段程序。

方法 1：将采集到的电压数字量值（在寄存器 AIW0 中）送给寄存器 VW417。上位机程序读取寄存器 VW417 的数字量值，然后根据电压与数字量的对应关系（0～5V 对应 0～32000）计算出电压值。PLC 电压采集程序如图 4-37 所示。

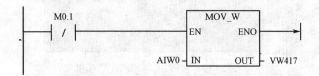

图 4-37　PLC 电压采集程序 1

方法 2：将采集到的电压值（0～5V）自动转换数字量值（0～32 000）放入在寄存器 AIW0

中，然后送给寄存器 VW415，该数字量值除以 6400 就是采集的电压值，再送给寄存器 VW417。上位机程序读取寄存器 VW417 的值就是电压值。PLC 电压采集程序如图 4-38 所示。

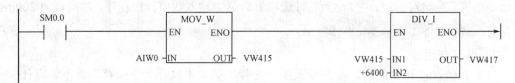

图 4-38　PLC 电压采集程序 2

4. 利用 KingView 实现 PC 与西门子 S7-200 PLC 模拟电压输入

1）建立新的工程项目

运行组态王程序，出现组态王工程管理器画面。为建立一个新工程，请执行以下操作：

（1）在工程管理器中选择菜单"文件\新建工程"或选择快捷工具栏"新建"命令。

（2）单击"下一步"按钮，出现"新建工程向导之二——选择工程所在路径"对话框，选择或指定工程所在路径。

（3）单击"下一步"按钮，出现"新建工程向导之三——工程名称和描述"对话框。在对话框中输入工程名称"PCPLC"；在工程描述中输入"利用组态王和西门子 S7-200 PLC 实现模拟电压采集"。

（4）单击"完成"按钮，新工程建立，单击"是"按钮，确认将新建的工程设为组态王当前工程，此时组态王工程管理器中出现新建的工程。

（5）双击新建的工程名，出现加密狗未找到"提示"对话框，选择"忽略"，出现演示方式"提示"对话框，单击"确定"按钮，进入工程浏览器对话框。

2）制作图形画面

在工程浏览器左侧树形菜单中选择"文件/画面"，在右侧视图中双击"新建"，出现画面属性对话框，输入画面名称"PC 与 PLC 电压采集"，设置画面位置、大小等，然后单击"确定"按钮，进入组态王开发系统。

通过图库和工具箱为图形画面添加 3 个指示灯对象，5 个文本对象，1 个实时曲线控件，如图 4-39 所示。

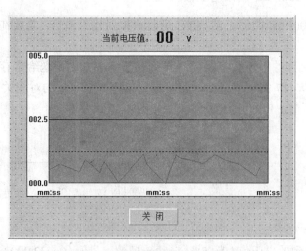

图 4-39　程序画面

3）定义串口设备

（1）添加设备。在组态王工程浏览器的左侧选择"设备/COM1"，在右侧双击"新建"，运行"设备配置向导"。

① 选择：设备驱动→PLC→西门子→S7-200→PPI，如图 4-40 所示。

② 单击"下一步"按钮，给要安装的设备指定唯一的逻辑名称，如"PLC"（任意取）。

③ 单击"下一步"按钮，选择串口号，如："COM1"（须 PLC 在 PC 上使用的串口号一致）。

④ 单击"下一步"按钮，为要安装的 PLC 指定地址，如"2"（注意，这个地址应该与 PLC 通信参数设置程序中设定的地址相同）。

⑤ 单击"下一步"按钮，出现"通信故障恢复策略"设定窗口，使用默认设置即可。

⑥ 单击"下一步"按钮，显示所要安装

图 4-40 设备配置向导

的设备信息，请检查各项设置是否正确，确认无误后，单击"完成"按钮，完成设备的配置。

（2）串口通信参数设置。双击"设备/COM1"，弹出设置串口对话框，设置串口 COM1 的通信参数：波特率选"9600"，奇偶校验选"偶校验"，数据位选"8"，停止位选"1"，通信方式选"RS-232"，如图 4-41 所示。设置完毕，单击"确定"按钮，这就完成了对"COM1"的通信参数配置，保证组态王与 PLC 的通信能够正常进行。

图 4-41 设置串口—COM1

（3）PLC 通信测试。选择新建的串口设备"PLC"，单击右键，出现一弹出式下拉菜单，选择"测试 PLC"项，出现"串口设备测试"画面，观察设备参数与通信参数是否正确，若正确，选择"设备测试"选项卡。

寄存器选择"V"，再添加数字"417"，即选择"V417"（PLC 采集的电压值存在该寄存器中），数据类型选择"SHORT"，单击"添加"按钮，"V417"进入采集列表。

单击串口设备测试画面中"读取"命令，寄存器"V417"的变量值为"15895"，即 PLC

采集的电压值（数字量形式），如图 4-42 所示。

图 4-42　串口设备测试

4）定义变量

在工程浏览器的左侧树形菜单中选择"数据库/数据词典"，在右侧双击"新建"，弹出"定义变量"对话框。

（1）定义变量"数字量"：变量类型选"I/O 整数"，初始值设为"0"，最小值和最小原始值设为"0"，最大值和最大原始值设为"32 000"，连接设备选"PLC"，寄存器选"V"，输入"417"，数据类型选"SHORT"，读写属性选"只读"，采集频率设为"500" ms，如图 4-43 所示。

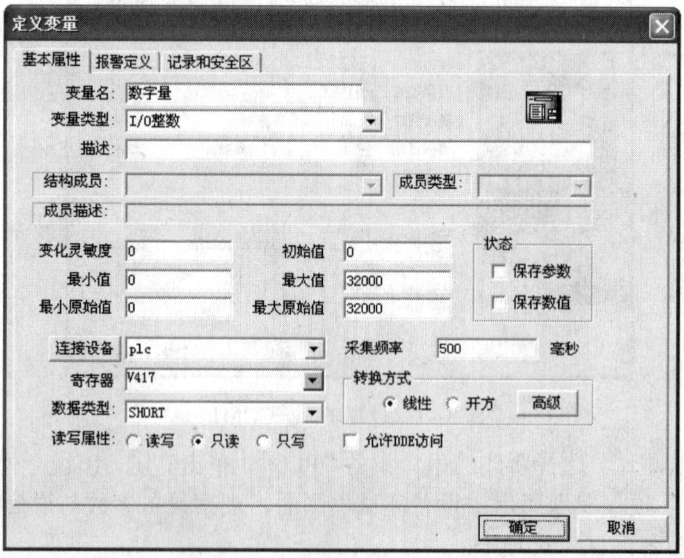

图 4-43　定义变量"数字量"

（2）定义变量"电压值"：变量类型选"内存实数"，最大值设为"5"，如图 4-44 所示。

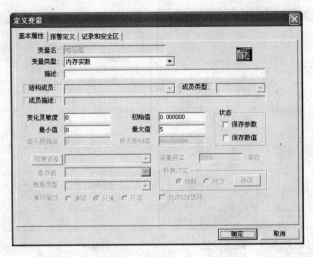

图 4-44　定义变量"电压值"

5）动画连接

（1）建立当前电压值显示文本对象动画连接。双击画面中当前电压值显示文本对象"00"，出现动画连接对话框，将"模拟值输出"属性与变量"电压值"连接，输出格式：整数"1"位，小数"1"位，如图 4-45 所示。

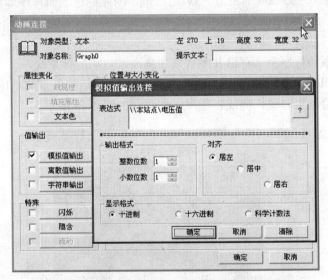

图 4-45　当前电压测量值显示文本对象动画连接

（2）建立实时趋势曲线对象的动画连接。双击画面中实时趋势曲线对象，出现动画连接对话框。在曲线定义选项中，单击曲线 1 表达式文本框右边的"？"号，选择已定义好的变量"电压值"，并设置其他参数值，如图 4-46 所示。进入标识定义选项，设置数值轴最大值为"5"，数据格式选"实际值"，时间轴标识数目为"3"，格式为分、秒，更新频率为"1"s，时间长度为"2"分钟，如图 4-47 所示。

（3）建立"关闭"按钮对象的动画连接。双击画面中按钮对象"关闭"，出现动画连接对话框，选择命令语言连接功能，单击"弹起时"按钮，在"命令语言"编辑栏中输入命令"exit(0);"。

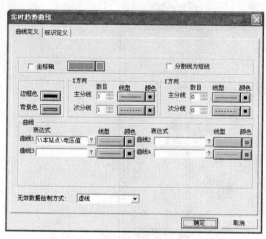

图 4-46　实时趋势曲线—曲线定义

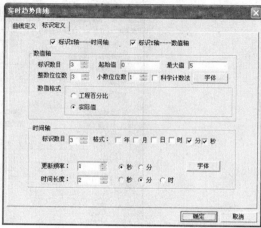

图 4-47　实时趋势曲线—标识定义

6）编写命令语言

进入工程浏览器，在左侧树形菜单中双击"命令语言/应用程序命令语言"，进入"应用程序命令语言"对话框，在"运行时"输入控制程序：

\\本站点\电压值=\\本站点\数字量/6400;

采集的数字量 0～32 000 对应 0～5V 电压值，因此经过上面程序即可将数字量转换为电压值。

7）调试与运行

将设计的画面和程序全部存储并配置成主画面，启动运行系统。

启动 S7-200PLC，给 EM235 模拟量扩展模块 CH1 通道输入变化电压值，PC 程序画面显示该电压，并绘制实时变化曲线。程序运行画面如图 4-48 所示

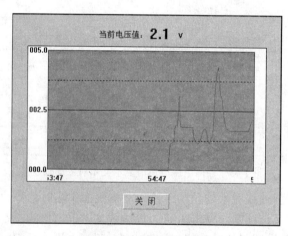

图 4-48　程序运行画面

5．利用仿真 PLC 实现模拟量输入

1）建立新工程项目

运行组态王程序，出现组态王工程管理器画面。为建立一个新工程，执行以下操作：

（1）在工程管理器中选择菜单"文件\新建工程"或选择快捷工具栏"新建"命令。

（2）单击"下一步"按钮，出现"新建工程向导之二——选择工程所在路径"对话框，选择或指定工程所在路径。

（3）单击"下一步"按钮，出现"新建工程向导之三——工程名称和描述"对话框。在对话框中输入工程名称"仿真 PLC"（必须，可以任意指定）；在工程描述中输入"利用 KingView 实现仿真 PLC"（可选）。

（4）单击"完成"按钮，新工程建立，单击"是"按钮，确认将新建的工程设为组态王当前工程，此时组态王工程管理器中出现新建的工程。

（5）双击新建的工程名，出现加密狗未找到"提示"对话框，选择"忽略"，出现演示方式"提示"对话框，单击"确定"按钮，进入工程浏览器对话框。

2）制作图形画面

在工程浏览器左侧树形菜单中选择"文件/画面"，在右侧视图中双击"新建"，出现画面属性对话框，输入画面名称"仿真 PLC 模拟输入"，设置画面位置、大小等，然后单击"确定"按钮，进入组态王开发系统。

通过图库为图形画面添加 1 个仪表对象，通过工具箱添加 1 个"实时趋势曲线"对象和 2 个文本对象"输入数值"、"0000"，如图 4-49 所示。

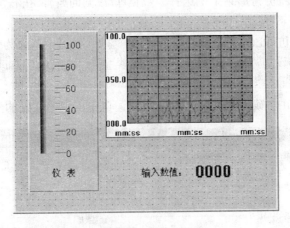

图 4-49 图形画面

3）定义串口设备

（1）添加设备。在组态王工程浏览器的左侧选择"设备/COM1"，在右侧双击"新建"，运行"设备配置向导"。

① 选择：设备驱动→PLC→亚控→仿真 PLC→COM，如图 4-50 所示。

② 单击"下一步"按钮，给要安装的设备指定唯一的逻辑名称，如"仿真 PLC"（任意取）。

③ 单击"下一步"按钮，选择串口号，如"COM1"（须 PLC 在 PC 上使用的串口号一致）。

④ 单击"下一步"按钮，为要安装的 PLC 指定地址，如"4"（不能为 0）。

（2）串口通信参数设置。双击"设备/COM1"，弹出设置串口对话框，设置串口 COM1 的通信参数：波特率选"9600"，奇偶校验选"偶校验"，数据位选"8"，停止位选"1"，通信方式选"RS-232"，如图 4-51 所示。设置完毕，单击"确定"按钮，这就完成了对"COM1"的通信参数配置，保证"COM1"同 PLC 的通信能够正常进行。

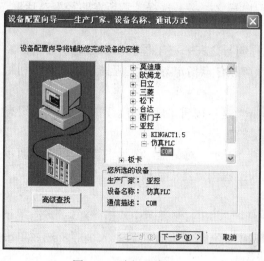

图 4-50 选择仿真 PLC　　　　　　图 4-51 设置串口—COM1

4）定义变量

在工程浏览器的左侧树形菜单中选择"数据库/数据词典"，在右侧双击"新建"，弹出"定义变量"对话框。

定义变量"温度仿 PLC"：变量类型选"I/O 整数"，最大值设为"100"，连接设备选"仿真 PLC"，寄存器设为"INCREA100"，数据类型选"SHORT"，读写属性选"只读"，如图 4-52 所示。

定义完成后，单击"确定"按钮，则在数据词典中出现定义好的变量。

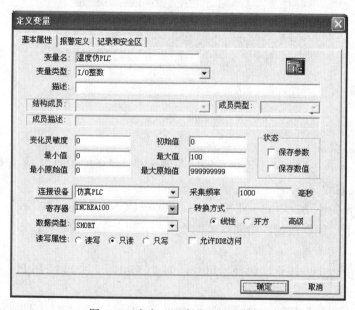

图 4-52 定义"温度仿 PLC"变量

5）建立动画连接

（1）建立"仪表"对象的动画连接。双击仪表对象，出现"仪表向导"对话框，将变量名设定为"\\本站点\温度仿 PLC"（可以直接输入，也可以单击变量名文本框右边的"？"

号，选择已定义好的变量名）。设置完毕单击
"确定"按钮，则"指示灯"对象动画连接完
成，如图 4-53 所示。

（2）建立"实时趋势曲线"对象的动画连
接。双击画面中"实时趋势曲线"对象，出现
"实时趋势曲线"对话框，将曲线 1 中的表达
式设定为"\\本站点\温度仿 PLC"，如图 4-54
所示。

（3）建立文本对象"0000"的动画连接。
双击画面中文本对象"0000"，出现"动画连
接"对话框，分别将"模拟值输出"、"模拟值
输入"属性与变量"温度仿 PLC"连接。

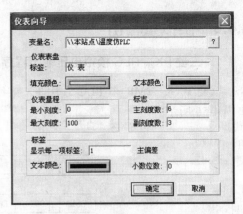

图 4-53　"仪表"对象动画连接

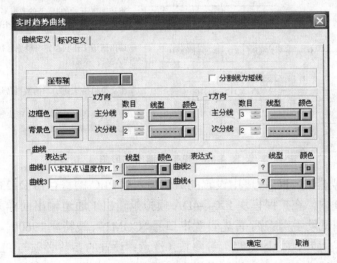

图 4-54　"实时趋势曲线"动画连接

6）调试与运行

将设计的画面和程序全部存储并配置成主画面，启动运行系统。

单击输入数值文本"0000"，在弹出的画面中输入数值，如"50"，即改变仿真 PLC 寄
存器"INCREA100"的值，也即改变变量"温度仿 PLC"的值，如图 4-55 所示。

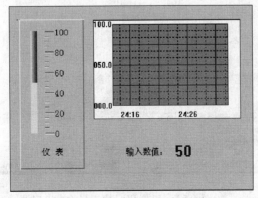

图 4-55　仿真 PLC 运行画面

4.4.2 模拟量输出

1. 三菱 FX₂N PLC 模拟电压输出程序

三菱 FX$_{2N}$-32MR 型 PLC 使用 FX$_{2N}$-4DA 模拟量输出模块实现模拟电压输出，梯形图如图 4-56 所示。

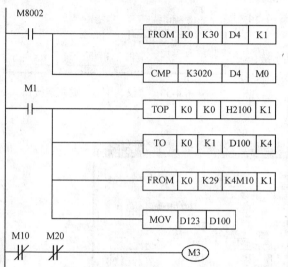

M8002
FROM K0 K30 D4 K1 　//首次扫描时从0号特殊功能模块的BFM#30中读出标识码，存放在基本单元的D4中

CMP K3020 D4 M0 　//检查模块ID号，如果是FX$_{2N}$-4AD，结果送到M0

M1
TOP K0 K0 H2100 K1 　//传送控制字，设置模拟量输出类型，H2100表示4~1通道分别输出0~20mA直流电流，4~20mA直流电流，−10mA~10V直流电压，−10~10V直流电压

TO K0 K1 D100 K4 　//将从D100开始的4字节的数据写到编号为0的特殊功能模块中编号1开始的4个缓冲寄存器中

FROM K0 K29 K4M10 K1 　//读出通道工作状态，将模块运行状态从BFM#29读入M10~M17

MOV D123 D100 　//将上位机传送到D123的数据传送给D100

M10 M20
(M3) 　//如果模块运行没有错，且模块数字量输出值正常，则将内部继电器M3置"1"

图 4-56　模拟量输出梯形图

程序的主要功能是：PC 程序中设置的数值写入到 PLC 的寄存器 D123 中，并将数据传送到寄存器 D100 中，在扩展模块 FX$_{2N}$-4DA 模拟量输出 1 通道输出同样大小的电压值。

打开"串口调试助手"程序，首先设置串口号"COM1"、波特率"9600"、校验位"EVEN"（偶校验）、数据位"7"、停止位"1"等参数（注意：设置的参数必须与 PLC 设置的一致），选择"十六进制显示"和"十六进制发送"，打开串口，如图 4-57 所示。

图 4-57　三菱 PLC 模拟量输出串口调试

例如，发送指令"02 31 31 30 46 36 30 32 46 34 30 31 03 34 45"，功能是往 PLC 寄存器 D123 中写数字量"46 34 30 31"，对应电压值 2.5V（实际是 30 31 46 34 或 01F4）。发送成功后使用万用表测量 FX_{2N}-4DA 扩展模块模拟量输出 1 通道输出电压值应该是 2.5V。

地址 D123 为"31 30 46 36"；算法是 123*2 转成十六进制是 F6，F6+1000 是 10F6，10F6 再转成 ASCII 码即 31 30 46 36。第 8 字节 32 表示往 1 个寄存器发送数值，如果该值是 34 表示往两个寄存器发送数值，依次类推。

2. 利用 KingView 实现 PC 与 FX_{2N} PLC 模拟电压输出

1）建立新工程项目

运行组态王程序，出现组态王工程管理器画面。为建立一个新工程，执行以下操作：

（1）在工程管理器中选择菜单"文件\新建工程"或单击快捷工具栏"新建"命令，出现"新建工程向导之一——欢迎使用本向导"对话框。

（2）单击"下一步"按钮，出现"新建工程向导之二——选择工程所在路径"对话框，选择或指定工程所在路径。如果需要更改工程路径，单击"浏览"按钮。

（3）单击"下一步"按钮，出现"新建工程向导之三——工程名称和描述"对话框。

在对话框中输入工程名称"AO"（必须，可以任意指定）；在工程描述中输入"模拟量输出"（可选）。

（4）单击"完成"按钮，新工程建立，单击"是"按钮，确认将新建的工程设为组态王当前工程，此时组态王工程管理器中出现新建的工程。

2）制作图形画面

在工程浏览器左侧树形菜单中选择"文件/画面"，在右侧视图中双击"新建"，出现画面属性对话框，输入画面名称"模拟量输出"，设置画面位置、大小等，然后单击"确定"按钮，进入组态王开发系统，此时工具箱自动加载。

（1）执行菜单"图库/打开图库"命令，为图形画面添加 1 个游标对象。

（2）在开发系统工具箱中为图形画面添加 1 个"实时趋势曲线"控件；两个文本对象（"输出电压值："、"000"）；1 个按钮控件"关闭"等。

设计的图形画面如图 4-58 所示。

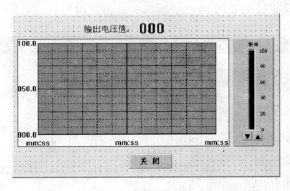

图 4-58　设计的图形画面

3）定义串口设备

（1）添加设备。在组态王工程浏览器的左侧选择"设备/COM1"，在右侧双击"新建"，运行"设备配置向导"。

① 选择：设备驱动→PLC→三菱→FX2→编程口，如图4-59所示。

图4-59　选择串口设备

② 单击"下一步"按钮，给要安装的设备指定唯一的逻辑名称，如"FX2NPLC"（任意取）。

③ 单击"下一步"按钮，选择串口号，如"COM1"（需PLC在PC上使用的串口号一致）。

④ 单击"下一步"按钮，为要安装的PLC指定地址，如"1"（注意，这个地址应该与PLC通信参数设置程序中设定的地址相同）。

⑤ 单击"下一步"按钮，出现"通信故障恢复策略"设定窗口，使用默认设置即可。

⑥ 单击"下一步"按钮，显示所要安装的设备信息，请检查各项设置是否正确，确认无误后，单击"完成"按钮，完成设备的配置。

（2）串口通信参数设置。双击"设备/COM1"，弹出设置串口对话框，设置串口"COM1"的通信参数：波特率选"9600"，奇偶校验选"偶校验"，数据位选"7"，停止位选"1"，通信方式选"RS-232"，如图4-60所示。设置完毕，单击"确定"按钮，这就完成了对"COM1"的通信参数配置，保证组态王与PLC的通信能够正常进行。

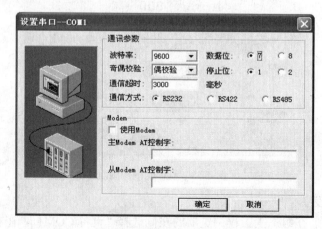

图4-60　设置串口—COM1

4）定义 I/O 变量

在工程浏览器的左侧树形菜单中选择"数据库/数据词典"，在右侧双击"新建"，弹出"定义变量"对话框。

（1）定义变量"AO"：变量类型选"I/O 整数"。初始值、最小值，最小原始值设为"0"，最大值、最大原始值设为"2000"；连接设备选"FX2NPLC"，寄存器设置为"D123"，数据类型选"SHORT"，读写属性选"只写"，如图 4-61 所示。

（2）定义变量"电压"：变量类型选"内存实数"。初始值、最小值设为"0"，最大值设为"10"，如图 4-62 所示。

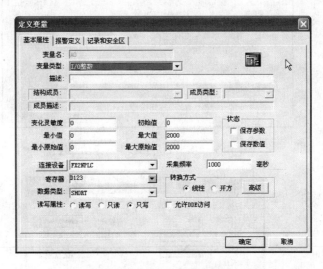

图 4-61　定义 I/O 整数变量

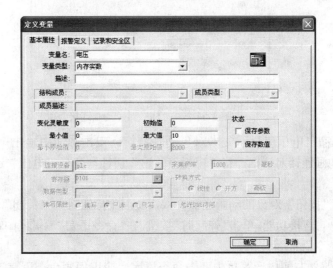

图 4-62　定义内存实数变量

5）建立动画连接

（1）建立"实时趋势曲线"对象的动画连接。双击画面中实时趋势曲线对象，出现动画连接对话框。在曲线定义选项中，单击曲线 1 表达式文本框右边的"？"号，选择已定义好的变量"电压"，如图 4-63 所示。

（2）建立"游标"对象动画连接。双击画面中游标对象，出现动画连接对话框。单击变量名（模拟量）文本框右边的"？"号，选择已定义好的变量"电压"；并将滑动范围的最大值改为"10"，如图4-64所示。

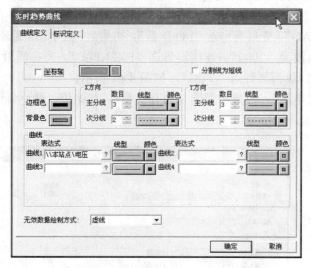

图4-63 "实时趋势曲线"对象动画连接

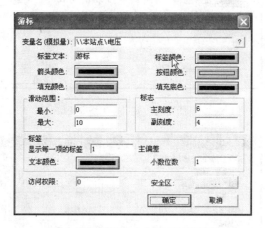

图4-64 "游标"对象动画连接

（3）建立输出电压值显示文本对象动画连接。双击画面中输出电压值显示文本对象"000"，出现动画连接对话框，将"模拟值输出"属性与变量"电压"连接，输出格式：整数"1"位。

（4）建立"按钮"对象的动画连接。双击画面中按钮对象"关闭"，出现动画连接对话框，选择命令语言连接功能，单击"弹起时"按钮，在"命令语言"编辑栏中输入命令："exit(0);"。

6）编写命令语言

在工程浏览器左侧树形菜单中双击命令语言"应用程序命令语言"项，出现"应用程序命令语言"编辑对话框，在"运行"时选项编辑框中输入数值转换程序，时间设为200ms：

```
\\本站点\AO=\\本站点\电压*200；
```

7）调试与运行

将设计的画面全部存储并配置成主画面，启动画面运行程序。

单击游标上下箭头，生成一间断变化的数值（0～10），在程序界面中产生一个随之变化的曲线。同时，"组态王"系统中的 I/O 变量"AO"值也会自动更新不断变化，线路中在 FX$_{2N}$-4DA 模拟量输出模块 1 通道将输出同样大小的电压值。

程序运行画面如图 4-65 所示。

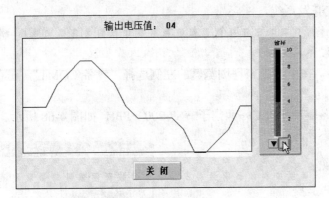

图 4-65　程序运行画面

3．西门子 S7-200 PLC 模拟电压输出程序

为了保证 S7-200 PLC 能够正常与 PC 进行模拟量输出通信，需要在 PLC 中运行一段程序。PLC 电压输出程序如图 4-66 所示。

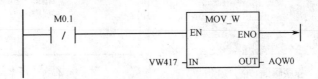

图 4-66　PLC 电压输出程序

在上位机程序中输入电压值（0～10V）并转换为数字量值（0～32 000），送入寄存器 VW417 中。在下位机程序中，寄存器 VW417 将获得的数字量值送给输出寄存器 AQW0。PLC 自动将数字量值转换为对应的电压值（0～10V）在输出通道输出。

4．利用 KingView 实现 PC 与西门子 S7-200 PLC 模拟电压输出

1）建立新的工程项目

运行组态王程序，出现组态王工程管理器画面。为建立一个新工程，请执行以下操作：

（1）在工程管理器中选择菜单"文件\新建工程"或选择快捷工具栏"新建"命令。

（2）单击"下一步"按钮，出现"新建工程向导之二——选择工程所在路径"对话框，选择或指定工程所在路径。

（3）单击"下一步"按钮，出现"新建工程向导之三——工程名称和描述"对话框。在对话框中输入工程名称"PCPLC"；在工程描述中输入"利用组态王和西门子 S7-200 PLC 实现模拟电压输出"。

（4）单击"完成"按钮，新工程建立，单击"是"按钮，确认将新建的工程设为组态王当前工程，此时组态王工程管理器中出现新建的工程。

（5）双击新建的工程名，出现加密狗未找到"提示"对话框，选择"忽略"，出现演示

方式"提示"对话框，单击"确定"按钮，进入工程浏览器对话框。

2）制作图形画面

在工程浏览器左侧树形菜单中选择"文件/画面"，在右侧视图中双击"新建"，出现画面属性对话框，输入画面名称"PLC 电压输出"，设置画面位置、大小等，然后单击"确定"按钮，进入组态王开发系统。

通过工具箱为图形画面添加两个文本对象，两个按钮对象，如图 4-67 所示。

3）定义串口设备

（1）添加设备。在组态王工程浏览器的左侧选择"设备/COM1"，在右侧双击"新建"，运行"设备配置向导"。

① 选择：设备驱动→PLC→西门子→S7-200→PPI，如图 4-68 所示。

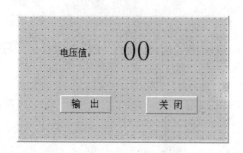

图 4-67　程序画面

图 4-68　设备配置向导

② 单击"下一步"按钮，给要安装的设备指定唯一的逻辑名称，如"S7PLC"（任意取）。

③ 单击"下一步"按钮，选择串口号，如"COM1"（须 PLC 在 PC 上使用的串口号一致）。

④ 单击"下一步"按钮，为要安装的 PLC 指定地址，如"2"（注意，这个地址应该与 PLC 通信参数设置程序中设定的地址相同）。

⑤ 单击"下一步"按钮，出现"通信故障恢复策略"设定窗口，使用默认设置即可。

⑥ 单击"下一步"按钮，显示所要安装的设备信息，请检查各项设置是否正确，确认无误后，单击"完成"按钮，完成设备的配置。

（2）串口通信参数设置。双击"设备/COM1"，弹出设置串口对话框，设置串口 COM1的通信参数：波特率选"9600"，奇偶校验选"偶校验"，数据位选"8"，停止位选"1"，通信方式选"RS-232"，如图 4-69 所示。设置完毕，单击"确定"按钮，这就完成了对"COM1"的通信参数配置，保证组态王与 PLC 的通信能够正常进行。

4）定义变量

在工程浏览器的左侧树形菜单中选择"数据库/数据词典"，在右侧双击"新建"，弹出"定义变量"对话框。

（1）定义变量"数字量"：变量类型选"I/O 整数"，初始值设为"0"，最小值和最小原始值设为"0"，最大值和最大原始值设为"32 000"，连接设备选"S7PLC"，寄存器选

"V",输入"417",数据类型选"SHORT",读写属性选"只写",采集频率设为"200"ms,如图 4-70 所示。

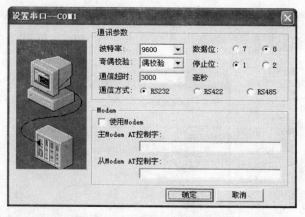

图 4-69 设置串口—COM1

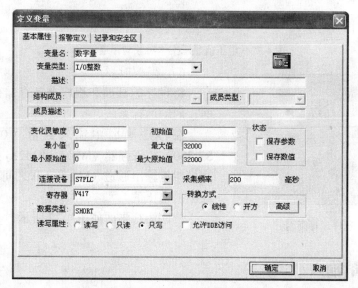

图 4-70 定义变量"数字量"

（2）定义变量"电压值":变量类型选"内存实数",最大值设为"10"。

5）动画连接

（1）建立电压值显示文本对象动画连接。双击画面中当前电压值显示文本对象"00",出现动画连接对话框,将"模拟值输出"属性与变量"电压值"连接,输出格式:整数"2"位,小数"1"位,如图 4-71 所示。再将"模拟值输入"属性与变量"电压值"连接,值范围设为:最大"10",最小"0"。

（2）建立"输出"按钮对象的动画连接。双击画面中按钮对象"输出",出现动画连接对话框,选择命令语言连接功能,单击"弹起时"按钮,在"命令语言"编辑栏中输入以下命令:

　　\\本站点\数字量=\\本站点\电压值*3200；

程序的作用是将画面中输入的电压数值（0～10）转换为对应的数字量值（0～32 000）。

（3）建立"关闭"按钮对象的动画连接。双击画面中按钮对象"关闭",出现动画连接对话框，选择命令语言连接功能，单击"弹起时"按钮，在"命令语言"编辑栏中输入命令"exit(0);"。

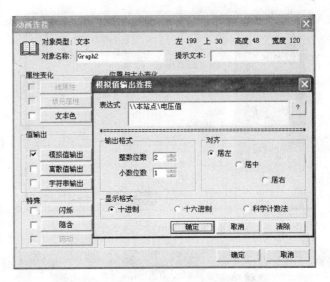

图 4-71　电压值显示文本对象动画连接

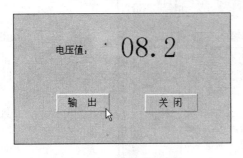

图 4-72　程序运行画面

6）调试与运行

将设计的画面和程序全部存储并配置成主画面，启动运行系统。

在程序画面中输入数值（0～10）送给 S7-200PLC 寄存器 VW417，EM235 模拟量扩展模块模拟量输出通道（M0 和 V0 之间）将输出同样大小的电压值。

程序运行画面如图 4-72 所示。

4.4.3　数字量输入

1. 三菱 FX$_{2N}$ PLC 数字量输入程序

为了保证三菱 FX$_{2N}$-32MR 型 PLC 能够正常与 PC 进行通信，需要在 PLC 中运行如图 4-73 所示的一段程序。其功能是设置 PLC 的通信参数：波特率为 9600b/s，7 位数据位，1 位停止位，偶校验，站号为 0（PLC 中默认，可以不必输入）。

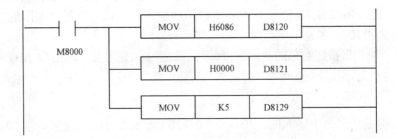

图 4-73　PLC 通信参数设置程序

2．利用 KingView 实现 PC 与三菱 FX₂ₙ PLC 数字量输入

1）建立新工程项目

运行组态王程序，出现组态王工程管理器画面。为建立一个新工程，请执行以下操作：

（1）在工程管理器中选择菜单"文件\新建工程"或选择快捷工具栏"新建"命令。

（2）单击"下一步"按钮，出现"新建工程向导之二——选择工程所在路径"对话框，选择或指定工程所在路径。

（3）单击"下一步"按钮，出现"新建工程向导之三——工程名称和描述"对话框。在对话框中输入工程名称"PLC_DI"（必须，可以任意指定）；在工程描述中输入"利用 KingView 实现 PLC 数字量输入"（可选）。

（4）单击"完成"按钮，新工程建立，单击"是"按钮，确认将新建的工程设为组态王当前工程，此时组态王工程管理器中出现新建的工程。

2）制作图形画面

在工程浏览器左侧树形菜单中选择"文件/画面"，在右侧视图中双击"新建"，出现画面属性对话框，输入画面名称"PLC 数字量输入"，设置画面位置、大小等，然后单击"确定"按钮，进入组态王开发系统。

通过图库为图形画面添加 8 个指示灯对象 X0、X1、X2、X3、X4、X5、X6、X7，如图 4-74 所示。

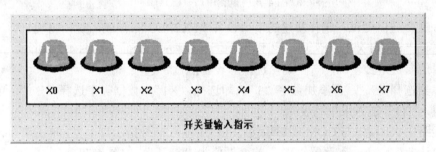

图 4-74　图形画面

3）定义串口设备

（1）添加设备。在组态王工程浏览器的左侧选择"设备/COM1"，在右侧双击"新建"，运行"设备配置向导"。

① 选择：设备驱动→PLC→三菱→FX2→编程口，如图 4-75 所示。

② 单击"下一步"按钮，给要安装的设备指定唯一的逻辑名称，如"FX2PLC"（任意取）。

③ 单击"下一步"按钮，选择串口号，如"COM1"（须 PLC 在 PC 上使用的串口号一致）。

④ 单击"下一步"按钮，为要安装的 PLC 指定地址，如"1"（注意，这个地址应该与 PLC 通信参数设置程序中设定的地址相同）。

图 4-75　选择串口设备

⑤ 单击"下一步"按钮，出现"通信故障恢复策略"设定窗口，使用默认设置即可。

⑥ 单击"下一步"按钮，显示所要安装的设备信息，请检查各项设置是否正确，确认无误后，单击"完成"按钮，完成设备的配置。

（2）串口通信参数设置。双击"设备/COM1"，弹出设置串口对话框，设置串口"COM1"的通信参数：波特率选"9600"，奇偶校验选"偶校验"，数据位选"7"，停止位选"1"，通信方式选"RS232"，如图4-76所示。设置完毕，单击"确定"按钮，这就完成了对"COM1"的通信参数配置，保证组态王与PLC的通信能够正常进行。

图 4-76　设置串口—COM1

（3）PLC通信测试。选择新建的串口设备"FX2PLC"，单击右键，出现一弹出式下拉菜单，选择"测试FX2PLC"项，出现"串口设备测试"画面，如图4-77所示，观察设备参数与通信参数是否正确，若正确，选择"设备测试"选项卡。

寄存器选择"X"，再添加数字"1"，即选择"X1"，数据类型选择"Bit"，单击"添加"按钮，"X1"进入采集列表。

将线路中X1端口与COM端口短接，PLC上输入信号指示灯1亮，单击串口设备测试画面中"读取"命令，寄存器"X1"的变量值为"打开"，如图4-78所示。

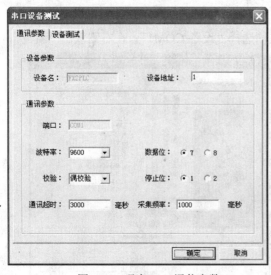
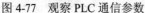

图 4-77　观察 PLC 通信参数

图 4-78　PLC 寄存器测试

如果将线路中 X1 端口与 COM 端口断开，PLC 上输入信号指示灯 1 灭，单击串口设备测试画面中"读取"命令，寄存器"X1"的变量值为"关闭"。

同样可以测试寄存器"Y"的状态值。

4）定义变量

在工程浏览器的左侧树形菜单中选择"数据库/数据词典"，在右侧双击"新建"，弹出"定义变量"对话框。

（1）定义变量"开关量输入 0"。变量类型选"I/O 离散"，初始值选"关"，连接设备选"FX2PLC"，寄存器选"X0"，数据类型选"Bit"，读写属性选"只读"，采集频率设为"100"ms，如图 4-79 所示。同样定义 7 个"开关量输入"变量，变量名为"开关量输入 1"～"开关量输入 7"，对应的寄存器分别为"X1"～"X7"，其他属性相同。

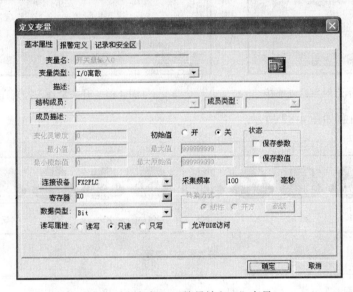

图 4-79　定义"开关量输入 0"变量

（2）定义 8 个离散变量：变量名分别为"灯 0"、"灯 1"……"灯 7"：变量类型选"内存离散"，初始值选"关"。

5）建立动画连接

建立指示灯对象 X0～X7 的动画连接：

双击指示灯对象，出现"指示灯向导"对话框，将变量名（离散量）设定为"\\本站点\灯 0"（其他指示灯对象选变量名依次为灯 1，灯 2 等），将正常色设置为绿色，报警色设置为红色，如图 4-80 所示。

6）编写命令语言

进入工程浏览器，在左侧树形菜单中选择"命令语言/数据改变命令语言"，在右侧双击 "新建…"，出现"数据改变命令语言"编辑对话框，在变量[.域]文本框中输入表达式："\\本站点\开关量输入 0"（或单击右边的"？"来选择），在编辑栏中输入程序，如图 4-81 所示。

7）调试与运行

将设计的画面和程序全部存储并配置成主画面，启动运行系统。

将线路中输入端口如 X3 与 COM 端口短接，则 PLC 上输入信号指示灯 3 亮，程序画面中开关量输入指示灯 X3 变成绿色；将 X3 端口与 COM 端口断开，则 PLC 上输入信号指示灯 3 灭，程序画面中开关量输入指示灯 X3 变成红色。

图 4-80　指示灯对象动画连接

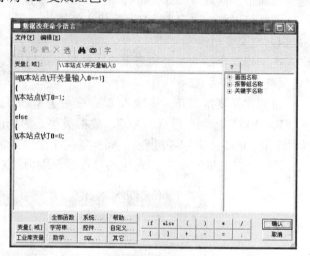

图 4-81　开关量输入控制程序

程序运行画面如图 4-82 所示。

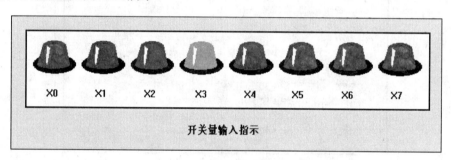

图 4-82　程序运行画面

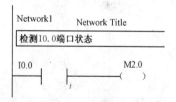

图 4-83　PLC 数字量输入程序

3. 西门子 S7-200 PLC 数字量输入程序

为了保证 S7-200 PLC 能够正常与 PC 进行数字量输入通信，需要在 PLC 中运行一段程序，如图 4-83 所示。主要功能是获得数字量输入端口的状态，并放入寄存器 I0.0 中。

M2.0 表示将寄存器 M2.0 与组态变量 M2 对应，I0.0 表示 PLC 输入。当 I0.0 为 1 时，M2.0 为 1；当 I0.0 为 0 时，M2.0 为 0。I0.1、I0.2 等寄存器编程类似。

4. 利用 KingView 实现 PC 与西门子 S7-200 PLC 数字量输入

1）建立新工程项目

运行组态王程序，出现组态王工程管理器画面。为建立一个新工程，请执行以下操作：

（1）在工程管理器中选择菜单"文件\新建工程"或选择快捷工具栏"新建"命令。

（2）单击"下一步"按钮，出现"新建工程向导之二——选择工程所在路径"对话框，选择或指定工程所在路径。

（3）单击"下一步"按钮，出现"新建工程向导之三——工程名称和描述"对话框。在对话框中输入工程名称"PLC 数字量输入"（必须，可以任意指定）；在工程描述中输入"利用 KingView 实现 PC 与 PLC 数字量输入"（可选）。

（4）单击"完成"按钮，新工程建立，单击"是"按钮，确认将新建的工程设为组态王当前工程，此时组态王工程管理器中出现新建的工程。

2）制作图形画面

在工程浏览器左侧树形菜单中选择"文件/画面"，在右侧视图中双击"新建"，出现画面属性对话框，输入画面名称"西门子 PLC 数字量输入"，设置画面位置、大小等，然后单击"确定"按钮，进入组态王开发系统。

通过图库为图形画面添加 8 个指示灯对象，通过工具箱添加 8 个文本对象"I0.0"～"I0.7"，如图 4-84 所示。

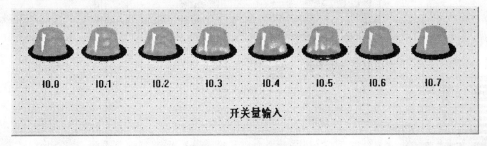

图 4-84　图形画面

3）定义串口设备

（1）添加设备。在组态王工程浏览器的左侧选择"设备/COM1"，在右侧双击"新建"，运行"设备配置向导"。

① 选择：设备驱动→PLC→西门子→S7-200 系列→PPI，如图 4-85 所示。

图 4-85　选择串口设备

② 单击"下一步"按钮，给要安装的设备指定唯一的逻辑名称，如"S7200PLC"（任意取）。

③ 单击"下一步"按钮，选择串口号，如"COM1"（须 PLC 在 PC 上使用的串口号一致）。

④ 单击"下一步"按钮，为要安装的 PLC 指定地址，如"2"（不能为 0）。

⑤ 单击"下一步"按钮，显示所要安装的设备信息，请检查各项设置是否正确，确认无误后，单击"完成"按钮，完成设备的配置。

（2）串口通信参数设置。双击"设备/COM1"，弹出设置串口对话框，设置串口"COM1"的通信参数：波特率选"9600"，奇偶校验选"偶校验"，数据位选"8"，停止位选"1"，通信方式选"RS232"，如图 4-86 所示。设置完毕，单击"确定"按钮，这就完成了对 COM1 的通信参数配置，保证组态王与 PLC 的通信能够正常进行。

图 4-86　设置串口 COM1

（3）PLC 通信测试。选择新建的串口设备"S7200PLC"，单击右键，出现一弹出式下拉菜单，选择"测试 S7200PLC"项，出现"串口设备测试"画面，如图 4-87 所示，观察设备参数与通信参数是否正确，若正确，选择"设备测试"选项卡。

寄存器选择"I"，再添加数字"0.0"，即选择"I0.0"，数据类型选择"Bit"，单击"添加"按钮，"I0.0"进入采集列表，同样添加 I0.6。

将线路中 I0.0 端口与 COM 端口断开，I0.6 端口与 COM 端口短接，PLC 上输入信号指示灯 6 亮，单击串口设备测试画面中"读取"命令，寄存器 I0.0 的变量值为"关闭"，I0.6 的变量值为"打开"如图 4-88 所示。

同样可以测试其他寄存器的状态。

4）定义变量

在工程浏览器的左侧树形菜单中选择"数据库/数据词典"，在右侧双击"新建"，弹出"定义变量"对话框。

（1）定义变量"开关输入 0"：变量类型选"I/O 离散"，连接设备选"S7200PLC"，寄存器设为"I0.0"，数据类型选"Bit"，读写属性选"只读"，如图 4-89 所示。同样定义 8 个"开关量输入"变量，变量名为"开关量输入 0"～"开关量输入 7"，对应的寄存器分别为"X0"～"X7"，其他属性相同。

（2）定义 8 个离散变量：变量名称为"灯 0"～"灯 7"，变量类型选"内存离散"，初始值选"关"。

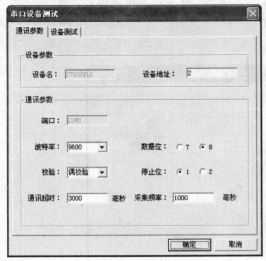

图 4-87　查看通信参数

图 4-88　PLC 寄存器测试

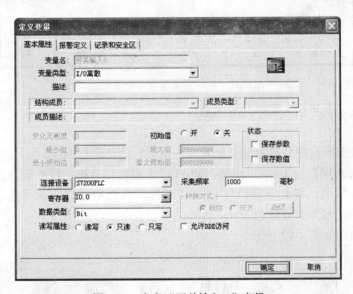

图 4-89　定义"开关输入 0"变量

5）建立动画连接

建立指示灯对象 I0.0～I0.7 的动画连接：双击指示灯对象 I0.0，出现"指示灯向导"对话框，将变量名（离散量）设定为"\\本站点\灯 0"（可以直接输入，也可以单击变量名文本框右边的"？"号，选择已定义好的变量名"灯 0"），将正常色设置为绿色，报警色设置为红色，设置完毕单击"确定"按钮，则"灯0"对象动画连接完成，如图 4-90 所示。

其他指示灯的动画连接与此类似。

6）编写命令语言

进入工程浏览器，在左侧树形菜单中选择"命令

图 4-90　指示灯对象动画连接

语言/数据改变命令语言",在右侧双击"新建…",出现"数据改变命令语言"编辑对话框,在变量[.域]文本框中输入表达式:"\\本站点\开关输入 0"(或单击右边的"?"来选择),在编辑栏中输入程序,如图 4-91 所示。

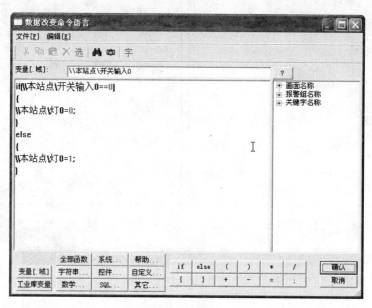

图 4-91 程序开关量输入控制程序

其他端口的开关量输入程序与此类似。

7)调试与运行

将设计的画面和程序全部存储并配置成主画面,启动运行系统。

将线路中 I0.0 端口与 L+端口短接,则 PLC 上输入信号指示灯 0 亮,程序画面中状态指示灯 I0.0 变成绿色;将 I0.0 端口与 L+端口断开,则 PLC 上输入信号指示灯 0 灭,程序画面中状态指示灯 I0.0 变成红色。

程序运行画面如图 4-92 所示。

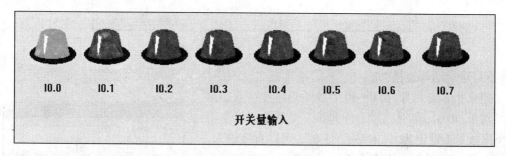

图 4-92 程序运行画面

4.4.4 数字量输出

1. 三菱 FX$_{2N}$ PLC 数字量输出程序

为了保证三菱 FX$_{2N}$-32MR 型 PLC 能够正常与 PC 进行通信,需要在 PLC 中运行如图 4-93 所示的一段程序。其功能是设置 PLC 的通信参数:波特率为 9600b/s,7 位数据位,

1 位停止位，偶校验，站号为 0（PLC 中默认，可以不必输入）。

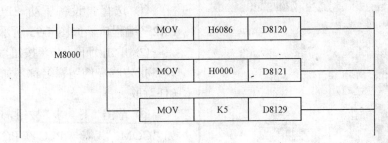

图 4-93　PLC 通信参数设置程序

2．利用 KingView 实现 PC 与三菱 FX$_{2N}$ PLC 数字量输出

1）建立新工程项目

运行组态王程序，出现组态王工程管理器画面。为建立一个新工程，请执行以下操作：

（1）在工程管理器中选择菜单"文件\新建工程"或选择快捷工具栏"新建"命令。

（2）单击"下一步"按钮，出现"新建工程向导之二——选择工程所在路径"对话框，选择或指定工程所在路径。

（3）单击"下一步"按钮，出现"新建工程向导之三——工程名称和描述"对话框。在对话框中输入工程名称"PLC-DO"（必须，可以任意指定）；在工程描述中输入"利用 KingView 实现 PC 与 PLC 数字量输出"（可选）。

（4）单击"完成"按钮，新工程建立，单击"是"按钮，确认将新建的工程设为组态王当前工程，此时组态王工程管理器中出现新建的工程。

（5）双击新建的工程名，出现加密狗未找到"提示"对话框，选择"忽略"，出现演示方式"提示"对话框，单击"确定"按钮，进入工程浏览器对话框。

2）制作图形画面

在工程浏览器左侧树形菜单中选择"文件/画面"，在右侧视图中双击"新建"，出现画面属性对话框，输入画面名称"PLC 数字量输出"，设置画面位置、大小等，然后单击"确定"按钮，进入组态王开发系统。

通过图库为图形画面添加 8 个开关对象 Y0、Y1、Y2、Y3、Y4、Y5、Y6、Y7，如图 4-94 所示。

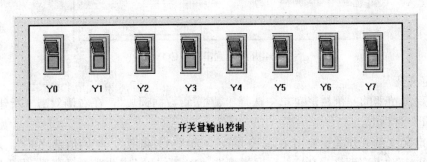

图 4-94　图形画面

3）定义串口设备

（1）添加设备。在组态王工程浏览器的左侧选择"设备/COM1"，在右侧双击"新建"，

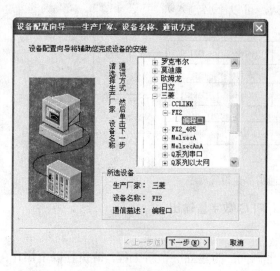

图 4-95　选择串口设备

运行"设备配置向导"。

① 选择：设备驱动→PLC→三菱→FX2→编程口，如图 4-95 所示。

② 单击"下一步"按钮，给要安装的设备指定唯一的逻辑名称，如"FX2PLC"（任意取）。

③ 单击"下一步"按钮，选择串口号，如"COM1"（需与 PLC 在 PC 上使用的串口号一致）。

④ 单击"下一步"按钮，为要安装的 PLC 指定地址，如"1"（注意，这个地址应该与 PLC 通信参数设置程序中设定的地址相同）。

⑤ 单击"下一步"按钮，出现"通信故障恢复策略"设定窗口，使用默认设置即可。

⑥ 单击"下一步"按钮，显示所要安装的设备信息，请检查各项设置是否正确，确认无误后，单击"完成"按钮，完成设备的配置。

（2）串口通信参数设置。双击"设备/COM1"，弹出设置串口对话框，设置串口 COM1 的通信参数：波特率选"9600"，奇偶校验选"偶校验"，数据位选"7"，停止位选"1"，通信方式选"RS232"，如图 4-96 所示。设置完毕，单击"确定"按钮，这就完成了对"COM1"的通信参数配置，保证组态王与 PLC 的通信能够正常进行。

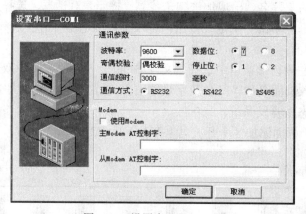

图 4-96　设置串口—COM1

4）定义变量

在工程浏览器的左侧树形菜单中选择"数据库/数据词典"，在右侧双击"新建"，弹出"定义变量"对话框。

（1）定义变量"开关量输出 0"。变量类型选"I/O 离散"，初始值选"关"，连接设备选"FX2PLC"，寄存器选"Y0"，数据类型选"Bit"，读写属性选"只写"，采集频率设为"100"ms，如图 4-97 所示。同样定义 7 个"开关量输出"变量，变量名为"开关量输出 1"～"开关量输出 7"，对应的寄存器分别为"Y1"～"Y7"，其他属性相同。

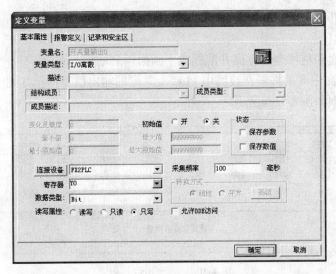

图 4-97 定义"开关量输出"变量

（2）定义 8 个离散变量，变量名分别为"开关 0"、"开关 1"……"开关 7"；变量类型选"内存离散"，初始值选"关"。

5）建立动画连接

建立开关对象 Y0～Y7 的动画连接：

双击开关对象 Y0，出现"开关向导"对话框，将变量名（离散量）设定为"\\本站点\开关 0"（其他开关对象选变量名依次为开关 1，开关 2 等），如图 4-98 所示。

6）编写命令语言

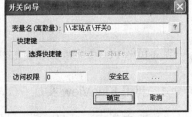

图 4-98 开关对象动画连接

选择"命令语言/数据改变命令语言"，在右侧双击"新建…"，出现"数据改变命令语言"编辑对话框，在变量[.域]文本框中输入表达式："\\本站点\开关 0"（或单击右边的"?"来选择），在编辑栏中输入程序，如图 4-99 所示。

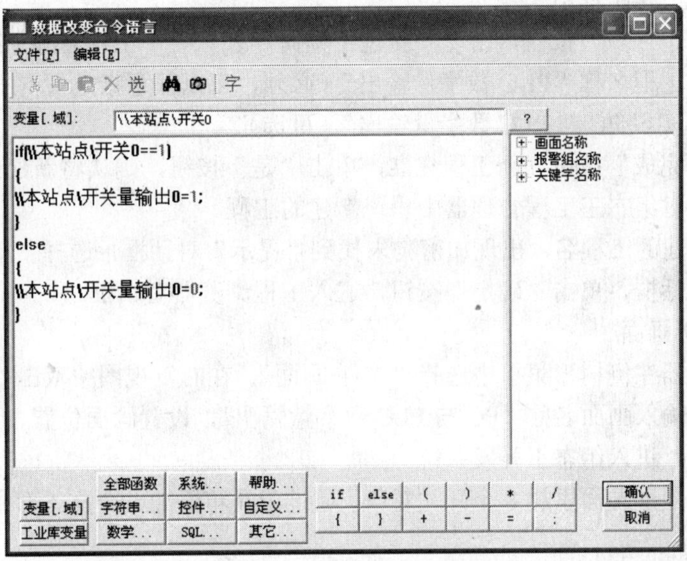

图 4-99 开关量输出控制程序

其他端口的开关量输出程序与此类似。

7）调试与运行

将设计的画面和程序全部存储并配置成主画面，启动运行系统。

启/闭程序画面中开关按钮，线路中 PLC 上对应的输出信号指示灯亮/灭。

程序运行画面如图 4-100 所示。

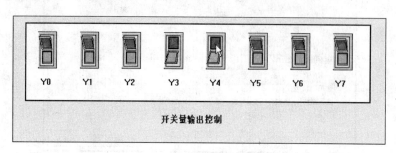

图 4-100 程序运行画面

3. 西门子 S7-200 PLC 数字量输出程序

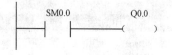

图 4-101 PLC 数字量输出程序

为了保证 S7-200 PLC 能够正常与 PC 进行数字量输出通信，需要在 PLC 中运行一段程序，如图 4-101 所示。主要功能是给输出继电器 Q0.0 线圈通电。

SM0.0 表示 PLC 开机时为 1，Q0.0 表示 PLC 输出。

4. 利用 KingView 实现 PC 与西门子 S7-200 PLC 数字量输出

1）建立新工程项目

运行组态王程序，出现组态王工程管理器画面。为建立一个新工程，请执行以下操作：

（1）在工程管理器中选择菜单"文件\新建工程"或选择快捷工具栏"新建"命令。

（2）单击"下一步"按钮，出现"新建工程向导之二——选择工程所在路径"对话框，选择或指定工程所在路径。

（3）单击"下一步"按钮，出现"新建工程向导之三——工程名称和描述"对话框。在对话框中输入工程名称"PLC 数字量输出"（必须，可以任意指定）；在工程描述中输入"利用 KingView 实现 PC 与 PLC 数字量输出"（可选）。

（4）单击"完成"按钮，新工程建立，单击"是"按钮，确认将新建的工程设为组态王当前工程，此时组态王工程管理器中出现新建的工程。

（5）双击新建的工程名，出现加密狗未找到"提示"对话框，选择"忽略"，出现演示方式"提示"对话框，单击"确定"按钮，进入工程浏览器对话框。

2）制作图形画面

在工程浏览器左侧树形菜单中选择"文件/画面"，在右侧视图中双击"新建"，出现画面属性对话框，输入画面名称"PC 与 PLC 数字量输出"，设置画面位置、大小等，然后单击"确定"按钮，进入组态王开发系统。

通过图库为图形画面添加 8 个开关对象，通过工具箱添加 8 个文本对象：Q0.0～Q0.7，如图 4-102 所示。

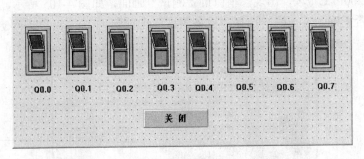

图 4-102　图形画面

3）定义串口设备

（1）添加设备。在组态王工程浏览器的左侧选择"设备/COM1"，在右侧双击"新建"，运行"设备配置向导"。

① 选择：设备驱动→PLC→西门子→S7-200 系列→PPI，如图 4-103 所示。

图 4-103　选择串口设备

② 单击"下一步"按钮，给要安装的设备指定唯一的逻辑名称，如"S7200PLC"（任意取）；

③ 单击"下一步"按钮，选择串口号，如"COM1"（需与 PLC 在 PC 上使用的串口号一致）；

④ 单击"下一步"按钮，为要安装的 PLC 指定地址，如"2"（不能为 0，因为主机地址为 0）；

⑤ 单击"下一步"按钮，显示所要安装的设备信息，请检查各项设置是否正确，确认无误后，单击"完成"按钮，完成设备的配置。

（2）串口通信参数设置。双击"设备/COM1"，弹出设置串口对话框，设置串口 COM1 的通信参数：波特率选"9600"，奇偶校验选"偶校验"，数据位选"8"，停止位选"1"，通信方式选"RS-232"，如图 4-104 所示。设置完毕，单击"确定"按钮，这就完成了对 COM1 的通信参数配置，保证组态王与 PLC 的通信能够正常进行。

（3）PLC 通信测试。右键单击新建的串口设备"S7200PLC"，出现一弹出式下拉菜单，选择"测试 S7200PLC"项，出现"串口设备测试"画面，如图 4-105 所示，观察设备参数与通信参数是否正确，若正确，选择"设备测试"选项卡。

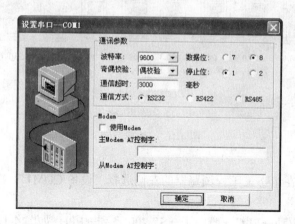

图 4-104　设置串口 COM1

寄存器选择"Q"，再添加数字"0.0"，即选择"Q0.0"，数据类型选择"Bit"，单击"添加"按钮，"Q0.0"进入采集列表，如图 4-106 所示。

图 4-105　通信参数检查　　　　　　　　图 4-106　PLC 寄存器添加

对寄存器 Q0.0 设置数据。双击采集列表中的寄存器"Q0.0"，弹出数据输入画面，如图 4-107 所示，输入数 1，单击"确定"按钮，"串口设备测试"画面中 Q0.0 的变量值为"打开"或"关闭"，此时，PLC 寄存器 Q0.0 置"1"。如果输入数"0"，作用是将寄存器 Q0.0 置"0"。

也可直接输入文本"打开"或"关闭"，作用与输入"1"或"0"相同。

4）定义变量

在工程浏览器的左侧树形菜单中选择"数据库/数据词典"，在右侧双击"新建"，弹出"定义变量"对话框。

（1）定义变量"开关输出 0"：变量类型选"I/O 离散"，连接设备选"S7200PLC"，寄存器设为"Q0.0"，数据类型选"Bit"，读写属性选"读写"，如图 4-108 所示。同样定义 7 个"开关量输出"变量，变量名为"开关输出 1"～"开关输出 7"，对应的寄存器分别为"Q0.1"～"Q0.7"，其他属性相同。

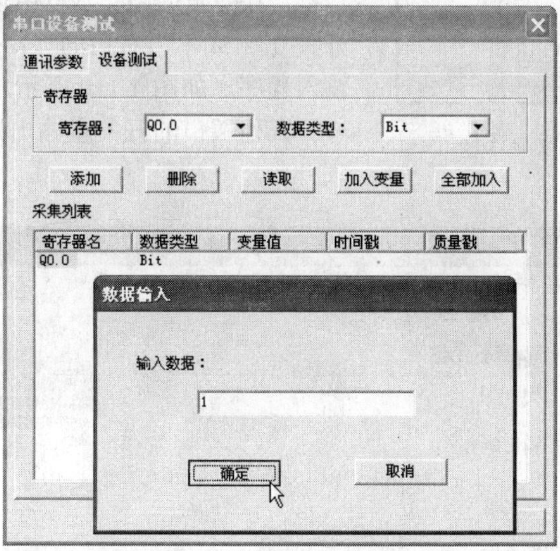

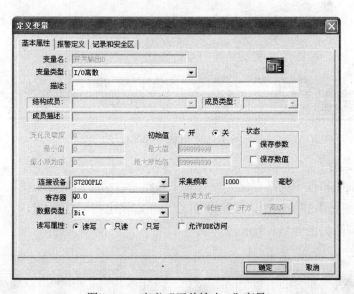

图 4-107　对寄存器 Q0.0 设置数据

图 4-108　定义"开关输出 0"变量

（2）定义 8 个离散变量，变量名分别为"开关 0"、"开关 1"……"开关 7"：变量类型选"内存离散"，初始值选"关"。

5）建立动画连接

建立开关对象的动画连接：双击开关对象，出现"开关向导"对话框，将变量名（离散量）设定为"\\本站点\开关 0"（其他开关对象选变量名依次为开关 1，开关 2 等），如图 4-109 所示。

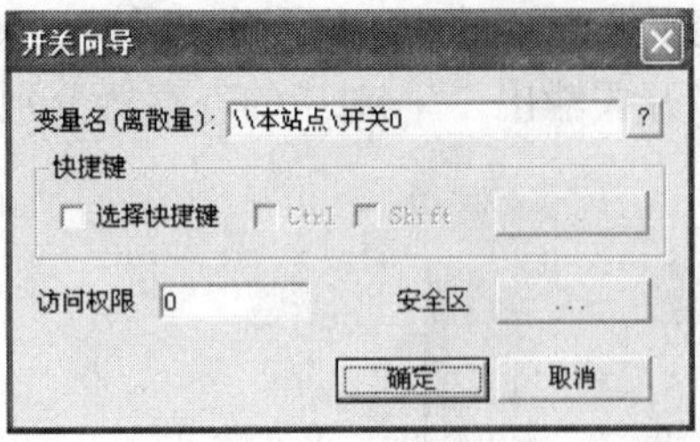

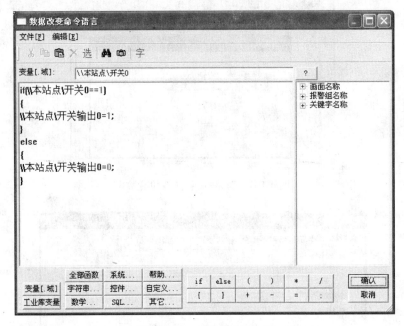

图 4-109 开关 0 动画连接

6）编写命令语言

选择"命令语言/数据改变命令语言"，在右侧双击"新建…"，出现"数据改变命令语言"编辑对话框，在变量[.域]文本框中输入表达式："\\本站点\开关 0"（或单击右边的"?"来选择），在编辑栏中输入程序，如图 4-110 所示。

其他端口的开关量输出程序与此类似。

图 4-110 开关 0 控制程序

7）调试与运行

将设计的画面和程序全部存储并配置成主画面，启动画面运行系统。

启/闭程序画面中开关按钮，线路中 PLC 上相应输出指示灯亮/灭。

程序运行画面如图 4-111 所示。

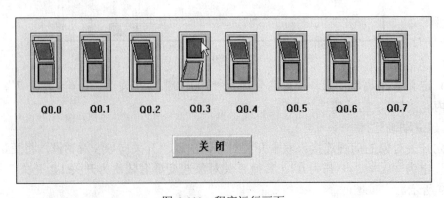

图 4-111 程序运行画面

第5章　基于 PCI 数据采集卡的控制应用

为了满足 PC 用于数据采集与控制的需要，国内外许多厂商生产了各种各样的数据采集板卡（或 I/O 板卡）。用户只要把这类板卡插入 PC 主板上相应的 I/O 扩展槽中，就可以迅速方便地构成一个数据采集与处理系统，从而大大节省了硬件的研制时间和投资，又可以充分利用 PC 的软硬件资源，还可以使用户集中精力对数据采集与处理中的理论和方法进行研究、系统设计及程序编制等。

在各种计算机控制系统中，PC 插卡式是最基本最廉价的构成形式。它充分利用了 PC（或 IPC）的机箱、总线、电源及软件资源。

5.1　数据采集卡概述

5.1.1　数据采集系统的含义与功能

1. 数据采集系统的含义

在科研、生产和日常生活中，模拟量的测量和控制是经常的。为了对温度、压力、流量、速度、位移等物理量进行测量和控制，都要先通过传感器把上述物理量转换成能模拟物理量的电信号（即模拟电信号），再将模拟电信号经过处理转换成计算机能识别的数字量，送入计算机，这就是数据采集。用于数据采集的成套设备称为数据采集系统（Data Acquisition System，DAS）。

数据采集系统的任务，就是传感器从被测对象获取有用信息，并将其输出信号转换为计算机能识别的数字信号，然后送入计算机进行相应的处理，得出所需的数据。同时，将计算得到的数据进行显示、储存或打印，以便实现对某些物理量的监视，其中一部分数据还将被生产过程中的计算机控制系统用来进行某些物理量的控制。

数据采集系统性能的好坏，主要取决于它的精度和速度。在保证精度的条件下，应有尽可能高的采样速度，以满足实时采集、实时处理和实时控制对速度的要求。

现代数据采集系统具有以下主要特点：

（1）现代数据采集系统一般都内含有计算机系统，这使得数据采集的质量和效率等大为提高，同时显著节省了硬件投资。

（2）软件在数据采集系统中的作用越来越大，增加了系统设计的灵活性。

（3）数据采集与数据处理相互结合得日益紧密，形成了数据采集与处理相互融合的系统，可实现从数据采集、处理到控制的全部工作。

（4）速度快，数据采集过程一般都具有"实时"特性。对于通用数据采集系统一般希望有尽可能高的速度，以满足更多的应用环境。

（5）随着微电子技术的发展，电路集成度的提高，数据采集系统的体积越来越小，可靠性越来越高，甚至出现了单片数据采集系统。

（6）总线在数据采集系统中的应用越来越广泛，总线技术对数据采集系统结构的发展起着重要作用。

计算机技术的发展和普及提升了数据采集系统的技术水平。在生产过程中，应用这一系统可对生产现场的工艺参数进行采集、监视和记录，为提高产品质量、降低成本提供信息和手段；在科学研究中，应用数据采集系统可获得大量的动态信息，是研究瞬间物理过程的有力工具。总之，不论在哪个应用领域中，数据的采集与处理越及时，工作效率就越高，取得的经济效益就越大。

2. 数据采集系统的功能

由数据采集系统的任务可以知道，数据采集系统具有以下几方面的功能。

1）数据采集

计算机按照预先选定的采样周期，对输入到系统的模拟信号进行采样，有时还要对数字信号、开关信号进行采样。数字信号和开关信号不受采样周期的限制，当这类信号到来时，由相应的程序负责处理。

2）信号调理

信号调理是对从传感器输出的信号做进一步的加工和处理，包括对信号的转换、放大、滤波、储存、重放和一些专门的信号处理。另外，传感器输出信号往往具有机、光、电等多种形式。而对信号的后续处理往往采取电的方式和手段，因而必须把传感器输出的信号进一步转化为适宜于电路处理的电信号，其中包括电信号放大。通过信号的调理，获得最终希望的便于传输、显示和记录，以及可做进一步后续处理的信号。

3）二次数据计算

通常把直接由传感器采集到的数据称为一次数据，把通过对一次数据进行某种数学运算而获得的数据称为二次数据。二次数据计算主要有求和、最大值、最小值、平均值、累计值、变化率、样本方差与标准方差统计方式等。

4）数据显示

显示装置可把各种数据以方便于操作者观察的方式显示出来，屏幕上显示的内容一般称为画面。常见的画面有相关画面、趋势图、模拟图、一览表等。

5）数据存储

数据存储就是按照一定的时间间隔，如 1 小时、1 天、1 月等，定期将某些重要数据存储在外部存储器上。

6）打印输出

打印输出就是按照一定的时间间隔，如分钟、小时、月的要求，定期将各种数据以表格或图形的形式打印出来。

7）人机联系

人机联系是指操作人员通过键盘、鼠标或触摸屏与数据采集系统对话，完成对系统的运行方式、采样周期等参数和一些采集设备的通信接口参数的设置。此外，还可以通过它选择系统功能，选择输出需要的画面等。

5.1.2　数据采集系统的组成与特点

随着计算机和总线技术的发展，越来越多的科学家和工程师采用基于 PC 的数据采集系统（DAQ）来完成实验室研究和工业控制中的测试测量任务。

基于 PC 的 DAQ 系统组成框图如图 5-1 所示，它可分为硬件和软件两大部分。

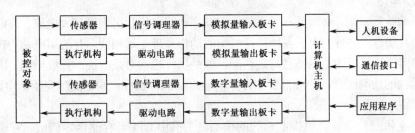

图 5-1　基于 PC 的 DAQ 系统组成框图

1．硬件子系统

1）传感器

传感器的作用是把非电物理量（如温度、压力、速度等）转换成电压或电流信号。例如，使用热电偶可以获得随着温度变化而变化的电压信号；转速传感器可以把转速转换为电脉冲信号等。

2）信号调理器

信号调理器（电路）的作用是对传感器输出的电信号进行加工和处理，转换成便于输送、显示和记录的电信号（电压或电流）。常见的信号调理电路有电桥电路、调制/解调电路、滤波电路、放大电路、线性化电路、A/D 转换电路、隔离电路等。

如果传感器输出信号是微弱的，就需要放大电路将微弱信号加以放大，以满足过程通道的要求；为了与计算机接口方便，需要 A/D 转换电路将模拟信号变换成数字信号等。

如果信号调理电路输出的是规范化的标准信号（如 4～20mA、1～5V 等），这种信号调理电路称为变送器。在工业控制领域，常常将传感器与变送器做成一体，统称为变送器。变送器输出的标准信号一般送往智能仪表或计算机系统。

3）输入/输出板卡

应用 IPC 对工业现场进行控制，首先要采集各种被测量，计算机对这些被测量进行一系列处理后，将结果数据输出。计算机输出的数字量还必须转换成可对生产过程进行控制的量。因此，构成一个工业控制系统，除了 IPC 主机外，还需要配备各种用途的 I/O 接口产品，即 I/O 板卡。

常用的 I/O 板卡包括模拟量输入/输出（AI/AO）板卡、数字量（开关量）输入/输出（DI/DO）板卡、脉冲量输入/输出板卡及混合功能的接口板卡等。

各种板卡是不能直接由计算机主机控制的，必须由 I/O 接口来传送相应的信息和命令。I/O 接口是主机和板卡、外围设备进行信息交换的纽带。目前绝大部分 I/O 接口都是采用可编程接口芯片，它们的工作方式可以通过编程设置。

常用的 I/O 接口有并行接口、串行接口等。

4）执行机构

执行机构的作用是接受计算机发出的控制信号，并把它转换成执行机构的动作，使被控对象按预先规定的要求进行调整，保证其正常运行。生产过程按预先规定的要求正常运行，即控制生产过程。

常用的执行机构有各种电动、液动、气动开关，电液伺服阀，交直流电动机，步进电动机，各种有触点和无触点开关，电磁阀等。在系统设计中需根据系统的要求来选择。

5）驱动电路

要想驱动执行机构，必须具有较大的输出功率，即向执行机构提供大电流、高电压驱动信号，以带动其动作；另外，由于各种执行机构的动作原理不尽相同，有的用电动，有的用气动或液动，如何使计算机输出的信号与之匹配，也是执行机构必须解决的重要问题。因此为了实现与执行机构的功率配合，一般都要在计算机输出板卡与执行机构之间配置驱动电路。

6）计算机主机

计算机主机是整个计算机控制系统的核心。主机由 CPU、存储器等构成。它通过由过程输入通道发送来的工业对象的生产工况参数，按照人们预先安排的程序，自动地进行信息处理、分析和计算，并做出相应的控制决策或调节，以信息的形式通过输出通道，及时发出控制命令，实现良好的人机联系。目前采用的主机有 PC 及工业 PC（IPC）等。

7）外围设备

外围设备主要是为了扩大计算机主机的功能而配置的。它用来显示、存储、打印、记录各种数据，包括输入设备、输出设备和存储设备。常用的外围设备有打印机、记录仪、图形显示器（CRT）、外部存储器（软盘、硬盘、光盘等）、记录仪、声光报警器等。

8）人机联系设备

操作台是人机对话的纽带。计算机向生产过程的操作人员显示系统运行状态、运行参数，发出报警信号；生产过程的操作人员通过操作台向计算机输入和修改控制参数，发出各种操作命令；程序员使用操作台检查程序；维修人员利用操作台判断故障等。

9）网络通信接口

对于复杂的生产过程，通过网络通信接口可构成网络集成式计算机控制系统。系统采用多台计算机分别执行不同的控制功能，既能同时控制分布在不同区域的多台设备，同时又能实现管理功能。

数据采集硬件的选择要根据具体的应用场合并考虑到自己现有的技术资源。

2．软件子系统

软件使 PC 和数据采集硬件形成了一个完整的数据采集、分析和显示系统。没有软件，数据采集硬件是毫无用处的——或者使用比较差的软件，数据采集硬件也几乎无法工作。

大部分数据采集应用实例都使用了驱动软件。软件层中的驱动软件可以直接对数据采集件的寄存器编程，管理数据采集硬件的操作并把它和处理器中断，DMA 和内存这样的计算机资源结合在一起。驱动软件隐藏了复杂的硬件底层编程细节，为用户提供容易理解的接口。

随着数据采集硬件、计算机和软件复杂程度的增加，好的驱动软件就显得尤为重要。合适的驱动软件可以最佳地结合灵活性和高性能，同时还能极大地降低开发数据采集程序所需的时间。

为了开发出用于测量和控制的高质量数据采集系统，用户必须了解组成系统的各个部分。在所有数据采集系统的组成部分中，软件是最重要的。这是由于插入式数据采集设备没有显示功能，软件是操作人员和系统的唯一接口。软件提供了系统的所有信息，操作人员也需要通过它来控制系统。软件把传感器、信号调理、数据采集硬件和分析硬件集成为一个完整的多功能数据采集系统。

组态软件 KingView（即组态王）是目前国内具有自主知识产权、市场占有率相对较高的组态软件。组态王运行于 Microsoft Windows9X/NT/XP 平台，其主要特点：支持真正客户/服务器和 Internet/Intranet 浏览器技术，适应各种规模的网络系统，支持分布式网络开发；可直接插入第三方 ActiveX 控件；可以导入导出 ODBC 数据库；组态王既是 OPC 客户，又是 OPC 服务器；允许 VB、VC 直接访问组态王等。

组态王的应用领域几乎囊括了大多数行业的工业控制，采用了多线程、COM 组件等新技术，实现了实时多任务，软件运行可靠。

3．系统的特点

随着计算机和总线技术的发展，越来越多的科学家和工程师采用基于 PC 的数据采集系统来完成实验室研究和工业控制中的测试测量任务。

基于 PC 的 DAQ 系统（简称 PCs）的基本特点是，输入/输出装置为板卡的形式，并将板卡直接与个人计算机的系统总线相连，即直接插在计算机主机的扩展槽上。这些输入/输出板卡往往按照某种标准由第三方批量生产，开发者或用户可以直接在市场上购买，也可以由开发者自行制作。一块板卡的点数（指测控信号的数量）少的有几点，多的可达 24 点、32 点甚至更多。

构成 PCs 的计算机可以用普通的商用机，也可以用 DIY 的计算机，还可以使用工业控制计算机。早期使用比较多的是 STD 总线，近年来占主导地位的是 ISA 总线和 PCI 总线，且 PCI 总线有取代 ISA 总线的趋势。

PCs 的操作系统早期都采用 DOS 操作系统，20 世纪 90 年代中期后，Windows 和 WindowsNT 操作系统开始流行。应用软件可以由开发者利用 C、VC++、VB、 Delphi 等语言自行开发，也可以在市场上购买组态软件进行组态后生成。

总之，由于 PCs 价格低廉、组成灵活、标准化程度高、结构开放、配件供应来源广泛、应用软件丰富等特点，PCs 是一种很有应用前景的计算机测控系统。

5.1.3 数据采集卡的组成与功能

1．数据采集卡的组成

数据采集板卡均参照计算机的总线技术标准设计和生产，是在一块印制电路板上集成了模拟多路开关、放大器、采样/保持器、A/D 和 D/A 转换器等器件制作而成的。

1）多路开关

多路开关将各路信号轮流切换到放大器的输入端，实现多参数多路信号的分时采集。模拟多路开关有机械式、电磁式和电子式三大类。现代数据采集系统中，主要使用电子式多路开关。

2）放大器

将前一级多路开关切换进入待采集信号，放大（或衰减）至采样环节的量程范围内。通常实际系统中，放大器可做成增益可调的放大器，设计者可根据输入信号不同的幅值选择不同的增益倍数。

3）采样/保持器

采样/保持器的作用是取出待测信号在某一瞬时的值（即实现信号的时间离散化），并在A/D转换过程中保持信号不变。如果被测信号变化很缓慢，也可以不用采样/保持器。

采样/保持器是指在输入逻辑电平控制下处于"采样"或"保持"两种工作状态的电路。在"采样"状态下电路的输出跟踪输入模拟信号，在"保持"状态下电路的输出保持着前一次采样结束时刻的瞬时输入模拟信号，直至进入下一次采样状态为止。通常，采样/保持器用做锁存某一时刻的模拟信号，以便进行数据处理（量化）或模拟控制。

4）A/D转换器

将输入的模拟量转化为数字量输出，并完成信号幅值的量化。随着电子技术的发展，目前，通常将采样/保持器与A/D转换器集成在一块芯片上。

以上4个部分都处在PC的前向通道，是组成数据采集卡/板的主要环节，与其他有关电路，如定时/计数器、总线接口电路等做在一块印制电路板上，即构成数据采集卡，完成对信号数据的采集、放大及A/D转换任务。

很多数据采集卡印制电路板上还装有D/A转换器，处在PC的后向通道，即输出通道。它用于将计算机输出的数字量转换为模拟量，从而实现控制功能。

2. 数据采集卡的功能

一个典型的数据采集卡的功能有模拟输入、模拟输出、数字I/O、计数器/计时器等，这些功能分别由相应的电路来实现。

1）模拟输入

模拟输入是采集卡最基本的功能，它将一个模拟信号转化为数字信号。该项功能一般通过多路开关、放大器、采样保持电路及A/D转换器来实现。A/D转换器的性能和参数直接影响着模拟输入的质量，要根据实际需要的精度选择合适的A/D转换器。

2）模拟输出

模拟输出通常为采集系统提供激励。输出信号受D/A转换器的建立时间、转换率、分辨率等因素影响。参数建立时间和转换率则决定了输出信号幅值改变的快慢。建立时间短、转换率高的D/A转换器可以提供一个较高频率的信号。应该根据实际需要选择D/A转换器的参数指标。

3）数字I/O

数字I/O通常用来控制过程、产生测试信号、与外设进行通信等。它的重要参数包括数字口路数、接收（发送）频率、驱动能力等。如果用输出去驱动电动机、灯、开关等，就不必用较高的数据转换率，路数要与控制对象配合。需要的电流要小于采集卡所能提供的驱动电流，但加上合适的数字信号调理设备，仍可以用采集卡输出的低电流TTL电平信号去监控高电压、大电流的工业设备。

　　4）计数器/计时器

　　许多场合都要用到计数器，如定时、产生方波等。计数器包括 3 个重要信号：门限信号、计数信号、输出。门限信号实际上是触发信号（使计数器工作或不工作）；计数信号也即信号源，它提供了计数器操作的时间基准；输出是在输出线上产生脉冲或方波。计数器最重要的参数是分辨率和时钟频率。较高的分辨率意味着计数器可以计较多的数。时钟频率决定了计数的快慢，频率越高，计数速度就越快。

5.1.4　数据采集卡的类型与性能指标

1. 数据采集卡的类型

　　基于 PC 总线的板卡是指计算机厂商为了满足用户需要，利用总线模板化结构设计的通用功能模板。基于 PC 总线的板卡种类很多，其分类方法也有很多种。按照板卡处理信号的不同可以分为模拟量输入板卡（A/D 卡）、模拟量输出板卡（D/A 卡）、开关量输入板卡、开关量输出板卡、脉冲量输入板卡、多功能板卡等。其中多功能板卡可以集成多个功能，如数字量输入/输出板卡将模拟量输入和数字量输入/输出集成在同一张卡上。根据总线的不同，可分为 PCI 板卡和 ISA 板卡。各种类型板卡依据其所处理的数据不同，都有相应的评价指标，现在较为流行的板卡大都是基于 PCI 总线设计的。

　　数据采集卡的性能优劣对整个系统举足轻重。选购时不仅要考虑其价格，更要综合考虑，比较其质量、软件支持能力、后继开发和服务能力。

　　表 5-1 列出了部分数据采集卡的种类和用途，板卡详细的信息资料请查询有关公司的宣传资料。

表 5-1　数据采集卡的种类和用途

输入/输出信息来源及用途	信息种类	相配套的接口板卡产品
温度、压力、位移、转速、流量等来自现场设备运行状态的模拟电信号	模拟量输入信息	模拟量输入板卡
限位开关状态、数字装置的输出数码、接点通断状态、"0"、"1" 电平变化	数字量输入信息	数字量输入板卡
执行机构的执行、记录等（模拟电流/电压）	模拟量输出信息	模拟量输出板卡
执行机构的驱动执行、报警显示、蜂鸣器等（数字量）	数字量输出信息	数字量输出板卡
流量计算、电功率计算、转速、长度测量等脉冲形式输入信号	脉冲量输入信息	脉冲计数/处理板卡
操作中断、事故中断、报警中断及其他需要中断的输入信号	中断输入信息	多通道中断控制板卡
前进驱动机构的驱动控制信号输出	间断信号输出	步进电动机控制板卡
串行/并行通信信号	通信收发信息	多口 RS-232/RS-422 通信板卡
远距离输入/输出模拟（数字）信号	模拟/数字量远端信息	远程 I/O 板卡（模块）

　　还有其他一些专用 I/O 板卡，如虚拟存储板（电子盘）、信号调理板、专用（接线）端子板等，这些种类齐全、性能良好的 I/O 板卡与 PC 配合使用，使系统的构成十分容易。

　　值得一提的是智能接口板卡。在多任务实时控制系统中，为了提高实时性，要求模拟量板卡具有更高的采集速度，要求通信板卡具有更高的通信速度。当然可以采用多种办法来提高采集和通信速度，但在实时性要求特别高的场合，则需要采用所谓智能接口板卡，如图 5-2 所示。简言之，所谓"智能"就是在接口板卡增加了 CPU 或控制器的 I/O 板卡，使 I/O 板卡与 CPU 具有一定的并行性。例如，除了 PC 主机从智能模拟量板卡读取结果时是串行操作外，模拟量的采集和 PC 主机处理其他事件是同时进行的（并行）。

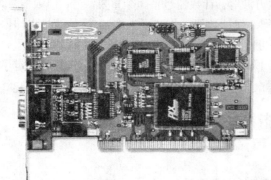

图 5-2　PCI-5110 智能 CAN 接口卡

2. 常用的数据采集卡及其性能指标

下面介绍简要几类常用的数据采集卡。

1）模拟量输入卡（A/D 卡）

在工业控制系统中，输入信号往往是模拟量，这就需要一个装置把模拟量转换成数字量，各种 A/D 芯片就是用来完成此类转换的。在实际的计算机控制系统中，不是以 A/D 芯片为基本单元，而是制成商品化的 A/D 板卡。

模拟量输入板卡的作用是将传感器得到的工业对象的生产过程参数变换成二进制代码传送给计算机。

模拟量输入板卡根据使用的 A/D 转换芯片和总线结构不同，性能有很大的区别。板卡通常有单端输入、差分输入及两种方式组合输入 3 种。板卡内部通常设置一定的采样缓冲器，对采样数据进行缓冲处理，缓冲器的大小也是板卡的性能指标之一。在抗干扰方面，A/D 板卡通常采取光电隔离技术，实现信号的隔离。板卡模拟信号采集的精度和速度指标通常由板卡所采用的 A/D 转换芯片决定。

模拟量输入板卡的主要性能指标有以下几项：

（1）输入信号量程、范围。输入量程，是指所能转换的电压（电流）的范围。模拟量输入板卡的常见输入量程有：0～5V，0～10V，±2.5V，±5V，±10V 和 4～20mA 等。有的模拟量板卡还能直接输入毫伏级电压信号或热阻信号。输入范围，是指数据采集卡能够量化处理的最大、最小输入电压值。数据采集卡提供了可选择的输入范围，它与分辨率、增益等配合，以获得最佳的测量精度。

（2）增益。表示输入信号被处理前放大或缩小的倍数。给信号设置一个增益值，就可以实际减小信号的输入范围，使模数转换能尽量地细分输入信号。有的 A/D 卡的放大倍数是可以程控的，即板卡上的放大器为程控放大器，放大器的增益可以使用引脚编程或软件编程。可编程增益系数一般为 1～1000。

（3）分辨率。分辨率是模/数转换所使用的数字位数。分辨率越高，输入信号的细分程度越高，能够识别的信号变化量就越小。分辨率一般由板卡所使用的 A/D 转换器决定。常用的分辨率有 8 位、10 位、12 位和 16 位等。分辨率越高，转换时对输入模拟信号变化的反应就越灵敏。工业过程控制中一般使用 12 位分辨率。

（4）精度。有绝对精度和相对精度两种表示法。常用数字量的位数作为度量绝对精度的单位，如精度为最低位 LSB 的 1/2，即为 1/2LSB。相对精度是指转换后所得结果相对于实际值的准确度，一般情况是分辨率越高，精度越高。但这又是两个不同的指标概念，如分辨率即使很高，但由于温度漂移、线性不良等原因使得精度并不一定很高。常用百分比来表示满量程时的相对误差，如 10 位的相对精度为 0.1%。"±0.04%FSR 25℃"表示在 25℃环境温度下，相对满量程时的相对误差为 0.04%，对应于 12 位分辨率。

（5）采样率。是指每秒能转换多少个点（通道）或对一个通道重复采样多少次，又称转换速率。采样率决定了模/数变换的速率。采样率高，则在一定时间内采样点就多，对信号的数字表达就越精确。采样率必须保证一定的数值，如果太低，则精确度就很差。根据耐奎斯特采样理论，采样频率必须是信号最高频率的两倍以上，采集到的数据才可以有效地复现出原始的采集信号。

2）模拟量输出卡（D/A 卡）

计算机内部处理采用的是数字量，而执行机构采用的是模拟量。模拟量输出板卡的作用就是将计算机输出的数字控制量变换为控制操作执行机构的模拟信号，从而通过控制执行机构的动作去控制生产工艺过程。

D/A 转换板卡同样依据其采用的 D/A 转换芯片的不同，转换性能指标有很大的差别。

模拟量输出卡的主要性能指标有以下几项：

（1）分辨率。它是产生模拟输出的数字码的位数。较大的位数可以缩小输出电压增量的量值，因此可以产生更平滑的变化信号。对于要求动态范围宽、增量小的模拟输出应用，需要有高分辨率的电压输出。分辨率越高，模拟量输出的精度越高。

（2）转换率。是指数模转换器所产生的输出信号的最大变化速率。

（3）输出范围。D/A 转换后，其输出电压/电流的范围。

（4）线性度。反映了实际输出值与按线性关系计算出的理论值之间的误差，线性度越好，线性误差越小。

（5）精度。反映了实际输出的电压/电流值与计算出的理论电压/电流值的误差，与分辨率、线性度、放大器各项参数有关。

3）数字量输入/输出卡（I/O 卡）

计算机控制系统通过数字量输入板卡采集工业生产过程的离散输入信号，并通过数字量输出板卡对生产过程或控制设备进行开关式控制（二位式控制）。将数字量输入和数字量输出功能集成在一块板卡上，就称为数字量输入/输出板卡，简称 I/O 板卡。数字量输入有隔离/非隔离、触点/电平等多种输入方式。数字量输出有触点/电平、隔离/非隔离等方式，触点输出本身是隔离的，不需要隔离电源。隔离型电平输出必须提供隔离电源。

数字量输入板卡的作用是将各种继电器、限位开关等状态通过输入接口传送给计算机；数字量输出板卡的作用是将计算机发出的开关动作逻辑信号经由输出接口传送给生产机械中的各个电子开关或电磁开关。

数字量输入/输出接口相对简单，一般都需要缓冲电路和光电隔离部分，输入通道需要输入缓冲器和输入调理电路，输出通道需要有输出锁存器和输出驱动器。

数字量输入/输出卡的主要性能指标有以下几项：

（1）数字量的类型。分为 TTL 电平和隔离电压。这两种类型决定了数据采集板卡可以接收/侦测的电压范围，如 TTL 电平 0～0.8V 为逻辑 0，2.4～5V 为逻辑 1，隔离电压逻辑 0/1 依板卡指标来确定。

（2）最大开关频率。开关量输入/输出信号的允许频率值；触点输入/输出的开关频率较低。开关频率实际上取决于板卡的总体设计，如是否支持 Bus Master 工作方式等。

（3）并行操作的位数。即同时可以输出/输入的通道的个数，与板卡设计和系统的总线宽度有关。如研华公司 PCI-1755 支持 8/16/32 位并行操作。

（4）驱动能力。因为数据采集卡是从计算机总线上取电压电流输出，故驱动能力有限，带大功率负载的时候需要自己外加电源驱动设备。

4）脉冲量输入/输出板卡

工业控制现场有许多高速的脉冲信号，如旋转编码器、流量检测信号等，这些都要用脉冲量输入板卡或一些专用测量模块进行测量。脉冲量输入/输出板卡可以实现脉冲数字量的输出和采集，并可以通过跳线器选择计数、定时、测频等不同工作方式，计算机可以通过该板卡方便地读取脉冲计数值，也可测量脉冲的频率或产生一定频率的脉冲。考虑到现场强电的干扰，该类型板卡多采用光电隔离技术，使计算机与现场信号之间完全隔离，来提高板卡测量的抗干扰能力。

脉冲量输入/输出板卡的主要性能指标有以下几项：

（1）时钟输入。输入是一个数字输入，它的每次翻转都导致计数器的递增，因而提供计数器工作的时间基准。

（2）门输入。门是指用来使计数器开始或停止工作的一个数字输入信号。

（3）计数器输出。在输出线上输出数字方波和脉冲。

（4）时基。即时钟的频率，时基决定了可以翻转数字输入源的速度有多快。当频率越高，计数器递增的也越快，因此对于输入可探测的信号频率越高，对于输出则可产生更高频率的脉冲和方形波。

5.1.5　数据采集卡的选择

对于建立一个数据采集与控制系统，数据采集卡的选择至关重要。

在挑选数据采集卡时，用户主要进行考虑的是根据需求选取适当的总线形式，适当的采样速率，适当的模拟输入、模拟输出通道数量，适当的数字输入、数字输出通道数量等，并根据操作系统及数据采集的需求选择适当的软件。

主要选择依据如下。

1．通道的类型及个数

根据测试任务选择满足任务的通道数，选择具有足够的模拟量输入与输出通道数、足够的数字量输入与输出通道数的数据采集卡。

2．最高采样速度

数据采集卡的最高采样速度决定了能够处理信号的最高频率。

根据耐奎斯特采样理论，采样频率必须是信号最高频率的两倍以上，即 $f_s \geqslant 2f_{max}$，采集到的数据才可以有效地复现出原始的采集信号。工程上一般选择 $f_s=(5\sim10)f_{max}$。一般的过程通道板卡的采样速率可以达到 30～100kHz，快速 A/D 卡可达到 1000kHz 或更高的采样速率。

3．总线标准

数据采集卡有 PXI、PCI、ISA 等多种类型，一般是将板卡直接安装在计算机的标准总线插槽中。需根据计算机上的总线类型和数量选择相应的采集卡。

4．其他

如果模拟信号是低电压信号，用户就要考虑选择采集卡时需要高增益。如果信号的灵敏度比较低，则需要高的分辨率。同时还要注意最小可测的电压值和最大输入电压值。采集系统对同步和触发是否有要求等。

数据采集卡的性能优劣对整个系统举足轻重。选购时不仅要考虑其价格，更要综合考虑，比较其质量、软件支持能力、后续开发和服务能力等。

5.2　系统设计说明

5.2.1　设计任务

利用 VB 编写程序实现 PC 与 PCI-1710HG 数据采集卡自动化控制。任务要求如下。

1．模拟电压输入

PC 以间隔或连续方式读取电压测量值（范围：0～5V），并以数值或曲线形式显示电压变化值。

2．模拟电压输出

在 PC 程序界面中输入数值（范围：0～10），线路中模拟量输出口输出同样大小的电压值（0～10V）。

3．数字量输入

利用开关产生数字（开关）信号（0 或 1），使程序界面中信号指示灯颜色改变。

4．数字量输出

在程序界面中执行打开/关闭命令，界面中信号指示灯变换颜色，同时，线路中数字量输出口输出高低电平。

5.2.2　硬件系统

1．线路连接

如图 5-3 所示，将 PCI-1710HG 数据采集卡插在计算机某一 PCI 扩展槽上，再将其通过 PCL-10168 电缆与 ADAM-3968 接线端子板连接。

模拟电压输入：在模拟量输入 0 通道（60 端点是 AIGND，68 端点是 AI0）接模拟输入电压 0～5V。

模拟电压输出：不需连线。使用万用表直接测量 58 端点（AO0_OUT）与 57 端点（AOGND）之间的输出电压（0～10V））。

数字量输入：按钮、行程开关等的常开触点接数字量输入端口（如 56 端点是 DI0，22 端点是 DI1，48 端点是 DGND）。

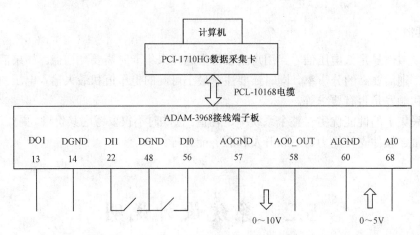

图 5-3　PC 与 PCI-1710HG 数据采集卡组成数据采集与控制系统

数字量输出：不需连线。使用万用表直接测量数字量输出端口（如 DO1 与 DGND）之间的输出电压（高电平或低电平）。

2．PCI-1710HG 多功能数据采集卡简介

研华 PCI-1710HG 是由研华公司（www.advantech.com.cn）生产的一款功能强大的低成本多功能 PCI 总线数据采集卡，如图 5-4 所示。其先进的电路设计使得它具有更高的质量和更多的功能，这其中包含五种最常用的测量和控制功能：16 路单端或 8 路差分模拟量输入、12 位 A/D 转换器（采样速率可达 100kHz）、2 路 12 位模拟量输出、16 路数字量输入、16 路数字量输出及计数器/定时器功能。

图 5-4　PCI-1710HG 多功能卡

用 PCI-1710HG 数据采集卡构成完整的数据采集与控制系统还需要接线端子板和通信电缆，如图 5-5 所示。电缆采用 PCL-10168 型，如图 5-6 所示，是两端针型接口的 68 芯 SCSI-II 电缆，用于连接板卡与 ADAM-3968 接线端子板。该电缆采用双绞线，并且模拟信号线和数字信号线是分开屏蔽的，这样能使信号间的交叉干扰降到最小，并使 EMI/EMC 问题得到了最终的解决。接线端子板采用 ADAM-3968 型，如图 5-7 所示，是 DIN 导轨安装的 68 芯 SCSI-II 接线端子板，用于各种输入/输出信号线的连接。

图 5-5　PCI-1710HG 产品的成套性

图 5-6　PCL-10168 电缆

图 5-7 ADAM-3968 接线端子板

用 PCI-1710HG 板卡构成的控制系统框图如图 5-8 所示。

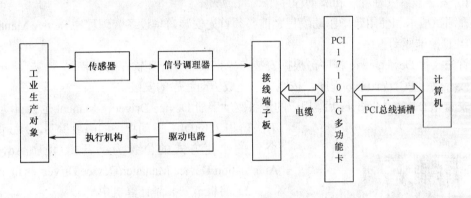

图 5-8 用 PCI-1710HG 板卡构成的控制系统框图

使用时用 PCL-10168 电缆将 PCI-1710HG 板卡与 ADAM-3968 接线端子板连接，这样 PCL-10168 的 68 个针脚和 ADAM-3968 的 68 个接线端子一一对应。

接线端子板各端子的功能及信号描述见表 5-2。

表 5-2 ADAM-3968 接线端子板各端子信号功能描述

信 号 名 称	参 考 端	方　　向	描　　　　述
AI < 0~15 >	AIGND	Input	模拟量输入通道：0~15
AIGND	—	—	模拟量输入地
AO0_REF AO1_REF	AOGND	Input	模拟量输出通道 0/1 外部基准电压输入端
AO0_OUT AO1_OUT	AOGND	Output	模拟量输出通道：0/1
AOGND	—	—	模拟量输出地
DI < 0~15 >	DGND	Input	数字量输入通道：0~15
DO < 0~15 >	DGND	Output	数字量输出通道：0~15
DGND	—	—	数字地（输入或输出）
CNT0_CLK	DGND	Input	计数器 0 通道时钟输入端
CNT0_OUT	DGND	Output	计数器 0 通道输出端

续表

信 号 名 称	参 考 端	方　向	描　述
CNT0_GATE	DGND	Input	计数器 0 通道门控输入端
PACER_OUT	DGND	Output	定速时钟输出端
TRG_GATE	DGND	Input	A/D 外部触发器门控输入端
EXT_TRG	DGND	Input	A/D 外部触发器输入端
+12V	DGND	Output	+12V 直流电源输出
+5V	DGND	Output	+5V 直流电源输出

3. PCI-1710HG 数据采集卡的安装

首先进入研华公司官方网站 www.advantech.com.cn 找到并下载下列程序：设备管理程序 DevMgr.exe 和驱动程序 PCI1710.exe 等。

1）安装设备管理程序和驱动程序

在测试板卡和使用研华驱动编程之前必须首先安装研华设备管理程序 Device Manager 和 32bitDLL 板卡驱动程序。

首先执行 DevMgr.exe 程序，根据安装向导完成配置管理软件的安装。

接着执行 PCI1710.exe 程序，按照提示完成驱动程序的安装。

安装完 Device Manager 后，相应的设备驱动手册 Device Driver's Manual 也会自动安装。

PCI-1710HG 板卡

图 5-9　PCI-1710HG 板卡安装

有关研华 32bitDLL 驱动程序的函数说明、例程说明等资料的快捷方式的位置为：开始/程序/Advantech Automation/Device Manager/Device Driver's manual。

2）将板卡安装到计算机中

关闭计算机电源，打开机箱，将 PCI-1710HG 板卡正确地插到一空闲的 PCI 插槽中，如图 5-9 所示，检查无误后合上机箱。

注意：在用手持板卡之前，请先释放手上的静电（例如：通过触摸电脑机箱的金属外壳释放静电），不要接触易带静电的材料（如塑料材料），手持板卡时只能握它的边沿，以免手上的静电损坏面板上的集成电路或组件。

重新开启计算机，进入 Windows XP 系统，首先出现"找到新的硬件向导"对话框，选择"自动安装软件"项，单击"下一步"按钮，计算机将自动完成 Advantech PCI-1710HG Device 驱动程序的安装。

系统自动地为 PCI 板卡设备分配中断和基地址，用户无须关心。

注意：其他公司的 PCI 设备一般都会提供相应的.inf 文件，用户可以在安装板卡的时候指定相应的.inf 文件给安装程序。

检查板卡是否安装正确：右击"我的电脑"，单击"属性"项，弹出"系统属性"对话框，选中"硬件"项，单击"设备管理器"按钮，进入"设备管理器"画面，若板卡安装成功后会在设备管理器列表中出现 PCI-1710HG 的设备信息，如图 5-10 所示。

查看板卡属性"资源"选项中，可获得计算机分配给板卡的地址输入/输出范围：

C000-C0FF，其中首地址为 C000，分配的中断号为 22，如图 5-11 所示。

　　3）配置板卡

　　在测试板卡和使用研华驱动编程之前必须首先对板卡进行配置，通过研华板卡配置软件 Device Manager 来实现。

　　从开始菜单/所有程序/Advantech Automation/Device Manager 打开设备管理程序 Advantech Device Manager，如图 5-12 所示。

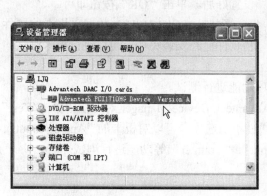

图 5-10　设备管理器中的板卡信息　　　　图 5-11　板卡资源信息

　　当计算机上已经安装好某个产品的驱动程序后，设备管理软件支持的设备列表前将没有红色叉号，说明驱动程序已经安装成功，如图 5-12 中 Supported Devices 列表的 Advantech PCI-1710/L/HG/HGL 前面就没有红色叉号，选中该板卡，单击"Add"按钮，该板卡信息就会出现在 Installed Devices 列表中。

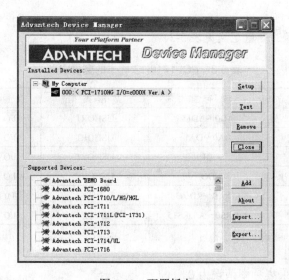

图 5-12　配置板卡

　　PCI 总线的插卡插好后计算机操作系统会自动识别，在 Device Manager 的 Installed

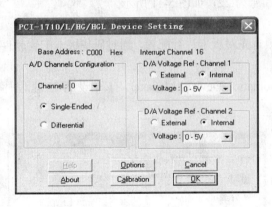

图 5-13　板卡 A/D、D/A 通道配置

Devices 栏中 My Computer 下会自动显示出所插入的器件，这一点和 ISA 总线的板卡不同。

单击"Setup"按钮，弹出"PCI-1710HG Device Setting"对话框，如图 5-13 所示，在对话框中可以设置 A/D 通道是单端输入还是差分输入，可以选择两个 D/A 转换输出通道通用的基准电压来自外部还是内部，也可以设置基准电压的大小（0～5V 还是 0～10V），设置好后，单击"OK"按钮即可。

到此，PCI-1710HG 数据采集卡的硬件和软件已经安装完毕，可以进行板卡测试。

4）板卡测试

可以利用板卡附带的测试程序对板卡的各项功能进行测试。

运行设备测试程序：在研华设备管理程序 Advantech Device Manager 对话框中单击"Test"按钮，出现"Advantech Device Test"对话框，通过不同选项卡可以对板卡的"Analog Input"、"Analog Output"、"Digital Input"、"Digital Output"、"Counter"等功能进行测试。

5.2.3　组态王设置

1．定义组态王设备

定义组态王定义板卡设备时请选择：智能模块→研华→YHPCI1710。

组态王的设备地址即 PCI 卡的端口地址，可查看 Windows 分配的端口地址，如为 C000则组态王设备地址一栏中填入 C000。

2．变量定义

PCI-1710HG 板卡的变量定义见表 5-3。

表 5-3　PCI-1710HG 板卡的**变量定义**

寄存器名称	寄存器	数据类型	变量类型	读写属性
模拟量输入	AD0～AD15	USHORT	I/O 实数	只读
模拟量输出	DA0～DA1	USHORT	I/O 实数	只写
开关量输入	DI	USHORT	I/O 整数	只读
开关量输出	DO	USHORT	I/O 整数	只写
模拟量输出控制	RD/A0～RD/A3	BIT	I/O 离散	只写
模拟量输入控制	A/DRS0～A/DRS15	BYTE	I/O 实数	只写

说明：

（1）只写参数的采集频率请设为 0。

（2）AD 寄存器的最小原始值为 0，最大原始值为 4095（12 位精度），最小值和最大值填入相应的工程值，如−5～+5V 信号输入。

（3）对于开关量输入/输出寄存器，驱动是按字进行操作的，如果要显示某一具体通道的状态时，请使用组态王提供的"BIT"函数取位；如果需将某一通道置位，请使用组态王提供的"BITSET"函数。参见组态王函数使用说明。

寄存器名称举例见表 5-4。

表 5-4　寄存器名称举例

寄存器名称	变量类型	数据类型	读写属性	寄存器说明
AD0	I/O 实型，I/O 整型	USHORT	只读	第 0 通道模拟量输入
DA0	I/O 实型，I/O 整型	USHORT	只写	第 0 通道模拟量输出

5.3　数据采集与控制程序设计

5.3.1　模拟量输入

1. 模拟电压采集

1）建立新工程项目

运行组态王程序，出现组态王工程管理器画面。

为建立一个新工程，请执行以下操作：

（1）在工程管理器中选择菜单"文件\新建工程"或单击快捷工具栏"新建"命令，出现"新建工程向导之一——欢迎使用本向导"对话框。

（2）单击"下一步"按钮，出现"新建工程向导之二——选择工程所在路径"对话框。选择或指定工程所在路径。如果用户需要更改工程路径，请单击"浏览"按钮。如果路径或文件夹不存在，请创建。

（3）单击"下一步"按钮，出现"新建工程向导之三——工程名称和描述"对话框。在对话框中输入工程名称"AI"（必须，可以任意指定）；在工程描述中输入"模拟电压输入"（可选），如图 5-14 所示。

（4）单击"完成"按钮，新工程建立，单击"是"按钮，确认将新建的工程设为组态王当前工程，此时组态王工程管理器中出现新建的工程。

（5）双击新建的工程名，出现加密狗未找到"提示"对话框，选择"忽略"，出现演示方式"提示"对话框，单击"确定"按钮，进入工程浏览器对话框。

2）制作图形画面

在工程浏览器左侧树形菜单中选择

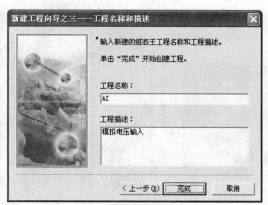

图 5-14　创建工程

"文件/画面"，在右侧视图中双击"新建"，出现画面属性对话框，输入画面名称"模拟量输入",设置画面位置、大小等,然后单击"确定"按钮,进入组态王开发系统,此时工具箱自动加载。

(1)执行菜单"图库/打开图库"命令,为图形画面添加6个仪表对象。

(2)通过开发系统工具箱中为图形画面添加6个文本对象:标签"0通道电压值"~"5通道电压值"。各通道电压值显示文本"000"。

(3)在开发系统工具箱中为图形画面添加1个按钮控件"关闭"。

设计的图形画面如图5-15所示。

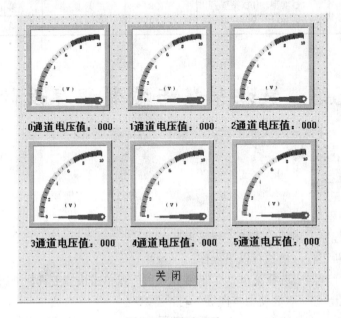

图5-15 图形画面

3)定义板卡设备

在组态王工程浏览器的左侧选择"设备"中的"板卡",在右侧双击"新建…",运行"设备配置向导"。

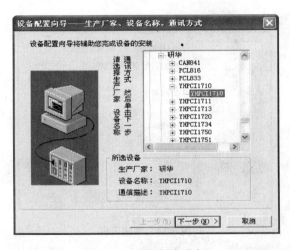

图5-16 选择板卡设备

(1)选择:智能模块→研华 PCI 板卡→YHPCI1710→YHPCI1710,如图5-16所示。

(2)单击"下一步"按钮,给要安装的设备指定唯一的逻辑名称,如"PCI-1710HG"。

(3)单击"下一步"按钮,给要安装的设备指定地址:"C000"(与板卡所在插槽的位置有关)。

(4)单击"下一步"按钮,不改变通信参数。

(5)单击"下一步"按钮,显示所安装设备的所有信息。

（6）请检查各项设置是否正确，确认无误后，单击"完成"按钮。

设备定义完成后，用户可以在工程浏览器的右侧看到新建的外部设备"PCI-1710"。

在左侧看到设备逻辑名称"PCI-1710HG"。在定义数据库变量时，用户只要把 I/O 变量连接到这台设备上，它就可以和组态王交换数据了。

4）定义变量

在工程浏览器的左侧树形菜单中选择"数据库/数据词典"，在右侧双击"新建"，弹出"定义变量"对话框。

定义变量"模拟量输入 0"：变量类型选"I/O 实数"，变量的最小值"0"、最大值"5"（按输入电压范围（0～5V）确定）。

定义 I/O 实数变量时，最小原始值、最大原始值的设置是关键。它们是根据采集板卡的电压输入范围和 A/D 转换位数确定的。

因采用的 PCI-1710HG 板卡模拟电压输入范围是-5～+5V，A/D 是 12 位，因此计算机采样值为 $2^{12}-1=4095$，即-5V 对应 0，+5V 对应 4095，电压与采样值成线性关系，因为电位器的输出电压范围是 0～5V，那么变量属性中的最小原始值应为"2048"，最大原始值为"4095"。

连接设备选"PCI-1710HG"（前面已定义），电位器的输出电压接板卡 AI0 通道，故寄存器为"AD0"；数据类型选"USHORT"；读写属性选"只读"。

变量"模拟量输入 0"的定义如图 5-17 所示。

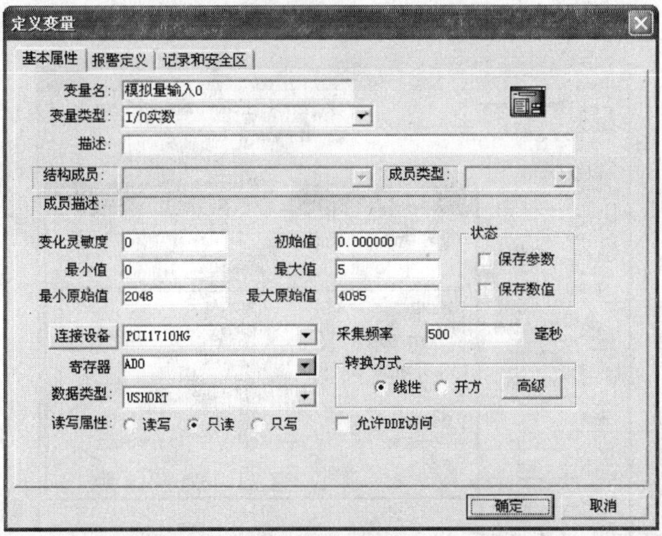

图 5-17　变量"模拟量输入 0"的定义

按同样的方法定义变量"模拟量输入 1"～"模拟量输入 5"，对应的寄存器分别为 AD1～AD5，其他参数与变量"模拟量输入 0"一样。

5）建立动画连接

（1）建立仪表对象的动画连接。双击画面中仪表对象，弹出"仪表向导"对话框，单击变量名文本框右边的"？"号，出现"选择变量名"对话框。选择已定义好的变量名"模拟量输入 0"，单击"确定"按钮，仪表向导对话框变量名文本框中出现"\\本站点\模拟量输入 0"表达式，仪表表盘标签改为"（V）"，填充颜色设为白色，最大刻度改为"5"，其他如图 5-18 所示。

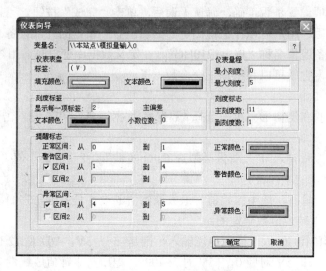

图 5-18　仪表对象动画连接

（2）建立电压值显示文本对象动画连接。双击画面中 0 通道电压值显示文本对象"000"，出现动画连接对话框，将"模拟值输出"属性与变量"模拟量输入 0"连接，输出格式：整数"1"位，小数"1"位，如图 5-19 所示。其他通道电压值显示文本对象的动画连接与此类似。

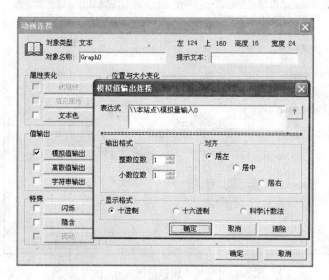

图 5-19　当前电压值显示文本对象动画连接

（3）建立按钮对象的动画连接。双击按钮对象"关闭"，出现动画连接对话框，选择命令语言连接功能，单击"弹起时"按钮，在"命令语言"编辑栏中输入命令"exit(0);"。

6）调试与运行

（1）存储：设计完成后，在开发系统"文件"菜单中执行"全部存"命令将设计的画面和程序全部存储。

（2）配置主画面：在工程浏览器中，单击快捷工具栏上"运行"按钮，出现"运行系统设置"对话框。单击"主画面配置"选项卡，选中制作的图形画面名称"模拟量输出"，单击"确定"按钮即将其配置成主画面。

（3）运行：在工程浏览器中，单击快捷工具栏上"VIEW"按钮启动运行系统。

改变模拟量输入各通道输入电压值（范围是 0～5V），程序画面文本对象中的数字、仪表对象中的指针都将随输入电压变化而变化。程序运行画面如图 5-20 所示。

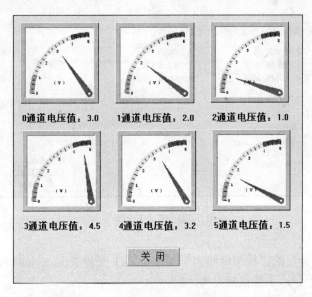

图 5-20　运行画面

2．动态数据交换

1）KingView 作为服务程序向 VB 提供数据

KingView 通过板卡驱动程序从下位机采集数据，VB 又向 KingView 请求数据。数据流向如图 5-21 所示。

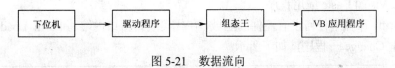

图 5-21　数据流向

（1）建立 KingView 工程项目。

① 建立新项目。

工程名称：VBDDE1；工程描述：KingView 向 VB 传递数据。

② 定义板卡设备。

选择：设备/板卡→新建→智能模块→研华→YHPCI-1710→YHPCI-1710。

设备逻辑名称：PCI-1710HG；　　设备地址：C000。

③ 定义 I/O 变量：fromViewtoVB，变量类型选"I/O 实数"，寄存器设为"AD0"，数据类型选"USHORT"，读写属性选"只读"；选中"允许 DDE 访问"，如图 5-22 所示。

④ 制作图形画面。

画面名称：数据交换；图形画面中有一个文本对象"###"。

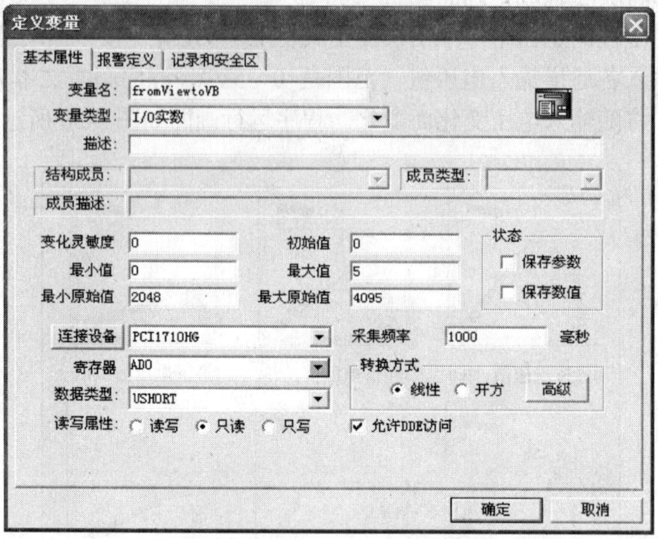

图 5-22 定义 I/O 变量

⑤ 建立动画连接。

将文本对象"###"的"模拟值输出"属性与 I/O 变量"fromViewtoVB"连接；输出格式：整数位数设为"1"，小数位数设为"2"。

将设计的画面全部存储并配置成主画面。

（2）建立 VB 工程项目。

① 建立 VB 工程。

运行可视化编程工具 Visual Basic，新建窗体 Form1。

● 在窗体中加入两个 Text 控件：Text1 和 Text2。

● 以"vbdde1.frm"及"vbdde1.vbp"存储工程。

② 编写 Visual Basic 应用程序。

双击 Form1 窗体中任何没有控件的区域，在代码编辑窗口内编写 Form_Load 子程序，同时编写 Text1_Change 子程序，如下所示：

```
Private Sub Form_Load()
  Text1.LinkTopic = "view|tagname"
  Text1.LinkItem = "PCI1710HG.AD0"
  Text1.LinkMode = 1
End Sub
```

```
Private Sub Text1_Change()
  k = (4095-4095/2)/5
  data = (Val(Text1.Text)-4095/2)/k
  Text2.Text = Format$(data, "0.00")
End Sub
```

③ 调试与运行。

先运行 KingView 画面程序，再启动 VB 应用程序。

旋转电位器旋钮，改变组态王画面中测量电压值，这时就可在 VB 窗口 Form1 的文本框 Text2 中看到从 KingView 传递过来的电压测量值，如图 5-23 所示。

2）KingView 作为顾客程序从 VB 得到数据

VB 向 KingView 传递数据的数据流向如图 5-24 所示。

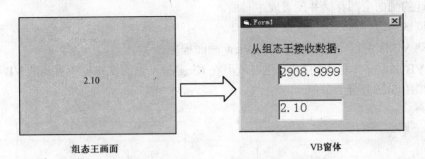

图 5-23　KingView 向 VB 传递数据

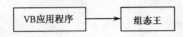

图 5-24　VB 向 KingView 传递数据的数据流向

（1）建立 VB 工程项目。

① 建立 VB 工程。

运行可视化编程工具 Visual Basic，新建窗体 Form1，在窗体中加入 1 个 Text 控件 Text1。

② 属性设置。

● 将窗体 Form1 的 LinkMode 属性设置为 1，LinkTopic 属性设置为 FormToView。

● 将控件 Text1 的名称设为：TextToView。

● 以窗体名"vbdde2.frm"及工程名"vbdde2.vbp"存储工程。

（2）建立 KingView 工程项目。

① 建立新项目。

工程名称：VBDDE2；工程描述：KingView 与 VB 动态交换数据。

② 定义 DDE 设备。

在工程浏览器中，从左边的工程目录显示区中选择"设备\DDE"，然后在右边的内容显示区中双击"新建"图标，则弹出"设备配置向导"，按下面配置：

● 选择"DDE"设备。

● DDE 设备逻辑名称：PCIDDE（用户自己定义）。

● 服务程序名：vbdde2（必须与 VB 应用程序的工程名一致）。

● 话题名：FormToView（必须与 VB 应用程序窗体的 LinkToPic 属性值一致）。

● 数据交换方式：选择"标准的 Windows 项目交换"。

③ 定义变量。

● 变量名：fromVBtoView（用户自己定义，在"组态王"内部使用）。

● 变量类型：I/O 字符串。

● 连接设备：PCIDDE（用来定义服务器程序的信息，已在前面定义）。

● 项目名：TextToView（必须与 VB 应用程序中提供数据的文本框控件名一致）。

④ 制作图形画面。

画面名称：数据交换；图形画面中有一个文本对象"###"。

⑤ 建立动画连接。

将文本对象"###"的"字符串输出"属性与 I/O 字符串变量"fromVBtoView"连接。

将设计的画面全部存储并配置成主画面。

（3）调试与运行。

先启动 VB 应用程序，再运行 KingView 画面程序。

改变 VB 画面文本框中的数字，这时就可在 KingView 画面文本框中看到从 VB 传递过来的数值，如图 5-25 所示。

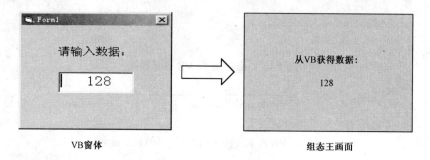

图 5-25　VB 向 KingView 传递数据

5.3.2　模拟量输出

1．建立新工程项目

运行组态王程序，出现组态王工程管理器画面。

为建立一个新工程，执行以下操作：

（1）在工程管理器中选择菜单"文件\新建工程"或单击快捷工具栏"新建"命令，出现"新建工程向导之一——欢迎使用本向导"对话框。

（2）单击"下一步"按钮，出现"新建工程向导之二——选择工程所在路径"对话框。选择或指定工程所在路径。如果需要更改工程路径，请单击"浏览"按钮。

（3）单击"下一步"按钮，出现"新建工程向导之三——工程名称和描述"对话框。在对话框中输入工程名称"AO"（必须，可以任意指定）；在工程描述中输入"模拟量输出项目"（可选）。

（4）单击"完成"按钮，新工程建立，单击"是"按钮，确认将新建的工程设为组态王当前工程，此时组态王工程管理器中出现新建的工程。

2．制作图形画面

在工程浏览器左侧树形菜单中选择"文件/画面"，在右侧视图中双击"新建"，出现画面属性对话框，输入画面名称"模拟量输出"，设置画面位置、大小等，然后单击"确定"按钮，进入组态王开发系统，此时工具箱自动加载。

在开发系统工具箱中为图形画面添加 4 个文本对象（"0 通道输出电压值："、"1 通道输出电压值："、"000"、"000"）；2 个按钮控件"输出"、"关闭"。

设计的图形画面如图 5-26 所示。

3．定义板卡设备

在组态王工程浏览器的左侧选择"设备"中的"板卡"，在右侧双击"新建…"，运行"设备配置向导”。

（1）选择：设备驱动→智能模块→研华 PCI 板卡→YHPCI1710→ YHPCI1710，如图 5-27
所示。

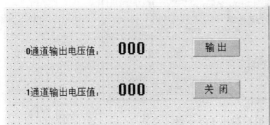

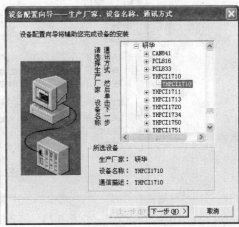

图 5-26　按钮图形画面　　　　　　　　　　　图 5-27　选择板卡设备

（2）单击“下一步”按钮，给要安装的设备指定唯一的逻辑名称，如“PCI1710HG”。

（3）单击“下一步”按钮，给要安装的设备指定地址：“C000”。组态王的设备地址即
PCI 卡的端口地址，可查看 Windows 设备管理器分配的端口地址，如为“C000”，则组态王
设备地址一栏中填入“C000”。该地址与板卡所在插槽的位置有关。

（4）单击“下一步”按钮，不改变通信参数。再单击“下一步”按钮，显示所安装设备
的所有信息。请检查各项设置是否正确，确认无误后，单击“完成”按钮。

设备定义完成后，可以在工程浏览器的右侧看到新建的外部设备 “PCI1710”。在左侧
看到设备逻辑名称“PCI1710HG”。

在定义数据库变量时，只要把 I/O 变量连接到这台设备上，它就可以和组态王交换数
据了。

4. 定义 I/O 变量

在工程浏览器的左侧树形菜单中选择“数据库/数据词典”，在右侧双击“新建”，弹出“定
义变量”对话框。

（1）定义变量“模拟量输出 0”。

变量类型选“I/O 实数”。最小值，最大值可按计算机输出电压范围（0～10V）确定；最
小原始值为“2048”（对应输出 0 V），最大原始值为“4095”（对应输出 10 V）；连接设备选
“PCI1710HG”，寄存器为“DA0”，数据类型选“USHORT”，读写属性选“只写”，如图 5-28
所示。

按同样的方法定义变量“模拟量输出 1”，寄存器选“DA1”，其他参数与变量“模拟量
输出 0”一样。

（2）定义变量“电压 0”。

变量类型选“内存实数”。最小值设为“0”，最大值设为“10”，如图 5-29 所示。

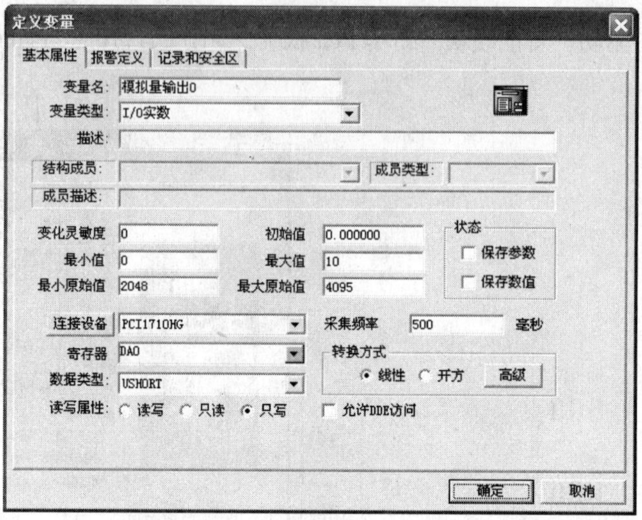

图 5-28　定义模拟量输出 I/O 变量

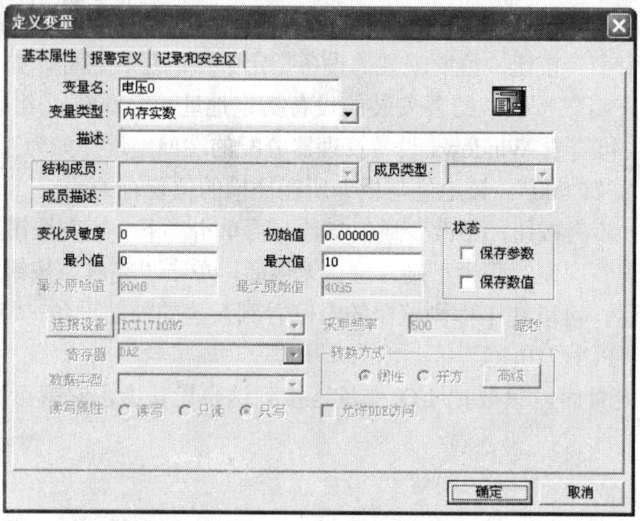

图 5-29　定义内存实数变量

按同样的方法定义变量"电压1"，最小值设为 0，最大值设为 10。

5. 建立动画连接

（1）建立输出电压值显示文本对象动画连接。双击画面中 0 通道输出电压值显示文本对象"000"，出现动画连接对话框，将"模拟值输出"属性与变量"电压0"连接，输出格式：整数"1"位，小数"1"位；将"模拟值输入"属性与变量"电压 0"连接，值范围：最大设为 10，最小设为"0"，如图 5-30 所示。按同样的方法将 1 通道输出电压值显示文本对象"000"与变量"电压1"连接起来。

（2）建立"输出"按钮对象的动画连接。双击画面中按钮对象"输出"，出现动画连接对话框，选择命令语言连接功能，单击"弹起时"按钮，在"命令语言"编辑栏中输入以下命令：

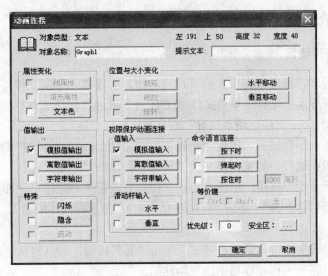

图 5-30　建立文本对象 000 的动画连接

\\本站点\模拟量输出 0=\\本站点\电压 0；
\\本站点\模拟量输出 1=\\本站点\电压 1；

（3）建立"关闭"按钮对象的动画连接。双击画面中按钮对象"关闭"，出现动画连接对话框，选择命令语言连接功能，单击"弹起时"按钮，在"命令语言"编辑栏中输入命令"exit(0);"。

6．调试与运行

将设计的画面全部存储并配置成主画面，启动画面运行程序。

单击 0 通道输出电压显示文本，出现一个输入对话框，如图 5-31 所示，输入 1 个数值，如 2.5（范围 0~10），单击"确定"按钮，同样在 1 通道输出电压显示文本中输入 1 个数值。单击"输出"按钮，线路中模拟电压输出 0 通道、1 通道输出相应的电压值，如图 5-32 所示。

程序运行画面如图 5-32 所示。

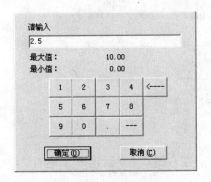

图 5-31　输入数值对话框

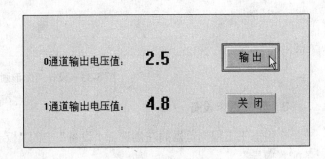

图 5-32　程序运行画面

如果没有模拟输出电压，可运行设备测试程序：在研华设备管理程序"Advantech Device Manager"对话框中单击"Test"按钮，出现"Advantech Device Test"对话框，通过选择"Analog Output"项进行测试。如果没有问题，再重新运行组态程序。

5.3.3　数字量输入

1．建立新工程项目

运行组态王程序，出现组态王工程管理器画面。为建立一个新工程，执行以下操作：

（1）在工程管理器中选择菜单"文件\新建工程"或选择快捷工具栏"新建"命令，出现"新建工程向导之一——欢迎使用本向导"对话框。

（2）单击"下一步"按钮，出现"新建工程向导之二——选择工程所在路径"对话框。选择或指定工程所在路径。如果需要更改工程路径，单击"浏览"按钮。

（3）单击"下一步"按钮，出现"新建工程向导之三——工程名称和描述"对话框。在对话框中输入工程名称"DI"（必须，可以任意指定）；在工程描述中输入"数字量输入项目"（可选）。

（4）单击"完成"按钮，新工程建立，单击"是"按钮，确认将新建的工程设为组态王当前工程，此时组态王工程管理器中出现新建的工程。

2．制作图形画面

在工程浏览器左侧树形菜单中选择"文件/画面"，在右侧视图中双击"新建"，出现画面属性对话框，输入画面名称"数字量输入"，设置画面位置、大小等，然后单击"确定"按钮，进入组态王开发系统，此时工具箱自动加载。

（1）执行菜单"图库/打开图库"命令，为图形画面添加 8 个指示灯对象。

（2）在开发系统工具箱中为图形画面添加 8 个文本对象，标签分别为 DI1～DI8；1 个按钮对象"关闭"等。

设计的图形画面如图 5-33 所示。

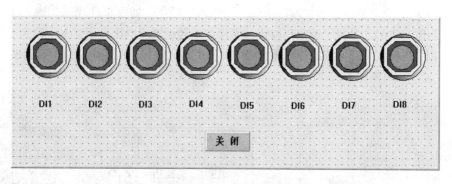

图 5-33　设计的图形画面

3．定义板卡设备

在组态王工程浏览器的左侧选择"设备"中的"板卡"，在右侧双击"新建…"，运行"设备配置向导"。

（1）选择：设备驱动→智能模块→研华 PCI 板卡→YHPCI1710→ YHPCI1710，如图 5-34 所示。

（2）单击"下一步"按钮，给要安装的设备指定唯一的逻辑名称，如"PCI-1710HG"。

（3）单击"下一步"按钮，给要安装的设备指定地址："C000"（与板卡所在插槽的位置有关）。组态王的设备地址即 PCI 卡的端口地址，可查看 Windows 设备管理器分配的端口地址，如为 C400，则组态王设备地址一栏中填入 C400。该地址与板卡所在插槽的位置有关。

（4）单击"下一步"按钮，不改变通信参数。再单击"下一步"按钮，显示所安装设备的所有信息。请检查各项设置是否正确，确认无误后，单击"完成"按钮。

设备定义完成后，可以在工程浏览器的右侧看到新建的外部设备"PCI1710"。在左侧看到设备逻辑名称"PCI1710HG"。

在定义数据库变量时，只要把 I/O 变量连接到这台设备上，它就可以和组态王交换数据了。

图 5-34　选择板卡设备

4. 定义变量

在工程浏览器的左侧树形菜单中选择"数据库/数据词典"，在右侧双击"新建"，弹出"定义变量"对话框。

（1）定义变量"开关量输入"。数据类型选"I/O 整数"，连接设备选"PCI1710HG"，寄存器为"DI"，数据类型选"USHORT"，读写属性选"只读"，如图 5-35 所示。

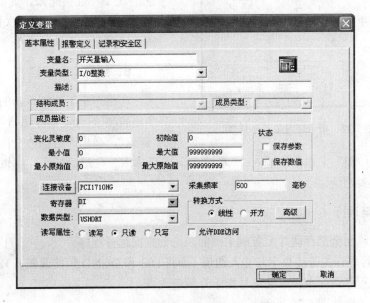

图 5-35　定义开关量输入 I/O 变量

（2）定义变量"指示灯 1"：变量类型为选"内存离散"，初始值选"关"，如图 5-36 所示。

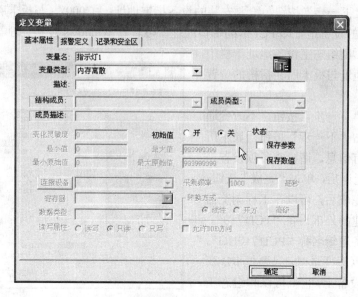

图 5-36　定义内存离散变量"指示灯 0"

同样定义 7 个内存离散变量，变量名分别为"指示灯 2"～"指示灯 8"。

图 5-37　指示灯对象动画连接

5．建立动画连接

（1）建立信号指示灯对象动画连接。将各指示灯对象分别与变量"指示灯 1"～"指示灯 8"连接起来，如图 5-37 所示。

（2）建立按钮对象"关闭"动画连接。按钮"弹起时"执行命令"exit(0)；"。

6．编写命令语言

在组态王工程浏览器的左侧选择"命令语言/数据改变命令语言"，在右侧双击"新建"，弹出"数据改变命令语言"对话框，在"变量[.域]"文本框中输入"\\本站点\开关量输入"（或选择），在编辑栏中输入相应语句，如图 5-38 所示。

7．调试与运行

将设计的画面全部存储并配置成主画面，启动画面运行程序。

将按钮、行程开关等接数字量输入通道（如将 DI3 和 DGND 短接或断开），产生数字（开关）信号，使程序画面中相应的信号指示灯颜色改变。

程序运行画面如图 5-39 所示。

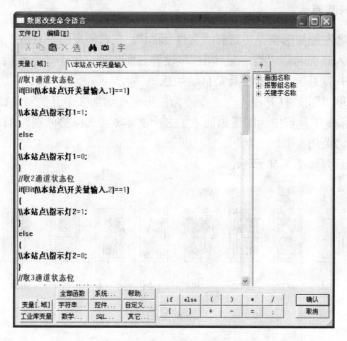

图 5-38　取各通道状态位程序

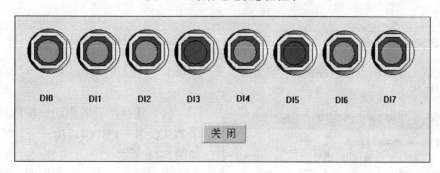

图 5-39　程序运行画面

5.3.4　数字量输出

1. 建立新工程项目

运行组态王程序，出现组态王工程管理器画面。为建立一个新工程，执行以下操作：

（1）在工程管理器中选择菜单"文件\新建工程"或选择快捷工具栏"新建"命令，出现"新建工程向导之一——欢迎使用本向导"对话框。

（2）单击"下一步"按钮，出现"新建工程向导之二——选择工程所在路径"对话框。选择或指定工程所在路径。如果需要更改工程路径，请单击"浏览"按钮。

（3）单击"下一步"按钮，出现"新建工程向导之三——工程名称和描述"对话框。在对话框中输入工程名称"DO"（必须，可以任意指定）；在工程描述中输入"数字量输出"（可选）。

（4）单击"完成"按钮，新工程建立，单击"是"按钮，确认将新建的工程设为组态王当前工程，此时组态王工程管理器中出现新建的工程。

2．制作图形画面

在工程浏览器左侧树形菜单中选择"文件/画面"，在右侧视图中双击"新建"，出现画面属性对话框，输入画面名称"数字量输出"，设置画面位置、大小等，然后单击"确定"按钮，进入组态王开发系统，此时工具箱自动加载。

（1）执行菜单"图库/打开图库"命令，为图形画面添加 8 个开关对象。

（2）在开发系统工具箱中为图形画面添加 8 个文本对象（标签分别为"DO1"～"DO8"）和 1 个按钮控件"关闭"。

设计的图形画面如图 5-40 所示。

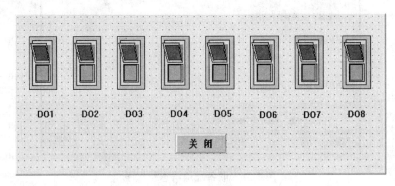

图 5-40　图形画面

3．定义板卡设备

在组态王工程浏览器的左侧选择"设备"中的"板卡"，在右侧双击"新建…"，运行"设备配置向导"。

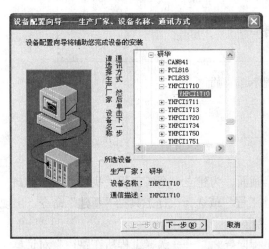

图 5-41　选择板卡设备

（1）选择：设备驱动→智能模块→研华 PCI 板卡→YHPCI1710→ YHPCI1710，如图 5-41 所示。

（2）单击"下一步"按钮，给要安装的设备指定唯一的逻辑名称，如"PCI1710HG"。

（3）单击"下一步"按钮，给要安装的设备指定地址："C000"。组态王的设备地址即 PCI 卡的端口地址，可查看 Windows 设备管理器分配的端口地址，如为 C400，则组态王设备地址一栏中填入 C400。该地址与板卡所在插槽的位置有关。

（4）单击"下一步"按钮，不改变通信参数。再单击"下一步"按钮，显示所安装设备的所有信息。请检查各项设置是否正确，确认无误后，单击"完成"按钮。

设备定义完成后，可以在工程浏览器的右侧看到新建的外部设备 "PCI1710"。在左侧看到设备逻辑名称"PCI1710HG"。

在定义数据库变量时，只要把 I/O 变量连接到这台设备上，它就可以和组态王交换数据了。

4．定义变量

在工程浏览器的左侧树形菜单中选择"数据库/数据词典"，在右侧双击"新建"，弹出"定义变量"对话框。

（1）定义变量"开关量输出"：数据类型选"I/O 整数"，连接设备选"PCI-1710HG"，寄存器为"DO"，数据类型选"USHORT"，读写属性选"只写"，如图 5-42 所示。

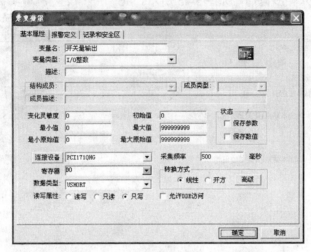

图 5-42　定义开关量输出 I/O 变量

（2）定义变量"开关 1"：变量类型选"内存离散"，初始值选"关"，如图 5-43 所示。

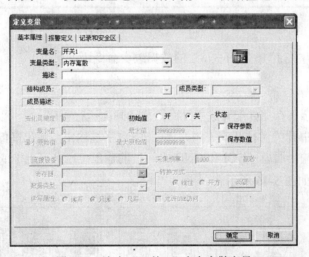

图 5-43　定义"开关 0"内存离散变量

同样定义 7 个内存离散变量，变量名分别为"开关 2"～"开关 8"。

5．建立动画连接

（1）建立开关对象动画连接：将各开关对象分别与变量"开关 1"～"开关 8"连接起来，如图 5-44 所示。

（2）建立按钮对象"关闭"动画连接：按钮"弹起

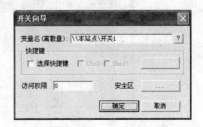

图 5-44　开关对象动画连接

时"执行命令"exit(0);"。

6. 编写命令语言

在组态王工程浏览器的左侧选择"命令语言/数据改变命令语言",在右侧双击"新建",弹出"数据改变命令语言"对话框,在"变量[.域]"文本框中输入"\\本站点\开关1"(或选择),在编辑栏中输入相应语句,如图 5-45 所示。

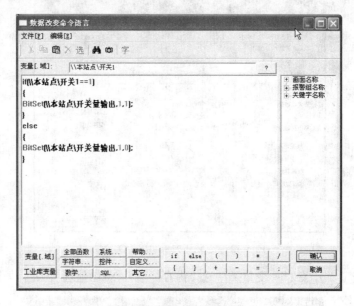

图 5-45　数据改变命令语言

同样,编写"开关2"～"开关8"的数据改变命令语言。

7. 调试与运行

将设计的画面全部存储并配置成主画面,启动画面运行程序。

单击程序画面中开关(打开或关闭),线路中数字量输出口输出高低电平。可使用万用表直接测量数字量输出通道(DOi 和 GND 之间)的输出电压(高电平或低电平)。

程序运行画面如图 5-46 所示。

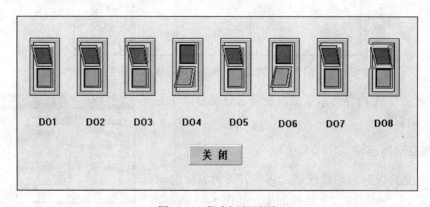

图 5-46　程序运行画面

第6章　基于 USB 数据采集板的控制应用

工业控制等场合往往需要用 PC 或工控机对各种数据进行采集，如液位、温度、压力等，通常数据采集系统是通过串行口、并行口或内部总线等与计算机连接的，但是它们都有一个共同的缺点，即安装不太方便，灵活性受到限制。目前常用的数据采集板卡易受机箱内环境干扰而导致数据采集失真，容易受计算机插槽数量和地址、中断资源限制，不可能挂接很多设备，可扩展性差。

USB 总线的出现很好地解决了以上问题。目前 USB 接口已经成为计算机的标准设备，它具有通用、高速、支持热插拔等优点，非常适合在数据采集中应用。

6.1　USB 总线概述

　　USB 串行总线是一种电缆总线，它是一种新型的外设接口标准，其基本思路是采用通用连接器和自动配置及热插拔技术和相应的软件，实现资源共享和外设的简单快速连接。USB 和 IEEE 1394 的出现，解决了目前微机系统中，外设与 CPU 连接因为接口标准互不兼容而无法共享所带来的安装与配置困难的问题。由于微软在 Windows 98 及以后的操作系统中内置了 USB 接口模块，加上 USB 设备日益增多，因此使 USB 成为目前流行的外设接口。

6.1.1　USB 的基本概念

　　若从 USB 的字面意思来看，其英文全称是 Universal Serial Bus，而直接翻译成中文是"通用串行总线"。这是由包括 Compaq、Digital Equipment Corp.（现在属于 Compaq）、IBM、Intel、Microsoft、NEC 及 Northern Telecom 共 7 家主要的计算机与电子科技大厂所研发与设计出来的。

　　USB 是一种标准的连接接口，在把外面的设备与计算机连接时，允许不必重新配置与设计系统，也不必打开机壳和另外调整接口卡的指拨开关。在 USB 连接上计算机时，计算机会自动识别这些外围设备，并且配置适当的驱动程序，用户无须再另外重新设置。通过 USB 接口，实现了即插即用与热插拔的特性，用户即可迅速方便地连接 PC 主机的各种外围设备。

USB 的另一特点是在连接 PC 主机时，对所有 USB 接口设备，提供了一种"全球通用"的标准连接器（A 型与 B 型）。这些连接器将取代所有的各种传统外围端口，如串行端口、并行端口及游戏接口等。此外，USB 接口还可以允许将多达 127 个接口设备同时串接到 PC 一个外部的 USB 接口上。这样，就不必像传统现有的串行端口或并行端口那样，一个端口仅能接一个接口设备。USB 接口不仅降低了 PC 主机的成本，也能大大地简化与"清空"PC 主机后侧的各种连接缆线复杂混乱的现状。

相对的，对于接口设备的制造商而言，也能降低成本，因为他们不再需要为每一种接口设备分别设计与生产各种型号的产品。因此，USB 接口除了可作为标准接口设备的应用之外，还逐渐成为各种新型设备（包括数据采集、测量设备等产品）的通用标准连接接口，颇有"一统江湖"的趋势。当然，USB 接口并非是万能的，目前所面临的问题，主要是在带宽的分配及各种设备的兼容性上。但随着新的 USB 2.0 版的推出，已大幅地提升宽带速率，解决了带宽不足的问题。

下面列出 USB 的诸多特性与优点：

（1）USB 接口统一了各种接口设备的连接头，如通信接口、打印机接口、显示器输出和音效输入/输出设备、存储设备等，都采用相同的 USB 接口规范。USB 接口就像是"万用接头"，只要将插头插入，一切就可迎刃而解。

（2）即插即用（plug-and-play），并能自动检测与配置系统的资源。再者，无须系统资源的需求，即 USB 设备不需要另外设置 IRQ 中断、I/O 地址及 DMA 等的系统资源。

（3）具有"热插拔"（hot attach & detach）的特性。在操作系统已开机的执行状态中，随时可以插入或拔离 USB 设备，而不需要再另外关闭电源。

（4）USB 接口规范 1.1 中的 12Mbps 的传送速度可满足大部分的使用需求。当然，快速的 2.0 规范，提供更佳的传输率。

（5）USB 最多可以连接 127 个接口设备。因为 USB 接口使用 7 位的寻址字段，所以 2 的 7 次方等于 128。若扣掉 USB 主机预设给第一次接上的接口设备使用，还剩 127 个地址可以使用。因此一台计算机最多可以连接 127 个 USB 设备。

（6）单一专用的接头型号。所有 USB 外围设备的接头型号应完全统一（A 型与 B 型），并且可以使用 USB 集线器来增加扩充的连接端口的数目。

简而言之，USB 整体功能就是简化外部接口设备与主机之间的连线，并利用一条传输缆线来串接各类型的接口设备（如打印机的并行端口、调制解调器的串行端口），解决了现今主机后面一大堆缆线乱绕的困境。它最大的好处是可以在不需要重新开机的情况之下安装硬件。而 USB 在设计上可以让高达 127 个接口设备在总线上同时运行，并且拥有比传统的 RS-232 串行与并行接口快许多的数据传输速度。

6.1.2 USB 的总线结构

USB 的总线结构是采用阶梯式星形的拓扑结构，如图 6-1 和图 6-2 所示。

每一个星形的中心是集线器，而每一个设备可以通过集线器上的接口来加以连接。从图 6-2 中可以看到 USB 的设备包含了两种类型：USB 集线器与 USB 设备。位于最顶端的就是 Host（主机端）。从 Host 的联机往下连接至 Hub（集线器），再由集线器按阶梯式以一层或一阶的方式往下扩展出去，连接在下一层的设备或另一个集线器上。事实上，集线器也可视为一种设备。而其中最大层数为 6 层（包括计算机内部的根集线器）。每一个星形的外接点的数目可加以变化，一般集线器具有 2、4 或 7 个接口。

此处的主机端通常是指 PC 主机。当然，主机端因具有根集线器，因此也含有集线器的功能。而集线器是在 USB 规范中特别定义出来的外围设备，除了扩增系统的连接点外，还负责中继上端/下端的信号及控制各个下端端口的电源管理。至于另一个设备，即是用户常见的外围设备。但在 USB 规范书中，称这种设备为"功能"，意味着此系统提供了某些"能力"，如具有键盘或鼠标等功能。当然不同的外围设备可以具有不同的功能，基于使用上的习惯，在本书中都以设备称之。

通过这种阶梯式星形的连接方式，最多可同时连接 127 个设备。

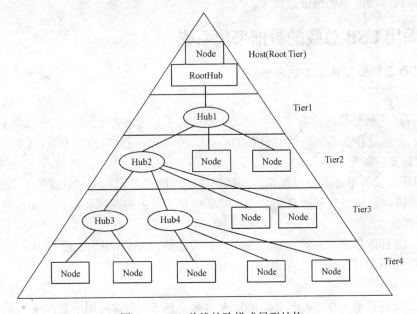

图 6-1　USB 总线的阶梯式星形结构

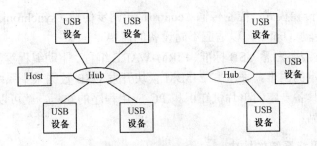

图 6-2　USB 总线的拓扑结构

当 USB 2.0 与 1.1 规范的设备混合使用时，整个总线上交杂着高速/全速的设备与集线器。唯有在 USB 2.0 集线器与 USB 2.0 设备的连接下，才具备高速总线带宽的特性。

当 PC 主机开机前，已有一些外围设备连接上 USB 总线，那么 PC 是如何对所有连接至主机端的外围设备加以区分并寻址呢？

首先，PC 一接上电源时，所有连接上 USB 的设备与集线器都会预设为地址 0。此时，所有的下端端口的连接器都处于禁用且为失效的状态。然后，PC 主机就会向整个 USB 总线查询。若发现第 1 个设备，比如说是鼠标，就将地址 1 分配给鼠标。然后再往下寻找第 2 个地址，且目前仍为 0 的设备或集线器。若发现是集线器，就将地址 2 分配给此集线器，并激活其所扩充的第 1 个下端端口的连接器。而后再沿此连接器一直往下寻找第 3 个地址，且仍为 0 的设备或集线器。这样重复地寻找与分配地址，直到所有的外围设备都赋予了新的地址，或已达到 127 个外围设备的极限为止。

这种过程类似于将各个设备分别加以列举的程序，称为设备列举。当然，主机在配置新地址的同时，PC 主机还要为每个新设备或集线器加载其所使用的驱动程序。

若在此时一个新的设备被接上，PC 主机就会预设此设备为地址 0，且 PC 就会确认并加载其相对应的驱动程序，并分配一个尚未使用到的新地址给它。而一旦某个设备突然被拔离后，PC 可经过 D+或 D−差动信号线的电压变化来检测此设备被移除掉，然后就将其地址收回，并列入可使用的地址数值中。

6.1.3　采用 USB 总线的数据采集系统

1．USB 总线数据采集的优点

1）速度快

USB 有高速和低速两种方式，主模式为高速模式，速率为 12Mb/s。另外为了适应一些不需要很大吞吐量和很高实时性的设备（如鼠标等），USB 还提供低速方式，速率为 1.5Mb/s。

2）设备安装和配置容易

安装 USB 设备不必再打开机箱，加减已安装过的设备无须关闭计算机。所有 USB 设备支持热插拔，系统对其进行自动配置，彻底抛弃了过去的跳线和拔码开关设置。

3）易扩展

通过使用 Hub 扩展，可连接多达 127 个外设。标准 USB 电缆长度为 3m（5m 低速）。通过 Hub 或中继器可以使外设距离达到 30m。

4）能够采用总线供电

USB 总线提供最大达 5V 电压、500mA 电流。该 5V 电源可用于数据采集系统中。

5）使用灵活

USB 共有 4 种传输模式：控制传输（control）、同步传输（synchronization）、中断传输（interrupt）、批量传输（bulk），以适应不同设备的需要。

一般 USB 开发需要熟悉 USB 标准、FIRM-WARE 编程、驱动编程等，这对于没有 USB 经验的开发者有一定的困难。采用 FT245BM 模块开发 USB 数据采集系统，开发者无须编写驱动程序，只需具备一定的单片机知识和 PC 应用程序的知识，就可以很快地开发 USB 接口的数据采集产品。

2．USB 数据采集系统的构成

一个实用的 USB 数据采集系统包括 A/D 转换器、微控制器及 USB 通信接口。为了扩展其用途，还可以加上多路模拟开关和数字 I/O 端口，如图 6-3 所示。

系统的 A/D 转换、数字 I/O 的设计可沿用传统的设计方法，根据采集的精度、速率、通道数等诸元素选择合适的芯片，设计时应充分注意抗干扰的性能，尤其对 A/D 转换采集更是如此。

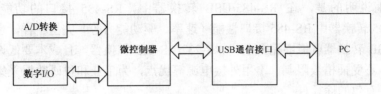

图 6-3　USB 数据采集系统的构成

在微控制器和 USB 接口的选择上有两种方式，一种是采用普通单片机加上专用的 USB 通信芯片。现在的专用芯片中较流行的有 National Semiconductor 公司的 USBN9602，Scan-Logic 公司的 SL11 等。采用 Atmel 公司的 89c51 单片机和 USBN9602 芯片构成的系统，其设计和调试比较麻烦，成本相对而言也比较高。

另一种方案是采用具备 USB 通信功能的单片机。随着 USB 应用的日益广泛，Intel，Cypress，Philips 等芯片厂商都推出了具备 USB 通信接口的单片机。这些单片机处理能力强，有的本身就具备多路 A/D 转换器，构成系统的电路简单，调试方便，电磁兼容性好，因此采用具备 USB 接口的单片机是构成 USB 数据采集系统较好的方案。不过，由于具备了 USB 接口，这些芯片与过去的开发系统通常是不兼容的，需要购买新的开发系统，投资较高。

USB 的一大优点是可以提供电源。在数据采集设备中耗电量通常不大，因此可以设计成采用总线供电的设备。

Windows 提供了多种 USB 设备的驱动程序，但没有一种是专门针对数据采集系统的，所以必须针对特定的设备来编制驱动程序。尽管系统已经提供了很多标准接口函数，但编制驱动程序仍然是 USB 开发中最困难的一件事情，通常采用 Windows DDK 来实现。目前，有许多第三方软件厂商提供了各种各样的生成工具，像 Compuware 的 DriverWorks，BlueWaters 的 DriverWizard 等，它们能够很容易地在几分钟之内生成高质量的 USB 的驱动程序。

3. 实现 USB 远距离采集数据传输

传输距离是限制 USB 在工业现场应用的一个障碍，即使增加了中继或 Hub，USB 传输距离通常也不超过几十米，这对工业现场而言显然是太短了。

现在工业现场有大量采用 RS-485 总线传输数据的采集设备。RS-485 有其固有的优点，即它的传输距离可以达到 1200m 以上，并且可以挂接多个设备。其不足之处在于传输速度慢，采用总线方式，设备之间相互影响，可靠性差等。RS-485 的这些缺点恰好能被 USB 所弥补，而 USB 传输距离的限制恰好又是 RS-485 的优势所在。如果能将两者结合起来，优势互补，就能够产生一种快速、可靠、低成本的远距离数据采集系统。

将 USB 与 RS-485 结合构建数据采集系统的基本思路是：在采集现场，用 RS-485 总线模块将传感器采集到的模拟量数字化以后，利用 RS-485 总线协议将数据上传。在 PC 端有一个双向 RS-485/USB 的转换接口，利用这个转换接口接收 RS-485 总线模块的数据并通过 USB 接口传输至 PC 进行分析处理。而 PC 向数据采集设备发送数据的过程正好相反：PC 向 USB 口发送数据，数据通过 RS-485/USB 转换接口转换为 RS-485 总线协议向远端输送，如图 6-4 所示。

在图 6-4 中，关键设备是 RS-485/USB 转换器。这样的设备在国内外都已经面市。已有用 National Semiconductor 公司的 USBN9602+89c51+MAX485 实现过这一功能，在实际应用中取得了良好效果的工程实例。

需要特别说明的是，在 RS-485/USB 转换器中，RS-485 接口的功能和通常采用 RS-232/RS-485 转换器中 RS-485 接口性能（速率、驱动能力等）完全一样，也就是说，一个 RS-485/USB 转换器就能够完全取代 RS-232/RS-485 转换器，且成本要低许多，同时具有安装方便、不受插槽数限制、不用外接电源等优点，为工业和科研数据采集提供了一条方便、廉价、有效的途径。

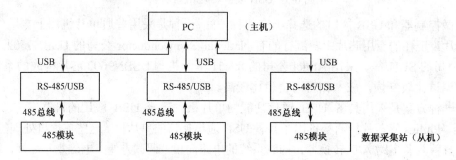

图 6-4　USB 与 RS-485 结合实现远距离数据采集

这种传输系统适用于一些有多个空间上相对分散的工作点，而每个工作点又有多个数据需要进行采集和传输的场合，如大型粮库，每个粮仓在空间上相对分散，而每个粮仓又需要采集温度、湿度、CO_2 浓度等一系列数据。在这样的情况下，每一个粮仓可以分配一条 RS-485 总线，将温度、湿度、CO_2 浓度等数据采集设备都挂接到 RS-485 总线上，然后每个粮仓再通过 485 总线传输到监控中心，并转换为 USB 协议传输到 PC。由于粮仓的各种数据监测实时性要求不是很高，因此采用这种方法可以用一台 PC 完成对一座大型粮库的所有监测工作。

综上所述，USB 的数据传输速率大大高于 RS-485，而 RS-485 总线具有传输距离远，且每条 RS-485 总线上可以挂接多个设备的特点。采取 USB 与 RS-485 总线结合，可形成分布式数据采集传输系统结构。

6.2　系统设计说明

6.2.1　设计任务

利用 KingView 编写程序实现 PC 与 USB-4711A 数据采集模块自动化控制。任务要求如下。

1．模拟电压输入

USB 数据采集模块将输入电压值（范围：0～5V）传送给 PC 并以数值形式显示。

2．模拟电压输出

在 PC 程序界面中输入数值（范围：0～5）并发出，在 USB 数据采集模块模拟量输出口输出同样大小的电压值（0～5V）。

3．数字量输入

利用开关产生数字（开关）信号（0 或 1）作用于采集模块数字量输入通道，使 PC 程序界面中信号指示灯颜色改变。

4．数字量输出

在 PC 程序界面中执行打开/关闭命令，USB 数据采集模块开关量输出口输出高低电平。

6.2.2　硬件系统

1．线路连接

PC 与 USB-4711A 数据采集模块组成数据采集与控制系统如图 6-5 所示，二者通过 USB 电缆连接。

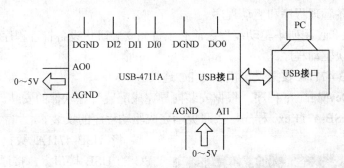

图 6-5　PC 与 USB-4711A 数据采集模块组成数据采集与控制系统

模拟电压输入：在模拟量输入 1 通道（端点 AI1 和端点 AGND）接 0～5V 输入电压。

模拟电压输出：不需连线。使用万用表直接测量 AO0 与 AGND 之间的输出电压（0～5V）。

数字量输入：按钮、行程开关等的常开触点接数字量输入端口（端点 DI0、DI1、DI2 与端点 DGND 之间）。

数字量输出：不需连线。使用万用表直接测量数字量输出端口，即端点 DO0 与端点 DGND 之间的输出电压（高电平或低电平）。

2．USB-4711A 数据采集模块简介

USB-4711A 即插即用型数据采集模块，如图 6-6 所示，无须打开计算机机箱来安装板卡，仅需插上模块，便可以采集到数据，简单高效。它在工业应用中足够可靠和稳定，却并不昂贵。

图 6-6　USB-4711A 模块

USB-4711A 给任何带有 USB 端口的计算机增加测量和控制能力的最佳途径。它通过 USB 端口获得所有所需的电源，无须连接外部的电源。

主要特点如下：

● 支持 USB 2.0。

- 便携设计。
- 总线供电。
- 16 路模拟输入通道。
- 12 位分辨率。
- 采样速率高达 150kS/s。
- 8 路 DI、8 路 DO、2 路 AO 和 1 路 32 位计数器。
- 带有接线端子。
- 适合 DIN 导轨安装。
- 锁紧式 USB 电缆用于紧固式连接。

3. USB-4711A 数据采集模块的软件安装

进入研华公司官方网站 www.advantech.com.cn 找到并下载下列程序：设备管理程序 DevMgr.exe 和驱动程序 USB-4711.exe 等。

1）安装设备管理程序和驱动程序

在测试模块和使用研华驱动编程之前必须首先安装研华设备管理程序 Device Manager 和 32bitDLL 模块驱动程序。

不要将 USB-4711A 数据采集模块与 PC 连接。

首先执行 DevMgr.exe 程序，根据安装向导完成配置管理软件的安装。

接着执行 USB-4711.exe 程序，按照提示完成驱动程序的安装。

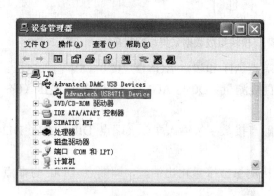

图 6-7 设备管理器中的模块信息

将 USB-4711A 数据采集模块连接到 PC 的 USB 接口上，接通模块电源，出现"找到新的硬件向导"对话框，选择"自动安装软件"项，单击"下一步"按钮，计算机将自动完成驱动程序的安装。

检查模块是否安装正确：右击"我的电脑"，单击"属性"项，弹出"系统属性"对话框，选中"硬件"项，单击"设备管理器"按钮，进入"设备管理器"画面，若模块安装成功后会在设备管理器列表中出现 USB-4711 模块的设备信息，如图 6-7 所示。

2）配置模块

在测试模块和使用研华驱动编程之前必须首先对模块进行配置，通过研华设备配置软件 Device Manager 来实现。

从开始菜单/所有程序/Advantech Automation/Device Manager 打开设备管理程序 Advantech Device Manager，如图 6-8 所示。

当计算机上已经安装好某个产品的驱动程序后，设备管理软件支持的设备列表前将没有红色叉号，说明驱动程序已经安装成功，如图 6-8 中 Supported Devices 列表的 Advantech USB-4711 前面就没有红色叉号，选中该设备，单击"Add"按钮，该模块信息就会出现在 Installed Devices 列表中。

图 6-8　配置模块

单击"Setup"按钮，弹出"USB4711A Device Setting"对话框，如图 6-9 所示，在对话框中可以设置 AI 通道是单端输入还是差分输入，可以设置两个 AO 输出通道基准电压的大小（0～5V 还是 0～10V），设置好后，单击"OK"按钮即可。

到此，USB-4711A 数据采集模块的硬件和软件已经安装完毕，可以进行模块测试。

3）模块测试

可以利用模块附带的测试程序对模块的各项功能进行测试。

运行设备测试程序：在研华设备管理程序 Advantech Device Manager 对话框中单击"Test"按钮，出现"Advantech Device Test"对话框，通过不同选项卡可以对板卡的"Analog Input"、"Analog Output"、"Digital Input"、"Digital Output"、"Counter"等功能进行测试。

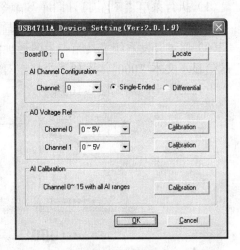

图 6-9　模块设置

6.3　数据采集与控制应用程序设计

6.3.1　模拟量输入

1．建立新工程项目

运行组态王程序，出现组态王工程管理器画面。为建立一个新工程，执行以下操作：

（1）在工程管理器中选择菜单"文件\新建工程"或单击快捷工具栏"新建"命令，出现"新建工程向导之一——欢迎使用本向导"对话框。

（2）单击"下一步"按钮，出现"新建工程向导之二——选择工程所在路径"对话框。选择或指定工程所在路径。如果用户需要更改工程路径，请单击"浏览"按钮。如果路径或文件夹不存在，请创建。

（3）单击"下一步"按钮，出现"新建工程向导之三——工程名称和描述"对话框。在对话框中输入工程名称"AI"（必须，可以任意指定）；在工程描述中输入"模拟电压输入"（可选）。

（4）单击"完成"按钮，新工程建立，单击"是"按钮，确认将新建的工程设为组态王当前工程，此时组态王工程管理器中出现新建的工程。

（5）双击新建的工程名，出现加密狗未找到"提示"对话框，选择"忽略"，出现演示方式"提示"对话框，单击"确定"按钮，进入工程浏览器对话框。

2．制作图形画面

在工程浏览器左侧树形菜单中选择"文件/画面"，在右侧视图中双击"新建"，出现画面属性对话框，输入画面名称"模拟量输入"，设置画面位置、大小等，然后单击"确定"按钮，进入组态王开发系统，此时工具箱自动加载。

（1）执行菜单"图库/打开图库"命令，为图形画面添加1个仪表对象。

（2）通过开发系统工具箱中为图形画面添加1个"实时趋势曲线"控件。

（3）通过开发系统工具箱中为图形画面添加2个文本对象：标签"当前电压值"、当前电压值显示文本"000"，添加1个按钮对象。

设计的图形画面如图6-10所示。

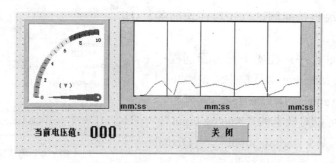

图6-10 图形画面

3．定义设备

在组态王工程浏览器的左侧选择"设备"中的"板卡"，在右侧双击"新建…"，运行"设备配置向导"。

（1）选择设备驱动→智能模块→研华PCI板卡→USB4711→USB，如图6-11所示。

（2）单击"下一步"按钮，给要安装的设备指定唯一的逻辑名称，如"USB4711"。

（3）单击"下一步"按钮，选择串口号，如"COM1"。

（4）单击"下一步"按钮，给要安装的设备指定地址："1"。

（5）单击"下一步"按钮，不改变通信参数。

图 6-11　选择 USB 设备

（6）单击"下一步"按钮，显示所安装设备的所有信息。

（7）请检查各项设置是否正确，确认无误后，单击"完成"按钮。

设备定义完成后，用户可以在工程浏览器的右侧看到新建的外部设备"USB4711"。

在定义数据库变量时，用户只要把 I/O 变量连接到这台设备上，它就可以和组态王交换数据了。

4．定义变量

在工程浏览器的左侧树形菜单中选择"数据库/数据词典"，在右侧双击"新建"，弹出"定义变量"对话框。

定义变量"模拟量输入"：变量类型选"I/O 实数"，变量的最小值设为"0"、最大值设为"5"（按输入电压范围 0～5V 确定）。最小原始值设为 0、最大原始值设为 5。

连接设备选"USB4711"（前面已定义），寄存器选"AI"，输入"1"（表示读取模拟量输入 1 通道输入电压），即寄存器设为"AI1"；数据类型选"FLOAT"；读写属性选"只读"。

变量"模拟量输入"的定义如图 6-12 所示。

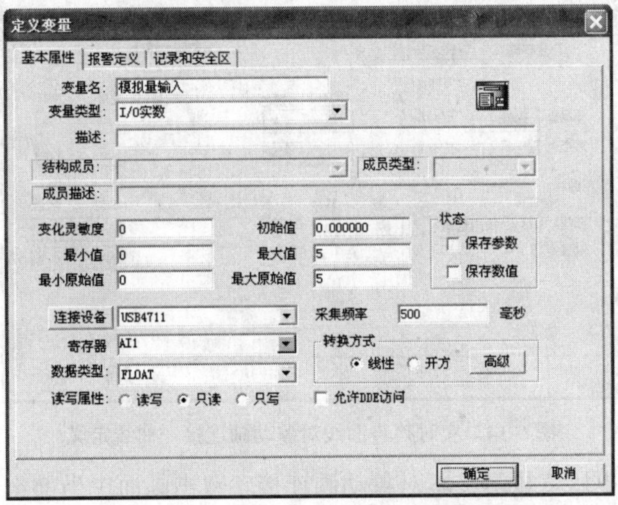

图 6-12　定义模拟量输入 I/O 实数变量

5. 建立动画连接

（1）建立仪表对象的动画连接。双击画面中仪表对象，弹出"仪表向导"对话框，单击变量名文本框右边的"？"号，出现"选择变量名"对话框。选择已定义好的变量名"模拟量输入"，单击"确定"按钮，仪表向导对话框变量名文本框中出现"\\本站点\模拟量输入"表达式，仪表表盘标签改为"（V）"，填充颜色设为白色，最大刻度设为"5"，如图6-13所示。

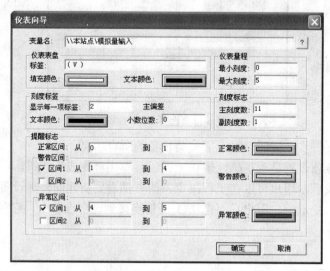

图6-13 仪表对象动画连接

（2）建立实时趋势曲线对象的动画连接。双击画面中实时趋势曲线对象。在曲线定义选项中，单击曲线1表达式文本框右边的"？"号，选择已定义好的变量"模拟量输入"，并设置其他参数值，如图6-14所示。在标识定义选项中，设置数值轴最大值为5，数据格式选"实际值"，时间轴长度设为"2"分钟。

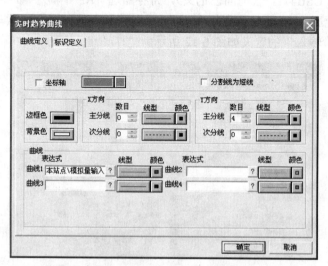

图6-14 实时趋势曲线对象动画连接—曲线定义

（3）建立当前电压值显示文本对象动画连接。双击画面中当前电压值显示文本对象"000"，出现动画连接对话框，将"模拟值输出"属性与变量"模拟量输入"连接，输出格式：整数"1"位，小数"1"位。

（4）建立按钮对象的动画连接。双击按钮对象"关闭"，出现动画连接对话框，选择命令语言连接功能，单击"弹起时"按钮，在"命令语言"编辑栏中输入以下命令："exit(0);"。

6．调试与运行

（1）存储：设计完成后，在开发系统"文件"菜单中执行"全部存"命令将设计的画面和程序全部存储。

（2）配置主画面：在工程浏览器中，单击快捷工具栏上"运行"按钮，出现"运行系统设置"对话框。单击"主画面配置"选项卡，选中制作的图形画面名称"模拟量输入"，单击"确定"按钮即将其配置成主画面。

（3）运行：在工程浏览器中，单击快捷工具栏上"VIEW"按钮启动运行系统。

改变模拟量输入 1 通道输入电压值（范围是 0～5V），程序画面文本对象中的数字、仪表对象中的指针、实时趋势曲线都将随输入电压变化而变化。

程序运行画面如图 6-15 所示。

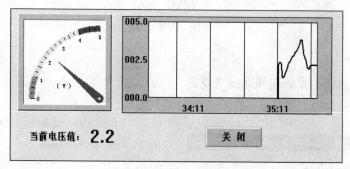

图 6-15　程序运行画面

6.3.2　模拟量输出

1．建立新工程项目

运行组态王程序，出现组态王工程管理器画面。为建立一个新工程，执行以下操作：

（1）在工程管理器中选择菜单"文件\新建工程"或单击快捷工具栏"新建"命令，出现"新建工程向导之一——欢迎使用本向导"对话框。

（2）单击"下一步"按钮，出现"新建工程向导之二——选择工程所在路径"对话框。选择或指定工程所在路径。如果需要更改工程路径，请单击"浏览"按钮。

（3）单击"下一步"按钮，出现"新建工程向导之三——工程名称和描述"对话框。在对话框中输入工程名称"AO"（必须，可以任意指定）；在工程描述中输入"模拟量输出项目"（可选）。

（4）单击"完成"按钮，新工程建立，单击"是"按钮，确认将新建的工程设为组态王当前工程，此时组态王工程管理器中出现新建的工程。

2．制作图形画面

在工程浏览器左侧树形菜单中选择"文件/画面"，在右侧视图中双击"新建"，出现画面属性对话框，输入画面名称"模拟量输出"，设置画面位置、大小等，然后单击"确定"

按钮，进入组态王开发系统，此时工具箱自动加载。

（1）执行菜单"图库/打开图库"命令，为图形画面添加 1 个游标对象。

（2）在开发系统工具箱中为图形画面添加 1 个"实时趋势曲线"控件；2 个文本对象（"输出电压值："、"000"）；1 个按钮控件"关闭"等。

设计的图形画面如图 6-16 所示。

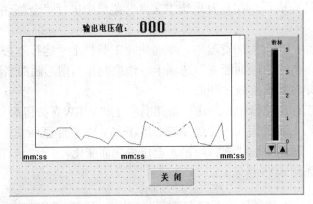

图 6-16　图形画面

3．定义设备

在组态王工程浏览器的左侧选择"设备"中的"板卡"，在右侧双击"新建…"，运行"设备配置向导"。

图 6-17　选择 USB 设备

（1）选择：设备驱动→智能模块→研华 PCI 板卡→USB4711→USB，如图 6-17所示。

（2）单击"下一步"按钮，给要安装的设备指定唯一的逻辑名称，如"USB4711"。

（3）单击"下一步"按钮，选择串口号，如"COM1"。

（4）单击"下一步"按钮，给要安装的设备指定地址："1"。

（5）单击"下一步"按钮，不改变通信参数。

（6）单击"下一步"按钮，显示所安装设备的所有信息。

（7）请检查各项设置是否正确，确认无误后，单击"完成"按钮。

设备定义完成后，用户可以在工程浏览器的右侧看到新建的外部设备"USB4711"。

在定义数据库变量时，用户只要把 I/O 变量连接到这台设备上，它就可以和组态王交换数据了。

4．定义变量

在工程浏览器的左侧树形菜单中选择"数据库/数据词典"，在右侧双击"新建"，弹出

"定义变量"对话框。

定义变量"模拟量输出"：变量类型选"I/O 实数"；最小值设为"0"，最大值设为"5"（按输出电压范围 0～5V 确定）；最小原始值设为"0"（对应输出 0 V），最大原始值设为"5"（对应输出 10V）；连接设备选"USB4711"，寄存器选"AOV"，输入"0"（表示向模拟量输出 0 通道输出电压），即寄存器设为"AOV0"，数据类型选"FLOAT"，读写属性选"只写"，如图 6-18 所示。

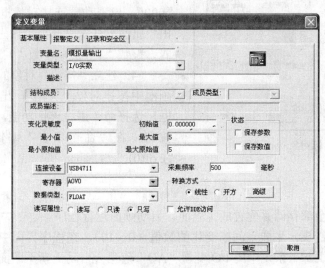

图 6-18　定义模拟量输出 I/O 变量

5．建立动画连接

（1）建立实时趋势曲线对象的动画连接。双击画面中实时趋势曲线对象，出现动画连接对话框。在曲线定义选项中，单击曲线 1 表达式文本框右边的"？"号，选择已定义好的变量"模拟量输出"，将背景色改为白色，将 X 方向、Y 方向主分线、次分线数目都改为"0"，如图 6-19 所示。在标识定义选项中，设置数值轴最大值为"5"，数据格式选"实际值"，时间轴长度设为"2"分钟。

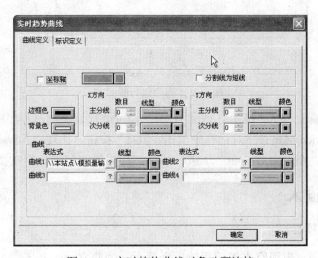

图 6-19　实时趋势曲线对象动画连接

（2）建立游标对象动画连接。双击画面中游标对象，出现动画连接对话框。单击变量名（模拟量）文本框右边的"？"号，选择已定义好的变量"模拟量输出"；并将滑动范围

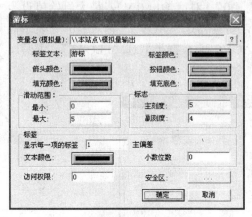

图 6-20 游标对象动画连接

的最大值改为"5"，标志中的主刻度数改为"5"，副刻度数改为"4"，如图 6-20 所示。

（3）建立输出电压值显示文本对象动画连接。双击画面中输出电压值显示文本对象"000"，出现动画连接对话框，将"模拟值输出"属性与变量"模拟量输出"连接，输出格式：整数"1"位，小数"1"位。

（4）建立"按钮"对象的动画连接。双击画面中按钮对象"关闭"，出现动画连接对话框，选择命令语言连接功能，单击"弹起时"按钮，在"命令语言"编辑栏中输入命令"exit(0);"。

6. 调试与运行

将设计的画面全部存储并配置成主画面，启动画面运行程序。

单击游标上下箭头，生成一间断变化的数值（0～10），在程序界面中产生一个随之变化的曲线。同时，组态王系统中的 I/O 变量"AO"值也会自动更新不断变化，线路中模拟电压输出 0 通道输出 0～5V 电压。

程序运行画面如图 6-21 所示。

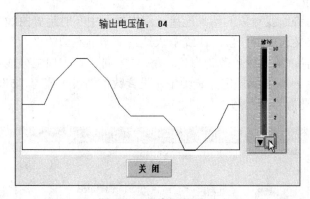

图 6-21 程序运行画面

如果没有模拟输出电压（指示灯亮度不变化），可运行设备测试程序：在研华设备管理程序 Advantech Device Manager 对话框中单击"Test"按钮，出现"Advantech Device Test"对话框，通过选择"Analog Output"项进行测试。如果没有问题，再重新运行组态程序。

6.3.3 数字量输入

1. 建立新工程项目

运行组态王程序，出现组态王工程管理器画面。为建立一个新工程，执行以下操作：

（1）在工程管理器中选择菜单"文件\新建工程"或单击快捷工具栏"新建"命令，出

现"新建工程向导之一——欢迎使用本向导"对话框。

（2）单击"下一步"按钮，出现"新建工程向导之二——选择工程所在路径"对话框。选择或指定工程所在路径。如果需要更改工程路径，单击"浏览"按钮。

（3）单击"下一步"按钮，出现"新建工程向导之三——工程名称和描述"对话框。在对话框中输入工程名称"DI"（必须，可以任意指定）；在工程描述中输入"数字量输入项目"（可选）。

（4）单击"完成"按钮，新工程建立，单击"是"按钮，确认将新建的工程设为组态王当前工程，此时组态王工程管理器中出现新建的工程。

2．制作图形画面

在工程浏览器左侧树形菜单中选择"文件/画面"，在右侧视图中双击"新建"，出现画面属性对话框，输入画面名称"数字量输入"，设置画面位置、大小等，然后单击"确定"按钮，进入组态王开发系统，此时工具箱自动加载。

（1）执行菜单"图库/打开图库"命令，为图形画面添加 3 个指示灯对象。

（2）在开发系统工具箱中为图形画面添加 3 个文本对象（"DI0"、"DI1"、"DI2"）；1 个按钮对象"关闭"等。

设计的图形画面如图 6-22 所示。

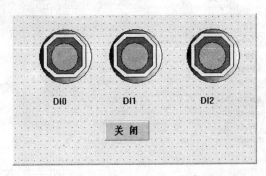

图 6-22　图形画面

3．定义设备

在组态王工程浏览器的左侧选择"设备"中的"板卡"，在右侧双击"新建…"，运行"设备配置向导"。

（1）选择：设备驱动→智能模块→研华 PCI 板卡→USB4711→USB，如图 6-23 所示。

（2）单击"下一步"按钮，给要安装的设备指定唯一的逻辑名称，如"USB-4711"。

（3）单击"下一步"按钮，选择串口号，如"COM1"。

（4）单击"下一步"按钮，给要安装的设备指定地址："1"。

（5）单击"下一步"按钮，不改变通信

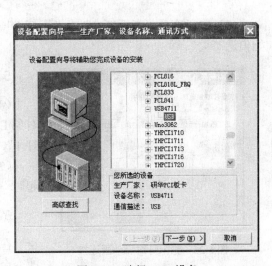

图 6-23　选择 USB 设备

参数。

（6）单击"下一步"按钮，显示所安装设备的所有信息。

（7）请检查各项设置是否正确，确认无误后，单击"完成"按钮。

设备定义完成后，用户可以在工程浏览器的右侧看到新建的外部设备"USB4711"。

在定义数据库变量时，用户只要把 I/O 变量连接到这台设备上，它就可以和组态王交换数据了。

4. 定义变量

在工程浏览器的左侧树形菜单中选择"数据库/数据词典"，在右侧双击"新建"，弹出"定义变量"对话框。

（1）定义变量"开关量输入 0"：数据类型选"I/O 整数"，连接设备选"USB4711"，寄存器选"DI"，输入数值"0"（即读取数字量输入 0 通道状态），数据类型选"Bit"，读写属性选"只读"，如图 6-24 所示。变量"开关量输入 1"、"开关量输入 2"的定义与变量"开关量输入 0"基本一样，不同的是寄存器分别设置为"DI1"、"DI2"。

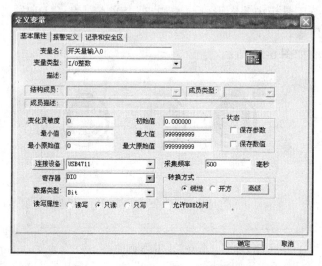

图 6-24　定义开关量输入 I/O 变量

（2）定义变量"指示灯 0"、"指示灯 1"、"指示灯 2"：变量类型为选"内存离散"，初始值选"关"。

图 6-25　指示灯对象动画连接

5. 建立动画连接

（1）建立信号指示灯对象动画连接：将指示灯对象 DI0、DI1、DI2 分别与变量"指示灯 0"、"指示灯 1"、"指示灯 2"连接起来，如图 6-25 所示。

（2）建立按钮对象"关闭"动画连接：按钮"弹起时"执行命令"exit(0);"。

6. 编写命令语言

在组态王工程浏览器的左侧选择"命令语言/数据改变命令语言"，在右侧双击"新建"，弹出"数据改变命令语言"对话框，在"变量[.域]"文本框中输入"\\本站点\开关量输入 0"（或选择），在编辑栏中输入相应语句，如图 6-26 所示。

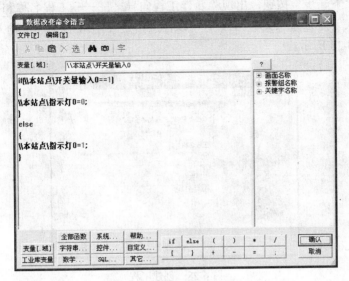

图 6-26　数据改变命令语言

同样编写变量"开关量输入 1"、"开关量输入 2"的数据改变命令语言。

7. 调试与运行

将设计的画面全部存储并配置成主画面，启动画面运行程序。

将模块上 DGND 分别与 DI0、DI1、DI2 端口短接或断开，程序界面中相应信号指示灯亮/灭（颜色改变）。

程序运行画面如图 6-27 所示。

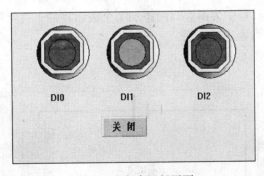

图 6-27　程序运行画面

6.3.4　数字量输出

1. 建立新工程项目

运行组态王程序，出现组态王工程管理器画面。为建立一个新工程，执行以下操作：

（1）在工程管理器中选择菜单"文件\新建工程"或单击快捷工具栏"新建"命令，出现"新建工程向导之———欢迎使用本向导"对话框。

（2）单击"下一步"按钮，出现"新建工程向导之二——选择工程所在路径"对话框，选择或指定工程所在路径。如果需要更改工程路径，请单击"浏览"按钮。

（3）单击"下一步"按钮，出现"新建工程向导之三——工程名称和描述"对话框。在对话框中输入工程名称"**DO**"（必须，可以任意指定）；在工程描述中输入"开关量输出"（可选），如图 6-28 所示。

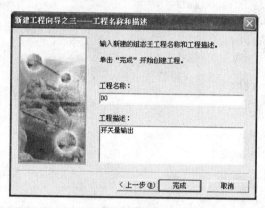

图 6-28　创建工程

（4）单击"完成"按钮，新工程建立，单击"是"按钮，确认将新建的工程设为组态王当前工程，此时组态王工程管理器中出现新建的工程。

2．制作图形画面

在工程浏览器左侧树形菜单中选择"文件/画面"，在右侧视图中双击"新建"，出现画面属性对话框，输入画面名称"数字量输出"，设置画面位置、大小等，然后单击"确定"按钮，进入组态王开发系统，此时工具箱自动加载。

（1）执行菜单"图库/打开图库"命令，为图形画面添加 1 个开关对象，1 个指示灯对象。

（2）在开发系统工具箱中为图形画面添加 1 个按钮控件"关闭"，并用"直线"工具画线将开关对象与指示灯对象连接起来。

设计的图形画面如图 6-29 所示。

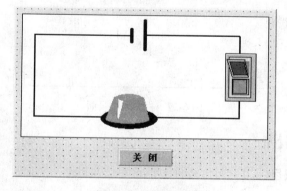

图 6-29　图形画面

3. 定义设备

在组态王工程浏览器的左侧选择"设备"中的"板卡"，在右侧双击"新建…"，运行

"设备配置向导"。

（1）选择：设备驱动→智能模块→研华 PCI 板卡→USB-4711→USB，如图 6-30 所示。

（2）单击"下一步"按钮，给要安装的设备指定唯一的逻辑名称，如"USB4711"。

（3）单击"下一步"按钮，选择串口号，如"COM1"。

（4）单击"下一步"按钮，给要安装的设备指定地址："1"。

（5）单击"下一步"按钮，不改变通信参数。

（6）单击"下一步"按钮，显示所安装设备的所有信息。

图 6-30　选择 USB 设备

（7）请检查各项设置是否正确，确认无误后，单击"完成"按钮。

设备定义完成后，用户可以在工程浏览器的右侧看到新建的外部设备"USB4711"。

在定义数据库变量时，用户只要把 I/O 变量连接到这台设备上，它就可以和组态王交换数据了。

4．定义变量

在工程浏览器的左侧树形菜单中选择"数据库/数据词典"，在右侧双击"新建"，弹出"定义变量"对话框。

（1）定义变量"数字量输出"：数据类型选"I/O 整数"，连接设备选"USB4711"，寄存器选"DO"，输入数值"0"（表示置数字量输出 0 通道高低电平），数据类型选"Bit"，读写属性选"只写"，如图 6-31 所示。

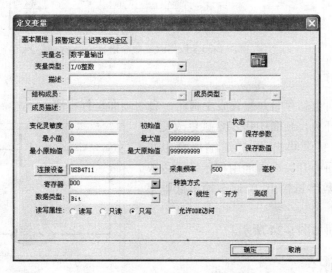

图 6-31　定义开关量输出 I/O 变量

（2）定义变量"指示灯"：变量类型选"内存离散"，初始值选"关"。

（3）定义变量"开关"：变量类型选"内存离散"，初始值选"关"。

5．建立动画连接

（1）建立指示灯对象动画连接：将指示灯对象与变量"指示灯"连接起来。

（2）建立开关对象动画连接：将开关对象与变量"开关"连接起来，如图 6-32 所示。

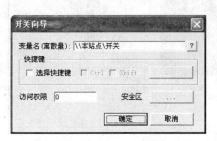

图 6-32　开关对象动画连接

（3）建立按钮对象"关闭"动画连接：按钮"弹起时"执行命令"exit(0);"。

6．编写命令语言

在组态王工程浏览器的左侧选择"命令语言/数据改变命令语言"，在右侧双击"新建"，弹出"数据改变命令语言"对话框，在"变量[.域]"文本框中输入"\\本站点\开关"（或选择），在编辑栏中输入相应语句，如图 6-33 所示。

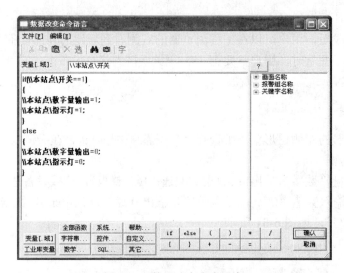

图 6-33　数据改变命令语言

7．调试与运行

将设计的画面全部存储并配置成主画面，启动画面运行程序。

开启画面中开关，画面中指示灯颜色改变，同时，线路中数字量输出 0 通道输出高电平（3.5V）；关闭画面中开关，画面中指示灯颜色改变，同时线路中数字量输出 0 通道输出低电平（0V）。

程序运行画面如图 6-34 所示。

6.3.5　温度测控

图 6-35 中，Pt100 热电阻检测温度变化，通

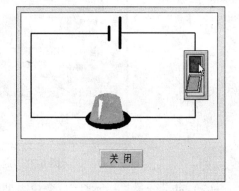

图 6-34　程序运行画面

过温度变送器（测量范围 0～200℃）和 250Ω电阻转换为 1～5V 电压信号送入 USB4711A
数据采集模块模拟量 1 通道；当检测温度小于计算机程序设定的下限值，计算机输出控制
信号，使模块数字量输出 1 通道 DO1 引脚置高电平，DO 指示灯 1 亮；当检测温度大于计
算机设定的上限值，计算机输出控制信号，使模块数字量输出 2 通道 DO2 引脚置高电平，
DO 指示灯 2 亮。

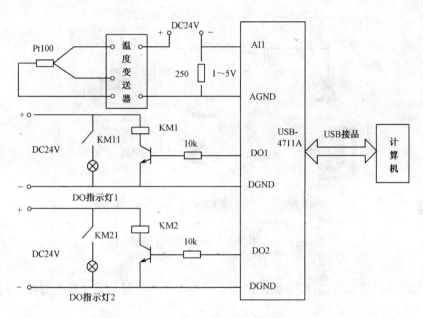

图 6-35　USB 数据采集模块温度测量与控制线路

设计任务如下：

（1）自动连续读取并显示温度测量值；绘制温度实时变化曲线。

（2）统计采集的温度平均值、最小值与最大值。

（3）实现温度上、下限报警指示并能在程序运行中设置报警上、下限值。

1．建立新工程项目

运行组态王程序，出现组态王工程管理器画面。为建立一个新工程，执行以下操作：

（1）在工程管理器中选择菜单"文件\新建工程"或单击快捷工具栏"新建"命令，出
现"新建工程向导之一——欢迎使用本向导"对话框。

（2）单击"下一步"按钮，出现"新建工程向导之二——选择工程所在路径"对话框。
选择或指定工程所在路径。如果用户需要更改工程路径，请单击"浏览"按钮。如果路径
或文件夹不存在，请创建。

（3）单击"下一步"按钮，出现"新建工程向导之三——工程名称和描述"对话框。
在对话框中输入工程名称"AI&DO"（必须，可以任意指定）；在工程描述中输入"温度测
量与控制"（可选）。

（4）单击"完成"按钮，新工程建立，单击"是"按钮，确认将新建的工程设为组态
王当前工程，此时组态王工程管理器中出现新建的工程。

（5）双击新建的工程名，出现加密狗未找到"提示"对话框，选择"忽略"，出现演示
方式"提示"对话框，单击"确定"按钮，进入工程浏览器对话框。

2. 制作图形画面

1）制作画面 1

画面名称"超温报警与控制"（主画面）。图形画面 1 中有：1 个仪表对象、3 个指示灯对象、3 个按钮对象、10 个文本对象、1 个传感器对象等，如图 6-36 所示。

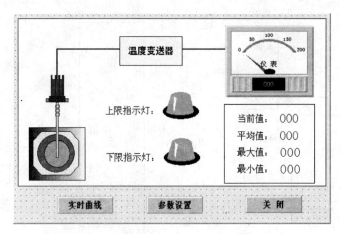

图 6-36　主画面"超温报警与控制"

2）制作画面 2

画面名称"温度实时曲线"。图形画面 2 中有 1 个"实时趋势曲线"对象，1 个按钮对象，如图 6-37 所示。

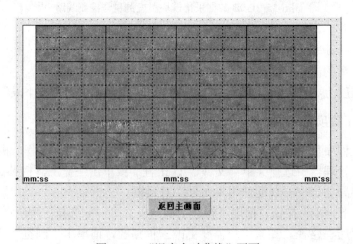

图 6-37　"温度实时曲线"画面

3）制作画面 3

画面名称"参数设置"。图形画面 3 中有 4 个文本对象："上限温度值"及其显示文本"000"，"下限温度值"及其显示文本"000"；两个按钮对象："确定"、"取消"，如图 6-38所示。

3. 定义设备

在组态王工程浏览器的左侧选择"设备"中的"板卡"，在右侧双击"新建…"，运行

"设备配置向导"。

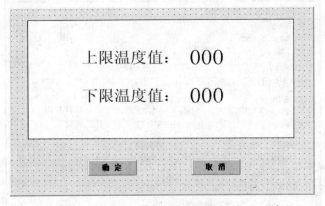

图 6-38　"参数设置"画面

（1）选择：设备驱动→**智能模块**→研华
PCI 板卡→USB4711→USB，如图 6-39 所示。

（2）单击"下一步"按钮，给要安装的
设备指定唯一的逻辑名称，如"USB4711"。

（3）单击"下一步"按钮，选择串口号，
如"COM1"。

（4）单击"下一步"按钮，给要安装的
设备指定地址："1"。

（5）单击"下一步"按钮，不改变通信
参数。

（6）单击"下一步"按钮，显示所安装
设备的所有信息。

（7）请检查各项设置是否正确，确认无
误后，单击"完成"按钮。

图 6-39　选择 USB 设备

设备定义完成后，用户可以在工程浏览
器的右侧看到新建的外部设备"USB4711"。

在定义数据库变量时，用户只要把 I/O 变量连接到这台设备上，它就可以和组态王交
换数据了。

4. 定义变量

在工程浏览器的左侧树形菜单中选择"数据库/数据词典"，在右侧双击"新建"，弹出
"定义变量"对话框。

（1）定义 1 个模拟量输入 I/O 变量。变量名"AI"，变量类型选"I/O 实数"，变量的最
小值设为"0"、最大值设为"200"（按输入温度范围 0～200℃确定）。最小原始值设为"1"、
最大原始值设为"5"（对应 1～5V）。

连接设备选"USB4711"（前面已定义），寄存器选"AI"，输入"1"（表示读取模拟量
1 通道输入电压），即寄存器设为"AI1"；数据类型选"FLOAT"；读写属性选"只读"。

变量"模拟量输入"的定义如图 6-40 所示。

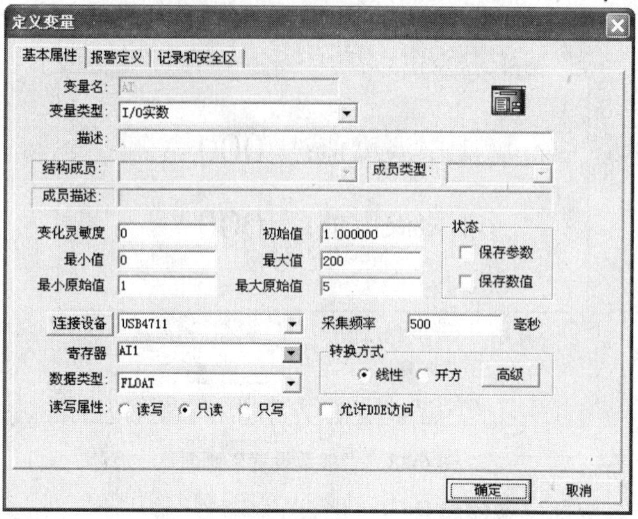

图 6-40　定义模拟量输入 I/O 实数变量

（2）定义 1 个数字量输出 I/O 变量。变量名"DO1"，数据类型选"I/O 整数"，连接设备选"USB4711"，寄存器选"DO"，输入数值"1"（表示置数字量输出 1 通道高低电平），数据类型选"Bit"，读写属性选"只写"，如图 6-41 所示。

同样定义 1 个数字量输出 I/O 变量，变量名为"DO2"，寄存器设为"DO2"。

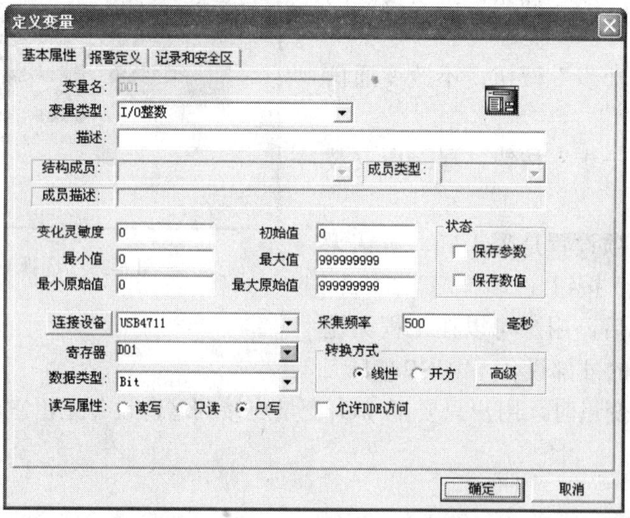

图 6-41　定义数字量输出 I/O 变量

（3）定义 8 个内存实型变量。变量"上限温度"，"设定上限温度"的初始值均为"50"，最小值均为"0"，最大值均为"200"，如图 6-42 所示。

变量"下限温度"，"设定下限温度"的初始值均为"20"，最小值均为"0"，最大值均为"100"。

变量"平均值"、"最大值"、"最小值"的初始值、最小值均为"0"，最大值为"200"。

变量"累加值"的初始值、最小值均为"0"，最大值为"200 000"。

（4）定义 3 个内存离散变量："上限灯"、"下限灯"、"电炉"，初始值均为"关"。

（5）定义 1 个内存整型变量：变量名为"采样个数"，初始值为"0"，最大值为"2000"。

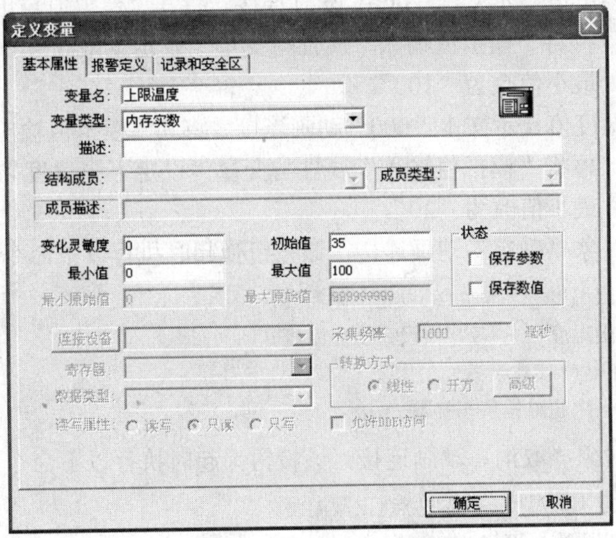

图 6-42 定义内存实数变量

5. 建立动画连接

1）建立"超温报警与控制"画面动画连接

（1）建立仪表对象动画连接：将仪表对象与变量"AI"连接起来。

（2）建立上限灯对象动画连接：将上限指示灯对象与变量"上限灯"连接起来。

（3）建立下限灯对象动画连接：将下限指示灯对象与变量"下限灯"连接起来。

（4）建立电炉对象动画连接：将电炉对象与变量"电炉"连接起来。

（5）建立当前值、平均值、最大值、最小值显示文本对象动画连接：将它们的显示文本对象"000"的"模拟值输出"属性分别与变量"AI"、"平均值"、"最大值"、"最小值"连接，输出格式：整数"2"位，小数"1"位。

（6）建立按钮对象"实时曲线"动画连接：该按钮"弹起时"执行以下命令：

```
ShowPicture("温度实时曲线");
```

（7）建立按钮对象"参数设置"动画连接：该按钮"弹起时"执行以下命令：

```
ShowPicture("参数设置");
```

（8）建立按钮对象"关闭"动画连接：该按钮弹起时执行命令：

```
\\本站点\DO1=0;
\\本站点\DO2=0;
exit(0);
```

2）建立"温度实时曲线"画面动画连接

（1）建立"实时趋势曲线"控件动画连接。在曲线定义中，将曲线 1 与变量"AI"连接起来。在标识定义中，将"标识 Y 轴"选项去掉，将时间轴选项中时间长度改为"2"分钟。

（2）建立按钮对象"返回主画面"动画连接：该按钮弹起时执行以下命令：

```
ShowPicture("超温报警与控制");
```

3）建立"参数设置"画面动画连接

（1）建立上限温度值显示文本"000"动画连接。将其"模拟值输出"属性与变量"设定上限温度"连接；再将"模拟值输入"属性与变量"设定上限温度"连接，将值范围的最大值改为"200"，最小值改为"100"。

（2）建立下限温度值显示文本"000"动画连接。将其"模拟值输出"属性与变量"设定下限温度"连接；再将"模拟值输入"属性与变量"设定下限温度"连接，将值范围的最大值改为"100"，最小值改为"20"。

（3）建立按钮对象"确定"动画连接：该按钮弹起时执行以下命令：

```
\\本站点\上限温度=\\本站点\设定上限温度；
\\本站点\下限温度=\\本站点\设定下限温度；
closepicture("参数设置")；
ShowPicture("超温报警与控制")；
```

（4）建立按钮对象"取消"动画连接：该按钮弹起时执行以下命令：

```
\\本站点\设定上限温度=\\本站点\上限温度；
\\本站点\设定下限温度=\\本站点\下限温度；
closepicture("参数设置")；
ShowPicture("超温报警与控制")；
```

注：ShowPicture 函数用于显示指定名称的画面；ClosePicture 函数用于将已调入内存的画面关闭，并从内存中删除。

6．编写程序代码

（1）双击命令语言"事件命令语言"项，在弹出的对话框中，在"事件描述"文本框中输入表达式："\\本站点\AI>0"；在事件"发生时"编辑栏中输入以下初始化语句：

```
\\本站点\采样个数=0；
\\本站点\累加值=0；
\\本站点\最大值=\\本站点\AI；
\\本站点\最小值=\\本站点\AI；
```

（2）双击命令语言"应用程序命令语言"项，在弹出的对话框中，将运行周期设为"500"。

① 在"启动时"编辑栏里输入以下程序：

```
ShowPicture("温度实时曲线")；
ShowPicture("超温报警与控制")；
```

② 在"运行时"编辑栏里输入以下控制程序：

```
if(\\本站点\AI<=\\本站点\下限温度)
{
\\本站点\下限灯=1；
\\本站点\电炉=1；
\\本站点\DO1=1；
}
if(\\本站点\AI>\\本站点\下限温度 && \\本站点\AI<\\本站点\上限温度)
{
```

```
\\本站点\上限灯=0；
\\本站点\下限灯=0；
\\本站点\电炉=1；
\\本站点\DO1=0；
\\本站点\DO2=0；
}
if(\\本站点\AI>=\\本站点\上限温度)
{
\\本站点\上限灯=1；
\\本站点\电炉=0；
\\本站点\DO2=1；
}
\\本站点\采样个数=\\本站点\采样个数+1；
\\本站点\累加值=\\本站点\累加值+\\本站点\AI；
\\本站点\平均值=\\本站点\累加值 / \\本站点\采样个数；
if(\\本站点\AI>=\\本站点\最大值)
{
  \\本站点\最大值=\\本站点\AI；
}
if(\\本站点\AI<=\\本站点\最小值)
{
\\本站点\最小值=\\本站点\AI；
}
```

7．调试与运行

将设计的画面全部存储；将"超温报警与控制"画面配置成主画面，启动画面运行程序。

当温度传感器的检测温度在不同范围时，出现不同响应，见表 6-1。

表 6-1　程序运行时的不同响应

检测温度 AI（℃）	程序主画面动画			线路中指示灯动作	
	上 限 灯	下 限 灯	电　炉	DO 指示灯 1	DO 指示灯 2
AI＜下限温度	灭	亮	开	亮	灭
下限温度≤ AI ≤上限温度	灭	灭	开	灭	灭
AI＞上限温度	亮	灭	关	灭	亮

单击主画面"实时曲线"按钮，进入温度实时曲线画面，可以观看温度实时变化曲线，单击"返回主画面"按钮可以返回主画面"超温报警与控制"。

单击主画面"参数设置"按钮，进入参数设置画面：可以设置温度的报警上限、下限值；单击"确定"按钮可以确认当前设定值，单击"取消"按钮保持原先设定值不变。

主画面运行情况如图 6-43 所示，实时曲线运行情况如图 6-44 所示，参数设置运行情况如图 6-45 所示。

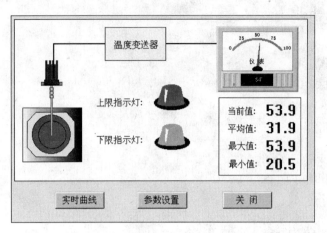

图 6-43　程序运行画面

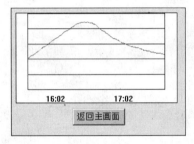

图 6-44　实时曲线运行画面

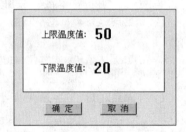

图 6-45　参数设置运行画面

第 7 章　基于远程 I/O 模块的控制应用

> 远程 I/O 模块又称牛顿模块，为近年来比较流行的一种分布式控制方式，它安装在工业现场，就地完成 A/D、D/A 转换，I/O 操作，以及脉冲量的计数、累计等操作。
>
> 远程 I/O 以通信方式和计算机交换信息，通信接口一般采用 RS-485 总线，通信协议与模块的生产厂家有关，但都是采用面向字符的通信协议。

7.1　集散控制系统概述

计算机集散控制系统，又称计算机分布式控制系统（Distributed Control System，DCS）。它既不同于分散的仪表控制，又不同于集中计算机控制系统，它克服了二者的缺陷而集中了二者的优势。与模拟仪表控制相比，它具有连接方便、采用软连接的方法连接、容易更改、显示方式灵活、显示内容多样、数据存储量大、占用空间少等优点。与计算机集中控制系统相比，它具有操作监测方便、危险分散、功能分散等优点。另外，集散控制系统不仅实现了分散控制、分而治之，而且实现了集中管理、整体优化，提高了生产自动化水平和管理水平，成为过程自动化和信息管理自动化相结合的管理与控制一体化的综合集成系统。这种系统组态灵活，通用性强，规模可大可小，既适用于中小型控制系统，也适用于大型控制系统。因此，在各行各业各个领域得到了广泛应用。

7.1.1　集散控制系统的体系结构

集散控制系统是采用标准化、模块化和系列化的设计，实现集中监测、操作、管理，分散控制。虽然各制造厂家所生产的集散控制系统各不相同，但因采用了相同的设计思想，因此它们具有相似的体系结构。其体系结构从垂直方向可分为三级，第一级为分散过程控制级；第二级为集中操作监控级；第三级为综合信息管理级，各级相互独立又相互联系。

从水平方向，每一级按功能可分成若干子块（相当于在水平方向分成若干级）。各级之间由通信网络连接，级内各装置之间由本级的通信网络进行通信联系。

集散控制系统典型的体系结构如图7-1所示。

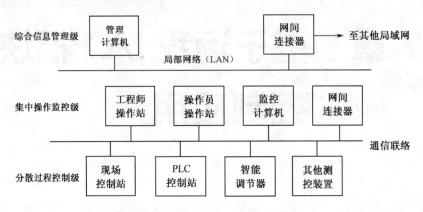

图7-1　集散控制系统典型的体系结构

1．分散过程控制级

分散过程控制级直接面向生产过程，是集散控制系统的基础。它具有数据采集、数据处理、回路调节控制和顺序控制等功能，能独立完成对生产过程的直接数字控制。其输入信息是面向传感器的信号，如热电偶、热电阻、变送器（温度、压力、液位、电压、电流、功率等）及开关量等信号，其输出是作用于驱动执行机构（调节阀、电磁阀等）。同时，通过通信网络可实现与同级间的其他控制单元、上层操作管理站相连和通信，实现更大规模的控制与管理。它可传送操作管理级所需的数据，也能接收操作管理级发来的各种操作指令，并根据操作指令进行相应的调整或控制。

构成这一级的主要装置有以下几部分。

（1）现场控制站（工业控制机）：是一个可独立运行的计算机检测控制系统，具有数据采集、直接数字控制、顺序控制、信号报警、打印报表、数据通信等功能。

（2）可编程序控制器（PLC）：主要用于生产过程的顺序控制或逻辑控制，针对开关量输入、开关量输出，用于执行顺序控制功能。

（3）智能调节器：这是一种数字化的过程控制仪表，它不仅可接受4～20mA的电流信号输入，还具有异步通信接口，可与上位机连成主从式通信网络，接受上位机下传的控制参数，并上报各种过程参数。

（4）其他测控装置：各控制器的核心部件是微处理器，可以是单回路的，也可以是多回路的。

2．集中操作监控级

这一级的主要功能是系统生成、组态、诊断、报警，现场数据收集处理，生产过程量显示，各种工艺流程图显示，趋势曲线显示，改变过程参数，进行过程操作控制等。为完成这些功能，在硬件上该级主要由操作台、监控计算机、键盘、图形显示设备、打印机等组成。

这一级以操作监视为主要任务，兼有部分管理功能。它是面向操作员和系统工程师的，这一级配备有技术手段齐备、功能强的计算机系统及各类外部装置，特别是CRT显示器和键盘，还需要较大存储容量的存储设备及功能强的软件支持，确保工程师和操作员对系统进行组态、监视和操作，对生产过程实现高级控制策略、故障诊断、质量评估等。

这一级主要设备包括以下几部分。

（1）监控计算机：即上位机，综合监控全系统的各工作站，具有多输入多输出控制功能，用于实现系统的最优控制或优化管理。

（2）工程师操作站：主要用于系统组态、维护和软件开发。

（3）操作员操作站：主要用于对生产过程进行监控和操作。

3．综合信息管理级

这一级在集散控制系统中是最高层次级，实现整个企业（或工厂）的综合信息管理，主要执行生产管理和经营管理功能。在这一级可完成市场预测、经济信息分析、原材料库存情况、生产进度、工艺流程及工艺参数、生产统计、报表，进行长期性的趋势分析等，做出生产和经营决策，确保整个企业最大化的经济效益。综合信息管理系统实际上是一个管理信息系统（Management Information System，MIS）。

企业 MIS 是一个以数据为中心的计算机信息系统。企业中的信息有两大类：管理活动信息（包括日常管理、制订计划、战略性总体规划等信息）和职能部门活动的信息（包括生产制造、市场经营、财务、人事等信息）。企业 MIS 可粗略地分为市场经营管理、生产管理、财务管理和人事管理 4 个子系统。子系统从功能上说应尽可能地独立，子系统之间通过信息相互联系。

这一级由管理计算机、办公自动化系统、工厂自动化服务系统构成，从而实现整个企业的综合信息管理。

4．通信网络系统

通信网络系统将集散控制系统的各部分连接在一起，完成各种数据、指令及其他信息的传递。由于各级之间的信息传递主要是依靠通信网络系统来支持，所以通信系统是集散控制系统的支柱。为保证信息高速可靠地传递，必须选择适当的通信网络结构、通信控制方式和通信介质。

根据各级的不同要求，通信网络也可分成低速、中速、高速通信网络。低速网络面向分散过程控制级，中速网络面向集中操作监控级，高速网络面向综合信息管理级。

7.1.2　集散控制系统的特点

集散控制系统能被广泛应用的原因是它具有优良的特性，其特点可概括如下。

1．自治性

系统上各工作站是通过网络接口连接起来的，各工作站独立自主地完成自己的任务，且各站的容量可扩充，配套软件随时可组态加载，是一个能独立运行的高可靠性子系统。分散过程控制级各控制装置是一个自治的系统，它完成数据的采集、信号处理、计算机数据输出等功能。集中操作监控级完成数据的显示、操作监视和操作信号的发送等功能。综合信息管理级完成信息的管理和优化。通信网络系统则完成各站的连接和数据通信。所以各部分都是各自独立的自治系统。其控制功能分散，危险分散的特点，提高了系统的可靠性。

2．协调性

各工作站间能够通过通信网络传送各种信息并协调工作，以完成控制系统的总体功能和优化处理。实时安全可靠的工业控制局部网络使整个系统信号畅通，信息共享。采用标准通信网络协议，可与上层的信息管理系统连接起来进行信息的交互。

3．在线性和实时性

生产过程控制级由于采用基于高性能微处理器的控制调节器，可通过过程通道、I/O 接口和通信网络，对过程对象的数据进行实时采集、分析、记录、监视、操作控制，并可进行系统结构、组态回路的在线修改、局部故障的在线维修，提高了系统的可用性。

4．适应性、灵活性和可扩充性

集散控制系统的硬件和软件采用开放式、标准化、模块化和系列化设计，系统为积木式结构，使得系统配置灵活，可以根据用户的不同需要，方便地构成多级控制系统。当工厂根据生产要求需要改变生产工艺或生产流程时，只需改变系统配置和控制方案，如增加或拆除部分单元，而系统不会受到任何影响。

集散控制系统一般为用户提供丰富的功能软件，用户只需按要求选用即可，大大减少了用户的开发工作量。功能软件主要包括控制软件包、操作显示软件包和报表打印软件包等，并提供至少一种过程控制语言，供用户开发高级的应用软件。

5．系统组态灵活方便

集散控制系统向用户提供了系统组态软件，该软件是采用面向问题的语言，提供了数十种常用的运算和控制模块，控制工程师只需按照系统的控制方案，从中任意选择模块，并以填表的方式来定义这些功能模块，进行控制系统的组态。系统组态一般是在操作站上进行的。填表组态方式极大地提高了系统设计的效率，解除了用户使用计算机必须编程的困扰。

集散控制系统所提供的组态软件一般包括系统组态、过程控制组态、画面组态、报表组态，用户的方案及显示方式由它来解释生成其内部可理解的目标数据。使用组态软件可以生成相应的实用系统，易于用户设计新的控制系统，便于灵活更改与扩充。

6．友好性

集散控制系统软件面向工业控制技术人员、工艺技术人员和生产操作人员。其实用而简捷的人机对话系统，CRT 彩色高分辨率交互图形显示、复合窗口技术，使画面日趋丰富，菜单功能更具实时性。而平面密封式薄膜操作键盘、触摸式屏幕、鼠标器、跟踪球操作器等更加便于操作，语音输入/输出使操作员与系统对话更加方便。

7．可靠性

由于集散控制系统采用很多独特的设计，使其具有可靠性高的优点。在结构上采用容错设计，使得在任意一个单元失效的情况下，仍然保持系统的完整性，即使全局性通信或管理失效，局部站仍能维持工作。在硬件上，采用了冗余设计，无论操作站、控制站，还是通信链路都采用双重化配置，同时在系统内外采取了各种抗干扰措施，满足"电磁兼容性"要求。

7.1.3　中小型 DCS 的基本结构

目前，DCS 系统的总体性能基本上可以满足各大中型企业生产过程的控制需求。许多成熟技术和标准部件的直接使用，也促使 DCS 系统逐步向标准化、组件化和 PC 化方向发展。目前正在进入市场的现场总线控制系统（FCS）尽管解决了某些专业 DCS 系统的不足之处，但我国在一个相当长时间内，仍将处于 DCS 和 FCS 并存的时期，因此，讨论中小型 DCS 的实现方法仍然具有现实意义。

中小型 DCS 的拓扑结构一般采用专业 DCS 中用得比较广泛的总线拓扑结构，监控级设备（也可以称上位机或操作站）一般使用工业 PC，控制级设备使用产品化的调节仪表、可编程序控制器（PLC）和远程 I/O 模块等。上位机和控制级设备的网络通信则使用 RS-485 总线和面向字符型的通信协议。中小型 DCS 的基本结构如图 7-2 所示。

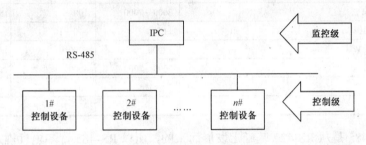

图 7-2　中小型 DCS 的基本结构

根据控制级所采用的不同控制设备，可以将中小型 DCS 系统分为工业 PC+仪表、工业 PC+PLC、工业 PC+远程 I/O 三种基本形式。由工业 PC+仪表这种方式构成的中小型 DCS 系统侧重于过程控制，该系统在脱开工业 PC 后仍是一个独立的仪表控制系统，具有仪表的基本调节功能和显示功能；由工业 PC+PLC 构成的中小型 DCS 系统侧重于逻辑控制和顺序控制，由于 PLC 可靠性极高，由此构成的中小型 DCS 系统具有高可靠性，但是由于一般的 PLC 都不自带显示功能，因此由 IPC+PLC 构成的中小型 DCS 在脱开工业 PC 后，只能借助于 PLC 的显示单元才能实现过程信息的监视；由工业 PC+远程 I/O 构成的中小型 DCS 系统适用于过程控制和逻辑控制。如果远程 I/O 为子系统，则整个系统在脱开工业 PC 后仍然可以独立运行，如 OPTO 公司的 OPT022 系统、研华公司的 ADAM5000 系统。如果远程 I/O 为输入/输出模块，则整个系统在脱开工业 PC 后将无法自主运行，如研华公司的 ADAM4000 系列。

7.1.4　RS-485 串口通信标准

RS-422 由 RS-232 发展而来，它是为弥补 RS-232 的不足而提出的。为改进 RS-232 抗干扰能力差、通信距离短、速率低的缺点，RS-422 定义了一种平衡通信接口，将传输速率提高到 10Mbit/s，传输距离延长到 1219m（速率低于 100kbit/s 时），并允许在一条平衡总线上连接最多 10 个接收器。RS-422 是一种单机发送、多机接收的单向、平衡传输规范，被命名为 TIA/EIA-422-A 标准。为扩展应用范围，EIA 又于 1983 年在 RS-422 基础上制定了 RS-485 标准，增加了多点、双向通信能力，即允许多个发送器连接到同一条总线上，同时增加了发送器的驱动能力和冲突保护特性，扩展了总线共模范围，后命名为 TIA/EIA-482-A 标准。由于 EIA 提出的建议标准都是以"RS"作为前缀，所以在通信工业领域，仍然习惯将上述标准以 RS 作前缀称谓。

RS-232、RS-422 与 RS-485 标准只对接口的电气特性做出规定，而不涉及接插件、电缆或协议，在此基础上用户可以建立自己的高层通信协议，有关电气参数见表 7-1。

表 7-1　RS-232、RS-422、RS-485 电气参数比较

规　　定		RS-232	RS-422	RS-485
工作方式		单端	差分	差分
节点数		1 收、1 发	1 发 10 收	1 发 32 收
最大传输电缆长度/m		15	121	121
最大传输速率		20kbit/s	10Mbit/s	10Mbit/s
最大驱动输出电压/V		±25	−0.25～6	−7V～12
驱动器输出信号电平（负载最小值）/V	负载	±5～±15	±2.0	±1.5
驱动器输出信号电平（空载最大值）/V	空载	±25	±6	±6
驱动器负载阻抗/Ω		3000～7000	100	54
接收器输入电压范围/V		±15	−10～10	−7～12
接收器输入门限/mV		±3000	±200	±200
接收器输入电阻/Ω		3000～7000	4000（最小）	≥12 000
驱动器共模电压/V			−3～3	−1～3
接收器共模电压/V			−7～7	−7～12

由于 RS-485 是从 RS-422 基础上发展而来的，所以 RS-485 许多电气规定与 RS-422 相仿，如都采用平衡传输方式，都需要在传输线上接终端匹配电阻等。

RS-485 可以采用二线与四线方式，二线制可实现真正的多点双向通信。其主要特点如下：

（1）RS-485 的接口信号电平比 RS-232-C 降低了，就不易损坏接口电路的芯片，且该电平与 TTL 电平兼容，可方便与 TTL 电路连接。

（2）RS-485 的数据最高传输速率为 10Mbit/s，其平衡双绞线的长度与传输速率成反比，在 100kbit/s 速率以下，才可能使用规定最长的电缆长度。只有在很短的距离下才能获得最高传输速率。一般 100m 长的双绞线最大传输速率仅为 1Mbit/s。因为 RS-485 接口组成的半双工网络，一般只需二根连线，所以 RS-485 接口均采用屏蔽双绞线传输。

（3）RS-485 接口是采用平衡驱动器和差分接收器的组合，抗共模干扰能力增强，即抗噪声干扰性好，抗干扰性能大大高于 RS-232 接口，因而通信距离远，RS-485 接口的最大传输距离大约为 1200m，实际上可达 3000m。

（4）RS-485 需要接两个终端电阻，其阻值要求等于传输电缆的特性阻抗。在短距离传输时可不接终端电阻，即在 300m 以下可不接终端电阻，终端电阻接在传输总线的两端。理论上，在每个接收数据信号的中点进行采样时，只要反射信号在开始采样时衰减到足够低就可以不考虑匹配。

（5）RS-485 接口在总线上是允许连接多达 128 个收发器，即具有多站能力，这样用户可以利用单一的 RS-485 接口方便地建立起设备网络。

RS-485 协议可以看做是 RS-232 协议的替代标准，与传统的 RS-232 协议相比，其在通信速率、传输距离、多机连接等方面均有了非常大的提高，这也是工业系统中使用 RS-485 总线的主要原因。

由于 RS-485 总线是 RS-232 总线的改良标准，所以在软件设计上它与 RS-232 总线基

本一致，如果不使用 RS-485 接口芯片提供的接收器、发送器选通的功能，为 RS-232 总线系统设计的软件部分完全可以不加修改直接应用到 RS-485 网络中。

RS-485 总线工业应用成熟，而且大量的已有工业设备均提供 RS-485 接口，因而时至今日，RS-485 总线仍在工业应用中具有十分重要的地位。

7.2 系统设计说明

7.2.1 设计任务

利用 KingView 编写程序实现 PC 与远程 I/O 模块数据通信。任务要求如下所述。

1. 模拟电压输入

PC 读取远程 I/O 模块输入电压值（0～5V），并以数值或曲线形式显示电压变化值。

2. 模拟电压输出

在 PC 程序界面中产生一个变化的数值（0～10），线路中远程 I/O 模块模拟量输出口输出变化的电压（0～10V）。

3. 数字量输入

利用开关产生数字（开关）信号并作用在远程 I/O 模块数字量输入通道，使 PC 程序界面中信号指示灯颜色改变。

4. 数字量输出

在 PC 程序界面中执行打开/关闭命令，界面中信号指示灯变换颜色，同时，线路中远程 I/O 模块数字量输出口输出高低电平。

使用万用表直接测量数字量输出通道 1（DO1 和 GND）的输出电压（高电平或低电平）。

7.2.2 硬件系统

1. 线路连接

如图 7-3 所示，ADAM-4520（RS-232 与 RS-485 转换模块）与 PC 的串口 COM1 连接，转换为 RS-485 总线；ADAM-4012（模拟量输入模块）、ADAM-4050（数字量输入与输出模块）、ADAM-4016（模拟量输出模块）的信号输入端子 DATA+、DATA−分别与 ADAM-4520 的 DATA+、DATA−连接。ADAM-4012、ADAM-4050、ADAM-4016 的电源端子+Vs、GND 分别与 DC24V 电源的+、−连接。

在图 7-3 中，将 ADAM-4012 的地址设为 01，将 ADAM-4050 的地址设为 02，将 ADAM-4016 的地址设为 03。

模拟电压输入：在模拟量输入通道（+IN 和−IN）接模拟输入电压 0～5V。

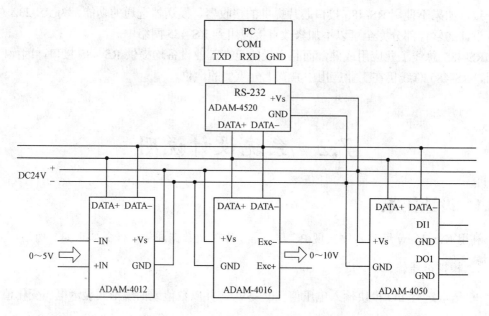

图 7-3   PC 与远程 I/O 模块组成数据采集与控制系统

模拟电压输出：不需连线，使用万用表直接测量模拟量输出通道（Exc+和 Exc−）的输出电压（0~10V））。

数字量输入：按钮、行程开关等的常开触点接数字量输入 1 通道（DI1 和 GND）。

数字量输出：不需连线，使用万用表直接测量数字量输出通道 1（DO1 和 GND）的输出电压（高电平或低电平）。

2．ADAM-4000 远程数据采集控制系统

ADAM-4000 系列模块由研华公司（www.advantech.com.cn）生产，它使用 EIA RS-485 通信协议，该协议是工业应用中广泛采用的双向平衡式，传输线路标准 EIA RS-485 是专为工业应用而开发的通信协议。ADAM-4000 模块具有远程高速收发数据的能力，所有模块均使用了光隔离器，用于防止接地回路并降低电源浪费对设备造成损害的可能性。

ADAM-4000 远程数据采集控制系统是一组全系列的产品，可集成人机界面（HMI）平台和大多数 I/O 模块，如 DI/DO、AI/AO 继电器和计数器模块。ADAM-4000 系列是一套内置微处理器的智能传感器接口模块。可以通过一套简单的命令语言（ASCII 格式）对它们进行远程控制并在 RS-485 网上通信。它们提供信号调节、隔离、搜索、A/D、D/A、DI、DO、数据比较和数据通信。一些模块提供数字 I/O 线路，用来控制继电器和 TTL 电平装置。ADAM-4000 系列模块典型接线如图 7-4 所示。

I/O 模块的价格比较低，安装也比较简单。例如，对于牛顿模块，只需通过双绞线将其连接在 RS-485 总线上（PC 上要在 RS-232 口安装一个 RS-232 转 RS-485 模块）即可。一般模板上多使用 CMOS 电路，容易因静电击穿或过流造成损坏，所以，在安装时应尽量避免用手触摸器件，特别是在干燥的季节尤其要注意。如果确实要用手接触，也应事先将人体所带静电荷对地放掉，同时应避免直接用手接触器件引脚，以免损坏器件。严禁带电插拔接口卡，设置开关、跨接选择器和安装接口电缆均应在关掉电源状态下进行。

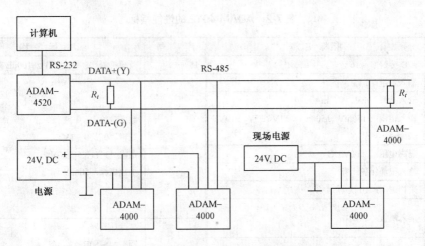

图 7-4　ADAM-4000 系列模块典型接线图

当模拟输入通道不全部使用时，应将不使用的通道接地，不要使其悬空，以避免造成通道间的串扰和损坏通道。输出通道则要注意在工作时绝对不能短路，否则，将会造成器件损坏。

I/O 模板在使用时要根据需要对各种设置开关和跨接选择器进行设置，因此，使用前最好仔细地阅读使用说明书或产品手册，以免造成不必要的麻烦。

3. ADAM-4000 系列模拟量输入模块

1）性能

ADAM-4000 系列模拟量输入模块使用微处理器控制的高精度 16 位 A/D 转换器，采集传感器信号，如电压、电流、热电偶或热电阻信号。这些模块能够将模拟量信号转换为以下格式：工程单位、满量程的百分比、二进制补码或欧姆。当模块接收到主机的请求信号后就将数据通过 RS-485 网络按照所需的格式发送出去。ADAM-4000 系列模拟量输入模块提供了3000V DC 对地回路的隔离保护。

ADAM-4000 系列中的模拟量输入模块有

图 7-5　ADAM-4012 模拟量输入模块

ADAM-4011（D）、ADAM-4012、ADAM-4013、ADAM-4016、ADAM-4017、ADAM-4018 等，如图 7-5 所示。其中 ADAM-4013 为热阻输入模块、ADAM-4016 为应变片输入模块，其余的为热电偶、mV、V 或 mA 输入。

ADAM-4011/4011D/4012 模块带有数字量输入和输出，可用于报警和事件计数，模拟量输入模块上带有 2 路集电极开路的晶体管开关数字量输出，可由主机进行控制，通过固态继电器的切换输出通道用来控制加热器泵或其他动力设备。模块的数字量输入通道还可用来检测远程数字量信号的状态。

下面仅列出 ADAM-4012 的性能指标，见表 7-2，其他模块参见说明手册。

表 7-2　ADAM-4012 的性能指标

序　号	指 标 名 称	序　号	指 标 名 称
1	A/D 分辨率：16 位	15	差模抑制比：@50/60Hz: 100dB
2	输入通道：1 路	16	数字量输入：1 路 逻辑 "0"：0～1V 逻辑 "1"：3.5～30V 上拉电流：50mA
3	输入类型：mV、V、mA		
4	输入范围：±150mV、±500mV、±1V、±5V、±10V、±20mA		
6	隔离电压：3000V DC		
7	输入浪涌保护：有		
8	采样速率：10 次/秒		
9	输入阻抗：2MΩ	17	事件计数器 频率：≤50Hz 脉宽：≥1ms
10	频宽：2.62Hz		
11	精度：±0.05%	18	数字输出：2 路 30V DC 输出 30mA，300mW
12	零漂：±6mV/℃	19	内置看门狗
13	满量程漂移：±25PPM/℃	20	电源：10～30V DC，1.2W
14	共模抑制比：@50/60Hz: 150dB		

2）模拟量输入模块的控制命令

ADAM-4000 系列模块与上位机通过 RS-485 构成主从式通信网络。各模块拥有唯一的站号地址。只有模块自身的站号和主机访问的站号一致时，该模块才能和主机通信。所有模块控制命令均由主机和上位机以 ASCII 码字符串的形式传送。模拟量输入模块的控制命令如表 7-3 所示。命令中各符号的含义如下。

（1）@、$、#：命令串的起始字符，所有命令必须以这 3 个字符中的一个开始。

（2）AA：表示模块的原有站号地址，有效值为 00～FFH，十六进制表示。

（3）NN：表示欲重新设置的新站号地址，有效值为 00～FFH，十六进制表示。

（4）TT：输入范围代码，如表 7-4 所示。

（5）CC：表示波特率。取值范围如下：

03：1 200 bit/s；04：2 400 bit/s；05：4 800 bit/s；06：9.6 kbit/s；07：19.2 kbit/s；08：38.4 kbit/s。

（6）FF：表示数据格式、校验选择、积分时间等，有效值为 00～FFH，十六进制。各位的含义如下所述。

① b1b0：数据格式。取值含义如下：

00：工程量；01：百分数；10：十六进制补码；11：阻值（仅 4013）。

② b2～b5：未用。

③ b6：校验和允许/禁止选择。"1"：允许；"0"：禁止。

④ b7：积分时间。"1"：60ms，"0"：50ms。

（7）N：通道号，适用于 4017、4018、4018M、DAC8017 等多通道模块。

（8）VV：允许、禁止指定通道。VV 为 8 位二进制，分别与通道 7～0 对应，某位为 1则允许相应通道，适用于 4017、4018、4018M、DAC8017 等多通道模块。

表 7-3　ADAM-4000 模拟量输入模块控制命令

命 令 语 言	命 令 名 称	说　　明	拥有此命令的模块
模拟量输入部分			
%AANNTTCCFF	模块配置	设置站号地址，输入范围，波特率，数据格式，校验和，积分时间等	4011,4011D,4012,4013,4014D,4016,4017,4018,4018M
$AA2	读配置状态	返回模块的配置参数	4011,4011D,4012,4013,4014D,4016,4017,4018,4018M
$AAF	读硬件版本	返回模块的硬件版本号	4011,4011D,4012,4013,4014D,4016,4017,4018,4018M
$AAM	读模块名称	返回模块的名称	4011,4011D,4012,4013,4014D,4016,4017,4018,4018M
#AA	读输入值	以设置的数据格式返回模块的一路或多路 A/D 转换结果	4011,4011D,4012,4013,4014D,4016,4017,4018
#AAN	读指定通道输入值	以设置的数据格式返回模块的指定通道 N 的 A/D 转换结果	4017,4018,4018M
#AA5VV	通道允许控制	允许、禁止指定通道	4017,4018,4018M
$AA6	读通道状态	返回 8 个模拟量输入通道的状态	4017,4018,4018M
$AA0	增益校正	校正模拟量输入模块的增益误差	4011,4011D,4012,4013,4014D,4016,4017,4018,4018M
$AA1	零点校正	校正模拟量输入模块的零点误差	4011,4011D,4012,4013,4014D,4016,4017,4018,4018M
#**	同步采样	所有模块同步采样，存于特殊寄存器	4011,4011D,4012,4013,4014D,4016,4017,4018,4018M
$AA4	读同步数据	读取指定模块的同步采样结果	4011,4011D,4012,4013,4014D,4016,4017,4018,4018M
$AAB	热电偶开路检测	返回指定模块的热偶是否开路	4014D
$AA3	读冷端补偿值	返回指定模块的冷端补偿值	4011,4011D, 4018,4018M
$AA9	冷端零点校正	校正冷端的零点误差	4011,4011D, 4018,4018M
数字量输入/输出部分			
@AADI	读数字量 I/O	使用被访问的模块返回数字量输入/输出状态和它的报警状态	4011,4011D,4012, 4014D,4016
@AADO(data)	设数字量输出	设置数字量输出状态 ON/OF	4011,4011D,4012, 4014D,4016
@AAEAT	报警允许	允许以 LATCH 和 MOMENTERY 模式报警	4011,4011D,4012, 4014D,4016
@AAHI(data)	设报警上限	设置模拟量输入模块的报警上限	4011,4011D,4012, 4014D,4016
@AALO(data)	设报警下限	设置模拟量输入模块的报警下限	4011,4011D,4012, 4014D,4016
@AADA	禁止报警	禁止所有报警功能	4011,4011D,4012, 4014D,4016
@AACA	清除报警锁存	将锁存的报警状态复位成 0	4011,4011D,4012, 4014D,4016
@AARH	读报警上限	返回模块的报警上限值	4011,4011D,4012, 4014D,4016
@AARL	读报警下限	返回模块的报警下限值	4011,4011D,4012, 4014D,4016
@AARE	读事件计数器	返回模块的事件计数值	4011, 4011D, 4012, 4014D
@AACE	清事件计数器	清除模块的事件计数值，即清零	4011，4011D，4012，4014D
4014D 模块还有显示命令，4018M 还有数据记录命令，4016 还有电压输出命令			

表7-4　ADAM模拟量输入范围代码

4011、4011D，4018、4018M					
TT	输 入 范 围	TT	输 入 范 围	TT	输 入 范 围
00	±15mV	05	±2.5mV	11	E：0～1000℃
01	±50mV	06	±20mV	12	R：500～1750℃
02	±100mV	0E	J：0～760℃	13	S：500～1750℃
03	±500mV	0F	K：0～1370℃	14	B：500～1800℃
04	±1V	10	T：–100～400℃		
4012、4014D、4017					
08	±10V	0A	±1V	0C	±150mV
09	±5V	0B	±500mV	0D	±20mV

3）常用命令的响应

（1）%AANNTTCCFF(cr)

该命令用于更改模块的现有站号、设置模块的通信波特率、设置输入范围、数据格式、积分时间、校验和选择等。

该命令执行后，正常响应返回"!AA(cr)"，否则返回"?AA(cr)"。此处的 AA 已经是新站号。如：命令"%2324050600(cr)"执行后，正常响应则返回"!24(cr)"，否则返回"?24(cr)"。表示站号更改成功，其他的设置只是在模块内部执行，可以用"$AA2"命令读取执行结果。无论是命令发送还是返回结果，每个字符必须用 ASCII 形式。

（2）$AA2(cr)

返回结果为"!AATTCCFF"。如：命令"%2324050600(CR)"执行后再执行"$242"，则返回结果"!24050600"。

（3）#AA(cr)

对于单通道模拟量输入模块，则返回 A/D 转换结果">(data)(cr)"。

如：执行命令"#24"，则返回">+1.8255(cr)"，其中 1.8255 是站号为 24 的模块的输入电压值。

对与多通道模块，则连续返回 8 个通道的转换结果值。

如：执行命令"#24"，则返回">+2.2111　+2.2567　+2.3125　+2.1000　+2.4712　+2.2555　+2.1234　+2.5687(cr)"，分别表示通道 0～7 的转换结果，单位是 V。

（4）#AAN(CR)

返回指定通道 N 的 A/D 转换结果">(data)(cr)"。

如：执行"#240"，则返回站号为 24 的模块 0 通道的值">+2.2111(cr)"，其中 2.2111 是输入电压值，单位是 V。

4. ADAM-4000 系列数字量输入/输出模块

ADAM-4000 系列模块中，数字量输入、输出模块有 ADAM-4050、ADAM-4052、ADAM-4053 和 ADAM-4060 等，如图 7-6 所示。

图7-6　ADAM-4050 数字量输入/输出模块

1）数字量输入/输出的性能指标

数字量输入/输出的性能指标见表 7-5。

7-5 数字量输入/输出的性能指标

指 标 类 型	ADAM-4050	ADAM-4052	ADAM-4053	ADAM-4060
输入通道数	7	8	16	无
输出通道数	8			4
输入隔离	否	6 路独立隔离 2 路共地隔离	否	
逻辑 0 输入电平	<1V	<1V	干接点：0 湿接点：<2V	
逻辑 1 输入电平	3.5～30V	3.0～30V	干接点：开路 湿接点：4～30V	
输出形式	OC 输出，30V			继电器
输出最大负载	30mA			125V AC/0.6A 250V AC/0.3A 30V DC/2A 110V DC/0.6A
内置看门狗定时器	有	有	有	有
击穿电压				500V AC（50/60HZ）
接通时间				典型值：3ms
断开时间				典型值：1ms
全部开关时间				典型值：10ms
绝缘电阻				>1000MΩ（500V DC）
电源	10～30V DC, 0.4W	10～30V DC, 0.4W	10～30V DC,1.0W	10～30V DC,0.8W

2）数字量输入/输出模块的控制命令

数字量输入/输出模块的控制命令见表 7-6。

表 7-6 数字量输入/输出模块的控制命令

命 令 语 法	命 令 名 称	说　　明	拥有此命令的模块
%AANNTTCCFF	模块配置	设置站号地址，输入范围，波特率，数据格式，校验和等	4050.4052.4053.4060
$AA6	数字量输入	返回指定模块的输入状态	4050.4052.4053.4060
$AABB(data)	数字量输出	指定模块的多个通道同时输出	4050.4060
#**	同步采样状态	同步采样多个模块的输入量状态，存于特殊寄存器	4050.4052.4053.4060
$AA4	读同步采集结果	读取有#**命令采集的结果	4050.4052.4053.4060
$AA2	读配置状态	返回指定模块的配置状态	4050.4052.4053.4060
$AA5	复位状态	指明自上次$AA5 命令后，是否复位	4050.4052.4053.4060
$AAF	读硬件版本	返回指定模块的硬件版本	4050.4052.4053.4060
$AAM	读模块名称	返回指定模块的名称	4050.4052.4053.4060

3）数字量输入/输出模块的控制命令响应

（1）%AANNTTCCFF(cr)

其中 AA：原有站号，NN：新站号；TT：类型码，总是 40；CC：波特率，同模拟量输入模块；FF：数据格式控制命令，只使用了 b6 位（B6=1 要校验和，b6=0 不要校验和）。

该命令正常返回 "!AA(cr)"，否则返回 "?AA(cr)"。

（2）$AA6(cr)

其中 AA 为站号，6 为命令号。正常响应返回结果如下：

```
ADAM-4050：返回"!(DO)(DI)(CR)"
ADAM-4052：返回"!(DI)0000(cr)"
ADAM-4053：返回"!(DI)(DO)00(cr)"
ADAM-4060：返回"!(DO)0000(cr)"
```

其中 DO、DI 均为十六进制（8 位二进制）。

如：命令 "$336(cr)" 执行后，正常响应则返回 "!112200(cr)"。"11" 表示输出通道 0、4 为 ON，输出通道 1、2、3、5、6、7 为 OFF；"22" 表示输入通道 0、5 为高电平，输入通道 0、2、3、4、6、7 为低电平。

又如：命令 "$036(cr)" 执行后返回 "!BEDE00(cr)"，"BE" 表示输入通道 8、14 为低电平，通道 9、10、11、12、13、15 为高电平；"DE" 表示输入通道 0、5 为低电平，通道 1、2、3、4、6、7 为高电平。

该命令非正常响应则返回 "?AA(cr)"。

（3）$AABB(data)(cr)

其中 AA 为站号，BB 为通道号（BB=00，输出所有通道；BB=10～17，选择输出通道 0～7）。

data：它的 b7～b0 的值对应输出通道 7～0 的输出状态。对于 ADAM-4060，其高 4 位为 0。

该命令正常响应返回 ">(cr)"，否则返回 "?AA"。

（4）#**

该命令无返回结果，只能使用 "$AA4" 命令读同步采集结果。

（5）$AA4(cr)

正常响应返回结果如下：

```
ADAM-4050：返回"!(staltlS)(Do)(DI)(cr)"
ADAM-4052：返回"!(status)(DI)0000(cr)"
ADAM-4053：返回"!(status)(DI)(DI)00(cr)"
ADAM-4060：返回"!(status)(DO)0000(cr)"
```

其中 status=1 表示已经送过同步采集命令，反之则没有。

使用该命令之前要发送 "#**" 同步采集命令。

该命令非正常响应则返回 "? AA(cr)"。

（6）$AA2(cr)

其中 AA 为站号，2 为命令号。正常响应返回 "!AATTCCFF(cr)"。其中 AA、TT 、CC 同配置命令。FF 为十六进制，其位定义如下。

b2b1b0 为模块标识码，取值含意如下：

000：ADAM-4050；001：ADAM-4060；010：ADAM-4052；011：ADAM-4053。

该命令非正常响应则返回"？AA(cr)"。

（7）$AA5(cr)

其中 AA 为站号，5 为命令号。正常响应返回"!AAS(cr)"，S=1 表示自上次发该命令以来已经复位，S=0 表示未复位。

该命令非正常响应则返回"?AA(cr)"。

（8）$AAF(cr)

其中 AA 为站号，F 为命令号。

正常响应返回"!AA(ver)"，ver 为版本号。

（9）$AAM(cr)

其中 AA 为站号，M 为命令号。正常响应返回"!AA(name)"，name 为模块名称。

关于 ADAM-4000 系列模块控制命令的详细信息请查询用户手册（配书光盘中提供）。

5. ADAM-4000 系列模块的软件安装

在使用研华 I/O 模块编程之前必须安装研华设备 DLL 驱动程序和设备管理程序 Device Manager。找到下列程序：ADAM_DLL.exe、DevMgr.exe、ADAM-4000-5000Utility.exe 等（在配书光盘中提供），依次安装上述程序。

运行模块配置程序 Utility.exe，出现如图 7-7 所示的界面。

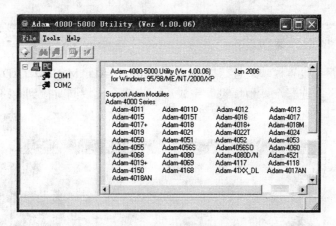

图 7-7　Utility 程序界面

选中 COM1，单击工具栏快捷键<search>，出现"Search Installed modules"对话窗口，如图 7-8 所示。提示扫描模块的范围，允许输入 0～255，确定一个值后，单击"OK"按钮开始扫描。如果计算机 COM1 口安装有模块，将在程序右侧 COM1 下方出现已安装的模块名称，如图 7-9 所示。在图 7-9 中显示 COM1 口安装了 4012、4050、4016 三个模块，地址分别为 01、02 和 03。

单击模块名称"4012"，进入测试/配置界面，如图 7-10 所示。设置模块的地址值（1）、波特率（9600）、电压输入范围等，完成后，单击"Update"按钮。在图 7-10 中模块名称 4012 前显示其地址值 01，AI 通道的输入电压是 1.1377V。

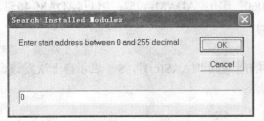

图 7-8　扫描安装的模块

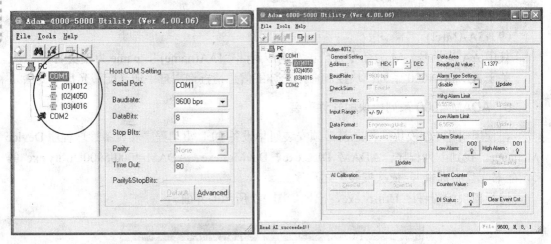

图 7-9　显示已安装的模块　　　　　　图 7-10　4012 模块与测试/配置界面

注意：只能逐个设置模块地址，即 ADAM-4012、ADAM-4050、ADAM-4016 不能同时接到线路中，只能连一个。地址设置完成后，将 3 个模块同时接到线路中。

单击模块名称"4050"，进入测试/配置界面，如图 7-11 所示。

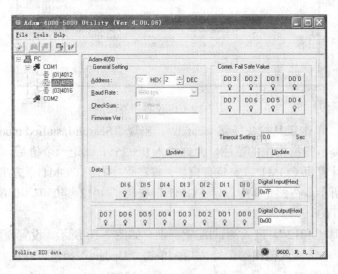

图 7-11　4050 模块测试/配置界面

设定波特率和校验和时应注意：在同一 RS-485 总线上的所有模块与计算机的波特率和校验和必须相同。连网前分别设置好 3 个模块的地址，不能重复。

6. 添加设备

运行设备管理程序 DevMgr.exe，在出现的对话框中从 Supported Devices 列表中选择 "Advantech COM Devices"，单击 "Add" 按钮，出现 "Communication Port Configuration" 对话框，设置串口通信参数，如图 7-12 所示。完成后，单击 "OK" 按钮。

展开 "Advantech COM Devices" 项，选择 "Advantech ADAM-4000 Modules for RS-485" 项，单击 "Add" 按钮，出现 "Advantech ADAM-4000 Modules Parameters" 对话框，如图 7-13 所示。在 Module Type 下拉框选择 "ADAM4012"，在 Module Address 文本框中设置地址值，如 "1"（必须和模块的配置值一致）。

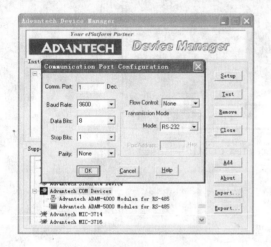

图 7-12　添加串口　　　　　　　　　　　图 7-13　添加模块

同样添加模块 ADAM-4050 和模块 ADAM-4016，地址值设为 "2" 和 "3"。

完成后单击 "OK" 按钮，这时在 Installed Devices 列表中出现模块 ADAM-4012、ADAM-4050、ADAM-4016 的信息，如图 7-14 所示。

图 7-14　模块添加完成

在 Installed Devices 列表中选择模块 "000 < ADAM4012 Address=1 Dec.>",单击右侧 "Test"按钮,出现"Advantech Devices Test-COM1"对话框,如图 7-15 所示。在 Analog Input 选项卡中,显示模拟输入电压值。在图 7-15 中,ADAM-4012 模块的输入电压是 1.4235V。

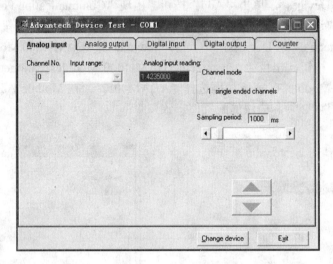

图 7-15   "Advantech Devices Test-COM1"对话框

至此,可以用开发软件对 I/O 模块编程。

7.2.3   组态王设置

1. ADAM-4000 系列模块设备地址及通信参数定义

一些初始配置(例如地址、是否报警等)通过研华的配置软件进行设置。设备地址范围为 0~255。组态王通信参数应与模块实际设置相一致。

若用户在定义地址格式时输入##.X,则 X 为 1 时,用校验和,即##.1 用校验和。X 为 0 时,无校验和,即##.0 无校验和。

示例:地址输入 1.1,模块地址为 1,模块有校验和;地址输入 2 或 2.0,模块地址为 2,无校验和。

建议的通信参数:波特率 9600,数据位 8,停止位 1,校验位无。

一些返回值的具体协议请参见 ADAM-4000 系列模块用户手册。

2. ADAM-4012 模块组态王 I/O 变量定义

ADAM-4012 模块是模拟输入模块,1 路模拟量输入、2 路数字量输出、1 路数字量输入。组态王支持与 ADAM-4012 模块通信。寄存器在组态王中的列表和使用举例如表 7-7 和表 7-8 所示。

表 7-7   组态王中 ADAM-4012 寄存器列表

寄存器格式	寄存器 dd 范围	读写属性	数据类型	变量类型	寄存器含义	备 注
AIdd	0~0	只读	FLOAT	I/O 实型	模拟量输入	
DIdd	0~0	只读	BIT	I/O 离散	数字量输入	

寄存器格式	寄存器 *dd* 范围	读写属性	数据类型	变量类型	寄存器含义	备　注
DO*dd*	0~1	读写	BYTE，BIT	I/O 整型，I/O 离散	数字量输出	当将设备设置为报警有效时，DO 表示报警状态，只读
AHI*dd*	0~0	读写	FLOAT	I/O 实型	高限报警值	
ALO*dd*	0~0	读写	FLOAT	I/O 实型	低限报警值	
ASTATUS*dd*	0~0	读写	BYTE	I/O 整型	报警类型	返回报警状态：返回值=0 时：无报警；返回值=1 时：M 型报警；返回值=2 时：L 型报警。写时清除 L 型的报警状态（写什么值都意味着清报警状态，不能写入 0）
EC*dd*	0~0	读写	USHORT	I/O 整型	外部低速脉冲事件计数器	外部低速脉冲计数器，写入意味着清零

注意：数字量输出，其中 BYTE 为 8 位二进制数对应的整数值，BYTE 的各位 bit1，bit2 的 0，1 状态对应于外部 2 个数字量通道 DO0，DO1 的 0，1 状态。如果单个控制各个通道的状态可用组态王提供的 BITSET 函数进行置位控制。

表 7-8　ADAM-4012 寄存器使用举例

寄存器名称	读写属性	数据类型	变量类型	寄存器说明
AI	只读	FLOAT	I/O 实型	模拟量输入
DI	只读	BIT	I/O 离散	数字量输入
DO1	读写	BIT	I/O 离散	第 2 通道数字量输出状态
AHI	读写	FLOAT	I/O 实型	高限报警值
ALO	读写	FLOAT	I/O 实型	低限报警值
ASTATUS	读写	BYTE	I/O 整型	报警类型
EC	读写	USHORT	I/O 整型	外部低速脉冲事件计数器

3. ADAM-4021 模块组态王 I/O 变量定义

ADAM-4021 是模拟量输出模块，1 路模拟量输出。组态王支持与 ADAM-4021 模块通信。寄存器在组态王中的列表和使用举例见表 7-9 和表 7-10。

表 7-9　组态王中 ADAM-4021 寄存器列表

寄存器格式	寄存器 *dd* 范围	读写属性	数据类型	变量类型	寄存器含义	备　注
AO*dd*	0~0	读写	FLOAT	I/O 实型	模拟量输出	

表 7-10　ADAM-4021 寄存器使用举例

寄存器名称	读写属性	数据类型	变量类型	寄存器说明
AO	读写	FLOAT	I/O 实型	模拟量输出

4. ADAM-4050 模块组态王 I/O 变量定义

ADAM-4050 是数字 I/O 模块，7 通道数字量输入，8 通道数字量输出。组态王支持与

ADAM-4050 模块通信。寄存器在组态王中的列表和使用举例如表 7-11 和表 7-12 所示。

表 7-11 组态王中 ADAM-4050 寄存器列表

寄存器格式	寄存器 dd 范围	读写属性	数据类型	变量类型	寄存器含义	备注
DOdd	0～7	读写	BYTE, BIT	I/O 整型, I/O 离散	BIT 数字量输出 BYTE 类型, 返回 8 位状态类型, 返回某位状态	8 通道
DIdd	0～6	只读	BYTE, BIT	I/O 整型, I/O 离散	BYTE 数字量输入类型, 返回 7 位状态; BIT 类型, 返回某位状态	7 通道

表 7-12 ADAM-4050 寄存器使用举例

寄存器名称	读写属性	数据类型	变量类型	寄存器说明
DO5	读写	BIT	I/O 离散	第 6 通道数字量输出状态
DI6	只读	BIT	I/O 离散	第 7 通道数字量输入状态

7.3 数据采集与控制应用程序设计

7.3.1 模拟量输入

1. 建立新的工程项目

运行组态王程序，出现组态王工程管理器画面。为建立一个新工程，执行以下操作：

（1）在工程管理器中选择菜单"文件\新建工程"或单击快捷工具栏"新建"命令。

（2）单击"下一步"按钮，出现"新建工程向导之二——选择工程所在路径"对话框，选择或指定工程所在路径。

（3）单击"下一步"按钮，出现"新建工程向导之三——工程名称和描述"对话框。在对话框中输入工程名称"模拟量输入"；在工程描述中输入"利用 I/O 模块实现模拟量输入"。

（4）单击"完成"按钮，新工程建立，单击"是"按钮，确认将新建的工程设为组态王当前工程，此时组态王工程管理器中出现新建的工程。

（5）双击新建的工程名，出现加密狗未找到"提示"对话框，选择"忽略"命令，出现演示方式"提示"对话框，单击"确定"按钮，进入工程浏览器对话框。

2. 制作图形画面

在工程浏览器左侧树形菜单中选择"文件/画面"，在右侧视图中双击"新建"，出现画面属性对话框，输入画面名称"PC 与 I/O 模块通信"，设置画面位置、大小等，然后单击"确定"按钮，进入组态王开发系统。

（1）通过图库，为图形画面添加 1 个仪表对象。

（2）通过工具箱为图形画面添加 2 个文本控件"电压值"、"000"、1 个"实时趋势曲线控件"和1个"按钮"控件。将按钮"文本"改为"关闭"。

设计的图形画面如图 7-16 所示。

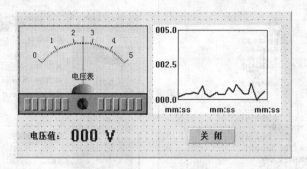

图 7-16　图形画面

3．定义串口设备

1）添加串口设备

在组态王工程浏览器的左侧选择"设备/COM1"，在右侧双击"新建"按钮，运行"设备配置向导"。

（1）选择：设备驱动→智能模块→亚当 4000 系列→Adam4012→COM，如图 7-17 所示。

（2）单击"下一步"按钮，给要安装的设备指定唯一的逻辑名称，如"ADAM4012"（若定义多个串口设备，该名称不能重复）。

（3）单击"下一步"按钮，选择串口号，如"COM1"（需与 PC 上使用的串口号一致）。

（4）单击"下一步"按钮，为要安装的模块指定地址，如"1.0"（需与模块内部设定的 Addr 一致。1.0 表示模块地址为1，模块无校验和）。

设备定义完成后，可以在工程浏览器"设备/COM1"的右侧看到新建的串口设备"ADAM4012"。

2）设置串口通信参数

双击"设备/COM1"按钮，弹出设置串口对话框，设置串口 COM1 的通信参数：波特率选"9600"，奇偶校验选"无校验"，数据位选"8"，停止位选"1"，通信方式选"RS-232"，如图 7-18 所示。

设置完毕，单击"确定"按钮，这就完成了对 COM1 的通信参数配置，保证 COM1 同 I/O 模块通信能够正常进行。

4．定义变量

在工程浏览器的左侧树形菜单中选择"数据库/数据词典"，在右侧双击"新建"，弹出"定义变量"对话框。

定义变量"电压"：变量类型选"I/O 实数"，最小值设为"0"，最大值设为"5"，最小原始值设为"0"，最大原始值设为"5"，连接设备选"ADAM4012"，寄存器选"AI"，数据类型选"FLOAT"，读写属性选"只读"，采集频率设为"500"，如图 7-19 所示。

5．建立动画连接

进入开发系统，双击画面中图形对象，将定义好的变量与相应对象连接起来。

图 7-17　添加串口设备 ADAM-4012　　　　图 7-18　设置串口通信参数

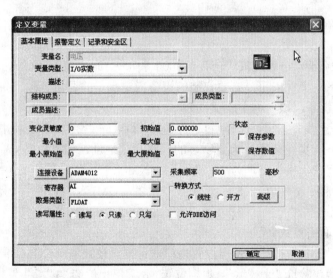

图 7-19　定义变量"电压"

（1）建立仪表对象的动画连接。双击画面中的仪表对象，弹出"仪表向导"对话框，单击变量名文本框右边的"？"号，选择已定义好的变量名"电压"，单击"确定"按钮，仪表向导变量名文本框中出现"\\本站点\电压"表达式，如图 7-20 所示。标签改为"电压表"，最大刻度改为"5"。

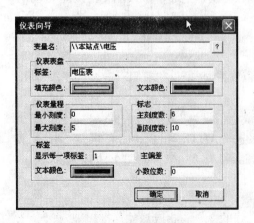

图 7-20　仪表对象的动画连接

（2）建立实时趋势曲线对象的动画连接。双击画面中实时趋势曲线对象，出现动画连接对话框。在曲线定义选项中，单击曲线 1 表达式文本框右边的"？"号，选择已定义好的变量"电压"，并设置其他参数值，如图 7-21 所示。

进入标识定义选项，数值轴最大值设为"5"，数值格式选"实际值"（这样曲线图上显示的电压范围是 0～5V)，更新频率为"1"秒钟，时间长度设为"2"分钟。

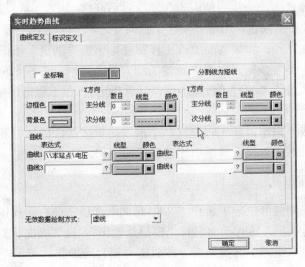

图 7-21　实时趋势曲线对象的动画连接

（3）建立测量电压值显示文本"000"的动画连接。双击画面中文本对象"000"，出现"动画连接"对话框，单击"模拟值输出"按钮，则弹出"模拟值输出连接"对话框，将其中的表达式设置为"\\本站点\电压"。

（4）建立按钮对象的动画连接。双击按钮对象"关闭"，出现动画连接对话框，选择命令语言连接功能，单击"弹起时"按钮，在"命令语言"编辑栏中输入命令"exit(0);"。

6．调试与运行

设计完成后，将设计的画面和程序全部存储并将其配置成主画面，启动运行系统。

在模拟量输入通道（+IN 和–IN）接模拟输入电压 0～5V。程序读取电压输入值，并以数值或曲线形式显示电压变化值。

程序运行画面如图 7-22 所示。

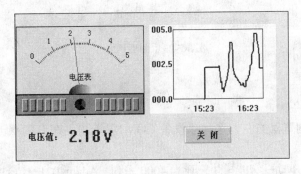

图 7-22　程序运行画面

7.3.2　模拟量输出

1．建立新工程项目

运行组态王程序，出现组态王工程管理器画面。为建立一个新工程，执行以下操作：

（1）在工程管理器中选择菜单"文件\新建工程"或单击快捷工具栏的"新建"命令，出现"新建工程向导之一——欢迎使用本向导"对话框。

（2）单击"下一步"按钮，出现"新建工程向导之二——选择工程所在路径"对话框，选择或指定工程所在路径。如果需要更改工程路径，单击"浏览"按钮。

（3）单击"下一步"按钮，出现"新建工程向导之三——工程名称和描述"对话框。在对话框中输入工程名称"AO"（必须，可以任意指定）；在工程描述中输入"远程 I/O 模拟量输出项目"（可选）。

（4）单击"完成"按钮，新工程建立，单击"是"按钮，确认将新建的工程设为组态王当前工程，此时组态王工程管理器中出现新建的工程。

2．制作图形画面

在工程浏览器左侧树形菜单中选择"文件/画面"选项，在右侧视图中双击"新建"按钮，出现画面属性对话框，输入画面名称"模拟量输出"，设置画面位置、大小等，然后单击"确定"按钮，进入组态王开发系统，此时工具箱自动加载。

（1）执行菜单"图库/打开图库"命令，为图形画面添加 1 个游标对象。

（2）在开发系统工具箱中为图形画面添加 1 个"实时趋势曲线"控件；2 个文本对象（"输出电压值："、"000"）；1 个按钮控件"关闭"等。

设计的图形画面如图 7-23 所示。

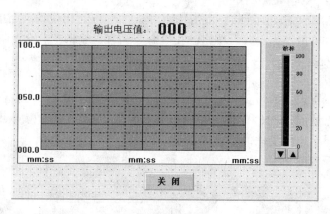

图 7-23　图形画面

3．定义设备

1）添加串口设备

在组态王工程浏览器的左侧选择"设备/COM1"选项，在右侧双击"新建"按钮，运行"设备配置向导"。

（1）选择：设备驱动→智能模块→亚当 4000 系列→Adam4021→COM，如图 7-24 所示。

（2）单击"下一步"按钮，给要安装的设备指定唯一的逻辑名称，如"ADAM4021"（若定义多个串口设备，该名称不能重复）。

（3）单击"下一步"按钮，选择串口号，如"COM1"（需与 PC 上使用的串口号一致）。

（4）单击"下一步"按钮，为要安装的模块指定地址，如"3.0"（需与模块内部设定的 Addr 一致。3.0 表示模块地址为 3，模块无校验和）。

设备定义完成后，可以在工程浏览器"设备/COM1"的右侧看到新建的串口设备"ADAM-4021"。

2）设置串口通信参数

双击"设备/COM1"，弹出设置串口对话框，设置串口 COM1 的通信参数：波特率选"9600"，奇偶校验选"无校验"，数据位选"8"，停止位选"1"，通信方式选"RS-232"，如图 7-25 所示。

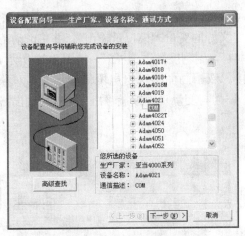

图 7-24　配置串口设备 ADAM4021

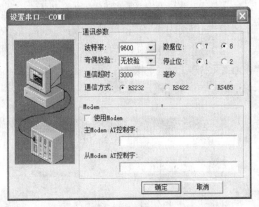

图 7-25　设置串口通信参数

设置完毕，单击"确定"按钮，就完成了对 COM1 的通信参数配置，保证 COM1 同 I/O 模块通信能够正常进行。

4．定义 I/O 变量

在工程浏览器的左侧树形菜单中选择"数据库/数据词典"选项，在右侧双击"新建"按钮，弹出"定义变量"对话框。

定义变量"模拟量输出"：变量类型选"I/O 实数"；最小值为"0"，最大值为"10"；最小原始值为"0"（对应输出 0V），最大原始值为"10"（对应输出 10V）；连接设备选"ADAM4021"，寄存器选"AO"，数据类型选"FLOAT"，读写属性选"读写"，如图 7-26 所示。

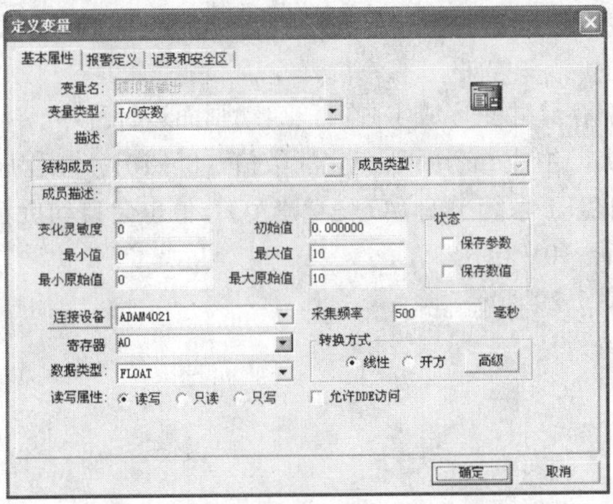

图 7-26　定义模拟量输出 I/O 变量

5．建立动画连接

（1）建立实时趋势曲线对象的动画连接。双击画面中实时趋势曲线对象，出现动画连接对话框。在曲线定义选项中，单击曲线 1 表达式文本框右边的 ？ 号，选择已定义好的变量"模拟量输出"，将背景色改为白色，将 X 方向、Y 方向主分线、次分线数目都改为"0"，如图 7-27 所示。在标识定义选项中，去掉"标识 Y 轴"项，将时间轴的时间长度改为"2"分钟。

（2）建立游标对象的动画连接。双击画面中游标对象，出现动画连接对话框。单击变量名（模拟量）文本框右边的"？"号，选择已定义好的变量"模拟量输出"；并将滑动范围的最大值改为"10"，标志中的主刻度数改为"11"，副刻度数改为"5"，如图 7-28 所示。

（3）建立输出电压值显示文本对象动画连接。双击画面中输出电压值显示文本对象"000"，出现动画连接对话框，将"模拟值输出"属性与变量"模拟量输出"连接，输出格式：整数"1"位。

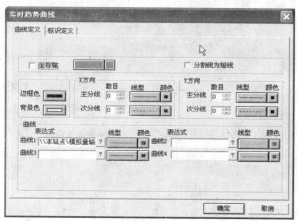

图 7-27　实时趋势曲线对象的动画连接

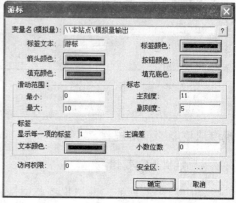

图 7-28　游标对象的动画连接

（4）建立"按钮"对象的动画连接。双击画面中按钮对象"关闭"，出现动画连接对话框，选择命令语言连接功能，单击"弹起时"按钮，在"命令语言"编辑栏中输入命令"exit(0);"。

6．调试与运行

将设计的画面全部存储并配置成主画面，启动画面运行程序。

单击游标上下箭头，生成一个间断变化的数值（0～10），在程序界面中产生一个随之变化的曲线。同时，组态王系统中的 I/O 变量"AO"值也会自动更新不断变化，线路中模拟电压输出通道输出 0～10V 电压。

程序运行画面如图 7-29 所示。

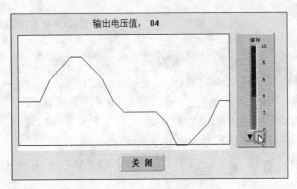

图 7-29　程序运行画面

7.3.3　数字量输入

1．建立新工程项目

运行组态王程序，出现组态王工程管理器画面。为建立一个新工程，执行以下操作：

（1）在工程管理器中选择菜单"文件\新建工程"或单击快捷工具栏"新建"命令。

（2）单击"下一步"按钮，出现"新建工程向导之二——选择工程所在路径"对话框，选择或指定工程所在路径。

（3）单击"下一步"按钮，出现"新建工程向导之三——工程名称和描述"对话框。在对话框中输入工程名称"DI"（必须，可以任意指定）；在工程描述中输入"利用 KingView 实现远程 I/O 模块数字量输入"（可选）。

（4）单击"完成"按钮，新工程建立，单击"是"按钮，确认将新建的工程设为组态王当前工程，此时组态王工程管理器中出现新建的工程。

2．制作图形画面

在工程浏览器左侧树形菜单中选择"文件/画面"，在右侧视图中双击"新建"按钮，出现画面属性对话框，输入画面名称"数字量输入"，设置画面位置、大小等，然后单击"确定"按钮，进入组态王开发系统。

通过图库为图形画面添加 7 个指示灯对象和 7 个文本对象 DI0、DI1、DI2、DI3、DI4、DI5、DI6，如图 7-30 所示。

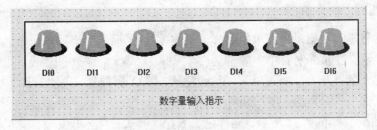

图 7-30　图形画面

3．定义串口设备

1）添加串口设备

在组态王工程浏览器的左侧选择"设备/COM1"选项，在右侧双击"新建"按钮，运行"设备配置向导"。

（1）选择：设备驱动→智能模块→亚当4000系列→Adam4050→COM，如图7-31所示。

（2）单击"下一步"按钮，给要安装的设备指定唯一的逻辑名称，如"ADAM4050"（若定义多个串口设备，该名称不能重复）。

（3）单击"下一步"按钮，选择串口号，如"COM1"（需与PC上使用的串口号一致）。

（4）单击"下一步"按钮，为要安装的模块指定地址，如"2.0"（须与模块内部设定的Addr一致。2.0表示模块地址为2，模块无校验和）。

设备定义完成后，可以在工程浏览器"设备/COM1"的右侧看到新建的串口设备"ADAM4050"。

2）设置串口通信参数

双击"设备/COM1"，弹出设置串口对话框，设置串口COM1的通信参数：波特率选"9600"，奇偶校验选"无校验"，数据位选"8"，停止位选"1"，通信方式选"RS232"，如图7-32所示。

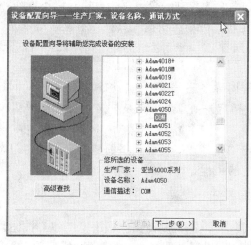

图7-31　配置串口设备ADAM4050　　　　图7-32　设置串口通信参数

设置完毕，单击"确定"按钮，就完成了对COM1的通信参数配置，保证COM1同I/O模块通信能够正常进行。

4．定义变量

在工程浏览器的左侧树形菜单中选择"数据库/数据词典"选项，在右侧双击"新建"按钮，弹出"定义变量"对话框。

（1）定义变量"开关量输入0"。变量类型选"I/O离散"，初始值选"关"，连接设备选"ADAM4050"，寄存器设为"DI0"，数据类型选"Bit"，读写属性选"只读"，采集频率设为"100"ms，如图7-33所示。同样定义6个"开关量输入"变量，变量名分别为"开关量输入1"至"开关量输入6"，对应的寄存器分别为"DI1"至"DI6"，其他属性相同。

（2）定义"灯"变量：变量名分别为"灯0"、"灯1"……"灯6"，变量类型选"内存离散"，初始值选"关"。

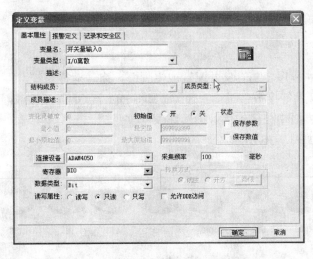

图 7-33　定义"开关量输入"变量

5. 建立动画连接

建立指示灯对象 DI0～DI6 的动画连接。双击指示灯对象，出现"指示灯向导"对话框，将变量名（离散量）设定为"\\本站点\灯 0"（其他指示灯对象选变量名依次为灯 1，灯 2 等），将正常色设置为绿色，报警色设置为红色，如图 7-34 所示。

6. 编写命令语言

进入工程浏览器，在左侧树形菜单中选择"命令语言/数据改变命令语言"，在右侧双击 "新建"按钮，

图 7-34　指示灯对象的动画连接

出现"数据改变命令语言"编辑对话框，在变量[.域]文本框中输入表达式"\\本站点\开关量输入 0"（或单击右边的"？"来选择），在编辑栏中输入程序，如图 7-35 所示。

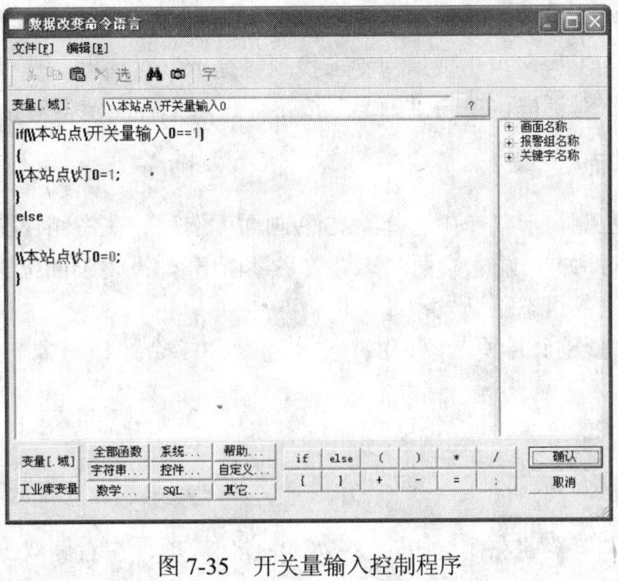

图 7-35　开关量输入控制程序

其他端口的开关量输入程序与上述介绍类似。

7. 调试与运行

将设计的画面和程序全部存储并配置成主画面，启动运行系统。

将按钮、行程开关等接数字量输入通道（如将 DI3 和 GND 短接或断开），产生数字（开关）信号，使程序界面中相应的信号指示灯颜色改变。

程序运行画面如图 7-36 所示。

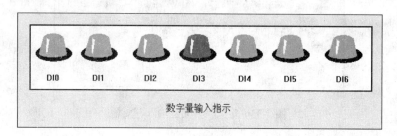

图 7-36　程序运行画面

7.3.4　数字量输出

1. 建立新工程项目

运行组态王程序，出现组态王工程管理器画面。为建立一个新工程，执行以下操作：

（1）在工程管理器中选择菜单"文件\新建工程"或单击快捷工具栏"新建"命令。

（2）单击"下一步"按钮，出现"新建工程向导之二——选择工程所在路径"对话框，选择或指定工程所在路径。

（3）单击"下一步"按钮，出现"新建工程向导之三——工程名称和描述"对话框。在对话框中输入工程名称"数字量输出"；在工程描述中输入"利用 I/O 模块实现数字量输出"。

（4）单击"完成"按钮，新工程建立，单击"是"按钮，确认将新建的工程设为组态王当前工程，此时组态王工程管理器中出现新建的工程。

（5）双击新建的工程名，出现加密狗未找到"提示"对话框，选择"忽略"选项，出现演示方式"提示"对话框，单击"确定"按钮，进入工程浏览器对话框。

2. 制作图形画面

在工程浏览器左侧树形菜单中选择"文件/画面"选项，在右侧视图中双击"新建"按钮，出现画面属性对话框，输入画面名称"数字量输出"，设置画面位置、大小等，然后单击"确定"按钮，进入组态王开发系统。

为图形画面添加 8 个开关对象、8 个文本对象和 1 个按钮对象。设计的图形画面如图 7-37 所示。

3. 定义串口设备

1）添加串口设备

在组态王工程浏览器的左侧选择"设备/COM1"选项，在右侧双击"新建"按钮，运行"设备配置向导"。

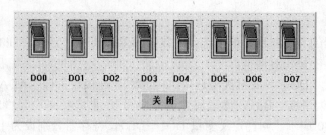

图 7-37　图形画面

（1）选择：设备驱动→智能模块→亚当 4000 系列→Adam4050→COM，如图 7-38 所示。

图 7-38　配置串口设备 ADAM4050

（2）单击"下一步"按钮，给要安装的设备指定唯一的逻辑名称，如"ADAM4050"（若定义多个串口设备，该名称不能重复）。

（3）单击"下一步"按钮，选择串口号，如"COM1"（需与 PC 上使用的串口号一致）。

（4）单击"下一步"按钮，为要安装的模块指定地址，如"2.0"（需与模块内部设定的 Addr 一致。2.0 表示模块地址为 2，模块无校验和）。

设备定义完成后，可以在工程浏览器"设备/COM1"的右侧看到新建的串口设备"ADAM-4050"。

2）设置串口通信参数

双击"设备/COM1"，弹出设置串口对话框，设置串口 COM1 的通信参数：波特率选"9600"，奇偶校验选"无校验"，数据位选"8"，停止位选"1"，通信方式选"RS232"，如图 7-39 所示。

设置完毕，单击"确定"按钮，就完成

图 7-39　设置串口参数

了对 COM1 的通信参数配置，保证 COM1 同 I/O 模块通信能够正常进行。

4．定义变量

在工程浏览器的左侧树形菜单中选择"数据库/数据词典"选项，在右侧双击"新建"按钮，弹出"定义变量"对话框。

（1）定义变量"DO0"。变量类型选"I/O 整数"，连接设备选"ADAM4050"，寄存器选"DO0"，数据类型选"Bit"，读写属性选"读写"，采集频率设为"500"毫秒，其他项默认，如图 7-40 所示。同样定义变量 DO1～DO7，寄存器分别设为 DO1～DO7，其他与变量 DO0 一样。

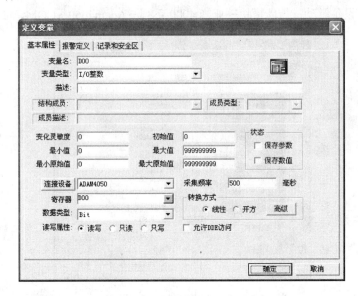

图 7-40　定义变量"DO0"

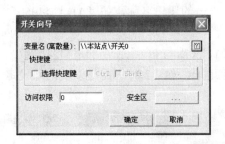

图 7-41　开关对象的动画连接

（2）定义变量"开关 0"。变量类型选"内存离散"；初始值设为"关"。

5．建立动画连接

（1）建立开关对象的动画连接。双击开关对象，出现"开关向导"对话框，将变量名（离散量）设定为"\\本站点\开关 0"（其他开关对象选变量名依次为开关 1，开关 2 等），如图 7-41 所示。

（2）建立按钮对象的动画连接。双击按钮对象"关闭"，出现动画连接对话框，选择命令语言连接功能，单击"弹起时"按钮，在"命令语言"编辑栏中输入命令"exit(0);"。

6．编写命令语言

选择"命令语言/数据改变命令语言"选项，在右侧双击"新建"按钮，出现"数据改变命令语言"编辑对话框，在变量[.域]文本框中输入表达式："\\本站点\开关 0"（或单击右边的"?"来选择），在编辑栏中输入程序，如图 7-42 所示。

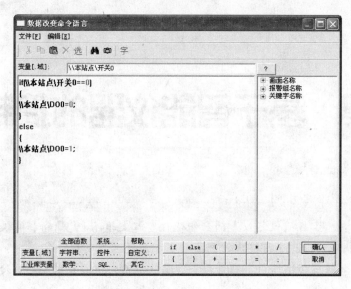

图 7-42　开关量输出控制程序

其他端口的开关量输出程序与上述介绍类似。

7. 调试与运行

设计完成后，将设计的画面和程序全部存储并将其配置成主画面，启动运行系统。

单击程序画面中开关（打开或关闭）按钮，线路中相应的数字量输出口输出高低电平。可使用万用表直接测量数字量输出通道（DOi 和 GND）的输出电压（高电平或低电平）。

程序运行画面如图 7-43 所示。

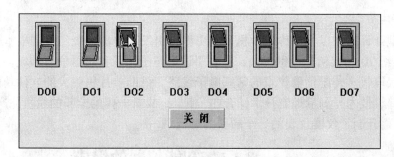

图 7-43　程序运行画面

第8章 基于智能仪器的控制应用

> 目前仪器仪表的智能化程度越来越高,大量的智能仪器都配备了 RS-232 通信接口,并提供了相应的通信协议,能够将测试、采集的数据传输给计算机等设备,以便进行大量数据的储存、处理、查询和分析。
>
> 通常个人计算机(PC)或工控机(IPC)是智能仪器上位机的最佳选择,因为 PC 或 IPC 不仅能解决智能仪器(作为下位机)不能解决的问题,如数值运算、曲线显示、数据查询、报表打印等,而且具有丰富和强大的软件开发工具环境。

8.1 智能仪器概述

单片微型计算机(以下简称单片机)的出现,引发了仪器仪表结构的根本性变革。单片机自 20 世纪 70 年代初期问世不久,就被引进到电子测量和仪器仪表领域,其作为核心控制部件很快取代了传统仪器仪表的常规电子线路。借助单片机强大的软件功能,可以很容易地将计算机技术与测量控制技术结合在一起,组成新一代的全新的微机化产品,即"智能仪器",从而开创了仪器仪表的一个崭新的时代。

8.1.1 智能仪器的组成

图 8-1 智能仪器产品

智能仪器一般是指采用了微处理器(或单片机)的电子仪器,如图 8-1 所示。由智能仪器的基本组成可知,在物理结构上,微型计算机包含于电子仪器中,微处理器及其支持部件是智能仪器的一个组成部分。从计算机的角度来看,测试电路与键盘、通信接口及显示器等部件一样,可看做是计算机的一种外围设备。因此,智能仪器实际上是一个专用的微型计算机系统,它主要由硬件和软件两大部分组成。

硬件部分主要包括主机电路、模拟量(或开关量)

输入/输出通道接口电路、串行或并行数据通信接口等，其组成如图 8-2 所示。

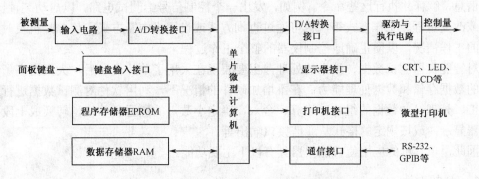

图 8-2　智能仪器硬件组成框图

智能仪器的主机电路是由单片机及其扩展电路（程序存储器 EPROM、数据存储器 RAM 及输入/输出接口等）组成的。主机电路是智能仪器区别于传统仪器的核心部件，用于存储程序、数据，执行程序并进行各种运算、数据处理和实现各种控制功能。输入电路和 A/D 转换接口构成了输入通道；而 D/A 转换接口及驱动电路则构成了输出通道；键盘输入接口、显示器接口及打印机接口等用于沟通操作者与智能仪器之间的联系，属于人-机接口部件；通信接口则用来实现智能仪器与其他仪器或设备交换数据和信息。

智能仪器的软件包括监控程序和接口管理程序两部分。其中，监控程序主要是面向仪器操作面板、键盘和显示器的管理程序。其内容包括：通过键盘操作输入并存储所设置的功能、操作方式与工作参数；通过控制 I/O 接口电路对数据进行采集；对仪器进行预定的设置；对所测试和记录的数据与状态进行各种处理；以数字、字符、图形等形式显示各种状态信息及测量数据的处理结果等。接口管理程序主要面向通信接口，其作用是接收并分析来自通信接口总线的各种有关信息、操作方式与工作参数的程控操作码，并通过通信接口输出仪器的现行工作状态及测量数据的处理结果，以响应计算机的远程控制命令。

智能仪器的工作过程是：外部的输入信号（被测量）先经过输入电路进行变换、放大、整形和补偿等处理，然后再经模拟量通道的 A/D 转换接口转换成数字量信号，送入单片机。单片机对输入数据进行加工处理、分析、计算等一系列工作，并将运算结果存入数据存储器 RAM 中。同时，可通过显示器接口送至显示器显示，或通过打印机接口送至微型打印机打印输出，也可以将输出的数字量经模拟量通道的 D/A 转换接口转换成模拟量信号输出，并经过驱动与执行电路去控制被控对象，还可以通过通信接口（如 RS-232、GPIB 等）实现与其他智能仪器的数据通信，完成更复杂的测量与控制任务。

智能仪器在结构上体现了微处理器、仪器的一体化，硬件、软件的相互融合。由于硬件减少，仪器的体积和质量也随之减小，特别是面板上用键盘接触开关代替了大多数的拨动开关，使面板简明美观，操作方便。

8.1.2　智能仪器的功能

单片机的出现与应用，对科学技术的各个领域都产生了极大的影响，与此同时也导致了一场仪器仪表技术的巨大变革。单片机在智能仪器中的具体功能可归结为两大类：对测试过程的控制和对测试数据、结果的处理。

单片机对测试过程的控制主要表现在单片机可以接受来自面板键盘和通信接口传来的命令信息，解释并执行这些命令。例如，发出一个控制信号给测试电路，以启动某种操作、设置或改变量程、工作方式等，也可通过查询方式或设置成中断方式，使单片机及时了解电路的工作情况，以便正确地控制仪器的整个工作过程。

对智能仪器测试数据、结果的处理，主要表现在采用了单片机以后，大大提高了智能仪器的数据存储和数据处理能力。在不增加硬件的情况下，利用软件对测试数据进行进一步加工、处理，如数据的组装、运算、舍入，确定小数点的位置和单位，转换成七段码送显示器显示，或按规定的格式从通信接口输出等。

因此，单片机的应用使智能仪器具有以下主要功能。

1. 人-机对话

智能仪器使用键盘代替了传统仪器中的切换开关，操作人员只需通过键盘输入命令，就能实现某种测量和处理功能。与此同时，智能仪器还可以通过显示屏将仪器的运行情况、工作状态及对测量数据的处理结果及时告诉操作人员，使仪器的操作更加方便、直观。

2. 自动校正零点、满度和自动切换量程

智能仪器的自校正功能大大降低了因仪器的零点漂移和特性变化所造成的误差，而量程的自动切换又给使用带来了很大的方便，并可以提高测量精度和读数的分辨率。

3. 自动修正各类测量误差

许多传感器的固有特性是非线性的，且受环境温度、压力等参数的影响，从而给智能仪器带来了测量误差。在智能仪器中，只要能掌握这些误差的规律，就可以依靠软件进行非线性误差的修正。在一些复杂的测量系统中，对于不确定的随机误差，若能找出其统计模型，也能进行有效的补偿。

4. 数据处理

智能仪器能实现各种复杂运算，对测量数据进行整理和加工处理，如统计分析、查找排序，标度变换、函数逼近和频谱分析等。

5. 各种控制规律

智能仪器能实现 PID 及各种复杂的控制规律，例如，可进行串级、前馈、解耦、非线性、纯滞后、自适应、模糊等控制，以满足不同控制系统的需要。

6. 多种输出形式

智能仪器的输出形式有数字显示、打印记录和声光报警，也可以输出多点模拟量（或开关量）信号。

7. 自诊断和故障监控

在运行过程中，智能仪器可以自动地对仪器本身各组成部分进行一系列的测试，一旦发现故障即能报警，并显示出故障部位，以便及时处理。有的智能仪器还可以在故障存在的情况下，自行改变系统结构，继续正常工作，即在一定程度上具有容忍错误存在的能力。

8. 数据通信

智能仪器一般都配有 GP-IB、RS-232、RS-485 等标准的通信接口，使智能仪器具有可程控操作的能力，可以很方便地与其他仪器和计算机进行数据通信，以便构成用户所需要的自动测量控制系统，完成复杂的控制任务。

8.1.3　智能仪器的特点

智能仪器与传统仪器相比较，主要有以下几个特点。

1. 仪器的功能强

由于仪器内部含有微处理器，它具有数据的处理和存储功能，在丰富的、功能强大的软件的支持下，仪器的功能较常规的仪器大为增强。例如，常规的频率计数器能够测量频率、周期等参数，带有微处理器和 A/D 转换器的通用计数器还能测量电压、相位、上升时间、占空比、漂移及比率等多种电参数；又如传统的数字多用表只能测量交流与直流电压、电流及电阻，而带有微处理器的数字多用表除了这些之外，还能测量被测量的最大/最小值、极限、统计等多种参数。仪器如果配上适当的传感器，还可测量温度、压力等非电参数。

2. 仪器的性能好

智能仪器中通过微处理器的数据存储和运算处理，能很容易地实现多种自动补偿、自动校正、多次测量平均等技术，以提高测量精度。在智能仪器中，对随机误差通常用求平均值的方法来克服；对系统误差，则根据误差产生的原因采用适当的方法处理。

在智能仪器中，很大一部分设计是软件设计，其设计与研制时间较短，硬件本身的一些缺陷或弱点可用软件方法克服，从而提高仪器的性能价格比。

3. 智能仪器的自动化程度高

常规仪器面板上的开关和旋钮均被键盘所代替。仪器操作人员要做的工作仅是按键，省略了烦琐的人工调节。智能仪器通常都能自动选择量程、自动校准，有的还能自动调整测试点，这样既方便了操作，又提高了测试精度。

4. 使用维护简单、可靠性高

智能仪器通常还具有很强的自测试和自诊断功能，有的还具有一定的容错功能，从而大大提高了仪器工作的可靠性，给仪器的使用和维护带来很大方便。

仪器中采用微处理器后能实现"硬件软化"，使许多硬件逻辑都可用软件取代。例如，传统数字电压表的数字电路通常采用了大量的计数器、寄存器、译码显示电路及复杂的控制电路，而在智能仪器中，只要速度跟得上，这些电路都可用软件取代。显然，这可使仪器降低成本、减小体积、降低功耗和提高可靠性。

8.2　组态王的 Internet 应用

随着 Internet 技术日益渗透到生产、生活的各个领域，自动化软件已发展成为整合 IT

与工厂自动化的关键。组态王 6.5 的 Internet 版本立足于门户概念，采用最新的 Java2 核心技术，功能更丰富，操作更简单。整个企业的自动化监控将以一个门户网站的形式呈现给使用者，并且不同工作职责的使用者使用各自的授权口令完成操作，这包括现场的操作者可以完成设备的启停，中控室的工程师可以完成工艺参数的整定，办公室的决策者可以实时掌握生产成本、设备利用率及产量等数据。

组态王 6.5 的 Internet 功能逼真再现现场画面，使用户在任何时间、任何地点均可实时掌控企业的每一个生产细节，现场的流程画面、过程数据、趋势曲线、生产报表（支持报表打印和数据下载）、操作记录和报警等均可轻松浏览。当然用户必须要有授权口令才能完成这些。用户还可以自己编辑发布的网站首页信息和图标，成为真正企业信息化的 Internet 门户。

8.2.1 网络连接说明

组态王完全基于网络的概念，是一种真正的客户-服务器模式，支持分布式历史数据库和分布式报警系统，可运行在基于 TCP/IP 网络协议的网上，使用户能够实现上、下位机及更高层次的厂级连网。

TCP/IP 网络协议提供了在不同硬件体系结构和操作系统的计算机组成的网络上进行通信的能力，一台 PC 通过 TCP/IP 网络协议可以和多个远程计算机（即远程节点）进行通信。

组态王的网络结构是一种柔性结构，可以将整个应用程序分配给多个服务器，可以引用远程站点的变量到本地使用（显示、计算等），这样可以提高项目的整体容量结构并改善系统的性能。服务器的分配可以是基于项目中物理设备结构或不同的功能，用户可以根据系统需要设立专门的 I/O 服务器、历史数据服务器、报警服务器、登录服务器和 Web 服务器等。

组态王网络结构是真正的客户-服务器模式，客户机和服务器必须安装 WindowsNT/2000 并同时运行组态王（除 Internet 版本的客户端），并在配置网络时绑定 TCP/IP 协议，即利用组态王网络功能的 PC 必须首先是某个局域网上的站点并启动该网，网络结构示意图如图 8-3 所示。

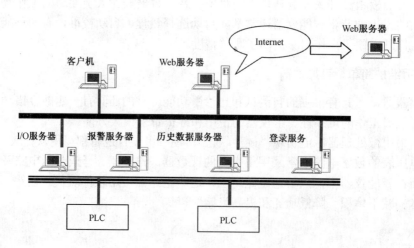

图 8-3　组态王网络结构图

在组态王网络结构中，各种服务器负责不同的分工。

● I/O 服务器：负责进行数据采集的站点。如果某个站点虽然连接了设备，但没有定义其为 I/O 服务器，那这个站点采集的数据不向网络上发布。I/O 服务器可以按照需要设置为一个或多个。

- 报警服务器：存储报警信息的站点。系统运行时，I/O 服务器上产生的报警信息将通过网络传输到指定的报警服务器上，经报警服务器验证后，产生和记录报警信息。
- 历史记录服务器：存储历史数据的站点。系统运行时，I/O 服务器上需要记录的历史数据便被传送到历史数据服务器站点上保存起来。
- 登录服务器：负责网络中用户登录的校验。在整个系统网络中只可以配置一个登录服务器。
- Web 服务器：Web 服务器是保存组态王 For Internet 版本发布的 HTML 文件，传送文件所需数据，并为用户提供浏览服务的站点。
- 客户：如果某个站点被指定为客户，可以访问其指定的 I/O 服务器、报警服务器、历史数据服务器。一个站点被定义为服务器的同时，也可以被指定为其他服务器的客户。

一个工作站站点可以充当多种服务器功能，如 I/O 服务器可以被同时指定为报警服务器、历史数据服务器、登录服务器等。报警服务器可以同时作为历史数据服务器、登录服务器等。

8.2.2　组态王的 Web 功能介绍

组态王 6.5 For Internet 应用版本——组态王 Web 版，提供了组态王画面的 Internet/Intranet 内的 IE 浏览功能。组态王 Web 功能采用 B/S 结构，客户可以随时随地通过 Internet/Intranet 网络实现组态王画面的远程监控，而远程客户端需要的软件环境仅是安装了 Microsoft Internet Explore 5.0 以上或者 Netscape 3.5 以上的浏览器及 JRE 插件（第一次浏览组态王画面时会自动下载并安装保留在系统上），IE 客户端就能获得与组态王运行系统相同的监控画面，实现了对客户信息服务的动态性、实时性和交互性。

1．Web 版的技术特性

（1）Java 2 图形技术，支持跨平台运行，功能强大。

（2）支持多画面集成显示，实现组态王运行系统图形相一致的显示效果。

（3）支持动画显示，客户端和服务器端保持数据同步，使客户端用户达到身临其境的效果。

（4）组态王运行系统内嵌 Web 服务器系统处理远程 IE 端的访问请求，无须额外的 Web 服务器。

（5）基于通用的 TCP/IP、Http 协议，具有广泛的广域网互联。

（6）B/S 结构体系，只需普通的浏览器就可以实现远程组态系统的监视和控制。

（7）远程客户端系统的运行不影响主控机的运行，而客户端可以具有操作远程主控机的能力。

2．Web 版的功能特性

在组态王 6.5 中，采用了 Web 发布和浏览的分组方式。同一组内可以打开多个画面，实现了画面的动态加载和实时显示。设计了新的网络安全权限设置、Web 连接和发布、画面调度算法等方案，同时加入了 IE 界面操作菜单、状态栏等使操作更方便快捷的功能，达到了远程组态系统浏览和组态王运行的一致效果。新的 Web 功能主要增加了以下几个方面：

（1）支持无限色、过渡色。支持组态王中的过渡色填充和模式填充。支持真彩色，支持粗线条、虚线等线条类型，实现了组态王系统和 Web 系统真正的视觉同步。

（2）报表功能。增加了 Web 版的报表控件功能，支持实时报表和历史报表，支持报表内嵌函数和变量链接，支持报表单元格的运算和求值，支持报表打印，支持报表内容下载功能。

（3）命令语言扩充。扩充了运算函数和求值函数，支持报表单元格变量和运算，支持局部变量，支持结构变量，扩展了变量的域，增加了画面打开和关闭、IE 端打印画面、打印报表、报表统计等函数。

（4）支持大画面。支持组态王的大画面功能，在 IE 端可以显示组态王的任意大画面。

（5）支持远程变量。组态王 Web 服务器上引用的远程变量用户可以进行网页发布，使其在 IE 上显示（这就是说无论用户的网络有多大，都可以选用 64 点带 Web 发布的软件做服务器，大大降低了用户的软件费用）。

（6）安全管理。组态王内部的用户操作权限和安全区的设置对 IE 浏览器端同样有效。另外 IE 浏览器端的画面登录也有权限设置，不同的用户登录浏览能做的操作不同。

（7）多语言版本。可扩展性强，适合多种语言版本。

8.3　系统设计说明

8.3.1　设计任务

利用 KingView 编写应用程序实现 PC 与智能仪器温度测控。任务要求如下：

（1）PC 自动连续读取并显示智能仪器温度测量值（十进制）。

（2）统计测量温度的平均值、最大值、最小值等。

（3）PC 程序画面绘制温度实时变化曲线。

（4）PC 程序画面以十进制方式显示多个智能仪表温度测量值。

（5）PC 程序读取并显示各个仪表的上、下限报警值，并能通过 PC 程序设置改变。

（6）当测量温度值大于或小于设定的上、下限报警值时，PC 程序画面中相应的信号指示灯变化颜色。

（7）通过 Internet 网络在客户机上自动连续读取并显示智能仪器温度检测值，并绘制智能仪器检测温度的实时变化曲线。

8.3.2　硬件系统

1. 系统连接

1）PC 与单台智能仪器连接

XMT 系列仪表是具有调节、报警功能的数字式指示调节型智能仪表，是专为热工、电力、化工等工业系统测量、显示、变送温度的一种标准仪器，适用于旧式动圈指针式仪表的更新、改造。它采用工控单片机为主控部件，智能化程度高，使用方便。它不仅具有显示温度的功能，还能实现被测温度超限报警或双位继电器调节。其面板上设置有温度设定按键。当被测温度高于设定温度时，仪表内部的继电器动作，可以切断加热回路。

南京朝阳仪表有限责任公司生产的 XMT-3000A 智能仪器采用先进的微电脑芯片、专家 PID 控制算法，具备高准确度的自整定功能，并可以设置出多种报警方式（详细信息请查询网站 http://www.njcy.com/）。

图 8-4 所示是 XMT-3000A 型智能仪器示意图。

在计算机与智能仪器通电前，按图 8-5 所示将热电阻传感器 Cu50、上下限报警指示灯与 XMT-3000A 智能仪器连接。

图 8-4　XMT-3000A 型智能仪器示意图

一般 PC 采用 RS-232 通信接口，若仪表具有 RS-232 接口，当通信距离较近且是一对一通信时，二者可直接电缆连接。可通过三线制串口线将计算机与智能仪器连接起来：智能仪器的 14 端子（RXD）与计算机串口 COM1 的 3 脚（TXD）相连；智能仪器的 15 端子（TXD）与计算机串口 COM1 的 2 脚（RXD）相连；智能仪器的 16 端子（GND）与计算机串口 COM1 的 5 脚（GND）相连。

特别注意：连接仪器与计算机串口线时，仪器与计算机严禁通电，否则极易烧毁串口。

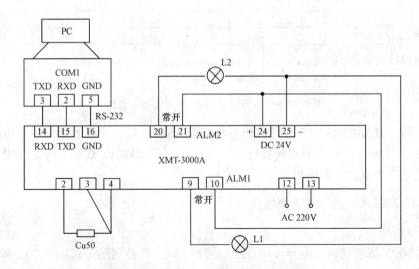

图 8-5　PC 与智能仪器组成温度测控系统

2）PC 与多台智能仪器连接

由于一个 RS-232 通信接口只能连接一台 RS-232 仪表，当 PC 与多台具有 RS-232 接口的仪表通信时，可使用 RS-232/RS-485 型通信接口转换器，将计算机上的 RS-232 通信口转为 RS-485 通信口，在信号进入仪表前再使用 RS-485/RS-232 转换器将 RS-485 通信口转为 RS-232 通信口，再与仪表相连，如图 8-6 所示。

当 PC 与多台具有 RS-485 接口的仪表通信时，由于两端设备接口电气特性不一，不能直接相连，因此，也采用 RS-232 接口到 RS-485 接口转换器，将 RS-232 接口转换为 RS-485 信号电平，再与仪表相连，如图 8-7 所示。

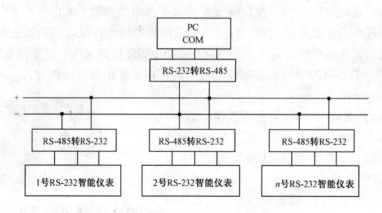

图 8-6　PC 与多台 RS-232 仪表连接示意图

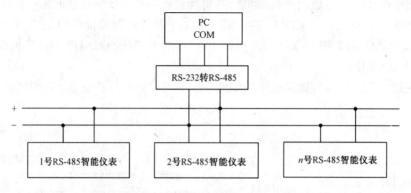

图 8-7　PC 与多台 RS-485 仪表连接示意图

如果 IPC 直接提供 RS-485 接口，与多台具有 RS-485 接口的仪表通信时不用转换器可直接相连。RS-485 接口只有两根线要连接，有+、–端（或称 A、B 端）区分，用双绞线将所有仪表的接口并联在一起即可。

2．XMT-3000A 智能仪表通信协议

1）接口规格

XMT-3000A 智能仪表使用异步串行通信接口，共有两种通信方式：RS-232 和 RS-485。接口电平符合 RS-232C 或 RS-485 标准中的规定。数据格式为 1 个起始位，8 位数据，无校验位，2 个停止位。通信传输数据的波特率可调为 300～4800 bit/s。

XMT 仪表采用多机通信协议，如果采用 RS-485 通信接口，则可将 1～64 台的仪表同时连接在一个通信接口上。采用 RS-232C 通信接口时，一个通信接口只能连接一台仪表。

RS-485 通信接口与 RS-422 接口的信号电平相同，通信距离长达 1km 以上，优于 RS-232C 通信接口。RS-422 为全双工工作方式，RS-485 为半双工工作方式，RS-485 只需两根线就能使多台 XMT 仪表与计算机进行通信，而 RS-422 需要 4 根通信线。由于通信协议的限制，XMT 只能工作在半双工模式，所以 XMT 仪表推荐使用 RS-485 接口，以简化通信线路接线。为使用普通个人计算机作上位机，可使用 RS-232C/RS-485 型通信接口转换器，将计算机上的 RS-232C 通信口转为 RS-485 通信口。

XMT 仪表的 RS-232C 及 RS-485 通信接口采用光电隔离技术将通信接口与仪表的其他

部分线路隔离，当通信线路上的某台仪表损坏或故障时，并不会对其他仪表产生影响。同样当仪表的通信部分损坏或主机发生故障时，仪表仍能正常进行测量及控制，并可通过仪表键盘对仪表进行操作。因此采用 XMT 仪表组成的集散型控制系统具有较高工作可靠性。

2）通信指令

XMT 仪表采用十六进制数据格式来表示各种指令代码及数据。XMT 仪表软件通信指令经过优化设计，只有两条，一条为读指令，另一条为写指令，两条指令使得上位机软件编写容易，不过却能 100%完整地对仪表进行操作。

地址代号：为了在一个通信接口上连接多台 XMT 仪表，需要给每台 XMT 仪表编一个互不相同的代号，这一代号在本文约定中称通信地址代号（简称地址代号）。XMT 有效的地址为 0～63，所以一条通信线路上最多可连接 64 台 XMT 仪表。仪表的地址代号由参数 Addr 决定。

XMT 调节器内部采用整型数据表示参数及测量值等，数据最大范围为：−999～9999（线性测量时）或者是−9999～30 000（温度测量时）。因此采用−32 768～−16 384 之间的数值来表示地址代号。XMT 仪表通信协议规定，地址代号为两字节，其数值范围（十六进制数）是 80H～BFH，两个字节必须相同，数值为（仪表地址+80H）。例如，仪表参数 Addr=10（十六进制数为 0AH，0A+80H=8AH），则该仪表的地址表示为：8AH　8AH。

参数代号：仪表的参数用 1 个十六进制数的参数代号来表示。它在指令中表示要读/写的参数名。表 8-1 列出了 XMT 仪表的部分参数代号。

表 8-1　XMT 仪表可读/写的参数代号表

参 数 代 号	参 数 名	含 义	参 数 代 号	参 数 名	含 义
00H	SV	给定值	0BH	Sn	输入规格
01H	HIAL	上限报警	0CH	dIP	小数点位置
02H	LoAL	下限报警	0DH	dIL	下限显示值
03H	dHAL	正偏差报警	0EH	dIH	上限显示值
04H	dLAL	负偏差报警	15H	baud	通信波特率
05H	dF	回差	16H	Addr	通信地址
06H	CtrL	控制方式	17H	dL	数字滤波

注：如果向仪表读取参数代号在表中参数以外，则返回参数值为错误信号（两个 7F 值）。

（1）读指令。

指令格式为：地址代号+52H+参数代号。

返回：依次返回为测量值 PV、给定值 SV、输出值 MV+报警状态、所读参数值。

读或写指令均返回测量值、给定值、输出值、报警状态及指定的参数值。

例如，主机需要读地址为 0（Addr=0）的仪表当前测量值等数据及 dIP 参数，该仪表当前测量值为 250.8℃，设定温度为 250℃，输出值为 32，存在上限报警，dIP 参数为 1。

则主机向仪表发送读指令：80H 80H 52H 0CH；其中，80H 80H 代表仪表地址代号；52H 代表读指令；0CH 代表参数代号。

仪表返回数据为：CCH 09H C4H 09H 20H 00H 02H；其中，CCH 09H 代表测量值；C4H 09H 代表给定值；20H 00H 代表输出值/报警状态；02H 代表 dIP 参数值。

返回的测量值数据每两个 8 位数据代表一个 16 位整形数，低位字节在前，高位字节在后，负温度值采用补码表示，热电偶或热电阻输入时其单位都是 0.1℃（回送的十六进制数据（两字节）先转换为十进制数据，然后将十进制数据除以 10 再显示出来），1~5V 或 0~5V 等线性输入时，单位都是线性最小单位。因为传递的是 16 位二进制数，所以无法表示小数点，要求用户在上位机处理。

上位机每向仪表发一个指令，仪表返回一个数据。编写上位机软件时，注意每条有效指令，仪表在 0~0.36s 内做出应答，而上位机也必须等仪表返回指令后，才能发新的指令，否则将引起错误。如果仪表超过最大响应时间仍没有应答，则原因可能无效指令、通信线路故障，仪表没有开机，通信地址不符合等，此时上位机应重发指令。

（2）写指令。

指令格式：地址指令+43H+参数代号+写入值的低位字节+写入值的高位字节。

仪表返回：测量值 PV、给定值 SV、输出值 MV+报警状态、被写入的参数值。

写命令的参数代号的含义与读命令中的参数代号是一样的，数据的格式也相同。

写入值为 16 位整数，设定温度的单位为℃。

例如，需要设定地址为 2 的 XMT 仪表的下限报警温度为 300℃。

主机向仪表发送写指令：82H 82H 43H 02H 2CH 01H

其中 82H 82H 代表地址代号；43H 代表写指令；02H 代表参数代号；2CH 代表写入值的低位字节；01H 代表写入值的高位字节。

返回：仪表写参数完毕，将返回已写的数据：

CCH 09H C4H 09H 20H 00H 2CH 01H

其中，CCH 09H 代表测量值；C4H 09H 代表给定值；20H 00H 代表输出值/报警值；2CH 01H 代表 dLAL 参数值。

3. PC 与 XMT-3000A 智能仪器串口通信调试

1）智能仪器参数设置

XMT-3000A 智能仪器在使用前应对其输入/输出参数进行正确设置，设置好的仪器才能投入正常使用。按表 8-2 设置仪器的主要参数。

表 8-2　XMT-3000A 智能仪器的参数设置

参　数	参　数　含　义	1 号仪器设置值	2 号仪器设置值	3 号仪器设置值
HIiAL	上限绝对值报警值	30	30	30
LoAL	下限绝对值报警值	20	20	20
Sn	输入规格	20	20	20
diP	小数点位置	1	1	1
ALP	仪器功能定义	10	10	10
Addr	通信地址	1	2	3
bAud	通信波特率	4800	4800	4800

尤其注意 DCS 系统中每台仪器有一个仪器号，PC 通过仪器号来识别网上的多台仪器，要求网上的任意两台仪器的编号（即地址代号 Addr 参数）不能相同；所有仪器的通信参数如波特率必须一样，否则该地址的所有仪器通信都会失败。

正确设置仪器参数后，仪器 PV 窗显示当前温度测量值；给某仪器传感器升温，当温度测量值大于该仪器上限报警值 30℃时，上限指示灯 L2 亮，仪器 SV 窗显示上限报警信息；给传感器降温，当温度测量值小于上限报警值 30℃，大于下限报警值 20℃时，该仪器上限指示灯 L2 和下限指示灯 L1 均灭；给传感器继续降温，当温度测量值小于下限报警值 20℃时，该仪器下限指示灯 L1 亮，仪器 SV 窗下限报警信息。

2）串口调试

PC 与智能仪器系统连接并设置参数后，可进行串口通信调试。

打开"串口调试助手"程序，首先设置串口号"COM1"、波特率"4800"、校验位"NONE"、数据位"8"、停止位"2"等参数（注意：设置的参数必须与仪器设置的一致），选择十六进制显示和十六进制发送方式，打开串口，如图 8-8 所示。

在"发送的字符/数据"文本框中输入读指令：81 81 52 0C，单击"手动发送"按钮，则 PC 向仪器发送一条指令，仪器返回一串数据，如：3F 01 14 00 00 01 01 00，该串数据在返回信息框内显示。

根据仪器返回数据，可知仪器的当前温度测量值为：01 3F（十六进制，低位字节在前，高位字节在后），十进制为 31.9℃。

若选择了"手动发送"，每单击一次可以发送一次；若选中了"自动发送"，则每隔设定的发送周期内发送一次，直到去掉"自动发送"为止。

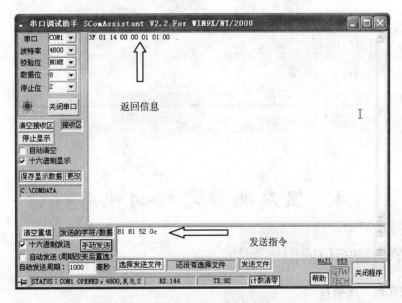

图 8-8　串口调试助手

打开 Windows 附件中"计算器"程序，在"查看"菜单下选择"科学型"。

选择"十六进制"，输入仪器当前温度测量值：01 3F（十六进制，0 在最前面不显示），如图 8-9 所示。

单击"十进制"选项，则十六进制数"013F"转换为十进制数"319"，如图 8-10 所示。仪器的当前温度测量值为：31.9℃（十进制）。

同样输入读指令：82 82 52 0C，单击"手动发送"按钮，2 号表返回数据串；再输入读指令：83 83 52 0C，单击"手动发送"按钮，3 号表返回数据串。

可用"计算器"程序分别计算各个表的测量温度值。

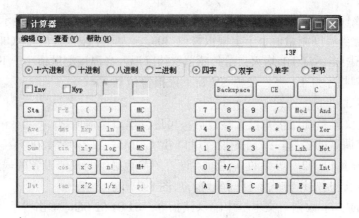

图 8-9 在"计算器"中输入十六进制数

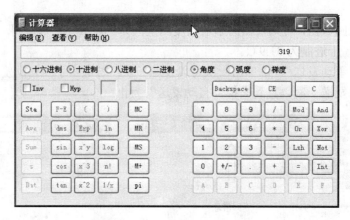

图 8-10 十六进制数转十进制数

8.4 温度测量与控制程序设计

8.4.1 单台智能仪器温度测控

1. 建立新工程项目

运行组态王程序，出现组态王工程管理器画面。

为建立一个新工程，执行以下操作：

（1）在工程管理器中选择菜单"文件\新建工程"或单击快捷工具栏"新建"命令，出现"新建工程向导之一——欢迎使用本向导"对话框。

（2）单击"下一步"按钮，出现"新建工程向导之二——选择工程所在路径"对话框，选择或指定工程所在路径。如果用户需要更改工程路径，则单击"浏览"按钮。如果路径或文件夹不存在，则创建。

（3）单击"下一步"按钮，出现"新建工程向导之三——工程名称和描述"对话框。在对话框中输入工程名称"PC&XMT3000A"（必须，可以任意指定）；在工程描述中输入

"利用 KingView 实现 PC 与智能仪器串口通信"（可选），如图 8-11 所示。

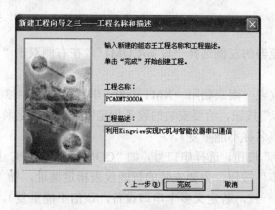

图 8-11　创建工程

（4）单击"完成"按钮，新工程建立，单击"是"按钮，确认将新建的工程设为组态王当前工程，此时组态王工程管理器中出现新建的工程。

（5）双击新建的工程名，出现加密狗未找到"提示"对话框，选择"忽略"，出现演示方式"提示"对话框，单击"确定"按钮，进入工程浏览器对话框。

2. 制作图形画面

在工程浏览器左侧树形菜单中选择"文件/画面"，在右侧视图中双击"新建"，出现画面属性对话框，输入画面名称"智能仪器温度测控"，设置画面位置、大小等，然后单击"确定"按钮，进入组态王开发系统。

（1）为图形画面添加 1 个仪表对象：在开发系统中执行菜单"图库/打开图库"命令，进入图库管理器，选择"仪表"库中的一个图形对象。

（2）通过工具箱为图形画面添加 1 个实时趋势曲线控件。

（3）在画面工具箱中单击"T"插入 8 个文本域，写上文字，分别是 4 个标签"测量值"、"平均值"、"最大值"、"最小值"；对应的 4 个显示文本框"000"。

（4）在工具箱中选择"按钮"控件添加到画面中，然后选中该按钮，单击鼠标右键，选择"字符串替换"，将按钮"文本"改为"关闭"。

设计的图形画面如图 8-12 所示。

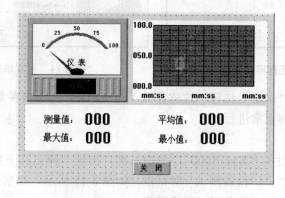

图 8-12　图形画面

3．定义串口设备

1）添加设备

在组态王工程浏览器的左侧选择"设备/COM1"，在右侧双击"新建"，运行"设备配置向导"。

（1）选择：智能仪表→南京朝阳→XMT3000→串行，如图 8-13 所示。

（2）单击"下一步"按钮，给要安装的设备指定唯一的逻辑名称，如"XMT3000"（若定义多个串口设备，该名称不能重复）。

（3）单击"下一步"按钮，选择串口号，如"COM1"（须与 PC 上使用的串口号一致）。

（4）单击"下一步"按钮，为要安装的智能仪表指定地址，如"1"（必须与智能仪表内部设定的 Addr 参数一致，若定义多个串口设备，该值不能重复）。

（5）单击"下一步"按钮，不改变通信参数。

（6）单击"下一步"按钮，显示所要安装的设备信息总结，请检查各项设置是否正确，确认无误后，单击"完成"按钮。

设备定义完成后，用户可以在工程浏览器"设备/COM1"的右侧看到新建的串口设备"XMT3000"。

2）设置串口通信参数

双击"设备/COM1"，弹出设置串口对话框，如图 8-14 所示。

设置串口 COM1 的通信参数：波特率"4800"；奇偶校验"无校验"；数据位"8"；停止位"2"；通信方式"RS232"。

图 8-13　选择串口设备

图 8-14　设置串口参数

设置完毕，单击"确定"按钮，这就完成了对 COM1 的通信参数配置，保证 COM1 同智能仪器的通信能够正常进行。

3）测试智能仪表

选择新建的串口设备"XMT3000"，单击右键，出现一弹出式下拉菜单，选择"测试 XMT3000"项，出现"串口设备测试"对话框，如图 8-15 所示，观察设备参数与通信参数是否正确，若正确，选择"设备测试"选项卡。

寄存器选"PV"，数据类型选"Float"；单击"添加"按钮，采集列表出现 PV 寄存器项，单击"读取"按钮，则 PV 寄存器的值出现在列表里，如图 8-16 所示，PV 寄存器的值为"239.000"，该值除以 10 就是仪表的温度测量值。

图 8-15　查看通信参数

图 8-16　串口设备测试

如果智能仪器与计算机串口连接错误，则出现通信失败提示框。

4．定义变量

在工程浏览器的左侧树形菜单中选择"数据库/数据词典"，在右侧双击"新建"，弹出"定义变量"对话框。

（1）定义变量"测量值"：变量类型选"I/O 实数"，最小值设为"0"，最大值设为"100"，最小原始值设为"0"，最大原始值设为"1000"，连接设备选"智能仪表"，寄存器选"PV"，数据类型选"FLOAT"，读写属性选"只读"，采集频率设为"500"毫秒，如图 8-17 所示。

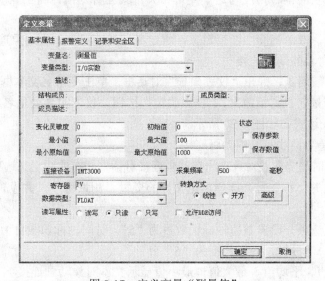

图 8-17　定义变量"测量值"

（2）定义变量"平均值"：变量类型选"内存实数"，初始值设为"0"，最小值设为"0"，最大值设为"100",如图8-18所示。

(3)定义变量"最大值"、"最小值":变量类型选"内存实数",初始值均设为"0",最小值均设为"0",最大值均设为"100"。

(4)定义变量"累加值":变量类型选"内存实数",初始值设为"0",最小值设为"0",最大值设为"100 000"。

(5)定义变量"采样个数":变量类型选"内存整数",初始值设为"0",最小值设为"0",最大值设为"1000",如图8-19所示。

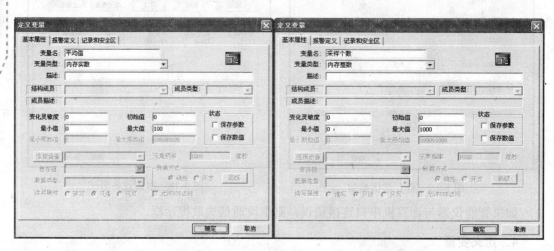

图8-18 定义变量"平均值" 图8-19 定义变量"采样个数"

5. 建立动画连接

动画连接就是建立画面的图素与数据库变量的对应关系。这样,工业现场的数据如温度发生变化时,通过驱动程序,将引起实时数据库中变量的变化。如果画面上有一个图素,比如指针,规定了它的偏转角度与这个变量相关,就会看到指针随工业现场数据的变化量同步偏转。

进入开发系统,双击画面中图形对象,将定义好的变量与相应对象连接起来。

1)建立仪表对象的动画连接

双击画面中仪表对象,弹出"仪表向导"对话框,单击变量名文本框右边的"?"号,选择已定义好的变量名"测量值",单击"确定"按钮,仪表向导变量名文本框中出现"\\本站点\测量值"表达式,如图8-20所示。

2)建立实时趋势曲线对象的动画连接

双击画面中实时趋势曲线对象,出现动画连接对话框。在曲线定义选项中,单击曲线1表达式文本框右边的"?"号,选择已定义好的变量"测量值",并设置其他参数值,如图8-21所示。

进入标识定义选项,设置数值轴标识数目为"5",时间轴标识数目为"5",格式为分、秒,更新频率为"1"秒钟,时间长度为"5"分钟。

3)建立测量值、平均值、最大值、最小值显示文本对象动画连接

双击画面中测量值显示文本对象"000",出现"动画连接"对话框,将"模拟值输出"属性与变量"测量值"连接,输出格式:整数"2"位,小数"1"位,如图8-22所示。

图 8-20 仪表对象的动画连接

图 8-21 实时趋势曲线对象的动画连接

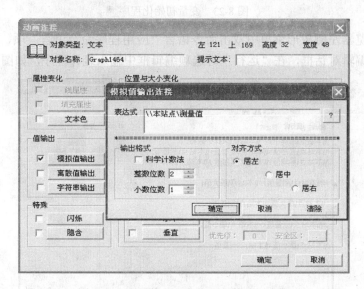

图 8-22 测量值显示文本对象的动画连接

再将平均值、最大值、最小值显示文本对象"000"的"模拟值输出"属性分别与变量"平均值"、"最大值"、"最小值"连接，输出格式：整数"2"位，小数"1"位。

4）建立按钮对象的动画连接

双击按钮对象"关闭"，出现动画连接对话框。选择命令语言连接功能，单击"弹起时"按钮，在"命令语言"编辑栏中输入命令"exit(0)；"。

6. 编写命令语言

进入工程浏览器，在左侧树形菜单中选择"命令语言/事件命令语言"，在右侧双击"新建"按钮，出现"事件命令语言"编辑对话框，在"事件描述"文本框中输入表达式："\\本站点\测量值>0"；在事件"发生时"编辑栏中输入变量初始化语句，如图 8-23 所示。

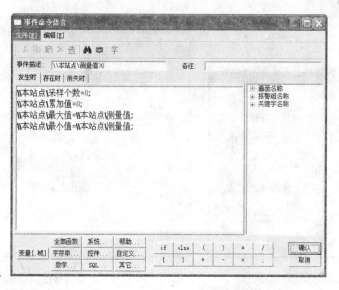

图 8-23　变量初始化程序

在工程浏览器左侧树形菜单中双击命令语言"应用程序命令语言"项，出现"应用程序命令语言"编辑对话框，在"运行"时选项编辑框中输入统计程序，如图 8-24 所示。

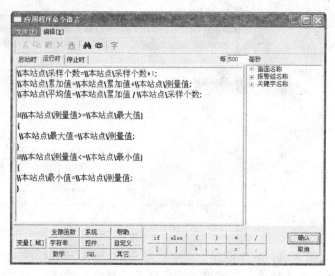

图 8-24　统计程序

7. 调试与运行

（1）存储：设计完成后，在开发系统"文件"菜单中执行"全部存"命令将设计的画面和程序全部存储。在开发系统中，对画面所做的任何改变，必须存储，所做的改变才有效！

（2）配置主画面：在工程浏览器中，单击快捷工具栏上"运行"配置命令按钮，在出现的"运行系统设置"对话框中，进入主画面配置选项，选中制作的图形画面名称"智能仪器温度测控"，单击"确定"按钮即将其配置成主画面。

（3）运行：在工程浏览器中，单击快捷工具栏上"VIEW"按钮或在开发系统中执行"文件/切换到 view"命令，启动运行系统。

给传感器升温或降温，画面中显示测量温度值及实时变化曲线；并统计测量温度的平均值、最大值、最小值等。

程序运行画面如图 8-25 所示。

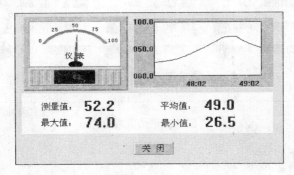

图 8-25 运行画面

8.4.2 多台智能仪器温度测控

1. 建立新工程项目

为建立一个新工程，执行以下操作：

（1）在工程管理器中选择菜单"文件\新建工程"或单击快捷工具栏"新建"命令，出现"新建工程向导之一——欢迎使用本向导"对话框。

（2）单击"下一步"按钮，出现"新建工程向导之二——选择工程所在路径"对话框。选择或指定工程所在路径。如果需要更改工程路径，则单击"浏览"按钮。如果路径或文件夹不存在，则创建。

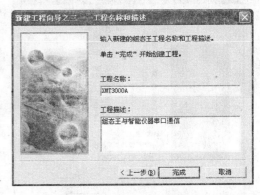

图 8-26 输入工程名称和描述

（3）单击"下一步"按钮，出现"新建工程向导之三——工程名称和描述"对话框，如图 8-26 所示。在对话框中输入工程名称"XMT3000A"（必须，可以任意指定）；在工程描述中输入"组态王与智能仪器串口通信"（可选）。

（4）单击"完成"按钮，新工程建立，单击"是"按钮，确认将新建的工程设为组态王当前工程，此时组态王工程管理器中出现新建的工程。

2. 制作图形画面

在工程浏览器左侧树形菜单中选择"文件/画面"，在右侧视图中双击"新建"，出现画面属性对话框，输入画面名称"温度测控"、设置画面位置、大小等。

（1）通过工具箱在空白图形画面中添加 18 个文本对象，1 个按钮对象。

（2）进入图库管理器，添加 3 个仪表对象，6 个指示灯对象。

设计的图形画面如图 8-27 所示。

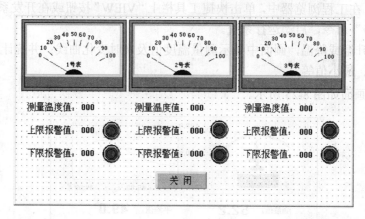

图 8-27　图形画面

3. 定义串口设备

1）添加 3 个串口设备

在组态王工程浏览器的左侧选择"设备/COM1"，在右侧双击"新建"图标，运行"设备配置向导"。

图 8-28　选择串口设备

（1）选择：设备驱动→智能仪表→南京朝阳→XMT3000→串行，如图 8-28 所示。

（2）单击"下一步"按钮，给要安装的设备指定唯一的逻辑名称，如"智能仪表 1"（若定义多个串口设备，该名称不能重复）。

（3）单击"下一步"按钮，选择串口号，如"COM1"（与计算机上使用的串口号一致）。

（4）单击"下一步"按钮，为要安装的智能仪表指定地址，如"1"（若定义多个串口设备，该值不能重复）。

（5）单击"下一步"按钮，不改变通信参数。

（6）单击"下一步"按钮，显示所要安装的设备信息总结，检查各项设置是否正确，确认无误后，单击"完成"按钮。

（7）按（1）～（6）的步骤，定义其他 2 个串口设备：

- 逻辑名称："智能仪表 2"，串口号："COM1"，仪表地址："2"。
- 逻辑名称："智能仪表 3"，串口号："COM1"，仪表地址："3"。

注意：选择的串口号必须与 PC 上使用的串口号一致；仪表地址必须与联网的 3 个智能仪表内部设定的 Addr 参数一致。

设备定义完成后，可以在工程浏览器"设备/COM1"的右侧看到新建的串口设备"智能仪表 1"、"智能仪表 2"、"智能仪表 3"。

2）设置串口通信参数

双击"设备/COM1"，弹出设置串口对话框，设置串口 COM1 的通信参数：波特率选

"4800",奇偶校验选"无校验",数据位选"8",停止位选"2",通信方式选"RS232",如图 8-29 所示。

设置完毕,单击"确定"按钮,这就完成了对 COM1 的通信参数配置,使 COM1 同智能仪表的通信能够正常进行。

3)测试智能仪表

选择新建的串口设备"智能仪表 1",单击右键,出现一弹出式下拉菜单,选择"测试智能仪表 1"项,出现"串口设备测试"对话框,如图 8-15 所示,观察设备参数与通信参数是否正确,若正确,选择"设备测试"选项卡。

寄存器选"PV",数据类型选"FLOAT";单击"添加"按钮,采集列表出现 PV 寄存

图 8-29　设置串口参数

器项,单击"读取"按钮,则 PV 寄存器的值出现在列表里,如图 8-16 所示,PV 寄存器的值为"239.000",该值除以 10 就是仪表的温度测量值。

如果智能仪器与计算机串口连接错误,则出现通信失败提示框。

同样可以测试"智能仪表 2"、"智能仪表 3"。

4. 定义变量

在工程浏览器的左侧选择"数据库/数据词典",在右侧双击"新建",弹出"定义变量"对话框,分别定义下面 15 个变量。

(1)定义变量"测量值 1"、"测量值 2"、"测量值 3"。

定义变量"测量值 1":变量类型选"I/O 实数",最小值为"0",最大值为"100",最小原始值为"0",最大原始值为"1000",连接设备选"智能仪表 1",寄存器选"PV",数据类型选"FLOAT",读写属性选"只读",采集频率设为"500"ms,如图 8-30 所示。

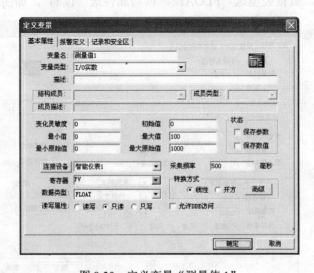

图 8-30　定义变量"测量值 1"

变量"测量值2"、"测量值3"的定义与"测量值1"基本相同,不同的是连接设备分别为"智能仪表2"和"智能仪表3"。

(2) 定义变量"上限报警值1"、"上限报警值2"、"上限报警值3"。

定义变量"上限报警值1":变量类型选"I/O实数",初始值为"50",最小值为"0",最大值为"1000",最小原始值为"0",最大原始值为"1000",连接设备选"智能仪表1",寄存器选"HIAL",数据类型选"FLOAT",读写属性选"读写",如图8-31所示。

变量"上限报警值2"、"上限报警值3"的定义与"上限报警值1"基本相同,不同的是连接设备分别为"智能仪表2"和"智能仪表3"。

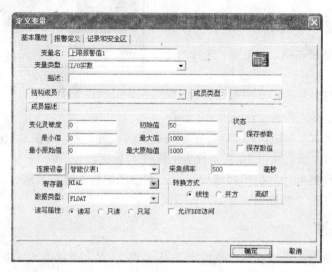

图8-31 定义变量"上限报警值1"

(3) 定义变量"下限报警值1"、"下限报警值2"、"下限报警值3"。

定义变量"下限报警值1":变量类型选"I/O实数",初始值为"20",最小值为"0",最大值为"1000",最小原始值为"0",最大原始值为"1000",连接设备选"智能仪表1",寄存器选"LOAL",数据类型选"FLOAT",读写属性选"读写",如图8-32所示。

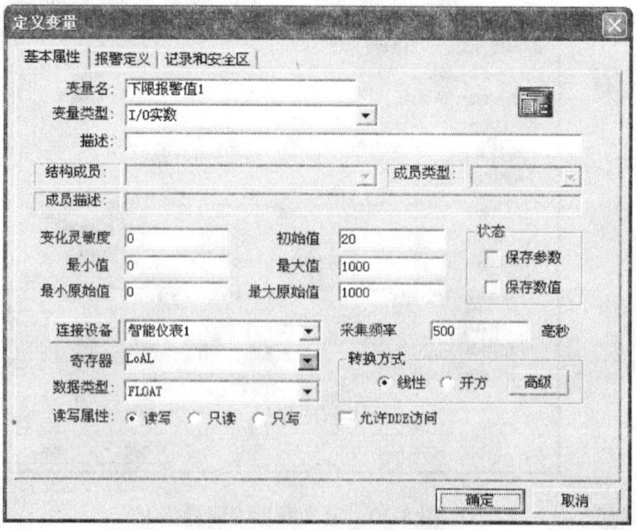

图8-32 定义变量"下限报警值1"

变量"下限报警值2"、"下限报警值3"的定义与"下限报警值1"基本相同，不同的是连接设备分别为"智能仪表2"和"智能仪表3"。

（4）定义变量"上限灯1"、"上限灯2"、"上限灯3"、"下限灯1"、"下限灯2"、"下限灯3"：全部相同，变量类型选"内存离散"，初始值选"关"。

5．建立动画连接

进入开发系统，双击画面中图形对象，将定义好的变量与相应对象连接起来。

（1）建立仪表对象的动画连接。

双击画面中仪表对象1，弹出"仪表向导"对话框，将其中变量名的表达式设置为"\\本站点\测量值1"（可以直接输入，也可以单击变量名文本框右边的"？"号，从"选择变量名"对话框选择已定义好的变量名"测量值1"），将标签改为"1号表"，如图 8-33 所示。

同样，建立仪表对象2、仪表对象3的动画连接，变量名分别是"\\本站点\测量值2"、"\\本站点\测量值3"，标签分别为"2号表"、"3号表"。

（2）将1号、2号、3号表测量温度值显示文本"000"的"模拟值输出"属性分别与变量"测量值1"、"测量值2"、"测量值3"连接。以1号表为例说明连接方法。

图 8-33　仪表对象动画连接

双击画面中文本对象"000"，出现"动画连接"对话框，单击"模拟值输出"按钮，则弹出"模拟值输出连接"对话框，将其中的表达式设置为"\\本站点\测量值1"（可以直接输入，也可以单击表达式文本框右边的"？"号，从"选择变量名"对话框选择已定义好的变量名"测量值1"），整数位数设为2，小数位数设为1，单击"确定"按钮返回到"动画连接"对话框，再次单击"确定"按钮，动画连接设置完成。

（3）将1号、2号、3号表上限报警值显示文本"000"的"模拟值输出"属性、"模拟值输入"属性分别与变量"上限报警值1"、"上限报警值2"、"上限报警值3"连接。

（4）将1号、2号、3号表下限报警值显示文本"000"的"模拟值输出"属性、"模拟值输入"属性分别与变量"下限报警值1"、"下限报警值2"、"下限报警值3"连接。

（5）将1号、2号、3号表上限指示灯对象、下限指示灯对象分别与变量"上限灯1"、"上限灯2"、"上限灯3"、"下限灯1"、"下限灯2"、"下限灯3"连接。以1号表上限灯为例说明连接方法。

双击画面中指示灯对象，出现"指示灯向导"对话框，将变量名设定为"\\本站点\上限灯1"（可以直接输入，也可以单击变量名文本框右边的"？"号，选择已定义好的变量名"deng"）。将正常色设置为绿色，报警色设置为红色。设置完毕单击"确定"按钮，则"指示灯"对象动画连接完成，如图 8-34 所示。

（6）建立按钮对象的动画连接。

双击"关闭"按钮对象，出现"动画连接"对话

图 8-34　指示灯对象的动画连接

框。单击命令语言连接中的"弹起时"按钮，出现"命令语言"窗口，在编辑栏中输入命令"exit(0);"。

单击"确定"按钮，返回到"动画连接"对话框，再单击"确定"按钮，则"关闭"按钮的动画连接完成。程序运行时，单击"关闭"按钮，程序停止运行并退出。

6．编写命令语言

在工程浏览器左侧树形菜单中双击命令语言"应用程序命令语言"项，出现"应用程序命令语言"编辑对话框，单击"运行时"，将循环执行时间设定为"500"ms，然后在命令语言编辑框中输入下面控制程序：

```
if(\\本站点\测量值1>=\\本站点\上限报警值1)
{\\本站点\上限灯1=1;
}
if(\\本站点\测量值1<\\本站点\上限报警值1 && \\本站点\测量值1>\\本站点\下限报警值1)
{
\\本站点\上限灯1=0;
\\本站点\下限灯1=0;
}
if(\\本站点\测量值1<=\\本站点\下限报警值1)
{\\本站点\下限灯1=1;
}
if(\\本站点\测量值2>=\\本站点\上限报警值2)
{
\\本站点\上限灯2=1;
}
if(\\本站点\测量值2<\\本站点\上限报警值2 && \\本站点\测量值2>\\本站点\下限报警值2)
{
\\本站点\上限灯2=0;
\\本站点\下限灯2=0;
}
if(\\本站点\测量值2<=\\本站点\下限报警值2)
{
\\本站点\下限灯2=1;
}
if(\\本站点\测量值3>=\\本站点\上限报警值3)
{
\\本站点\上限灯3=1;
}
if(\\本站点\测量值3<\\本站点\上限报警值3 && \\本站点\测量值3>\\本站点\下限报警值3)
{
\\本站点\上限灯3=0;
\\本站点\下限灯3=0;
}
if(\\本站点\测量值3<=\\本站点\下限报警值3)
```

```
        {
        \\本站点\下限灯 3=1;
        }
```

注意：命令输入要求在每条语句的尾部加分号"；"。输入程序时，各种符号如括号、分号等应在英文输入法状态下输入。所有变量名均可通过左下角"变量[.域]"按钮来选择。

7. 调试与运行

（1）存储：设计完成后，在开发系统"文件"菜单中执行"全部存"命令将设计的画面和程序全部存储。

（2）配置主画面：在工程浏览器中，单击快捷工具栏上"运行"配置命令按钮，在出现的"运行系统设置"对话框中。进入主画面配置选项，选中制作的图形画面名称"温度测控"，单击"确定"按钮即将其配置成主画面。

（3）运行：在工程浏览器中，单击快捷工具栏上"VIEW"按钮或在开发系统中执行"文件/切换到 view"命令，启动运行系统。

程序画面中显示 3 个仪表的测量温度值、上限值、下限值。

给传感器升温或降温，当测量温度值大于或小于上、下限报警值时，画面中相应的信号指示灯变换颜色。

程序运行画面如图 8-35 所示。

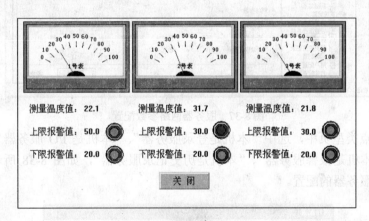

图 8-35 程序运行画面

将鼠标移到各个仪表的上限值、下限值显示文本，单击鼠标右键，出现输入对话框，如图 8-36 所示，输入新的上限值、下限值，单击"确定"按钮，智能仪表内部的上限、下限报警值即被改变。

8.4.3 网络温度监控

1. 组态王中 Web 的配置

要实现组态王的网络功能，除了具备网络硬件设施外，还必须对组态王各个站点进行网络配置，设置网络参数，并且定义在网络上进行数据交换的变量、报警数据和历史数据的存储和引用等。

图 8-36 输入对话框

工程人员在工程完成后需要进行 Web 发布时，可以按照以下介绍的步骤进行，完成 Web 的发布和制作。

　　1）网络配置

　　要实现 Web 功能，必须在组态王工程浏览器窗口中网络配置对话框中选择"联网"模式，并且计算机应该绑定 TCP/IP 协议。

　　双击工程浏览器目录显示区中"系统配置"大纲项下面的网络配置成员名，出现网络配置对话框。在网络参数页中选中"连网"选项，本机节点名设置为"Server"，如图 8-37 所示。本机节点名必须是本地计算机名称或本机的 IP 地址。

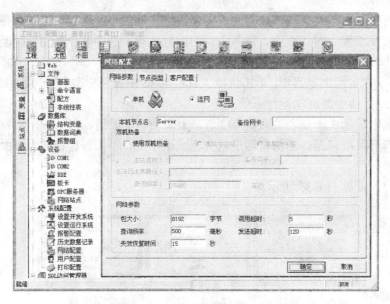

图 8-37　服务器网络参数配置

　　然后在节点类型页中，选中"本机是登录服务器"、"本机是 I/O 服务器"、"本机是校时服务器"、"本机是报警服务器"、"本机是历史记录服务器"，如图 8-38 所示。单击"确定"按钮完成服务器的配置。

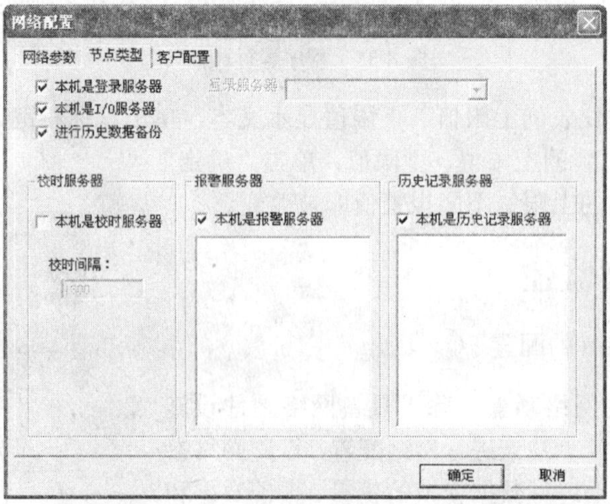

图 8-38　服务器节点类型配置

设置完成后本地计算机在网络中就具备了 5 种功能，它既是登录服务器又是 I/O 服务器、报警服务器和历史数据记录服务器，同时又实现了历史数据备份的功能。

2）网络端口配置

在进行 IE 访问时，需要知道被访问程序的端口号，组态王 Web 发布之前，需要定义组态王的端口号。

进入工程浏览器界面，在工程浏览器窗口左侧的目录树的第一个节点为 Web 目录，双击 Web 目录，将弹出页面发布向导配置对话框，如图 8-39 所示。

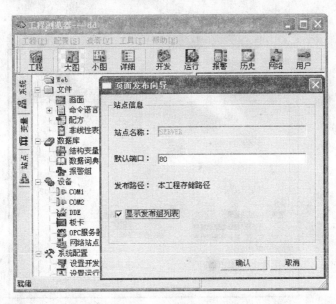

图 8-39　页面发布向导

对话框中各项含义为：

● 站点名称：指 Web 服务器机器名称，这是从系统中自动获得的，不可修改（这里的机器名称请不要使用中文名称，否则在使用 IE 进行浏览时操作系统将不支持）。

● 默认端口：是指 IE 与运行系统进行网络连接的端口号，默认为 80。如果所定义的端口号与本机的其他程序的端口号出现冲突，用户可以按照实际情况进行修改。

● 发布路径：Web 发布后文件保存的路径，在组态王中默认为当前工程的路径，不可修改。定义发布后，将在工程路径下生成一个"Webs"目录。

● 显示发布组列表：确定在进行浏览时，是否显示发布组中发布画面的列表。

3）Web 发布组配置

在组态王 6.5 中，发布功能采用分组方式。每个组都有独立的安全访问设置，可以供不同的客户群浏览。

在工程浏览器中选择"Web"目录，在工程管理器的右侧窗口，双击"新建"图标，弹出 Web 发布组配置对话框，如图 8-40 所示。

在该对话框中可以完成发布组名称的定义、要发布的画面的选择、用户访问安全配置和 IE 界面颜色的设置。

（1）组名称：在对话框中组名称编辑框中输入要发布的组的名称"KingDEMOGroup"（在 IE 上访问时需要该名称，组名称是 Web 发布组的唯一的标识，由用户指定，同一工程中组名不能相同，且组名只能使用英文字母和数字的组合）。

（2）描述：在描述编辑框中输入对组的描述信息——"组态王演示工程发布组"。

（3）工程中可选择的画面：选择需要发布的画面，在列表中用鼠标单击选择要发布的画面，在单击鼠标的同时，如果按下<Shift>键为直接多选一段区域内的画面，按下<Ctrl>键可以任意多选画面。选择完成后，单击对话框上的按钮"→"将选择的画面发送到右边的"发布画面"列表中，同时被选择的画面名称在该"工程中可选择的画面"列表中消失。同样可以选择按钮"←"将已经选中的画面取消发布，将画面名称从"发布画面"列表中删除。

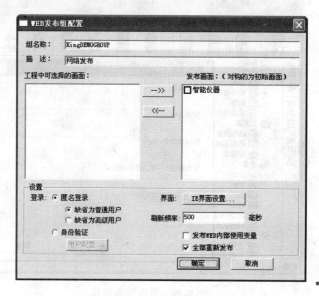

图 8-40　Web 发布组的配置

（4）初始画面：在发布画面列表中每个画面名称前都有一个复选框，如果在某个画面的复选框中选中，则表明该画面将是初始画面，即打开 IE 浏览时首先将显示该画面。初始画面可以选择多个。

（5）用户登录安全管理：在组态王 Web 浏览端，两种用户浏览权限设置如下。

如果选择匿名登录，则用户在打开 IE 进行浏览时不需要输入用户名、密码等，可以直接浏览组态王中发布的画面；但普通用户只能浏览页面，不能做任何操作；而高级用户能浏览页面也可以修改数据，并可登录组态王，进行有权限设置的操作。

如果选择身份验证，用户打开 IE 进行浏览时需要首先输入用户名和密码。

完成上述配置后，单击"确定"按钮，关闭对话框，系统生成发布画面。

打开组态王的网络配置对话框，选择"连网"模式，启动组态王运行系统。

2．在 IE 浏览器端浏览

在开发系统发布画面设置完后，启动组态王运行程序，就可以在另一台与运行组态王的机器联网的机器的 IE 浏览器进行画面浏览和数据操作了。

1）在浏览器地址栏中输入地址

使用浏览器进行浏览时，首先需要输入 Web 地址。地址的格式为（以 Internet Explorer 浏览器为例）：

http：//发布站点机器名（或 IP 地址）：组态王 Web 定义端口号

例如，运行组态王的机器名为 server，其 IP 地址为"202.1444.2222.30"，端口号为 80，发布组名称为"KingDEMOGroup"，那么可以在另一台与运行组态王的机器联网的机器的 IE 地址栏中输入如下地址：

http：//server:80 或 http：//202.1444.2222.30:80

进入发布组界面，如图 8-41 所示。

图 8-41　组态王发布组列表界面

2）进入组的浏览界面

在发布组界面上单击组名"KingDEMOGroup"，则进入组的浏览界面，画面与组态王运行系统同样逼真，如图 8-42 所示。

系统界面上的验证用户信息、下载相关资源、下载相关数据等进度条依次显示当前正在进行的操作。初始化完成后，进入系统画面列表界面，如果设置了初始画面的话，则直接进入初始画面。

注意：在开发系统中对画面的每一次更改，如果发布组中包含该画面，则需要重新发布该发布组，然后重新启动组态王运行系统即可。

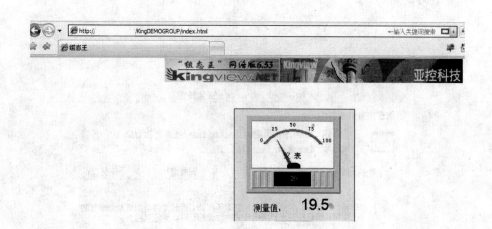

图 8-42　浏览"智能仪器"测量画面

在浏览的界面上，提供了两个菜单："操作"和"窗口"。

（1）"操作"菜单主要是进行登录操作和网络连接控制。菜单项中各项含义为：

- 重新登录：注销当前 Web 登录用户，重新登录。
- 注销：注销当前登录用户。
- 连接：当 IE 连接与发布服务器连接中断后，系统会提示连接中断，使用该菜单重新建立连接。
- 断开连接：断开与发布服务器的连接。

（2）"窗口"菜单主要是选择显示的窗口，如画面窗口、画面列表窗口等，也可以使用该菜单进行画面打开与关闭、画面切换等操作。菜单项中各项含义为：

- 选择窗口：打开发布画面列表窗口。
- 画面窗口：切换到画面显示窗口。
- 关闭画面：关闭当前打开的画面。
- 显示画面：打开某个画面到当前显示。

在浏览窗口的底部是状态栏。状态栏中首先显示当前用户登录信息，其余 5 个按钮作用依次为：重新登录、连接、断开连接、显示选择窗口、显示画面窗口。

3）JRE 插件的安装

使用组态王 Web 功能需要 JRE 插件支持，如果客户端没有安装 Sun 公司的 JRE Plugin1.3（Java 运行时的环境插件），则在第一次输入以上正确的地址并连接成功后，系统会自动下载 Java 安装程序进行安装，如图 8-43 所示。安装过程时间决定于用户的实际网络速度，如果用户实际使用电话等，会因为带宽原因导致时间过长，用户可以直接使用组态王的安装盘来进行此 Java 软件的安装。

将这个插件安装成功后方可进行画面浏览。

该插件只需安装一次，安装成功后会保留在系统上，以后每次运行直接启动，而不需重新安装 JRE。组态王安装中直接提供该插件的安装。

图 8-43　插件的安装

附录 A 控制系统的输入与输出

工业生产过程实现计算机控制的前提是，必须将工业生产过程的工艺参数、工况逻辑和设备运行状况等物理量经过传感器或变送器转变为计算机可以识别的电信号（电压或电流）或逻辑量。传感器和变送器输出的信号有多种规格，其中毫伏（mV）信号、0～5V 电压信号、1～5V 电压信号、0～10mA 电流信号、4～20mA 电流信号、电阻信号是计算机控制系统经常用到的信号规格。

针对某个生产过程设计一套计算机测控系统，必须了解输入输出信号的规格、接线方式、精度等级、量程范围、线性关系、工程量换算等诸多要素。

在实际工程中，通常将这些信号分为模拟量信号和开关量信号两大类。

1. 模拟量信号

1）模拟量信号的种类

许多来自现场的检测信号都是模拟信号，如液位、压力、温度、位置、pH 值、电压、电流等，通常都是将现场待检测的物理量通过传感器转换为电压或电流信号；许多执行装置所需的控制信号也是模拟量，如调节阀、电动机、电力电子的功率器件等的控制信号。

模拟信号是指随时间连续变化的信号，这些信号在规定的一段连续时间内，其幅值为连续值。

模拟信号有两种类型：一种是由各种传感器获得的低电平信号；另一种是由仪器、变送器输出的 4～20mA 的电流信号或 1～5V 的电压信号。这些模拟信号经过采样和 A/D 转换输入计算机后，常常要进行数据正确性判断、标度变换、线性化等处理。

模拟信号非常便于传送，但它对干扰信号很敏感，容易使传送中信号的幅值或相位发生畸变。因此，有时还要对模拟信号做零漂修正、数字滤波等处理。

模拟量输出信号可以直接控制过程设备，而过程又可以对模拟量信号进行反馈。闭环 PID 控制系统采取的就是这种形式。模拟量输出还可以用来产生波形，这种情况下 D/A 变换器就成了一个函数发生器。

模拟信号的常用规格如下。

（1）1～5V 电压信号。

此信号规格有时称为 DDZ-Ⅲ型仪表电压信号规格。1～5V 电压信号规格通常用于计算机控制系统的过程通道。工程量的量程下限值对应的电压信号为 IV，工程量上限值对应的电压信号为 5V，整个工程量的变化范围与 4V 的电压变化范围相对应。过程通道也可输出 1～5V 电压信号，用于控制执行机构。

（2）4～20mA 电流信号。

4～20mA 电流信号通常用于过程通道和变送器之间的传输信号。工程量或变送器的量程下限值对应的电流信号为 4mA，量程上限对应的电流信号为 20mA，整个工程量的变化范围与 16mA 的电流变化范围相对应。过程通道也可输出 4～20mA 电流信号，用于控制执行机构。

有的传感器的输出信号是毫伏级的电压信号，如 K 分度热电偶在 1000℃时输出信号为 41.296mV。这些信号要经过变送器转换成标准信号（4～20mA）再送给过程通道。热电阻传感器的输出信号是电阻值，一般要经过变送器转换为标准信号（4～20mA），再送到过程通道。

2）工控系统中模拟量信号的处理

（1）如何采集低电平模拟信号。

由各种传感器获得的低电平信号，进入计算机之前需要进行放大、标度变换、线性化等信号调理工作，如图 A-1 所示，然后由各种数据采集模块采集到计算机中，根据工程量与电压量的比例关系编写程序得到工程量值。

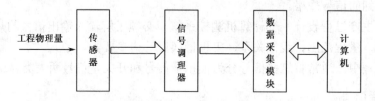

图 A-1　低电平输入信号的采集

（2）如何采集标准模拟电信号。

在工业控制领域用的最多的是由仪器、变送器输出的 4～20mA 标准电流信号或 1～5V 标准电压信号。

假设利用热电阻 Pt100 检测温度量，将传感器接到温度变送器上，将温度信号转换为 1～5V 电压信号（如果是 4～20mA 电流信号，可经 250Ω电阻将电流信号转换为 1～5V 电压信号），温度变送器的测量范围是 0～200℃，如图 A-2 所示。

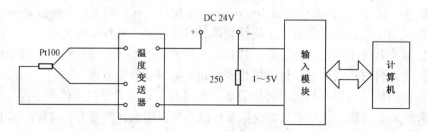

图 A-2　标准输入信号的采集

由上可知：0℃对应 1V，200℃对应 5V，温度与电压成线性比例关系。假设 x 表示温度，y 表示电压，则电压 y 与温度 x 之间的数学关系式为：

$$y=1+0.02x$$

将电压送入计算机后，可以通过编程获得电压值 y，只需再增加 1 条语句即可将电压转换为温度 x，使用下面算法：

$$x=(y-1)*50$$

这样，程序画面中就可显示温度值 x。

2．数字量信号

1）数字量信号的种类

有许多的现场设备往往只对应于两种状态，例如，按钮、行程开关的闭合和断开、电动机的启动和停止、指示灯的亮和灭、仪器仪表的 BCD 码、继电器或接触器的释放和吸合、晶闸管的通和断、阀门的打开和关闭等，可以用数字（开关）输出信号去控制或者对数字（开关）输入信号进行检测。

　　数字（开关）信号是指在有限的离散瞬时上取值间断的信号。在二进制系统中，数字（开关）信号是由有限字长的数字组成，其中每位数字不是 0 就是 1。数字（开关）信号的特点是，它只代表某个瞬时的量值，是不连续的信号。数字（开关）信号的处理主要是监测开关器件的状态变化。

　　数字（开关）量信号反映了生产过程、设备运行的现行状态、逻辑关系和动作顺序。例如：行程开关可以指示出某个部件是否达到规定的位置，如果已经到位，则行程开关接通，并向工控机系统输入 1 个开关量信号；又如工控机系统欲输出报警信号，则可以输出 1 个开关量信号，通过继电器或接触器驱动报警设备，发出声光报警。如果开关量信号的幅值为 TTL/CMOS 电平，有时又将一组开关量信号称为数字量信号。

　　数字（开关）量输入信号有触点输入和电平输入两种方式。触点又有常开和常闭之分，其逻辑关系正好相反，犹如数字电路中的正逻辑和负逻辑。工控机系统实际上是按电平进行逻辑运算和处理的，因此工控机系统必须为输入触点提供电源，将触点输入转换为电平输入。数字（开关）量输出信号也有触点输出和电平输出两种方式。输出触点也有常开和常闭之分。

　　数字（开关）信号输入计算机后，常常需要进行码制转换的处理，如 BCD 码转换成 ASCII 码，以便显示数字信号。

　　对于数字（开关）量输出信号，可以分为两种形式：一种是电压输出，另一种是继电器输出。电压输出一般是通过晶体管的通断来直接对外部提供电压信号，继电器输出则是通过继电器触点的通断来提供信号。电压输出方式的速度比较快且外部接线简单，但带负载能力弱；继电器输出方式则与之相反。对于电压输入，又可分为直流电压和交流电压，相应的电压幅值可以有 5V、12V、24V 和 48V 等。

　　2）工控系统中数字信号的处理

　　（1）如何实现数字（开关）量输入。

　　可以把开关量信号直接接到输入模块上，也可通过继电器间接输入，如图 A-3 所示。图中电气开关直接接到了输入模块 1 通道上。电感、光电等接近开关控制电磁继电器，每个继电器都有 2 路常开和常闭开关，其中，继电器的一个常开开关 KR21 控制指示灯亮灭，另一常开开关 KR22 接数字量输入 2 通道。

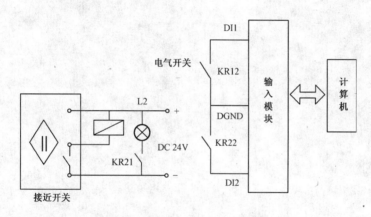

图 A-3　数字量输入线路

然后通过编写程序读取数字量输入通道的状态（0 或 1）。

（2）如何实现数字（开关）量输出。

如果是电压输出，可用图 A-4 所示实现控制：数字量输出端口接三极管基极，当计算机输出控制信号为高电平时，三极管导通，继电器常开开关 KM 闭合，指示灯亮；当输出信号为低电平时，三极管截止，继电器常开开关 KM 打开，指示灯灭。

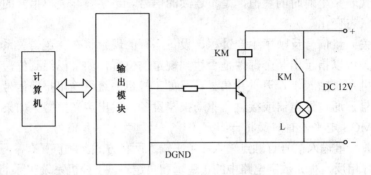

图 A-4　电压输出方式控制线路

如果是继电器输出，可用图 A-5 所示实现控制：当计算机输出控制信号为高电平时，串联线路开关闭合，指示灯亮；当输出信号为低电平时，串联线路开关打开，指示灯灭。

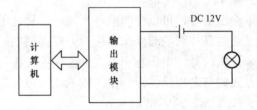

图 A-5　继电器输出方式控制线路

附录 B 常用内部函数

组态王支持使用内建的复杂函数。可以分为以下几类：

- 字符串函数：有关字符串处理的函数。
- 数学函数：有关数学处理的函数，如 sin 函数、cos 函数等。
- 系统函数：有关文件处理、应用程序的函数。
- 控件函数：有关控件应用的函数。
- 配方函数：有关配方管理应用的函数。
- 报表函数：有关报表应用的函数。
- 其他函数：历史趋势曲线函数、画面管理函数、登录管理函数等。

下面介绍几个常用的内部函数。

1. Bit 函数

功能：此函数用于取得一个整型或实型变量某一位的值。

使用格式：OnOff = Bit (Var ,bitNo);

参数及其描述：Var，整型或实型变量；bitNo，位的序号，取值 1 到 16。

返回值：若变量 Var 的第 bitNo 位为 0，返回值 OnOff 为 0；若变量 Var 的第 bitNo 位为 1，返回值 OnOff 为 1。

例：开关=Bit (DDE1, 6);   // 从变量 DDE1 的第 6 位得到变量"开关"状态。

2. BitSet 函数

功能：此函数将一个整型或实型变量某一位设置为指定值（状态）。

使用格式：BitSet (Var , bitNo, OnOff);

参数及其描述：Var，整型或实型变量；BitNo，位的序号，取值 1 到 16；OnOff，位的值（状态），取值 0 或 1（低电平或高电平）。

例：BitSet (DDE1, 6,1);   // 将变量 DDE1 的第 6 位设置为"1"状态。

注意：对于 I/O 变量来说，BitSet 函数只用于可读可写的变量。

3. ChangePassword 函数

功能：此函数显示"更改口令"对话框，允许登录用户更改它们的口令。

使用格式：ChangePassword ( );

例：为画面上某一按钮设置命令语言连接：ChangePassword ( );   // 运行时单击此按钮，弹出"修改口令"对话框，提示用户输入当前的口令和新口令以及验证新口令，输入完全正确后，用户的口令已设置为新值。

4. ClosePicture 函数

功能：此函数用于将已调入内存的画面关闭，并从内存中删除。

调用形式：ClosePicture ("画面名");

例：ClosePicture ("反应车间");   // 将关闭画面"反应车间"。

5. Exit 函数

功能：此函数使组态王运行环境退出。

调用形式：Exit (Option);

参数：Option: 整型变量或数值。0 表示退出当前程序；1 表示关机；2 表示重新启动 Windows。

6. GetKey

功能：此函数用于系统运行时获取组态王加密锁的序列号。除了组态王原有的工程加密功能外，用户可以使用此函数来规定某个工程只能用某一个加密锁，也起到加密作用。

调用格式：GetKey ( );

此函数没有参数；返回值为字符串型：加密锁的序列号。

例如：Key=GetKey ( );   // 运行系统输出 Key 为机器上加密锁的序列号。

7. HidePicture 函数

功能：此函数用于隐藏正在显示的画面，但并不将其从内存中删除。

调用格式：HidePicture ("画面名");

例：HidePicture("反应车间"); //将画面"反应车间"隐藏。

8. PlaySound 函数

功能：此函数通过 Windows 的声音设备（若已安装）播放声音，声音为.wav 文件。

调用格式：PlaySound (SoundName,Flags);

参数及其描述：SoundName，代表要播放的声音文件的字符串或字符串变量；

Flags 可为下述之一：0 表示停止播放声音，1 表示同步播放声音，2 表示异步播放声音，3 表示重复播放声音直到下次调用 PlaySound( ) 函数为止。

例：PlaySound ("c:\horns.wav",2);   // 声音需要在安装了 wav 形式音频设备驱动器上播放。声音文件目录的查找按以下顺序：当前目录，Windows 目录，Windows 系统目录，在路径中列出的目录。若默认的声音文件找不到，则不播放声音。

9. PlayAvi 函数

功能：此函数用于播放文件格式为.avi 的动画文件。

语法格式使用如下：PlayAvi (ControlName,AviName,Flags);

参数说明：ControlName，用于播放播放 AVI 动画的控件的名称；AviName，代表要播放的动画文件的字符串或字符串变量。

Flags：可为下述之一：0 表示停止播放 AVI 动画，1 表示播放一遍 AVI 动画，2 表示连续播放 AVI 动画，直到接收到停止播放的信息为止。

例：PlayAvi ("ctl_avi","c:\demo\Winner.avi",1);   // 此函数的功能是在名称为"ctl_avi"的控件中播放 Winner.avi 中存放的动画，只播放一次。

10. ShowPicture 函数

功能：此函数用于显示画面。

调用格式：ShowPicture ("画面名")；

例：ShowPicture("反应车间"); //显示"反应车间"画面。

11．ActivateApp 函数

功能：此函数用于激活正在运行的窗口应用程序，使之获得输入焦点。该函数主要用于配合函数 SendKeys 的使用。

调用形式：ActivateApp("任务名")；

在 Windows 3.X 中"任务名"是出现在任务列表对话框中的文本串（包括空格）（通过打开"系统"菜单和调用"\切换到…"命令或按 CtrlEsc 来显示）。

例如：激活 Microsoft Word 的正确调用为

ActivateApp("Microsoft Word")；

12．InfoAppActive 函数

功能：此函数测试一个应用程序是否为活动的。

调用格式：DiscreteResult=InfoAppActive(AppTitle)；

参数及其描述：AppTitle，应用程序的标题

例：InfoAppActive("Microsoft Excel")；

若返回 1，表明 Excel 程序正在运行；返回 0 表明未运行。

为确定应用程序的标题，可使用 InfoAppTitle( )函数。

13．Date 函数

功能：此函数为根据给出的年、月、日整型数，返回日期字符串，默认格式为"年：月：日"。

语法使用格式如下：Date（LONG nYear, LONG nMonth, LONG nDay）；

例如：年、月、日变量分别为："$年"、"$月"、"$日"，用日期来显示由以上 3 个整数决定的"$日期"字符串，则在命令语言中输入：日期=Date（年，月，日）。

14．StrFromReal 函数

此函数将一实数值转换成字符串形式，该字符串以浮点数计数制表示或以指数计制表示。

调用格式：MessageResult=StrFromReal(Real,Precision,Type)；

参数描述：Real 根据指定 Precision 和 Type 进行转换。

　　　　　Precision 指定要显示多少个小数位。

　　　　　Type 确定显示方式，可为以下字符之一：

- "f" 按浮点数显示。
- "e" 按小写"e"的指数制显示。
- "E" 按大写"E"的指数制显示。

例：StrFromReal(263.355, 2,"f") 返回 "263.36"；StrFromReal(263.355, 2,"e") 返回 "2.63e2"；StrFromReal(263.55, 3,"E")返回 "2.636E2"。

参 考 文 献

[1]　刘川来等. 计算机控制技术. 北京：机械工业出版社，2007.

[2]　李江全等. 计算机控制技术. 北京：机械工业出版社，2007.

[3]　苏小林. 计算机控制技术. 北京：中国电力出版社，2004.

[4]　何小阳. 计算机监控原理及技术. 重庆：重庆大学出版社，2003.

[5]　胡文金等. 计算机测控应用技术. 重庆：重庆大学出版社，2003.

[6]　李正军. 计算机测控系统设计与应用. 北京：机械工业出版社，2004.

[7]　李贵山等. 检测与控制技术. 陕西：西安电子科技大学出版社，2006.

[8]　李世平等. PC 计算机测控技术及应用. 陕西：西安电子科技大学出版社，2003.

[9]　李念强等. 数据采集技术与系统设计. 北京：机械工业出版社，2009.

[10]　马国华. 监控组态软件及其应用. 北京：清华大学出版社，2001.

[11]　袁秀英等. 组态控制技术. 北京：电子工业出版社，2003.

[12]　张文明等. 组态软件控制技术. 北京：清华大学出版社，2006.

[13]　覃贵礼等. 组态软件控制技术. 北京：北京理工大学出版社，2007.

[14]　严盈富等. 监控组态软件与 PLC 入门. 北京：人民邮电出版社，2006.

[15]　许立梓等. 工业控制机及其网络控制系统. 北京：机械工业出版社，2005.

[16]　薛迎成等. 工控机及组态控制技术原理与应用. 北京：中国电力出版社，2007.

[17]　杨劲松等. 计算机工业控制. 北京：中国电力出版社，2003.

[18]　吴晓. 计算机工业控制技术. 福建：厦门大学出版社，2005.

[19]　李江全等. 计算机测控系统设计与编程实现. 北京：电子工业出版社，2008.

[20]　马明建等. 数据采集与处理技术. 陕西：西安交通大学出版社，2006.